晚唐骈文研究

翟景运　著

商务印书馆

2010年·北京

图书在版编目(CIP)数据

晚唐骈文研究/翟景运著.—北京：商务印书馆，2010
ISBN 978-7-100-06938-0

I.晚…　II.翟…　III.骈文—文学研究—中国—唐代
IV.I207.22

中国版本图书馆 CIP 数据核字(2010)第 013071 号

WǎnTáng PiánWén YánJiū
晚 唐 骈 文 研 究
翟景运　著

商 务 印 书 馆 出 版
(北京王府井大街36号　邮政编码100710)
商 务 印 书 馆 发 行
北京市白帆印务有限公司印刷
ISBN 978-7-100-06938-0

2010年8月第1版　　开本850×1168　1/32
2010年8月北京第1次印刷　　印张10⅛
定价:23.00元

序

上世纪八十年代中期，北大中文系受国家教委的委托撰写了中国文学研究现状的调查报告，其中古代文学的部分是由我执笔的。我在报告中提出一些薄弱的研究领域，骈文就是其中之一。近二十年来，我高兴地看到学术界对骈文的研究已经加强，不少有分量的研究成果陆续出版，感到学术的发展相当迅速，但仍留下一些空白和余地。例如，晚唐骈文上承六朝和初盛唐，下启宋代，在中国骈文史上地位很重要，成绩也颇为可观，可惜还没有得到应有的重视。也许因为这些作品难读，而且其中大量以骈文形式撰写的公文读起来比较枯燥，又需要丰富的社会历史知识，所以受到了冷落。

翟君景运在北大获得硕士学位之后，即被录取为北大国学研究院博士研究生。他博学洽闻，入学之初就以杜甫《李潮八分小篆歌》为题，撰写了一篇论文，将诗歌史和书法史结合起来，论述得十分透彻。他本人的书法在同学中也属于上乘。在我的课堂上，他的发言都经过认真准备，内容充实，条理清晰，使我对他另眼看待。后来他毅然以晚唐骈文为研究对象，我经过认真的考虑，相信他的能力，便鼓励他从纷繁的第一手资料出发，对晚唐的骈文作品以及相关的历史资料进行整理、考证，提炼出若干具有学术意义的问题，进而对这些问题进行深入的跨学科的考察。翟君读书刻苦认真,对晚唐骈文的兴趣越来越浓,研究也越来越深入,终于撰为一篇长达二十多万字的博士论文,顺利取得博士学位。其中所用的许多资料是前人未曾注意过的,有些论点可谓真知灼见,颇有独到之处。尤其值得称赞的是,他将晚唐骈文放到中唐和北宋两次古文运动中间,以骈散两种文体的消长为线索,从一个重要的侧面厘清了这个时期文学发展的历史。特别是关于晚唐政局与幕府公文的论述,关于闽地律赋繁荣的论述,发前人之所未发,实在难能可贵。既以大量的史料印证骈文的兴衰,又从骈文的文本出发,联系晚唐的社会历史状况审慎地加以考证研究,触类旁通,左右逢源,由此可以看出作者具有相当广博的基础知识,以及较强的创新能力。北大国学研究院鼓励博士生从事跨学科研究,翟君的论文正是我们期望的国学研究院博士论文的代表作。

翟君毕业后到青岛大学中文系任教,那是他本科的母校。在诸位老师的指点和关怀下,他又有了长足的进步。在这期间,他两次应新加坡南洋理工大学的聘请,前往讲授中国文学史,深得学生爱戴。每逢得知他的好消息,回忆当年在燕园与他谈论学问的情景,辄深感欣慰。他的博士论文即将出版,嘱我作序,不敢违命,姑且将我们的一段师生情谊写下来,作为该书的补白。

袁行霈

2009年6月

目　　录

绪　论

一、“骈文”的范围和晚唐时段的界定

《说文》:“骈,驾二马也。从马并声。”原意是二马并驾一车,引申开来即是文字对偶的意思。“俪”,《广雅·释诂》解释为“俪,偶也”。古书中“俪”又可与“丽”相通,指两张鹿皮并列。因此,“骈”、“俪”都可指两物并列,正好形象地说明了骈文讲究字句对仗、节拍整齐的特点。对偶是骈文最基本、最重要的特征。骈文文体成立之后,人们称之为“今体”、“今文”;唐朝以后有人称之为“骈俪”;宋人则一般称之为“四六文”;“骈体”、“骈文”则是清朝才出现的名称,“清朝别集,始竟以骈文相号召”①。

骈、散原无泾渭之别。先秦散文中已有骈俪的成分,南朝时期,文章骈俪成分迅猛发展,竟至通篇骈偶。在这个过程当中,又逐渐吸收了诗赋的表现手法,对偶更加精切,用典逐渐繁密,辞藻日趋华赡,骈文遂步入成熟的境地。过于重视藻采形式,容易忽略内容,造成思想贫乏空洞。于是引起了反动,北周和隋始有摹拟先秦散文以代骈文的先例,盛中唐之际,文学复古潮流日

① [清]孙德谦:《六朝丽指》,《学海类编》本。

渐浩大，至韩愈、柳宗元始创造出新型的“古文”，与骈文对抗，双方遂形成对峙消长之势。骈、散的界限，至此方始泾渭分明。

骈文的声律，是前后变化的。四声发现之前的不少文章，都被研究者当作骈体。齐梁时代，也不是所有人都接受“四声”说，他们的文章只要通过通篇对仗的形式写出来，仍然是骈文。辞藻、用典情况具体到不同的时代、不同的作家在程度上也有所不同。除了对偶特点可以作为骈文和一般散文之间最基本的区别特征以外，用典、声律和辞藻这几项因素很难成为两者之间标志性的界限。因此，大抵说来，诗歌以外所有通篇或绝大部分篇幅以对偶句式写成的文章都属于骈体文。

先秦两汉时代，除了《诗经》、《楚辞》以外，如我们今天所说的纯文学作品很少，文章作品基本上都是学术著作或应用文字。魏晋时代，即如学者们普遍认为对于文学自觉进程具有突出意义的曹丕的《典论·论文》，其所划分的四类“文”当中，“奏议”、“书论”、“铭诔”都是具有应用文性质的体裁，只有“诗赋”一种可以算作纯文学。曹丕所谓“文章，经国之大业，不朽之盛事”，大抵也是就“章表书记”和徐干《中论》等学术文章而言。《隋书·经籍志》所著录的杜预的《善文》，是早于挚虞《文章流别集》的文章总集，①此书虽然已经散佚，但从它与诏令、露布以及《山公启事》、《范宁启事》等应用文总集置于一处的情况看，亦当是应用文总集。当时人对于应用文的重视，不说在诗赋之上，至少也不减于诗赋。唐代也是如此。作为

---

① 参见王运熙、杨明：《魏晋南北朝文学批评史》，上海古籍出版社1989年版，第119页。

本书研究对象的晚唐骈文，未必都是今天所谓的纯文学作品。它们或者多少具有文学性，它们同纯文学作品之间的关系，也是本书关注的重点。

骈文在本质上说属于文的范畴，赋则介于诗文之间，严格来说不是同一文体。但是骈文较多体现了赋的表现手法，在对偶、声律、用典、辞藻诸方面与赋有相当多的相似之处，只不过赋往往押韵，一般骈文则否。因此历来六朝骈文的研究者，往往都将骈赋同时作为研究对象，骈偶的文体形式是其基本着眼所在。王瑶先生说："在文体的详细辨析上，骈赋多注重在雕纂，和碑版书记并不完全相同；但在属文的熔裁章句注重形式美的条件，却完全是一样的；所以庾子山的各赋，就成为历代骈文的典型了。"①除此以外，赋在骈体文的形成过程中起了很大的作用②，骈文与赋的发展又在某些方面呈现出一定程度的同步特征，比如两者在音韵方面的律化以及在句式方面趋于稳固，都是在六朝后期开始萌芽，经历隋唐时代的发展，到晚唐时期而臻于形式上的完善，艺术方面展现出种种阶段性的特征和变化。又如到了晚唐时期，无论是一般骈文还是律赋，作品结集的现象陡然增加。就大处看，这无疑说明作家、作品数量的激增引起了文坛上风气的变化。这样众多的作品同盛唐、中唐时代的骈文、律赋相比，艺术上会有怎样的新变？具体就某一位作家来说，他的作品是否又在风格上呈现出不同的面貌？骈体公文同律赋的发展路

① 王瑶：《中古文学史论》，北京大学出版社 1998 年版，第 314 页。

② 参见曹道衡：《关于魏晋南北朝的骈文和散文》，《中古文学史论文集》，中华书局 2002 年新一版，第 36 页。

径之间又有着怎样的区别和联系？作品的增多和结集自然也为研究工作向细微、缜密处深入提供了资料上的方便。故而研究晚唐骈文，更有必要将此时数量众多的骈赋、律赋一并加以研究，便于在两者的对比、参照当中对骈文的文体特征、艺术特色取得更加明晰、深刻的认识。

关于晚唐时代的界定，中唐时代的重要作家在九世纪最初的三十年内相继离开文坛，孟郊死于元和九年(814)，李贺死于元和十一年(816)，柳宗元死于元和十四年(819)，韩愈死于长庆四年(824)。白居易、元稹、刘禹锡等人虽然还活动在文坛上，但他们的主要创作倾向已经发生转变。贞元、元和间出现的重功利的文学思想，随着政局的变化，影响渐趋衰微。散文文体文风改革中形成的明道说，到了长庆以后，其势头和影响也逐渐消退。可以说，作为中唐文学思想重要标志的重功利的文学思想，到文宗大和初年已经没有什么市场。文学风气的转变，大抵发生在九世纪二三十年代。因此晚唐诗歌的时间界定，学术界虽然存在不同的看法，但多数分期主张都在这个时间范围之内。比如有将上限定在敬宗宝历元年(825)者(如刘开扬《唐诗通论》、周祖譔《隋唐五代文学史》、罗宗强《隋唐五代文学思想史》)；有主张始于文宗开成元年(836)者(如明代高棅《唐诗品汇》、郑振铎《插图本中国文学史》)。另外，还有少数学者主张定在僖宗咸通元年(860)，如王气中《关于唐诗的分期》(《南京大学学报》1963年第1期)，或者武宗会昌元年(841)，如田耕宇《唐音余韵》，这种情况不太多见，影响也相对较小。发生在文宗大和九年(835)的甘露之变，既是政局的转折，同时也直接或间接地影响到文人心态、文学创作风貌和主流文学思想，使之发生了巨大转变①,因此以大和九年(835)为中晚唐诗歌的分野似乎具有更强的说服力。

骈文是作为古文运动的对立面存在的,中唐古文运动的衰落与晚唐骈文的繁荣在时间上大体呈前后相继之势,这一现象也反映了这个时期整体文学思想的变化。因此,虽然骈文的发展有其自身的规律,具体到骈文领域情况多少有所不同,不过与诗歌的分期相比,并不会有太大差别。李商隐是晚唐时代最杰出的骈文作家,也是这个时期较早从事骈文写作的作家。文宗大和三年(829)十一月,令狐楚由东都留守调任天平军节度使、郓曹濮观察等使,与原任天平军节度使崔弘礼对调,令狐楚遂于此年辟李商隐入幕为巡官。李商隐从此开始了一生中长达二十年的幕府生涯。李商隐正式跟随令狐楚学习四六骈体章奏,也始于这个时候,而此前他专攻古文。李商隐《樊南甲集序》说:"樊南生十六能著《才论》、《圣论》,以古文出诸公间。后联为郓相国(令狐楚)、华太守(崔戎)所怜,居门下时,敕定奏记,始通今体。"②商隐在郓幕期间所作的《谢书》诗云:"微意何曾有一毫,空携笔砚奉《龙韬》。自蒙半夜传衣后,不羡王祥得佩刀。"③也指令狐楚传授骈体章奏写作技巧的事,可以为旁证。

现存晚唐时期的大多数律赋作品很难确切系年,考虑到律赋首先是一种考试文体,姑且以作家登进士第的时间为标准。

---

① 参见袁行霈师:《在沉沦中演进——试论晚唐诗歌创作趋向》,《中华文史论丛》第四十八辑,上海古籍出版社 1991 年版。

② [唐]李商隐撰,刘学锴、余恕诚编年校注:《李商隐文编年校注》,中华书局 2002 年版,第 1713 页。

③ [唐]李商隐撰,[清]冯浩笺注:《玉谿生诗集笺注》,上海古籍出版社 1979 年版,第 18 页。

在代表晚唐律赋艺术新变的主要作家当中，谢观登进士第最早，时在开成二年(837)，这个时间在李商隐开始从事骈文写作之后。因此，本书将李商隐开始写作骈文的时间同政治史的分期相折衷，取唐文宗大和九年(835)为晚唐骈文的上限，以唐朝覆亡的唐哀帝天祐四年(907)作为下限。

令狐楚开成二年(837)去世。作为一位杰出的骈文作家，他的活动时间穿越文学史上的中、晚唐两个时段。但令狐楚是李商隐从事骈文写作的第一位恩师，势必对樊南四六文艺术风格的形成造成深刻的影响，而且从令狐楚本人的骈文艺术特征来看，与中唐时代散文化特征比较明显的陆贽等人的骈体奏议有着比较明显的不同，因此当代骈文研究者习惯将令狐楚当作晚唐作家，本书遵从这个习惯。

为了行文简洁，本书凡第一次出现在注释中的文献，除二十四史、《资治通鉴》外均注明版本，以下则不再注明。

二、晚唐骈文的研究价值和研究现状

唐代骈文是唐代文学的重要组成部分，在骈文发展史上，唐代骈文上承六朝，下启两宋，具有承上启下的意义，因此它既是唐代文学研究不应忽视的一片领域，同时也是骈文发展史上不可或缺的关键一环。与六朝、两宋和清代同样是骈文的重要发展阶段，唐代骈文的研究总体上显得比较薄弱，至今还没有以此为专门研究对象的论述，这与文学史发展的实况是不相称的。六朝是骈文的基本艺术形式得以确立和逐渐趋于成熟的阶段，吸引了骈文学者较多的关注。出现了不少相关专著，比如钟涛

《六朝骈文形式及其文化意蕴》(东方出版社,1997),何祥荣《梁陈骈文艺术之演变》(北京大学博士学位论文,1998),于景祥《独具魅力的六朝骈文》(辽宁古籍出版社,1995)、《精美典雅的六朝骈文》(辽海出版社,1998)、《南北朝骈文》(春风文艺出版社,1999),陈松雄《齐梁丽辞衡论》(台北文史哲出版社,1984),廖志强《六朝骈文声律探微》(台北天工书局,1991)等。关于宋代骈文,专著有汪菊松《宋四六文研究》(台北华正书局,1977);清代骈文,专著有昝亮《清代骈文研究》(杭州大学博士学位论文,1998)。唐代骈文作家、作品众多,呈现出阶段性的发展特征,演进线索也较为复杂,细致描述、分析和总结唐代骈文史是一个相当复杂和艰巨的工程。本书选取晚唐时代的骈文作为研究对象,希望能够展示唐代骈文史上最具特色而且具有重要意义的特殊发展阶段的基本情形,并将上述有关六朝、两宋和清代骈文的研究成果作为晚唐骈文研究的前提和参照,通过两相对比,力求凸显出晚唐骈文富有时代特色的整体艺术风貌,从而建立起骈文发展历史线索中重要的一环。

现代学者对骈文的研究,大抵始于谢无量的《骈文指南》(中华书局,1918)。到了二十世纪三十年代初期,出现了一个骈文研究的热潮,陆续出版了一系列著作,比如金秬香《骈文概论》(商务印书馆,1933),钱基博《骈文通义》(大华书局,1934),刘麟生《骈文学》(商务印书馆,1934)、《中国骈文史》(商务印书馆,1936),瞿兑之《中国骈文概论》(世界书局,1934),金茂之《四六作法骈文通》(大通图书社,1935)等等。这些论著多是对古代骈文宏观的考察和论述,涉及骈文发展史的内容不多,针对晚唐骈文的论述就更少,比如谢无量《骈文指南》对唐代骈文史仅用几句话带过:“综考有唐一代之骈文:初唐犹袭陈隋余响。燕许微有气骨。陆宣公善论事,质直而不尚藻饰。温李诸人,所谓三十六体者,稍为秀发。唐骈文之变迁,其荦荦大者,如是而已。”刘麟生《中国骈文史》统共八万多字,晚唐作者提到了令狐楚,还有李商隐、温庭筠、段成式及其“三十六体”,但对这些作家的艺术成就的论述十分简略。蒋伯潜、蒋祖怡《骈文与散文》第七章论及唐代骈文,篇幅大概有数千字,对晚唐李商隐的四六文有所论述,但把它看作是骈文体格的堕落:“单就骈文来说,在唐代,由六朝绮靡一降而解散的骈文,实在是一种好现象,而李商隐的‘四六’之倡制,实在只是一种玩意,而后代变本加厉,反而因此断送了骈文的生命了。”①

1949年以后,骈文一直是唐代文学研究的薄弱环节。唐代文学研究的重点一直是诗歌,即使有对唐代散文的研究,也多集中在韩、柳的古文上面,对唐代骈文往往采取漠视的态度。这种状况在建国之后三十年间没有多少改变。上世纪八十年代以来,虽然完整的唐代骈文研究专著尚未出现,但某些唐代文学研究和专门的唐代散文研究著作已经开始正视唐代骈文,骈文研究著作对唐代骈文也予以重视,还出现了一些讨论唐代骈文的论文。

1986年人民文学出版社出版的姜书阁先生的《骈文史论》是建国以后大陆出版的第一部骈文史著作。该书第十三章论述唐代骈文之演变,题为“唐骈衰变”,这一章七个小节当中,只有

---

① 蒋伯潜、蒋祖怡:《骈文与散文》,上海书店出版社1997年版,第57页。

第六节《李商隐的四六骈文》是以晚唐骈文为研究对象的。作者在本章中认为："本来写中国骈文史可以到六朝之末陈隋为止，唐以后就没有它的位置了。但百足之虫，死而不僵，骈文至唐还存在一个时期，甚至到宋代仍有再进行一次古文运动来反对属于骈体范围的'西昆体'的必要，可见六代余波漫延的时间还是很长的。我们的骈文史因而也应该再写几篇。虽然，唐以后的毕竟是其余波，而非主流，所以只择其重要的演变之迹，加以论述，也就够了，不须详究。"作者以"衰变"二字来概括整个唐代骈文，基本持否定态度。因此把李商隐的《四六甲乙集》看作是"在骈体总的走向衰亡的必然中"的"挣扎"。

于景祥《唐宋骈文史》(辽宁人民出版社，1991)虽然合论唐宋，但唐代是其重点。全书共分七章，除绪论一章外，唐代占四章，占全书三分之二的篇幅。时代上则按初、盛、中、晚分章论述。第五章《晚唐骈文：唯美主义的复活》分两节：《杜牧、李商隐的骈文》和《温庭筠、段成式等人的骈文》。作者在其《绪论》中简明扼要地阐述了对唐代骈文的基本观点，认为晚唐时期令狐楚之骈文以意为骨，以气为用，以散行驰骋出入，脱尽使事用典之迹，又一往情深；杜牧、李商隐之骈文，熔"四杰"与陆贽骈文于一炉，丽辞云簇，说理精辟无累，抒情凄婉动人；此后温庭筠、段成式等人又以采丽竞繁相尚，绮靡浮艳为能；之后，文风渐漓，文格渐弱，骈文复归于病态美，直至五代而不振。

莫道才的《骈文通论》(广西教育出版社，1994)对唐代骈文也有所论及。该书的第十章第五节《骈文的变异期》认为，盛唐到南宋是骈文的变异期，即骈文借鉴古文的表现方法，趋向平易通俗，晚唐至五代宋初则出现了向齐梁骈文艺术的复归，不过这只是变异期中的小小反复。晚唐骈文家多追慕徐庾等人,这个时期的骈文呈现出句式整齐精工、用典繁复、藻饰丰富的特点。尹恭弘的《骈文》一书(人民文学出版社,1994)第二章《历史视角:骈体文文体的演变过程》通论骈文史,其中第四节《变异:骈体文实用化的趋向——唐宋时期骈体文演变情况概观》合论唐宋骈文,认为作为晚唐骈文的代表,李商隐的骈体文以用典精切、工巧,语言工丽,巧妙夹以散句为主要特色,并用"典丽化"来概括其整体特征。钟涛《六朝骈文形式及其文化意蕴》(东方出版社,1997)虽不专论唐代骈文,然其第五章《六朝骈文形式的地位和流变》有《中晚唐以后骈文形式的流变》一节,认为以李商隐为代表的晚唐骈文,更为直接地继承了六朝骈文的风格,并将骈文诸形式特征极端化,这种极端化也预示了骈文艺术的终结阶段。

论文方面,莫道才的《试论唐代骈文的流变》(《古典文学新探》,广西师范大学出版社,1990)中指出:"唐代的骈文在骈文史上是一个转折时期,总的趋向是由盛向衰转变。从艺术倾向来说,唐代骈文本身经历了以此反复,即从初唐,到盛、中唐,到晚唐,经历了从尚审美、重精巧、重才学到重功利、明道、尚质朴,又回到尚审美、重精巧、重才学这样一个回旋。"董乃斌的《论樊南文》(《文学遗产》1983 年第 1 期,后收入王蒙、刘学锴主编的《李商隐研究论集 1949—1997》,广西师范大学出版社,1998)从"樊南文多骈体说明什么"、"关于樊南四六的思想内容"和"樊南四六的艺术评价"三个方面对李商隐的骈文作了较为深入详细的研究,认为李商隐的独特生活道路造成骈文创作数量较多,樊南四六中较好作品的真正优点,在于通过某些修辞手法的恰当运用，使文章既具有一般的辞章之美，又增强了形象性和含蓄性，从而超越一般应用文的水平而进入艺术的境界。周振甫在《李商隐选集》（上海古籍出版社，1986）的《前言》中指出："商隐的骈文，清新而不浮靡，挺拔而不纤弱，华藻而不淫荡，虽称四六而骈散兼行，托体较尊，有情韵之美。""调谐声律，有气势善写景物，感情激昂而强烈，能感动人。"吴在庆《樊南四六刍议》一文（《中州学刊》1995 年第 2 期）首先结合唐代古文运动、北宋诗文革新运动的实况及宋代理学精神进行分析，认为浮华、繁缛、丽靡的艺术风貌与崇尚儒家道统、文以载道的主张背道而驰，是樊南四六文长期受到冷落的重要历史原因。此文进而重点就史学认识价值和艺术价值两个方面肯定了樊南四六文的积极意义，旨在强调增进研究的必要。刘学锴的《樊南文的诗情诗境》（《文学遗产》1997 年第 2 期）和余恕诚的《樊南文与玉溪诗》（《文学遗产》2003 年第 4 期）则从诗歌、骈文艺术交融互渗的角度分别探讨了李商隐诗歌对骈文的影响、骈文对诗歌的影响。

总起来看，近百年以来的晚唐骈文研究取得了不小的进展。有的论著能够联系晚唐以前以及之后的骈文发展状况和艺术特征作出综合性的阐述，通过对比来凸显晚唐骈文艺术上的独特之处，在宏观上对晚唐骈文的总体艺术特征的把握是比较准确的。晚近的一些研究，一反过去简单否定的做法，对晚唐骈文的艺术成就开始给予高度的重视，并提供了极具参考价值的研究成果。其中最突出的部分，一是对骈文艺术特质的分析，再就是对骈文和诗歌艺术特质的互动关系所作的精彩论述。

以往的研究论述多是以古文为主体和立足点，骈文则处于附属和被动的地位。唐、宋两次古文运动往往是研究者关注的重点，对于两次运动之间复古运动的低潮时期普遍比较轻视，轻视这一点，也就轻视了骈文、古文对峙、消长历史发展线索上的一个有机构成环节，自然难以对发展线索的整体有全面、真切的认识。比如钱冬父先生认为，经过韩柳的毕生努力和奋斗，从理论和创作上，终于打垮了当时骈文的统治地位，树立了古文在文坛上的权威，而且骈文在晚唐谋求保存自身所起的变化和挣扎，也反映了古文运动的威力。① 古文运动改变了数百年来骈俪文体一统文坛的局面，有力地打击了风靡已久的绮靡浮艳的文风，开创了中国古代文章发展的新传统，但如果认为唐代古文运动使古文取得了完全的优势，则不免夸大了它的成果，将文体发展问题简单化了；唐代古文运动之后，骈文并没有从文坛上消失，骈文仍然占有巨大的市场，并且非古文所能轻易取代，这是当时的历史事实，对于古文市场的扩大和骈文的领地的保持，需要有客观、具体的分析。其实即便是在后来的整个传统社会，骈文一直保有自己通行的领域，始终未能为古文所彻底取代。再一点，过于强调古文发展的进步意义，转而将骈文完全置于被动的地位，也不利于全面、客观、公正地分析和看待骈、散对峙消长的形势。古文的蓬勃发展的确对骈文的生存和延续造成了压力，推动骈文谋求新的发展途径，但是骈文的发展演变也有其自身的规律和线索，骈文自身的变革并非完全是在古文打击下的苟延残喘。再如学者多推重晚唐小品文，主要是着眼于这种文章强烈的现实针对性，鲜明的观点和立场，揭露时弊的尖锐眼光和锋

---

① 参见钱冬父：《唐宋古文运动》，中华书局 1962 年版，第 59 页。

利的批判锋芒。嬉笑怒骂，皆成文章，如匕首，如投枪，即是鲁迅杂文同晚唐小品文的相似之处。长期以来，人们在此类观点的影响之下，往往对骈文多少带着几分轻视和排斥，其中不无偏见。如果从文章学的角度，对晚唐骈文的内部特征和外部环境进行一番整体观照，不仅能够丰富中国骈文史的研究成果，更重要的是，如果我们将晚唐这个骈文复盛的时期同此前中唐古文运动以及此后的北宋古文运动联系起来看，透过骈散消长的形势，还能找到某些中国古代文章学甚至文学中的发展规律。前人对于唐、宋两次古文运动的研究成果相当丰硕，但对于两次古文运动之间的这个复古潮流中的"低谷"来说，成果相对还比较薄弱。

在以往研究成果的基础上，晚唐骈文研究似乎还有一些尚可拓展的余地：

第一，骈文的盛衰是一个社会文化问题，而不仅是骈文发展本身的问题。

首先，由盛唐到中唐骈文的渐趋衰落，同古文运动的兴起和蓬勃发展有着直接的关系；晚唐骈文再次趋向繁荣，又同古文运动走向衰落直接相关。葛晓音先生认为："骈文的复兴是古文衰落的一个重要原因，而骈文之所以复兴，却又与古文运动的影响和局限有关。"①这个结论言简意赅地说明了骈文同古文之间矛盾对立的微妙关系，极为精辟。唐代以后，骈文失去一统文章领域的优势，一直到北宋中期第二次古文运动的兴起，骈文同古文

---

① 葛晓音：《中晚唐古文趋向新议》，《汉唐文学的嬗变》，北京大学出版社 1990 年版，第 195 页。

之间呈现出此消彼长的态势。在这种情况下，我们不可能孤立地在骈文发展历史线索内部探讨、研究晚唐骈文，而必须将晚唐骈文置于骈文发展史、特别是中晚唐之际乃至五代、宋初的骈文、古文对峙消长的形势中来寻求它趋于繁荣以及再次衰微的历史动因。

其次，骈文、古文的对峙消长也不仅是一个文体问题。古文家抨击骈文、倡导古文，其最终目的乃在于张大儒学精神，加强和巩固以儒学精神为内核的伦理道德和社会秩序，而古文正是他们心目中能够帮助达到这一目的的文学武器。古文运动同政治革新和儒学复古之间实际上存在着互为表里的关系。晚唐五代时期骈文的复盛与古文的衰落都不是单方面原因造成的，而是多种因素共同作用的结果。古文同骈文的盛衰消长虽说在中晚唐表现最为明显，却并不单纯是两种文体之间的矛盾斗争，也并非只是由于某一个历史时段的原因所造成，这种矛盾既牵涉到不同的文学观和文体观，也是它们各自的历史发展线索在不同的社会文化环境下或隐或显的不同表现。从这个角度看，无论骈文还是古文，抑或是骈文同古文的对峙消长，都不是单纯限制在文学学科之内的课题，而都是跨越多种学科的综合性课题。

多角度、多侧面地通过社会文化的视角审视晚唐骈文，无疑有助于认识骈文本身的时代特征、历史发展脉络，同时对于整个时代的文学风貌以及文学同政治等其他社会因素的互动的考察也能够起到推动和深化作用。

第二，鉴于原来的骈文研究在方法上比较单一的状况，还可以尝试使用更多的具体研究方法来考察晚唐骈文。比如目录学等文献学方法，在其他文学史课题上早已普遍使用，并且获得了大量有价值的成果。骈文特别是晚唐骈文的研究还多停留在艺术研究的层面上，本书除了对晚唐骈文形式方面的诸种艺术特征的分析进一步深化和细化并作出理论概括之外，还试图通过史志、目录的调查研究从文献角度寻找晚唐时代骈文的特殊发展规律。

第三，还可以将晚唐骈文的艺术新变同晚唐时代的文学演变进一步有机地结合起来。骈文的发展不是孤立的现象，骈文题材、形式的变化，艺术特色的演变，与时代文学风貌的变迁都是紧密相关的。因此有必要将骈文艺术与同时代诗歌艺术、文学理论及批评联系起来考察，在比照中深化对晚唐骈文的理解。以往的研究在这方面已经取得了不少成果，但总起来看还比较零碎，不够系统。比如李商隐诗歌和骈文创作之间的影响，学者们已经提出了很多极有价值的见解，但具体到每一位独立的学者，往往比较注重单向的渗透，较少从双向互动的角度作出具体、全面的阐释，同时偏重揭示艺术上渗透的积极一面，对于其消极面较少注意。本书尝试揭示晚唐骈文同诗歌艺术的双向互动，并且从艺术形式、情感基调等方面作出更为周密细致的论述。

三、各章旨要

本书的目的，不仅在于建立骈文发展自身历史线索上重要的一环、试图发掘不太为前人所重视的复古低潮中文体演变的种种委曲，更有意于建立我国古代文章发展历史上骈文和古文两种文体竞争、消长格局演变方面重要的一环，使从第一次古文运动的衰落到第二次古文运动的兴起之间的这一重要环节清晰起来。在结构布局上，拟从中晚唐之际骈文、古文力量的升降变化说起，把晚唐骈文的文献学研究和文艺学研究作为主体，向后延伸至五代和宋初。因为五代和宋初的文风在很大程度上是晚唐文风的延续，或者体现为文学思想的延续，或者是晚唐某种骈文艺术风格的蜕变或者模仿。这也就是本书之所以叫做“晚唐骈文研究”的原因。

本书共分为四章。

第一章，着重探讨晚唐骈文的再度兴起同古文运动走向衰落之间的关系。首先，骈文在晚唐能够复兴，首先取决于骈文自身强大的社会文化基础。文章的骈俪化是中国文学发展的必然趋势，文学审美特质的发展有其自身的规律，骈文的发展也有其自然过程，不会在历史的某一个点上戛然而止；隋代开始的科举制度始终是骈文通行的制度保证；到中晚唐时期，以骈体为文章正宗的文体观念并没有根本性的变化。我们在探讨古文运动之前所谓“反骈”言论的时候，需要特别注意区分其根本性质，因为反对华靡文风和反对骈文这种文体在意义和结果上都截然不同。

其次，在文体上变骈为散，只是以复兴儒学为根本宗旨的文化运动的外部形式，或者说是这种文化运动在文章领域内的反映。古文家在记叙事实的基础上，传达出自己对具体事件、时世的思考认识以及鲜明的伦理判断，显示出积极干预现实的强烈的功利主义文学观念和实践品格。但这也同时导致它容易为政局的变化所左右，政治革新的成败势必直接而迅速地影响到古文运动的发展走向。中唐政治革新轰轰烈烈的时候，古文也到达了巅峰状态；伴随着政治革新的失败，古文也就失去了精神依托，从而走向衰落。

再次，骈文、古文两种文体的消长是通过竞争来实现的。古文运动自身的局限，将文体革新的努力带进死胡同，同时在无形中降低了古文同骈文的竞争力。晚唐时期骈体文的再次抬头，同这一点有着直接的关系。古文运动之所以能够取得巨大的成就，最重要的原因在于它顺应了文学发展的规律，而不是以机械摹拟的复古方式来提倡散文，不把散文单纯地作为明道、载道的工具，充分尊重散文的文学品格和价值，并通过创新来升华它。虽然古文运动的中坚人物激烈地批评骈文，但对于骈文当中优秀的文学表现手法却尽量地加以吸收利用，增强散文的表现力，注重散文自身在文学表现技巧上的创新。但在初盛唐以来以赋颂为美的传统观念的影响下，古文运动的先驱和领袖人物写作了大量的骈体赋颂歌功颂德，在律赋之外，没有主动抵制骈体。韩、柳的同道和弟子往往单纯摹拟，缺乏独创性，甚至将古文引入怪僻艰涩一途，这本身就陷入了形式主义，减弱甚至丧失了与骈文的竞争力。散文的普及仍然限制在应用文当中，而且多数作者受骈文影响较深，创造不出足以同骈文竞争的成熟的散体文。

第二章题为"晚唐骈文体裁研究"。以往对于晚唐骈文的研究，艺术层面的比较多，对于晚唐骈文在体裁上有何变化则发明甚少。本书认为，晚唐骈文不仅存在艺术上的新变，结合史志、目录的著录可以发现，个别体裁在当时特殊的政治、制度和文化背景之下也发生了不小的变化，而且这些变化同艺术上的演变往往有着直接的关联。揭示体裁本身的显著变化同晚唐社会文化诸方面的具体联系，是本书的一个重要宗旨。

宏观的历史背景同文风的发展趋向之间往往存在着必然的联系，但未必是直接的联系。就晚唐骈文而言，以往的研究成果一般认为，晚唐时代中央政权的衰落导致了文学中唯美风气的盛行，骈文的复兴就是显著的表现。这个结论不能说不对，但终究比较粗糙。历史文化因素究竟怎样在骈文的演变中起作用以及起到了怎样的作用，本书试图通过这一部分的探讨作初步的解释尝试。从方法上看，对晚唐幕府公文的研究比较偏重于目录学，对晚唐律赋的探讨则相对重视地域视角。

第一节主要研究晚唐政局与幕府公文的新变。唐代方镇使府涌现出一批写作骈文章奏的能手，也流传下来大量的作品。擅长写作章表一类的应用文，具备高超的骈文技巧，既是文人进入幕府的一个重要资本，同时还比较容易引起朝廷的注意和重视，增加进入中央权力机构的机会。唐后期方镇职权的扩大，为幕府僚佐提供了施展才华的用武之地，也为人才成长创造了机会和条件。晚唐藩镇多各自为政，战乱频仍，笺表书檄在各种复杂关系中周旋权变的功能的重要性急剧提高，方镇对于相关文书人才普遍表现出极度的渴求。另一方面，由于科举制度的变迁，文人通由科举而致于显达的道路越来越窄，出于生计的考虑，也更多地投向幕府。幕府同文人两方面在特殊的历史条件之下形成了一种特殊的默契，也促进了幕府表状笺启类公文创作的繁荣。从史志或者目录书来看，唐代前期无论是“上之所以逮下”的制敕类文集还是“下之所以达上”的表状类文集都比较罕见。唐代表状笺启文集在前期并不发达，但是在中唐以后逐渐增加，到晚唐则大量出现，高潮延续至五代。当时此类骈文大量结集,并在数量、命名和作者等方面都呈现出鲜明的独特之处,甚至形成了专门的学问。这种种变化在骈文表现手段上也造成了相当大的影响,比如高度程式化和用典上“獭祭鱼”特征的形成,都与此密切相关。

第二节题为“晚唐律赋题材的拓展与闽地律赋创作的繁荣”。晚唐以前,律赋基本上还是为了适应科举考试的需求而作,一般不可能脱离封建政治教化的要求。基本上没有个人感情世界的表露,思想内容流于一般化,很难从中发掘出新意和深意。时至晚唐,律赋创作别开生面。作家在应试和行卷之外,也用律赋来表现自己的生活,因而题材有所拓展,部分内容开始脱离科举功令和偏离政治教化而专注于写景和抒情,艺术表现手法也朝着多样化和细密化的方向有了不小的进步,作品的整体艺术风貌在很大程度上体现出晚唐文学的时代气息。在晚唐时期的律赋创作中,闽籍作家作品占有十分突出的地位,在律赋从纯然科举文体转变为抒情的文学文体以及律赋艺术品位获得大大提高的过程中,闽籍作家的贡献是无可替代的。晚唐闽中律赋创作的繁荣,一方面得益于科举制度推动下闽中士人群体的成长壮大;另一方面,在晚唐五代的战乱中闽中相对稳定,文人得以相互交流,也有利于文学创作的发展。

第三章试图探讨晚唐骈文与诗歌艺术特质的交融互渗。第一节主要研究晚唐诗文格律化的加深问题。我国古代的骈文作品多数都是实用性很强的,但形式因素对于骈文的意义,多数情况下显然远远大于内容,这是中国骈文发展史上的客观事实。骈文在六朝后期达到鼎盛,也正是文学的独立和自觉、进入为艺术而艺术的唯美主义的顶峰时代的产物。艺术形式是考察骈文艺术流变、把握骈文时代特征的最关键因素，也是骈文同诗歌在艺术上取得沟通的基本渠道。从东汉魏晋以后直至南朝，骈文在形式上不断趋于完备和严整，或者说格律化的程度不断加深。律体骈文形式因素的变化基本上同诗律的进步保持同步关系，晚唐骈文也是如此。在诗歌表现技巧进步的推动之下，律体骈文沿着自身的发展轨迹，在格律上更趋严谨，句式上更加整饬，是骈文艺术形式的进一步发展。

第二节主要研究晚唐骈文和诗歌中的感伤情调。晚唐时代的悲伤情绪，贯彻在多种题材、体裁的作品当中，共同构成了晚唐文学独特的悲美个性，其中又以咏史怀古之作中体现得最为突出。同时，与咏史怀古题材相关的文学创作由此走向了它的高峰。这类作品的体裁既包括诗歌，也包括律赋。律赋用于咏史怀古，是晚唐此种体裁在创作题材上的重大突破，晚唐律赋也由此取得了同晚唐咏史怀古诗歌的精神联系。传统的"士不遇"主题，到了晚唐时代越来越多地体现为作家对自己身世遭际的自伤自怜。晚唐时期干谒书启中自伤身世的成分，使之呈现出不同于盛唐和中唐时期同类作品的特点。李商隐多将这类内容诉诸往来书信，他甚至在哀悼死者的祭文当中也频频表达身世之悲。这些体裁独特的抒情方式成为晚唐感伤主义文学的重要组成部分，并在意境的塑造方面较之前代骈体文学更加圆熟，从而整体上把传统骈文的形式要素推向极端。

第三节以李商隐的"以骈文为诗"和"以诗为骈文"作为一个研究个案进行详细分析。韩愈以古文为诗，李商隐则是以骈文为诗。大概是由于长期以来学者对古文的关注程度远远超出骈文，并且义山诗歌所吸引的学界的注意力又远远在樊南四六之上，故而关于韩愈“以古文为诗”以及李商隐诗歌的研究成果都极其丰硕，偏偏清代何焯所提出的李商隐“以文入诗”的命题很少再有人涉及。不同文体之间在艺术上的互动确实有其积极意义，李商隐的创作将骈文同诗歌之间的互动推进到当时的最高水平。但是我们所要着重指出的是，同样的艺术思维逻辑和同样的表现手法，在樊南文和玉谿诗中所取得的艺术效果有着很大的不同。

第四章着重论述晚唐骈文的影响。第一节主要分析五代文坛，本书认为五代文坛是对晚唐文风和文体格局的延续。五代时期的社会文化环境，在宏观上决定了诗文领域中重视今体诗文的风气较之晚唐有过之而无不及，这是晚唐文学风尚的自然延续和扩张。五代十国时期的文坛，整体上看可以说是浮艳文风占了主流，就文体而言，仍然是骈体占绝对优势，不仅全盘接续了晚唐时代的文体格局，而且律体骈文同晚唐一脉相承，只是在诸种形式特征上更加严格、精切和完备，比较充分地体现了晚唐骈文的典型特征。在文章文体方面，《旧唐书》史臣从力主新变的角度出发，肯定文章形式上的种种进步，以骈体为文章正宗。这种观念在五代时期能够成为主流，即是晚唐文坛风气的自然延续，但是晚唐时尚没有将这种观念表达得如此明确者，到此处算是作了一个总结。

第二节研究北宋初年的“李商隐热”与西昆派骈文的风行。晚唐五代以来骈文趋于复兴、古文衰落不振以及北宋初年的重文风尚，促成了宗法李商隐的西昆派骈文的风行。西昆派骈文同樊南四六的相同之处主要在于词采秾艳和典故繁多，有时在意境塑造上也颇能得其仿佛。但西昆派作家多身居高位，在创作中有意无意之间回避了社会矛盾，而将注意力集中在身边琐事和日常生活，颇陶醉于宴饮酣歌和酬答唱和，文学成了单纯娱乐和排遣的工具，很少有樊南四六中经常出现的末世落魄文人的自哀自怜和流离之悲。相对于衰敝的五代文章来说，西昆体以精致缜密纠五代文之粗陋，以华丽富赡纠五代文之枯瘠，它的出现多少带来了一些新鲜的气息。不过从根本性质上说，这种改变，乃是局限于文风范围之内的改变，文体仍旧是晚唐五代以来趋于复兴的骈体。它主要宗法樊南四六，实际上成为晚唐骈文风气、特别是樊南四六的末流。晚唐骈文风气向后代延伸，北宋的西昆派骈文即在一定程度上充当了它的“代理人”，晚唐骈文也就此走到了穷途末路。北宋古文运动以西昆派骈文作为直接的变革对象，实际上就是对晚唐以来骈文传统的清算。

第三节为“文体复古运动的再次兴起与骈散对峙新格局的确立”。在西昆派骈文产生、风靡之前，古文没能对骈文取得优势，西昆派骈文风行之后的二十年间，古文仍居劣势。究其原因，主要在于这个时期的古文总体上艺术成就不高，没能够提供成功的古文创作典范，难以同技巧圆熟的骈文抗衡。北宋中叶的古文家借助政治改革的推动作用，较好地处理了“文”和“质”之间的关系，形成了以平易、朴实、流畅为主要特征的新型古文。同时，他们接受骈文不可能完全为古文取代的现实，在行政公文领域仍然保留了骈文，但并不采取晚唐四六和西昆派骈文的写法，而是对传统的写法加以改造，形成了具有鲜明特色的宋四六。随着古文运动的再次展开，古文在公文领域之外的正宗文体地位最终得以确立，晚唐以来骈文逐渐向公文领域隐退的进程至此完成。

第一章　古文运动的衰落和晚唐骈文的再度兴起

第一节　骈文的社会文化基础——晚唐骈文复盛的先决条件

关于骈散消长同晚唐骈文复盛之间的关系，大抵可以从以下三个层面来理解：第一，唐代古文运动是骈、散两种文体的第一次较量，古文还不能说是对于骈文取得了完全的优势，骈文的影响不可小觑。骈文自身发展的历史惯性是晚唐骈文复盛的根本原因。第二，唐代古文运动是中唐政治革新和儒学复古实践在文章领域的反映，文学同政治及思想文化两个方面互为表里，因此古文的提倡具有极强的实践品格和功利色彩，并不完全像骈文的发展那样，基本上由文学自身的发展趋势所决定，伴随着中晚唐政治形势的变迁，古文运动逐渐失去外在动力和精神支柱，骈散力量的对比必然再次发生变化。第三，古文运动自身的局限给骈文的再次崛起留下了空间。

一、骈文发展的必然性和合理性

陈维崧《四六金针》谓："四六之兴，其来尚矣。骈文俪语，六经多有之。”①近人马叙伦在《读书小记》卷一中指出：“秦汉以上，文无骈、散之分。《书》之二《典》,《易》之十《传》，佶屈聱牙之中，有妃黄俪白之句，……《左氏》内、外《传》即骈、散兼布矣。广搜周秦诸子及两汉词赋，盖莫不然。”②其实先秦时期的经、史、诸子文章，从整体上看，散句仍占多数。如果有所谓“骈句”，除了极少数工稳的对偶以外，基本上是前后句意义的相对，而不是字、词严格的对仗，而且两两相对的对句并不多，更多的是两句以上的排句。不少句子还有押韵现象，似文又似诗。这些排句、偶句部分一般出现在需要特别强调的重点之处。语言风格比较质朴，没有刻意的文采藻饰。此类风格特点是早期文字作品为了适应便于朗读和记忆等实用需要而产生的。单纯的押韵与后世成熟的骈文中完备精密的声律规则完全是两码事；早期文字也谈不上隶事用典。据钟涛先生统计，行文中偶句较多并且押韵的《周易·乾·文言》全文一百五十多句，“其中排比句 40 多句，骈句 30 多句，散句约 70 多句。骈句不及三分之一。而且多数骈偶句的性质又还不完全等于后世骈文的对句”③。其他文章中骈偶所占比例之小更是可想而知。可以说，先秦时代的文章仍然是散文的天下。这种格局直至西汉没有根本性的变化。东汉是文章发生剧变的时代，一

---

① 台湾新文丰出版公司《丛书集成初编》本。

② 商务印书馆 1933 年线装铅印本。

③ 钟涛：《六朝骈文形式及其文化意蕴》，东方出版社 1997 年版，第 56 页。

方面，“文章各体，至东汉而大备”①，另一方面则似乎已开始有意追求语言形式上的整齐和辞采的修饰。刘师培说：“迨及东汉，文益整赡，盖踵事而增，自然之势也。故敬通、平子之伦，孟坚、伯喈之辈，撰厥所作，咸属偶文，用字必宗故训，摛词迥脱恒溪，或掇丽字以成章，或用骈音以叶韵，观雍容揄抑之颂，明堂清庙之诗，不少篇章，胥关体制。”②此时文章也开始注意使用典故。它不同于先秦典籍中“子曰”、“诗云”之类引用原文以为佐证，而是将前代事典融入作者本人排偶化的叙述语言，来增强文章的艺术效果。正如《文心雕龙·才略》所云：“自卿（司马相如）、渊（王褒）之前，多才俊而不课学；雄（扬雄）、向（刘向）以后，颇引书以助文。”从东汉至六朝后期，文章总体的发展倾向是在前代基础上踵事增华。如果说东汉时代的文章注重炼字摛藻、引用古典还是儒学盛行的文化氛围之下学者气质的自然流露，那么此时便是刻意地“为文艺而文艺”了。文章中典型的两两相对之句逐渐取代排比句，对仗逐渐精巧工稳，对句比重不断加大，甚至“缉事比类，非对不发”③，在作者的有意追求之下，四六隔句对出现的频率增大。辞藻丰赡，至如铺锦列绣，雕缋满眼。文章的主旨、用意基本上都要通过典故来借喻或隐喻而婉转表达，用典的密度竟至“文章殆同书钞”④。永明声律学说的运用，

---

① 刘师培：《中国中古文学史》，人民文学出版社 1959 年版，第 23 页。

② 刘师培：《文说》，《刘师培中古文学论集》，中国社会科学出版社 1997 年版，第 206 页。

③ 《南齐书》，卷五二《文学传》。

④ 陈延杰：《诗品注》，人民文学出版社 1961 年版，第 4 页。

更使原来“暗与理合”[①]的声韵之美成为骈文写作中自觉的艺术追求。

魏晋南北朝时期，一方面文章骈俪化的程度大大加深；另一方面，几乎各种体裁均开始使用骈体，骈文写作的体裁成为正宗体裁，极少数仍用散体写作的体裁则沦为边缘体裁，不受重视。散文与骈文并行的作品，《文选》编者只选其中的骈文作品，比如史传，不选传记本身而只选录论、赞部分。一般史书之外，志人、志怪小说以及山水地记，即使富有文采，也被排斥在“文章”之外，列于史志目录中的史部。在骈文占据统治地位的时代，仍然有一些学术著作由于其自身的特点，还是使用散体写作，尤其是史学著作，因为讲究“实录”，同时为着叙事的方便，不能不用散文。骈文鼎盛时期写出的史书如《宋书》、《南齐书》的纪传部分仍然是散文。

《文心雕龙·丽辞》云：“造化赋形，支体必双；神理为用，事不孤立。夫心生文辞，运裁百虑，高下相须，自然成对。……赞曰：体植必两，辞动有配。左提右挈，精味兼载。炳烁联华，镜静含态。玉润双流，如彼珩珮。”骈体为文章正宗，刘勰的这段话是最直接、最明确的理论表述。若在今天看来，文章未必一定要对偶，散笔单行也是文章，可刘勰是力主为文必须骈偶的，这是当时流行的文章观念的反映。

骈文发展、成熟的历史过程比较充分地反映出文学上自觉的审美意识。在先秦两汉时期的经、传、子、史散文当中，表现内

① 《宋书》，卷六七《谢灵运传》。

容并不是作为独立的审美对象存在的。到了魏晋以后，文学开始同其他著述作品逐渐分离，四部分、文集立，进入了鲁迅所说的“文学的自觉时代”①，文学独立的审美价值才得到人们的重视和强调。“自东京以还，讫于魏晋，传记皆分史部，论撰沿袭子流，各有成编，未尝散著。惟是骚赋变体，碑诔杂流，铭颂连珠之伦，七林问答之属，凡在辞流，皆标文号……彼时所谓文者，大抵别于经传子史，通于诗赋韵言。”②这就是萧统所谓“事出于沉思，义归乎翰藻”的“篇什”之作，大体上就是今天所谓的文学性作品。从曹丕的《典论·论文》、陆机的《文赋》，到萧统等人选编的《文选》，再到挚虞的《文章流别论》以及刘勰的《文心雕龙》，人们对各种文体进行了逐渐趋于精深细密的归类和研究。文学作品的个性特征随着独立的文学观念的形成得到人们越来越充分的认识、肯定和重视。具有一定的审美价值是文学形象的基本特征，审美价值的高低在很大程度上决定着文学作品的艺术水准。骈文通过对偶、声律、用典和辞藻等种种形式方面的要素更直接、更明朗地表现出作家们对于艺术美的认同和追求，因为骈文较之散文更加突出和明确地将形式方面的多种因素作为审美价值的鲜明体现，从而对之不断加以丰富、发展和完善。除了内容方面的审美意义之外，形式本身的美就是骈文写作最直接的追求目标。六朝时期大量的骈文作品用优美灵动的笔触来描写

① 鲁迅：《魏晋风度及文章与药及酒之关系》，《鲁迅全集》，第三卷，人民文学出版社 1973 年版，第 491 页。

② ［清］章学诚：《文史通义》，外篇三《杂说下》，《章学诚遗书》，卷九，文物出版社 1985 年影印嘉业堂 1920 年刊本。

自然景物，抒发作家内心的真挚感情，比如鲍照的《登大雷岸与妹书》，吴均的《与朱元思书》，江淹的《恨赋》、《别赋》，庾信的《哀江南赋》等等作品，或者使用大量的笔墨生动地表现自然山川草木的色彩、形态和生命力，抒发人们对大自然的喜爱和赞叹，或者通过形象的描绘刻画多种人生境遇中丰富多样、深沉绵邈的心理感受，都能够着意于塑造圆融流美的艺术意境，藉以表达内心复杂的情感体验和审美意识。所谓文学的自觉，是说文学摆脱了政教的目的，用于抒情和娱乐，走向对文学自身艺术美的探求，在这样的社会文化角色中，它自身的特点显然更容易得到充分发展。可以说，骈文从发生、发展而逐渐趋于成熟的过程，同文学自觉的进程在大方向上是一致的。

骈文是一种重视形式美的文体，过于追求形式美就难免在形式同内容的关系上畸轻畸重，造成表达的累赘或障碍，这是骈文发展成熟以后难以克服的局限。不过不少论者在高度评价古文运动的进步意义的时候，往往对于古文运动所极力批判的骈文的消极面强调过甚。如果骈文果真一无是处，那么中古时期骈文的发展、成熟及其普及、流行就无法解释了。文学的审美特性是客观存在的，是人类生活之所必需。在隋和唐代初年，关于文学审美特质的探讨仍然在继续进行。如对声律、对偶等诗文形式美的探讨和总结，对诗歌情和景之间关系的思考，都具有相当重要的意义。文学审美特质的发展有其自身的规律，骈文的发展也有其自然过程，不会在历史的某一个点上戛然而止。骈俪体制在中古时期扩展延伸到绝大多数文章体裁，进入唐代以后，特别是古文运动兴起之前，骈文的影响并未因改朝换代而受到太大影响，仍然具有雄厚、强大的社会文化基础，这实际上就是文学自身发展规律的作用以及文学传统的自然延续。

二、"反骈"的性质区分——文风与文体

从骈体文逐步得以定型和确立的南朝，到唐代古文运动的兴起，对于骈文的批评始终未曾中断。不过批评的性质却不尽相同，有针对文风者，有针对文体者，大抵古文运动之外，以针对文风的批评为多。文风的改良同文体的改革截然不同，它首先表明在根本上对于骈偶体制的认同；其次还会在客观上促进骈文的适应性，扩大其影响和流行范围。

梁代裴子野"为文典而速，不尚丽靡之词，其制作多法古，与今文体异"①。所著《雕虫论》批评渡江之后的文章说："爰及江左，称彼颜、谢，箴绣鞶帨，无取庙堂。……无被于管弦，非止乎礼仪，深心主卉木，远致极风云。其兴浮，其志弱，巧而不要，隐而不深。"②裴氏此文基本不用典故，藻饰较少，对偶也不刻意求工，表达比较明白晓畅，确实与当时文坛上的一般风气有所不同，不过其格局仍然属于骈文。

北齐颜之推对当时文章也有所不满："今世相承，趋末弃本，

---

① 《梁书》，卷三〇《裴子野传》。传中所谓"其制作多法古，与今文体异"之"体"字，不能简单等同于今日所谓"文体"之"体"，它在当时是表示"文风"的意思。《南齐书》卷五二《文学传》有云："今之文章，作者虽众，总而为论，略有三体。"用法与《裴子野传》相同。

② ［宋］李昉等：《文苑英华》，卷七四二，中华书局1982年版。

率多浮艳。辞与理竞，辞胜而理伏；事与才争，事繁而才损。放逸者流宕而忘归，穿凿者补缀而不足。"[①]不过他所要批评的并非属对、使事惬当精巧的骈体文，在文体问题上，他的态度比较通达，肯定骈文之讲求音律、对偶和藻饰是一种进步，他说："古人之文，宏才逸气，体度风格，去今实远；但缉缀疏朴，未为密致耳。今世音律谐靡，章句偶对，讳避精详，贤于往昔多矣。宜以古之制裁为本，今之辞调为末，并须两存，不可偏弃也。"[②]对于骈文音韵和谐、对偶工整这些特点，他都看作是长处，因此主张古今之长两相结合。

开皇四年(584)，隋文帝下诏改革文风。《隋书》卷六十六《李谔传》载李谔《上隋高祖革文华书》云："魏之三祖，更尚文词，忽人君之大道，好雕虫之小艺。下之从上，有同影响，竞骋文华，遂成风俗。江左、齐、梁，其弊弥甚，贵贱贤愚，唯务吟咏。遂复遗理存异，寻虚逐微，竞一韵之奇，争一字之巧，连篇累牍，不出月露之形，积案盈箱，唯是风云之状。……以傲诞为清虚，以缘情为勋绩，指儒素为古拙，用词赋为君子。"李谔请求朝廷对文辞华艳者绳之以法："请勒有司，普加搜访，有如此者，具状送台。"隋文帝对李谔的上书大为赞许，将其颁示天下，于是"四海靡然向风，深革其弊"。同年九月，泗州刺史司马幼之因为文表华艳而被治罪。[③] 李谔对于汉末魏初以来文学逐渐得到人们的重视、六朝

① [北齐]颜之推撰，王利器集解：《颜氏家训集解》，中华书局 1993 年版，第 267 页。

② [北齐]颜之推撰，王利器集解：《颜氏家训集解》，第 268 页、第 269 页。

③ 郭绍虞先生认为治罪在先，李谔上书在后。参见郭绍虞：《中国文学批评史》，百花文艺出版社 1999 年版，第 156 页。

时期文学上华艳雕琢流成风气的描述都有符合实际之处，但他将政治的衰乱与文风的浮华直接联系在一起，未免失之于简单机械。他在批评过度繁缛的文风的同时，将一切文学创作同政教完全对立了起来。开皇年间的这次改革，从本质上说是一次文风改革，具体到文章方面，并不是主张以散文代替骈文的文体改革。李谔的这篇上书就是骈文，而且是相当工稳整饬的骈文。

唐初史臣从政治兴衰的角度，对六朝后期文学、文章创作风气提出批评："梁自大同之后，雅道沦缺，渐乖典则，争驰新巧。简文、湘东，启其淫放；徐陵、庾信，分道扬镳。其意浅而繁，其文匿而采。词尚轻险，情多哀思，格以延陵之听，盖亦亡国之音乎？"[①]主张将宫商发越的江左文学同词义贞刚的河朔文学相结合，以达到文质彬彬。他们并不反对骈体，至少他们所作史传的序、论部分都是用骈体写成的。

初唐四杰对"争构纤微，竞为雕刻"、"骨气都尽，刚健不闻"[②]、大受齐梁文风影响的龙朔文体提出了批评。王勃在《上吏部裴侍郎启》中说："天下之文，靡不坏矣。"[③]但他们的批评也仅仅停留在这一点上，他们还没有变革文体的明确意识，对于如何改变文风没有提出明确的主张，也没有进行积极的创作尝试。他们自己也以华美宏博的骈文见长，代表了骈文形式走向极端化的一个重要阶段。

---

① 《隋书》，卷七六《文学传》。

② ［唐］杨炯：《王勃集序》，［唐］杨炯、卢照邻撰，徐明霞点校：《杨炯卢照邻集》，中华书局 1980 年版，第 36 页。

③ ［唐］王勃撰，［清］蒋清翊注：《王子安集注》，上海古籍出版社 1995 年版，第 131 页。

陈子昂明确提出了诗歌革新的理论要求，他在创作实践中也体现出复古的倾向，但今天看不到他明确提倡变革文体、以散代骈的言论。陈子昂本人的文章虽说不求文辞华丽，也不着意于对偶的巧切工稳，但其作品当中，句式比较整齐的对句所占比例还是相当大，故而马端临说：

> 陈拾遗诗语高妙，绝出齐、梁，诚如先儒之论。至其他文，则不脱偶俪卑弱之体，未见其有以异于王、杨、沈、宋也。然韩吏部，柳仪曹盛有推许。韩言"国朝盛文章，子昂始高蹈"；柳言"备比兴、著述二者之作"，则不特称其诗而已。二公非轻以文许人者，此论所未喻。①

古文运动的代表人物推崇陈子昂，原因当在于陈氏倡导文风变革乃是他们着手进行文体变革的前奏和铺垫，而并非是陈子昂本人已经彻底改变了文体。

站在史学家的立场，刘知几认为华丽的藻饰都是对诗赋的要求，不能作为写作、评论史书的标准：

> 大唐修《晋书》，作者皆当代词人，远弃史、班，近宗徐、庾。夫以饰彼轻薄之句，而编为史籍之文，无异加粉黛于壮夫，服绮纨于高士者矣。②

刘知几论文的根本宗旨以及立足点，乃在于划清"文"与"史"的界限，从维护史学论著的基本功能出发，提倡质朴、平易的文风。他反对的是将文学创作的表现手法施之于史传写作，并不是否

---

① ［元］马端临：《文献通考》，卷二三一《陈子昂集》解题，中华书局1986年版。

② ［唐］刘知几撰，［清］浦起龙释：《史通通释》，卷四《内篇·论赞》，上海书店1988年版，第53页。

定文学创作，当然也没有否定骈俪文体。《史通》文辞虽然比较质朴平实，不加藻采渲染，但仍然是工整的骈俪对偶之体。

唐代古文运动之前，以改变文体为目的的改革，严格来讲只有西魏大统时宇文泰、苏绰的改革。《周书》卷二三《苏绰传》载："自有晋之季，文章竞为浮华，遂成风俗。太祖欲革其弊，因魏帝祭庙，乃命绰为《大诰》，奏行之。"事在西魏大统十一年(545)。苏绰所作《大诰》，摹仿《尚书》典正质朴的文体风格，点窜典谟，改变长久以来公牍文采用偶俪绮艳的骈体文的情形，基本上采用单行散笔，目的在于"建言务存质朴，遂糠粃魏晋，宪章虞夏"①。明确提出文体复古的主张，这是宇文泰大统改制措施中的一项内容，与宇文泰政治上"摈落魏晋，宪章古昔"的设想是一致的。但是，第一，从表面看，这一度造成了特殊文体变骈为散的结果，而实际上，宇文泰、苏绰等人并没有涉及骈散问题，他们只对华靡的文风表示反感。据《苏绰传》，宇文泰希望革除"文章竞为浮华"的风俗，便命苏绰改革文体；苏绰本人也曾批评"近代以来，文章华靡，逮于江左，弥复轻薄"②。除此以外，他们对于骈文的体制特征和表现手法并没有明确的理论认识，更未作过切实的辨析。第二，关于这次文体改革所涉及的范围，《周书》说得比较明确："自是之后，文笔皆依此体。"不过这个论断确实存在一些偏颇，钱锺书先生曾指出：

《周书·苏绰传》言绰《大诰》后，群臣"文笔皆依此体"，

---

① 《周书》，卷四一《王褒庾信传》。

② 《周书》，卷二二《柳庆传》。

> 然《史通·杂说》中曰:"苏绰军国词令,皆准《尚书》,太祖敕朝廷他文悉准于此,盖史臣所记,皆禀其规";则所"革"者限于官书、公文,非一切"文笔",《周书》未核。征之见存诏令,惟魏恭帝元年太祖命卢辨作《诰》谕公卿、三年禅位周孝闵帝《诏》、孝闵帝元年登极《诏》稍"依"《大诰》体,明帝武成元年五月《诏》已作六朝惯体,去大统十一年颁《大诰》时不及十五年也。柳虬存文虽无丽藻,仍尚比偶,观其论史官《疏》可知;……隋文此诏未见,想其欲继周太祖志事而光大之,由"公"文而波及"私"著,……①

可见改革的目的并不是要在所有的文章领域都由散文来取代骈文,它只是要依据南朝后期以来文、笔之辨的传统,将华艳的骈文赶出"笔"的疆土,恢复其旧观。由此看来,即便在官书、公文这样狭窄的范围之内,《大诰》体也难以同六朝骈俪文风相对抗,其影响所维持的时间相当短暂。陈寅恪先生论曰:"一检《周书》肆《明帝纪》所载武成元年后之诏书,其体已渐同晋后之文,无复苏绰所仿周诰之形似,可知此种矫枉过正之伪体,一传之后,周室君臣即已不复遵用也。若更检《周书》,则见《明帝纪》所载武成元年前一岁九月丁未帝幸同州故宅,赋诗曰:'玉烛调秋气,金舆历旧宫。还如过白水,更似入新丰。霜潭渍晚菊,寒井落疏桐。举杯延故老,令闻歌大风。'则竟是南朝后期文士、北周羁旅累臣如庾义城、王石泉之语,此岂宇文泰、苏绰创造《大诰》文体时所及料者哉!"②

---

① 钱锺书:《管锥编》,中华书局 1979 年版,第四册第 1551 页。

② 陈寅恪:《隋唐制度渊源略论稿》,三联书店 2001 年版,第 104 页、第 105 页。

清人赵翼已经指出，王莽居摄时也曾仿《尚书》体制作诏诰。[①] 苏绰之推出《大诰》同样是配合官制改革的政治行为，就文章写作而言，纯属彻头彻尾的复古，这类不尊重文章本身发展规律的改革当然没有前途可言。《周书》卷四十一《王褒庾信传》说它是“虽属词有师古之美，矫枉非适时之用，故莫能常行焉”。所论可谓一针见血。刘知几说：“寻宇文初习华风，事由苏绰，至于军国词令，皆准《尚书》。太祖敕朝廷它文悉准于此。盖史臣所记，皆禀其规。柳虬之徒，从风而靡。案绰文虽去彼淫丽，存兹典实，而陷于矫枉过正之失，乖夫适俗随时之义。苟记言若是，则其谬逾多。”[②]

开元以前所提倡的文风改革与天宝之后李华、独孤及、梁肃、柳冕等古文运动先驱以及后来韩愈、柳宗元等人的主张有着本质的不同。众多骈文批评者的见解不一，然大抵旨在反对过于浮艳雕琢的文风，提倡文质彬彬，没有明确提出宗经、明道的理论纲领，对于骈、散在文体上的不同没有作出辨析，因而也没有明确反对骈俪的语言结构。骈文家只限于指责骈文的内容缺乏政教因素，并没有真正批判骈偶体制，对它的形式技巧仍然给予认同和肯定，也没有出现排斥骈体的创作趋向。有些因为其他原因连带而及的否定骈体的现象，实际上并不直接针对骈体本身。骈偶作为一般的文章形态，具有稳固的历史文化基础。如果不是古文运动明确提倡“明道”之文，标举同“时文”异趣的

① 参见[清]赵翼撰，王树民校证：《廿二史札记校证》，卷一五“后周诏用《尚书》体”条，中华书局1984年版，第327页、第328页。

② [唐]刘知几撰，[清]浦起龙释：《史通通释》，卷一七《外篇·杂说中》，第35页、第36页。

全新创作理念，并最终建立与之全面对抗的“古文”，骈偶甚至不会被视为一种特殊的文章体制特征。《四库全书总目》卷一五〇《毗陵集》提要说：“唐自贞观以后，文士皆沿六朝之体。经开元、天宝，诗格大变，而文格犹袭旧规。元结与（独孤）及始奋起洗除，萧颖士、李华左右之，其后韩、柳继起，唐之古文遂蔚然极盛，斲雕为朴，数子实居首功。《唐实录》称韩愈学独孤及之文，当必有据，特风气初开，明而未融耳。”在反对骈俪、倡导古文的过程中，元结更多地偏重于写作实践，萧颖士、李华、独孤及等古文运动先驱的主要贡献在于理论阐发，韩、柳等人则将两个方面密切结合起来，推动唐代古文运动走向最高峰。

从魏晋南北朝到中唐，文论家对于骈俪文章所提出的种种批评，归纳起来不过两种情况，一种针对文风，另外一种则针对文体。针砭的对象不同，决定了批评的性质有所不同，所得到的实际效果也就相应有所不同，甚至截然相反。因此不能不加分辨地将这两种情形混同起来。从隋直到唐代古文运动兴起之前的骈文批评，具体内容或有变化，基本模式却同南北朝时期比较一致。因此，曹道衡先生才说：“从历史上看，最先明确地排斥一切骈俪化文章的作家是唐代的韩、柳等人。”“在唐代，写骈体文的人仍然多于‘古文’家。”①对于中唐古文运动之前所谓“反骈”言论要有客观的认识，要抓住其核心所在，不能过分夸大其作用和影响，将其一概定格为文体变革主张，否则既不利于正确估计骈文文体在当时的实际影响，也无益于准确评价古文运动的历史作用。

---

① 以上引自曹道衡：《关于魏晋南北朝的骈文和散文》，《中古文学史论文集》，第29页。

三、科举制度对于骈文普及的促进作用

唐代科举，从地主阶级各个阶层广泛地选拔吸取人才，给资望浅薄的下层人士参与政权开辟了道路。律赋和判词是科举考试的重要内容，都要出之以工整的骈体，德宗建中之前的策论也以骈体为多。唐代科举制度在扩大广大读书人的晋身之阶的同时，也将骈体文的作用和地位确立、巩固起来，成为推广古文的一道障碍。后世科举考试虽然也多用骈体，但是古文已经普及，骈体已经彻底退守为一种专门文体，与唐代时两种文体尚处于对峙消长之势的情形是截然不同的。

考《旧唐书·玄宗纪下》，天宝十三载(754)，玄宗试四科制举人，“词藻宏丽科问策外更诗、律赋各一首”①，《唐会要》卷七六《制科举》说“制举试诗赋，自此始”。此外未见制举试诗赋的例子。试诗赋主要见于进士科考试。唐初定制，进士试时务策五道，帖一大经。高宗永隆二年(681)依刘思立之请，加试杂文(包括箴、铭、论、表等)两篇。②《唐摭言》卷一《试杂文》说：“至神龙元年方行三场试，故常列诗赋题目于榜中矣。”三场之中“先帖经，然后试杂文及策”③。天宝之前，就有以诗赋居杂文之一，或者两篇全用诗赋的情况，但此时尚未形成制度。《登科记考》

---

① ［宋］王钦若等：《册府元龟》，卷六四三《贡举部》，中华书局1960年版。

② 参见［宋］宋敏求编，华东政法学院法律古籍整理研究所洪丕谟、张伯元、沈敖大点校：《唐大诏令集》，卷一〇六永隆二年八月《条流明经进士诏》，学林出版社1992年版，第502页。

③ ［唐］李林甫等撰，陈仲夫点校：《唐六典》，卷四《尚书礼部》，中华书局1992年版，第109页。

卷一“永隆二年”条说:“按杂文两首,谓箴、铭、论、表之类,开元间始以赋居其一,亦有全用诗赋者,非定制也。杂文之专用诗赋,当在天宝之季。”大概在中唐时期,三场试的顺序又有所调整,先诗赋,次帖经,最后试策,诗赋试的意义由此更显重要。①

进士科是唐代科举考试中最热门的科目。唐代科举取士,多数情况下重诗赋而轻对策,重文章技巧而不重文章内容,这种倾向在进士科也表现得最为明显。早在开元二十五年(737)二月,就有诏书说:“进士以声韵为学,多昧古今……以此登科,非选士取贤之道。”②所谓“进士以声韵为学”,所针对的就是诗赋试。安史之乱以后,部分士人痛定思痛,寻找祸乱的根源,推及科举制度,从而对科举制度的弊病进行了深刻反思和严厉的批评,以诗赋为主要内容的进士试就是被批评的主要对象。《通典》卷一七载赵匡《举选议》云:“进士者,时共贵之。主司褒贬,实在诗赋,务求巧丽,以此为贤。不唯挠其淳和,实又长其佻薄。”代宗宝应元年(763),礼部侍郎杨绾上疏论科举说:“近炀帝始置进士之科,当时犹试策而已。至高宗朝,刘思立为考功员外郎,又奏进士加杂文,明经加帖经,从此积弊,寖而成俗。幼能就学,皆诵当代之诗,长而博文,不越诸家之集,递相党与,用致虚声,六经则未尝开卷,三史则皆同挂壁,况复征以孔孟之道,责其君子之儒者哉!”③尚书左丞贾至也说:“今试学者以帖字为精

① 参见傅璇琮:《唐代科举与文学》,第七章《进士考试与及第》,陕西人民出版社2003年版。

② [宋]王钦若等:《册府元龟》,卷六三九《贡举部》。

③ 参见《旧唐书》,卷一一九《杨绾传》;[唐]杨绾:《条奏贡举疏》,[清]董诰等:《全唐文》,卷三三一,中华书局1983年版。

通，而不穷旨义，岂能知'迁怒'、'贰过'之道乎！考文者以声病为是非，而唯择浮艳，岂能知移风易俗化天下之事乎！"他还认为这种舍本逐末的考试方法造成"末学之驰骋，儒道之不举"，是安史之乱的诱导因素之一，将进士、明经考试同政治动乱联系在一起，①因此他们都主张废除明经和进士科。但当时宰臣以"举人旧业已成，难于速改"来推脱，翰林学士则以"进士行来已久，遽废之，恐失人业"表示反对。② 杨、贾等人的提议终究没能实行。不仅进士科没能取消，即便是改变进士科中最为人所诟病的诗赋考试也难以行得通。德宗建中二年(781)十月，中书舍人赵赞知贡举，一度罢试诗赋，代之以箴、论、表、赞，③但贞元初旋复旧制，④中间停试诗赋的时间最多不过五、六年。又文宗大和七年(833)八月，李德裕请依宝应二年杨绾上书之议，进士试以论议代诗赋，但次年九月李德裕罢相，礼部旋即罢试论议而改试诗赋。由此可见，在天宝末年以后的一个半世纪里，进士试停试诗赋的时间所占比例微不足道。

在众多要求改革科举内容的呼声当中，有一点需要特别注意：除了激烈反对骈文的古文家之外，真正否定骈文的情形并不多见，言论的焦点主要集中在考试内容、录取标准与现实的需要不能衔接，或者说以诗赋为首要标准所取的人才与治国经邦的

---

① 参见[唐]贾至：《贡举议并序》，[宋]李昉等：《文苑英华》，卷七六五。

② 《旧唐书》，卷一一九《杨绾传》。

③ 参见《新唐书》，卷四四《选举上》。

④ 参见孟二冬：《登科记考补正》，卷一一建中二年辛酉(781)徐松按语，北京燕山出版社2003年版，第485页。

吏干之间存在着距离。主张取消诗赋试,并不代表否定诗赋本身,而是诗赋不适合作为考试内容和录取标准。因此无论改革的主张能否付诸实施,并不会从根本上触及骈体文的生存权。上面引及的杨绾的《条奏贡举疏》和赵匡的《举选议》都是骈文;权德舆在文学理论上主张"尚气、尚理、有简、有通",他与陆贽、高郢一班人在主持贡举期间重经义、轻文辞的措施在精神上与古文家们有很大的一致性,这对古文运动的开展起到了直接的推动作用,[①]但他们并没有明确否定或主张取消骈体文。《权载之文集》卷四〇有《明经诸经策问七道》,这是权德舆在贞元十七年至十九年(801—803)知贡举时所出的试题,都是用工整的骈体文写出。因此,有必要把反对进士科试诗赋同否定骈文这两种主张严格区别开来,因为它们的实际意义是截然不同的。

诗赋为什么会成为唐代科举考试特别是进士科的固定内容,首要的原因,在于诗赋试的要求毕竟还是同进士进入仕途之后的一部分工作相适应。《四库全书总目》卷六四《新唐书》提要云:"唐代王言,率崇缛丽,骈四俪六,累牍连篇。"朝廷中诸如修史、编书、起草制诰诏令等(绝大部分是讲究辞采声韵的骈体文)文字工作需要由文士来担任,史官、中书舍人、给事中等官僚多为进士出身。因此开元间曾经一度流行"文学足以经务"[②]、"大任必须有词学"[③]等等说法。其次,律体诗赋作为考试题目也有其优长,这一点当时及后来人都有所认识。《册府元龟》卷六四

---

① 参见葛晓音:《论唐代的古文革新与儒道演变的关系》,《汉唐文学的嬗变》,第 163 页。

② 《旧唐书》,卷九八《卢怀慎传》。

③ 《旧唐书》,卷一〇六《李林甫传》。

一《贡举部·条制三》引大和八年礼部奏云:"(大和八年)十月,礼部奏进士举人,自国初以来,试诗赋、帖经、时务策五道,中间或暂更改,旋即仍旧,盖以成格可守、所取得人故也。"宋人沈作哲《寓简》引中书舍人孙何的话说:"唯诗赋之制,唯学优才高不能当也。破巨题期于百中,压强韵示有余地。驱驾典故,浑然无迹;引用经籍,若己有之……观其命句,可以见学殖之浅深;即其构想,可以觇器业之大小。穷体物之妙,极缘情之旨,识春秋之富艳,洞诗人之丽则。能从事于斯者,始可以言赋家流也。"明代胡震亨说:"唐进士重诗赋者,以策论惟剿旧文,帖经只抄义条,不若诗赋可以尽才。又世俗偷薄,上下交疑,此则按其声病,可塞有司之责。虽知为文华少实,舍是益汗漫无所守耳。"[①]清人王芑孙《读赋卮言》说:"官韵之设,所以注题目之解,示程式之意,杜剿袭之门,非以困人而束缚之也。"把以上不同角度的论述总结起来,可以看出考试律赋的好处大致有三个方面:第一,可以比较全面地考察应试者的知识水平及文字能力。第二,便于主试官阅卷时衡量高下。第三,可以在一定程度上防止抄袭经典或者旧文。实践证明通过这种考试还是能够"所取得人",对于人才建设具有切实意义。

从律赋方面看,"律赋之盛,略与古文运动相应,亦在贞元、元和、长庆间"[②]。对于这一耐人寻味的现象,马积高先生认为其成因有二:首先,古文运动兴起之前,作骈赋者众多,应试作律赋只需在一般骈赋基础上稍加检束即可。在古文运动的影响之

---

① [明]胡震亨:《唐音癸签》,卷一八《诂笺三》"进士科故实"条,上海古籍出版社 1981 年版,第 197 页。

② 马积高:《历代辞赋研究史料概述》,中华书局 2001 年版,第 102 页。

下，作古赋者渐多，喜好骈体者遂致力于律赋。第二，中唐以后，进士科愈益为士人所重，文人出身途径更加集中，不似开元、天宝之前文人出身途径多样，增加了文人从事律赋创作的动力。于是形成了古文盛、律赋亦盛的局面。

举子们礼部考试及第后，还要经过吏部的铨试，方可取得正式授官的资格。吏部铨试的选拔标准有四项："一曰身，取其体貌丰伟，二曰言，取其言词辨正，三曰书，取其楷法遒美，四曰判，取其文理优长。……凡选，始集而试，观其书、判；已试而铨，察其身、言。"①判词同样是标准的骈体文章。唐代铨选试判两道为定制，《唐六典》卷二载："（吏部）侍郎出问目，试判两道。""文理优长"的评判标准逐渐偏向"文"的一面。"主司之命题，则取诸僻书曲学，故以所不知而出其所不备。选人之试判，则务为骈四俪六，引援必故事，而组织皆浮词。然则所得者，不过学问精通，文章美丽之士耳。盖虽名之曰判，而与礼部所试诗赋杂文无以异殊，不切于从政，而吏部所试为赘疣矣。"②

在吏部主持的制科当中，还有拔萃一科，试判是主要内容，"选人有格限未至而能试文三篇，谓之宏词；试判三条，谓之拔萃，亦曰超绝，词美者得不拘限而授职"③。"词美者得不拘限而授职"，仍然偏重在"文优"，而不是"理长"，可以看出当时评价应试判词的标准主要的并不在于内容，而在于形式，这一点与多数情况下礼部试诗赋的标准已经没有什么区别。

---

① [唐]杜佑：《通典》，卷一五《选举》，中华书局 1984 年版。
② [元]马端临：《文献通考》，卷三七《选举考》。
③ [唐]杜佑：《通典》，卷一五《选举》。

据元稹《白氏长庆集序》，白居易用骈体写作的一部分应试赋和百节判（即百道判）相当著名，被新进士竞相传写。白居易《与元九书》也说："日者，又闻亲友间说：礼、吏部举选人，多以仆私试赋判，传为准的。"①可与元氏之说相印证。白居易应试赋、判在当时如此"抢手"，正因为它们是应试考生们的现实需要。洪迈《容斋随笔》卷十《唐书判》条云：

> 凡试判登科谓之入等，甚拙者谓之蓝缕，选未满而试文三篇谓之宏辞，试判三条谓之拔萃。中者即授官。既以书为艺，故唐人无不工楷法，以判为贵，故无不习熟。而判语必骈俪，今所传《龙筋凤髓判》及《白乐天集甲乙判》是也。自朝廷至县邑，莫不皆然，非读书善文不可也。宰臣每启拟一事，亦必偶数十语，今郑畋敕语、堂判犹存。世俗喜道琐细遗事，参以滑稽，目为花判，其实乃如此，非若今人握笔据案，只署一字亦可。②

韩愈通过亲身经历，深感以雕琢藻绘之文取士的弊端，从而对这种文体感到不满，这是他之所以提倡古文，试图以一种古奥奇崛、不同于流俗的文体来取代骈文的原因之一。他在《答李翊书》中劝勉后生，学习古文要"无诱于势利"。势利面前，不为所诱的又能有几人呢？行政公文的行文习惯不改变，科举取士的标准就不会改变，世人的写作习惯也就难以改变，骈文文体就难于彻底取消。古文家虽然身体力行、不遗余力地推行古文，但毕竟个人之力难以同制度相对抗，难以同世人的从众心理相对抗，

---

① [唐]白居易撰，顾学颉校点：《白居易集》，卷四五，中华书局 1979 年版，第 963 页。

② [宋]洪迈：《容斋随笔》，上海古籍出版社 1978 年版，第 127 页。

因此韩愈不得不自叹:“虽几于成,其用于人也奚取焉? 虽然,待用于人者,其肖于器邪? 用与舍属诸人。”(《答李翊书》)

沈亚之《与京兆试官书》云:

去年始来京师,与群士皆求进而赋以八咏,雕琢绮言与声病,亚之习未熟,而又以文不合于礼部,先黜去。[①]

沈亚之的这通书信作于元和七年(812)冬,[②]文中“去年”乃指元和六年,这正是儒学复古和文学复古运动已经进入高潮的阶段,此时沈亚之仍然不免因为“雕琢绮言”“习未熟”而被黜,由此可见唐代科场文风之一斑。相对于沈亚之来说,孙樵显然更能适应当时社会的需求。其《自序》云:“樵家本关东,代袭簪缨,藏书五千卷,常以探讨。幼而工文,得之真诀,提笔入贡,士列于时,以文学见称,大中九年叨登上第,从军邠国。”[③]所谓“真诀”,无非就是应对科举考试所需要的骈文写作规范、程式和技巧,这是“叨登上第”的基本条件。

为了迎合世俗需要,一些本来擅长古文的人,也转而写作骈文。《全唐文》卷七四一韩昶《自为墓志铭并序》云:“及年十一二,樊宗师大奇之。宗师文学为人之师,文体与常人不同,昶读慕之。一旦为文,宗师大奇。其文中字或出于经史之外,樊读不能通。稍长,爱进士及第,见进士所为之文与樊不同,遂改体就之,欲中其汇。年至二十五,及第释褐,柳公公绰镇邠辟之,试弘文馆校书郎。”韩昶乃古文大师韩愈之子,在功利需要的推动之

① [清]董诰等:《全唐文》,卷七三五。

② 参见[唐]沈亚之撰,肖占鹏、李勃洋校注:《沈下贤集校注》,南开大学出版社 2003 年版,第 147 页、第 289 页。

③ [清]董诰等:《全唐文》,卷七九四。

下也不免抛弃古文写作而改写骈体时文，可见世俗力量之强大以及唐代古文在这种力量面前软弱无力的一面。李商隐《樊南甲集序》云：“樊南生十六能著《才论》、《圣论》，以古文出诸公间，后联为郓相国、华太守所怜，居门下时，敕定奏记，始通今体。”《旧唐书》卷一九〇下《李商隐传》云：“商隐能为古文，不喜偶对。从事令狐楚幕，楚能章奏，遂以其道授商隐，自是始为今体章奏。”写作骈体章奏是掌书记等幕府僚佐基本的生存之道，故而欲罢不能，正如商隐在《樊南甲集序》中所说：“仲弟圣仆（羲叟），特善古文，居会昌中，进士为第一二。常表以今体规我，而未焉能休。”

四、中晚唐的文体观念和写作习惯

到了中唐时代，南朝以来文必偶对、以骈体为正宗的观念影响力仍然相当巨大。日本僧人遍照金刚《文镜秘府论·论对属》云：

> 凡为文章，皆须对属，诚以事不孤立，必有匹配而成。……在于文笔，变化无恒。或上下相承，据文便合，……或前后悬绝，隔句始应，……或反义并陈，异体而属，……或同类连用，别事方成，……此是四途，偶对之常也。比事属辞，不可违异。故言于上，必会于下；居于后，须应于前。使句字恰同，事义殷合，犹夫影响之相逐，辅车之相须也。①

又云：

> 在于文章，皆须对属，其不对者，止得一处二处有之。若以不对为常，则非复文章。（自注云：若常不对，则与俗之

① 〔日〕遍照金刚撰，卢盛江校考：《文镜秘府论汇校汇考（附）文笔眼心抄》，中华书局2006年版，第1675页。

言无异)……故援笔措辞,必先知对,比物各从其类,拟人必于其伦。此之不明,未可以论文矣。[①]

这段话的主旨,即认为文辞对偶乃是所谓“文章”、“文笔”的必要条件,这与前文所引《文心雕龙·丽辞》所谓“造化赋形,支体必双;神理为用,事不孤立”可谓桴鼓相应,一脉相承。遍照金刚于日本延历二十三年(唐德宗贞元二十年,804)七月,随遣唐使藤原葛野麿来中国,在中国留学约三年,于唐宪宗元和元年(日本大同元年,806)八月回国。之后于日本弘仁十一年(820)撰写《文笔眼心抄》,其自序称:“余乘禅观余暇,勘诸家诸格式等,撰《文镜秘府论》六卷,虽要而又玄,而披诵稍难记。今更抄其要,含口上者,为一轴拴镜,可谓文之眼,笔之心,即以‘文笔眼心’为名。”[②]然则《文镜秘府论》当作于宪宗元和元年与元和十五年之间(806—820)。这种见解正可反映当时中土文坛上的一般风气。日本山田钝《文笔眼心抄释文序》云:“大师(遍照金刚)入唐也,在贞元元和之际,而此编所论,专为四六骈俪,其言不及杜少陵、韩昌黎,何也?盖虽少陵变诗格,昌黎唱古文,久而后行,当时言之者少,……大师入唐,气运未开,故其言不及杜韩耳。”[③]

事实正如山田氏所说,韩、柳的文体变革在当时还不能为大多数人所理解和接受。韩愈及其追随者刻意提倡古文、反对骈体的主张与创作实践,违背了当时为大多数人所遵循并有长期

① 〔日〕遍照金刚撰,卢盛江校考:《文镜秘府论汇校汇考(附)文笔眼心抄》,第1686页。

② 〔日〕遍照金刚撰,卢盛江校考:《文镜秘府论汇校汇考(附)文笔眼心抄》,第1934页。

③ 〔日〕遍照金刚撰,卢盛江校考:《文镜秘府论汇校汇考(附)文笔眼心抄》,第1935页。

传统的骈文规范，引起了时人的疑惑、诽笑和不满。柳宗元《读韩愈所著〈毛颖传〉后题》提到当时人们对韩愈《毛颖传》的态度竟是“大笑以为怪”；甚至直到五代时期，《旧唐书》的作者仍然认为其所作《毛颖传》“讥戏不近人情：此文章之甚纰缪者”[①]。韩愈的好友张籍批评他写作文章“多尚驳杂无实之说”[②]，所针对的主要就是韩愈《毛颖传》、《送穷文》一类的“感激怨怼奇怪之辞”[③]。其实，这些看似荒唐滑稽的文字打破了古文向来只能正襟危坐、铺陈大义的传统，用以抒愤寄慨，饱含着愤世嫉俗的抑郁不平和志愿难伸的牢骚苦闷，恰恰是文学散文的重大创新，是韩文的精华所在。柳宗元作《读韩愈所著〈毛颖传〉后题》一文，指出滑稽戏谑也是“皆取乎有益于世者”，并不违背圣人精神。这既是为韩愈鸣不平，同时也是借此机会郑重申明古文写作的理论主张。不过柳宗元的这番议论在当时大抵不过是空谷足音。

贞元末年，裴度曾经致书李翱，对李翱等古文家的创作倾向提出了批评：

> 观弟（李翱）近日制作，大旨常以时世之文，多偶对俪句，属缀风云，羁束声韵，为文之病甚矣。故以雄词远志，一以矫之，则是以文字为意也。且文者，圣人假之以达其心，达则已，理穷则已，非故高之、下之、详之、略之也。愚欲去彼取此，则安步而不可及，平居而不可逾，又何必远关经术，然后骋其材力哉？昔人有见小人之违道者，耻与之同形貌，

---

① 《旧唐书》，卷一六〇《韩愈传》。

② ［唐］张籍：《与韩愈书》，《张司业集》，卷八，台湾商务印书馆影印文渊阁《四库全书》本。

③ ［唐］韩愈：《上宰相书》，［唐］韩愈撰，马其昶校注：《韩昌黎文集校注》，上海古籍出版社 1986 年版，第 155 页。

共衣服，遂思倒置眉目，反易冠带以异也，不知其倒之反之之非也。虽非于小人，亦异于君子矣。故文人之异，在气格之高下，思致之浅深，不在其磔裂章句，隳废声韵也。①

裴度主持平定吴元济时，韩愈任行军司马、判官、掌书记，在政治上，两人都坚决主张以武力镇压藩镇叛乱。文学上，两人都对骈文有所不满，主张复古，但具体到复古的内容，则不免有所分歧。所谓“气格”、“思致”仍然是就文章艺术风格而言，裴度所赞成的改革在这一层面；至于“章句”、“声韵”乃是就文章体制言，对于这一层面的改革，裴度是反对的，因此他对于韩愈、李翱等人以“偶对俪句，属缀风云，羁束声韵”为“文之病”并无异词。但他同时认为韩愈写作古文刻意求新之处不免“磔裂章句，隳废声韵”，指为“倒置眉目，反易冠带”。如果说这种批评所针对的是韩愈等人文中那些矫揉造作、怪怪奇奇之处，对矫枉过正的作品具有纠偏的作用，但同时也还是难免显示出他对“章句”和“声韵”的重视。由于声律、骈偶在当时是被运用纯熟的表现手段，古文家陡然将它们废弃，并代之以完全不同的形式，自然会引起新的惶惑。这是其一。其二，裴度还批评韩愈及其“侪类”“不以文立制，而以文为戏”(《寄李翱书》)。所谓“不以文立制”，是说写文章不循守常规。在韩愈的时代，所谓“以文为戏”的传奇小说是一种新兴的体裁，在以后一个漫长的时期内，它被排斥在正统文学之外，为传统文人所鄙视，认为是“挠气害性，不得其正”(张籍《重与韩退之书》)的。韩愈古文中，有一部分含有嘲戏性的杂文，是先秦诸子说理寓言故事的重大发展。而裴度反而以此诟病韩愈，其观点未

① [唐]裴度:《寄李翱书》,[清]董诰等:《全唐文》,卷五三八。

免保守。裴度和张籍都是韩愈的知交和复古的支持者，但囿于传统的文体观念，对于古文的某些创新变革并不能认同和接受。

刘禹锡曾说："窃观今之人，于文章无不慕古，甚者或失于野。"[①]约略透出在中唐时一般作者的心目中，文章复古容易导致质实朴野、缺乏文采的倾向。不过像韩愈这样最杰出的古文家，其实相当重视语言的修饰锤炼，在今天看来，他的不少古文作品文采斐然，颇具形式之美，只是在相当长的时期之内尚未被一般人所认识。晚唐陆希声认为李观与韩愈文章的根本区别在于"元宾尚于辞，故辞胜其理；退之尚于质，故理胜其辞。退之虽穷老不休，终不能为元宾之辞；假使元宾后退之之死，亦不能及退之之质"[②]。李观现存的作品有纯然出之以散句，质朴少雕饰者，如《上陆相公书》、《上梁补阙荐孟郊、崔宏礼书》、《与膳部陈员外书》等即是，也有动辄使用骈语骈句，信手拈来而颇具情韵者，《请修太学书》、《与吏部奚员外书》、《贻睦州纠曹王仲连书》等作品中都有较重的骈俪成分。李观还有《交难说》、《说新雨》等论说类文字，在当时其他作者手中基本上都采用散体，而这两篇文章不仅句式整齐，还多押韵，这恐怕也可以算是"尚辞"的表现。[③] 陆

① [唐]刘禹锡：《答道州薛郎中论书仪书》，[唐]刘禹锡撰，《刘禹锡集》整理组点校，卞孝萱校订：《刘禹锡集》，中华书局1990年版，第133页。

② [唐]陆希声：《李元宾文编原序》，[唐]李观：《李元宾文编》，卷首，台湾商务印书馆影印文渊阁《四库全书》本。

③ 《文章辨体序说》称："按说者，释也，述也，解释义理而已己意述之也。"（[明]吴讷：《文章辨体序说》，人民文学出版社1962年版，第43页。）这个解释适合秦汉以后大多数以"说"命名的文字。唐代以"说"名篇的文字，性质上也是理论性的文章，但它偏重于说明性、解说性，往往带有杂文、杂感的性质，或写一时感触，或记一得之见，题目可大可小，行文也比较自由简便，李观上述两篇"说"，即属此类文章。

希声说李观文章“不古不今”、自成一体，所针对的应当就是这种骈散兼营、随时制宜的文体特点。他之所谓“古”、“今”，实际上即来自于唐代文体的“古”、“今”之别。① 韩愈古文的形式之美，乃在于对偶和声律之外，按照陆希声的论文标准，自然不在“尚辞”之列。

韩愈在《与冯宿论文书》中描述当时古文创作的遭遇说：

仆为文久，每自测意中以为好，则人必以为恶矣：小称意人亦小怪之，大称意即人必大怪之也。时时应事作俗下文字，下笔令人惭；及示人，则人以为好矣；小惭者亦蒙谓之小好，大惭者即必以为大好矣；不知古文直何用于今世也；然以俟知者知耳。②

由此可见当时凡“应事”即须作“俗下文字”，即骈体文，古文的市场逼仄狭小。社会上对文章的需求，无论就实用还是审美的角度而言，都在很大程度上同古文家的理想相反。古文家皇甫湜评价韩愈古文说：“如长江秋注，千里一道，冲飙激浪，瀚流不滞，然而施于灌溉，或爽于用。”③一方面对其造诣表现出高度的推崇，另一方面也承认其缺乏市场和实用性。明人胡应麟说：“昌黎一代斗山，而文字殊不为庙堂重。生平纪述时政，惟《平淮西碑》及《顺宗实录》，而《淮西碑》以愬妻肤受，改命段文昌，《顺宗录》亦以记载失实，更命史官再撰……二事绝类，皆文字

① 参见王运熙：《唐代诗文古今体之争和〈旧唐书〉的文学观》，《文学遗产》1993年第5期。

② ［唐］韩愈撰，马其昶校注：《韩昌黎文集校注》，第196页。

③ ［唐］皇甫湜：《谕业》，［清］董诰等：《全唐文》，卷六八七。

之不遇也。”[1]指出韩愈“文字殊不为庙堂重”是符合事实的。韩愈在《祭柳子厚文》中就曾慨叹:“子之文章,而不用世。乃令吾徒,掌帝之制。”

从魏晋到中唐,骈文作为一种文体,其绝对优势已经维持了五百多年,形式上逐渐趋于精密完备。特别是在唐代,骈文成为选举人才的一项重要标准,文人们代相沿习,浸淫钻研,久而久之,便逐渐习惯了这种特殊的思维、写作方式,所要表达者自然而然地要出之以骈偶俪对,因此虽然经过几代文人的努力,古文已经渐趋普及,但骈文的影响仍然显得根深蒂固。除了个别特具才力和识见的杰出作家之外,无论是文章的基本语言结构,还是构思和布局,一般文人很难完全摆脱骈体的影响。包括古文家在内的作家群,有些人就是从学习写作骈文起步,致力于古文创作的同时也难免直接借助骈语骈句。“在唐代,写骈体文的人仍然多于‘古文’家。”[2]“在整个唐代,骈文一直占据着统治地位。”[3]“唐代骈文一直处于优势。……整个中晚唐时代,骈文仍占主导地位。”[4]当时骈体文的这种强大“惯性”,是时代的特点,是古文运动发生发展的文化背景,这也是古文运动所面对的最大阻力。

---

① [明]胡应麟:《诗薮·外编》,卷四,上海古籍出版社1979年版,第200页。

② 曹道衡:《关于魏晋南北朝的骈文和散文》,《中古文学史论文集》,第29页。

③ 王运熙:《唐代诗文古今体之争和〈旧唐书〉的文学观》,《文学遗产》1993年第5期。

④ 王运熙:《关于唐代骈文、古文的几个问题》,《南阳师范学院学报》2004年第1期。

第二节　政局的变化与晚唐反功利主义文学思想的兴起

一、古文运动同政治革新、儒学复古互为表里的关系

贞元、元和年间，是由安史之乱的大动乱转向相对安定的历史时期。安史之乱把唐代社会的种种弊端、矛盾都暴露出来，政治上的相对稳定又为改革弊端、缓解矛盾提供了必要的社会条件。最高统治者从巩固自身利益的目的出发，也希望整顿政治，并且为此采取了一系列改革措施。经济上也有了相对的恢复和发展，出现了一个所谓的“中兴”时期。这个时期各个政治派别虽然政见、立场各不相同，但都具有一种改革弊政、渴望中央政权得以巩固和加强的愿望，在致力于政治改革的大方向上是一致的。

唐德宗贞元年间，接受了宰相杨炎的建议，用“两税法”代替“租庸调法”，在一段时间之内和一定程度上促进了农业生产的发展，增加了国库的收入，缓解了国家的财政困难；内抑宦官，外制藩镇，贬黜贪官，重用贤才，轻徭薄赋，释放宫女，缩减教坊规模。从贞元二十一年(805)正月二十三德宗死，二十六日李诵(顺宗)即位，到同年八月四日顺宗退位，九日李纯(宪宗)继位，改元永贞，唐顺宗在位不到一年的时间里，起用王伾、王叔文、柳宗元、刘禹锡等人，进行大刀阔斧的改革，裁抑宦官，打击强藩，减免赋税，“罢进奉、宫市、五坊小儿，贬李实，召陆贽、阳城，以范

希朝、韩泰夺宦官之兵柄，革德宗末年之乱政，以快人心、清国纪”①。宪宗元和二年(807)正月，李吉甫拜相，对朝政有所改革，如抑制藩镇，选拔人才，精简官吏，对外采取积极防御政策。朝廷在裴度等人的主持下进行削藩战争，先后取得了讨平淮西吴元济、淄青李师道和成德王承宗等一系列战役的胜利。

经济、政治领域的务实精神自不待言，文化改革的实用精神尤其值得重视，因为它不仅以整个改革运动为背景，而且是这一运动的重要构成部分；更重要的是，文化改革所展现出来的明晰思路，正好鲜明地标示了实用理性，从而形成对整个中唐改革思潮的文化总结。文化上杨绾、贾至等人试图扭转考试内容同经世致用的目的相脱节的弊端，提出改革科举考试的意见，主张废诗赋、去帖经而重意旨，此议既是为了张扬儒学之道，也正是古文运动的精神核心。杨绾、贾至认为，科举以诗赋取士，只重视声律辞藻，以“浮艳”为高，不顾及“移风易俗化天下”的先王之道，造成“忠信之凌颓，耻尚之所失，末学之驰骋，儒道之不举”②等等严重弊端，这恰恰是引发安史之乱的根本原因，正如贾至所说：“夫先王之道消，则小人之道长，小人之道长，则乱臣贼子由是出焉。臣弑其君，子弑其父，非一朝一夕之故，其所由来者渐矣。”如果不是由于儒道不张而导致士风败坏，则叛乱谋逆之事即不会发生：“向使礼让之道弘，仁义之道著，则忠臣孝子比屋可封，逆节不得而萌也，人心不得而摇也。”③此类言论均以建立和

① [清]王夫之:《读通鉴论》,卷二五,中华书局1975年版,第873页。
② 《旧唐书》,卷一一九《杨绾传》。
③ 《旧唐书》,卷一一九《杨绾传》。

维护以儒学文化精神为轨范的社会、政治秩序为终极目标，从而将文章作为儒学文化精神的载体。

韩愈化用孟子“五百年必有王者兴”（《孟子·公孙丑》）之说，别出心裁地构建了儒道传承系统，以孟子之后道统继承者自任。他认为现实社会的种种弊端，其根源都在于儒道的衰微。济世之根本，在于恢复圣人之道。韩、柳的儒道，可以用清人袁枚的一段话来说明："文人学士，必有所挟持以占地步，故一则曰明道，再则曰明道，直是文章家习气如此。而推究作者之心，都是道其所道，未必果文王、周公、孔子之道也。"①中唐时期的儒学复古，实质上是对传统儒学的改造和革新。从韩愈的文章内容看，其“道”的主要积极内容有四：其一，发挥孔孟学说中“仁学”理论，呼吁广大士人怀抱“忧天下之心”②；其二，对儒学大一统、正名分、反僭乱、明纪纲的思想阐释，由此提出反对藩镇割据、维护国家统一和中央集权的主张；其三，强化儒学的独尊地位，反对佛教、道教势力的膨胀，挽救社会危机；其四，提倡重视人才、任人唯贤，“为国家树根本之道”。

韩愈所倡导的古文运动，实质是以新儒学为体，以新古文为用的文化运动。“古文”的优势在于不像骈文那样有着诸多形式的限制，能够更好地说理、叙事和明道。由此，从崇尚“古道”进而推崇“古文”，便成为顺理成章的逻辑发展。“愈之所志于古者，不惟其辞之好，好其道焉尔。”③“思古人而不得见，学古道则

① [清]袁枚：《答友人论文第二书》，《小仓山房文集》，卷一九，台北文海出版社 1981 年版。

② [唐]韩愈：《后廿九日复上（宰相）书》，[唐]韩愈撰，马其昶校注：《韩昌黎文集校注》，第 163 页。

③ [唐]韩愈：《答李秀才书》，[唐]韩愈撰，马其昶校注：《韩昌黎文集校注》，第 176 页。

欲兼通其辞；通其辞，本志乎古道者也。”[①]将“古道”同“古文”视为互为表里，强调先“道”后“文”。“未得位，则思修其辞以明其道”[②]，文学上主张恢复先秦两汉源远流长的散文传统。

倡导“文以明道”，而所明之道乃是儒家圣人之道，在这一点上柳宗元和韩愈是一致的，柳宗元《答韦中立论师道书》云：“始吾幼且少，为文章，以辞为工。及长，乃知文者以明道，是固不苟为炳炳烺烺，务采色、夸声音而以为能也。”[③]他对骈文的批判十分尖锐，他在《乞巧文》中痛斥骈文的华靡媚俗：“眩耀为文，琐碎排偶，抽黄对白，啽哢飞走。骈四俪六，锦心绣口，宫沉羽振，笙簧触手。观者舞悦，夸谈雷吼。独溺臣心，使甘老丑。”[④]在这个基础上，柳宗元又提出“辅时及物为道”[⑤]，强调“道”实践层面的内容，把整个文体文风的改革推进到一种积极求实、注重实际效果的新高度。他在《杨评事文集后序》中说“文之用，辞令褒贬，导扬讽谕而已”[⑥]，指出了文学反映现实、批判现实的作用。他此类文论的宗旨，即是将文学创作同实际的社会政治斗争联系起来。在借鉴对象上，柳宗元也很重视儒家经典和西汉以前的文章，除经书外，先秦诸子、《楚辞》和西汉文章也是重点学习的对象。对先秦西汉文章的推崇，是古文家们的共识。韩、柳的复

---

① ［唐］韩愈：《题〈欧阳生〉哀辞后》，［唐］韩愈撰，马其昶校注：《韩昌黎文集校注》，第 304 页、第 305 页。

② ［唐］韩愈：《争臣论》，［唐］韩愈撰，马其昶校注：《韩昌黎文集校注》，第 113 页。

③ ［唐］柳宗元：《柳宗元集》，卷三四，中华书局 1979 年版，第 873 页。

④ 《柳宗元集》，卷一八，第 489 页。

⑤ ［唐］柳宗元：《答吴武陵论〈非国语〉书》，《柳宗元集》，卷三一，第 824 页。

⑥ 《柳宗元集》，卷二一，第 578 页。

古尊古，正是这种时代精神的集中体现。

在内容方面，“文”的内涵不断儒学化，强调“文”必须负载儒学的内涵，为古文运动置入思想内核。由于他们的明道主张是着眼于“匡时救弊”的，因而具有鲜明的实践性品格。陈寅恪先生认为“即唐代古文运动一事，实由安史之乱及藩镇割据之局所引起。……‘尊王攘夷’所以为古文运动中心之思想也”[①]。韩愈古文“乃用先秦两汉之文体，改作唐代当时民间流行之小说，欲藉之以一扫腐化僵化不适应于人生之骈体文”[②]。贞元、元和时期，朝廷与藩镇之间的斗争是当时社会的主要矛盾之一。柳宗元通过《段太尉逸事状》、《辩侵伐论》、《封建论》、《守道论》、《时令论》、《断刑论》、《晋文公问守原议》、《桐叶封弟辩》等许多理论文章，都是同永贞前的改革实践相配合的，表达了维护中央集权、反对分裂割据的政治主张。

古文运动是社会政治斗争、时代矛盾的产物，它不是一场单纯的文学运动，本质上是一次思想运动，是儒学上以复古为革新的运动，古文运动的参与者们或者直接参与了社会政治的革新、改革实践，或者间接地表现了变革现实的要求，整个古文运动的发展，一直同唐代统治阶级内部进步与反动、革新与保守的斗争相呼应。文学革新的思潮是伴随着政治上的革新思潮而到来的。变革的努力推动朝廷在与自身的腐败势力和外部藩镇的斗争中取得了一定的胜利，缓和了社会矛盾，延续了唐王朝的统治。它正是当时文学上改革潮流的社会基础。诗坛上新乐府运

---

① 陈寅恪：《论韩愈》，《金明馆丛稿初编》，三联书店 2001 年版，第 329 页。

② 陈寅恪：《金明馆丛稿初编》，第 329 页、第 330 页。

动的兴起，文坛上古文创作的繁荣，都与政治上的革新思想紧密联系，是政治上革新精神的一种反映。“古文”是作为骈文的对立物出现的，古文运动的直接目标就是否定骈文并用古文取代骈文。在文体上变骈为散只是以复兴儒学为根本宗旨的文化运动的外部形式及其在文章领域内的反映。在“文以载道”的前提之下，文章的高下要以是否反映圣人之道为准，“道”被作为文学的最高标准。一个言之有物的古文家，同时更是一个宗经明道的儒者，古文家激烈反对形式主义和单纯的审美、娱乐功能，主张从道德、事功方面衡量文章高下。古文运动以文体改革为号召，实际上则是用儒学为武器，整顿君君臣臣、父父子子的政治秩序和伦理纲纪。古文家在记叙事实的基础上，传达出自己对事件、时世的思考认识以及鲜明的伦理判断，显示出积极干预现实的强烈的功利主义文学观念和实践品格。就积极的方面来说，这是古文运动的优点，不过同时也导致它容易为政局的变化所左右，政治革新的成败势必会直接而迅速地影响到古文运动的发展走向。

二、政治革新的失败和古文运动的衰落

唐代社会经历了从大治走向大乱，又由中兴趋向衰亡的过程。在安史之乱之后的中唐时期，社会的政治、经济逐步进入相对稳定的时期，唐朝统治者为缓和社会矛盾采取了一系列兴利除弊的政治措施，而代表社会进步力量的庶族地主阶级知识分子也纷纷以文学为武器，干预时政，力主改革。以韩愈、柳宗元为代表的古文运动使得这种政治上的改革尝试、思想上的改革思潮与文学上的文体革新结合起来，相辅相成。但短暂中兴后

的唐王朝，尤其是韩、柳之后的中晚唐时期，江河日下，宦官、藩镇势力甚嚣尘上，党争愈演愈烈，朝廷内部的深层矛盾日趋激化。唐王朝统治者所采取的一系列政治措施远没有达到预期的效果，如“两税法”的实施，反而加重了劳动人民的生活负担，激化了社会矛盾和阶级矛盾，先后爆发了大大小小多起农民起义。

唐代宦官专权之势超过了前朝后代。中唐以后，宦官逐渐得势，代宗、德宗时宦官权势急剧膨胀，此后直至宣宗，百年之间，为宦官鼎盛时期。在此期间，外朝士大夫虽分党派，但均依附宦官。宦官亦分派系，不过无论哪一派得势，都能完全掌控中央政府，更易皇帝如同儿戏。晚唐自穆宗以来八代君主，为宦官所废立者有七位。这种奴强主弱的局面，直到唐亡亦未能改变。大臣之出将入相，两党之升沉进退，莫不操于宦官之手。文宗、宣宗等皇帝屡次联合士大夫谋诛宦官，宦官与士大夫渐成对立之势，同时由此萌发族类之自觉，团结一致，专意控制外朝。士大夫同宦官积怨既深，亦联合起来同宦官相抗，双方遂势同水火。甘露之变以南衙的彻底失败告终，宰相“行文书而已”，其他百司不难想见。地方上监军使有一套独立的机构，与节度使分庭抗礼，甚至参与节度使的更易。宦官把持军政大权，外有藩镇声援，士大夫固无如之何。这种形势，直到黄巢之乱起，方有所改变，然唐王朝此时亦名存实亡，走到了穷途末路。到了晚唐时代，各种社会矛盾日益尖锐，纷纭交错，朝廷已经没有能力解决社会危机。

唐代自安史之乱以后，虽然天下粗定，然而安史余党降将仍以节度使任命安抚。这类人多数心存反覆，桀骜不驯，遂种下河北藩镇之祸。《新唐书》卷二一〇《藩镇传序》云：“安史乱天下，至肃宗大难略平，君臣皆幸安，故瓜分河北地付授叛将，护养孽萌，以成祸根。乱人乘之，遂擅署吏，以赋税自私，不朝献于廷。……一寇死，一贼生，讫唐亡百余年，卒不为王土。”贞元初年，德宗锐意进取，力行削藩，一时间出现中兴气象，朝廷威权得以加强。不过泾原兵变之后，朝廷削藩的态度转为缓和，藩镇势力遂在德宗后期呈现日益滋长之势。宪宗时期，朝廷通过一系列军事行动在削藩方面取得了相当可观的成效，先后平定了西川、夏绥、镇海等藩镇割据势力的武装叛乱，削平淮西吴元济割据势力，安定两河，对其他跋扈藩镇也起到了震慑作用。但宪宗晚年怠于朝政，“以世难渐平，有侈乐之志”①，“弓矢未櫜，土木已兴；阙阅方奏，谏诤已愎。宠宦官而中贵横，用盗臣而聚敛急，好进奉而贡献频，迎佛骨而韩愈谪，用方士而裴潾贬”②。到穆宗即位之后，中央威权日益就衰，藩镇势力却日渐坐大，于是朝廷不得不对藩镇采取容忍和迁就的态度。杜牧于《上宣州崔大夫书》中云：“今藩镇之贵，土地兵甲，生杀予夺，在一出口。”③可见藩镇跋扈，实为唐季心腹之患。

朝廷内部的朝宦之争和朋党之争更进一步加速了唐王朝的没落。宦官、朝官、藩镇为了各自的利益既相互斗争又朋比勾结，形成错综复杂的政治局面。所谓牛李党争的一个相当重要的体现，就是两方势力在这些社会问题上所持的观点、立场，所

---

① [宋]孙甫：《唐史论断》，卷下，台湾商务印书馆影印文渊阁《四库全书》本。

② [明]李良翰：《朝捷录·唐总论下》，[清]陈梦雷编，蒋迁锡校订：《古今图书集成》第五八六册《经籍典》，卷三八八《唐书部》，中华书局1934年影印本。

③ [唐]杜牧：《樊川文集》，卷一三，上海古籍出版社1978年版，第198页。

采取的措施有所不同，甚至针锋相对。一党上台，即尽可能地把对方成员贬出朝廷，甚至将其置于死地。文宗皇帝无奈地感叹："去河北贼非难，去此朋党实难。"①始于元和年间的牛李党争，明争暗斗，彼此消长，前后持续四十多年。武宗为仇士良所立，李德裕因宦官以进，而泽潞又为仇士良之深仇，此为众多史家所揭示的事实。

早在唐宪宗元和后期至长庆、宝历年间，由于政治改革的失败，统治阶层的荒淫无道，唐中央政权已经内外交困，岌岌可危。大和二年(828)三月，昌平人刘蕡在其《对贤良方正直言极谏策》中对文宗皇帝发出警告："臣以为陛下之所虑者，宜先忧宫闱将变，社稷将危，天下将倾，海内将乱。此四者，乃国家已然之兆。"②此时一些较为敏感的士大夫已经对当时朝廷政治形势有所洞察，故而有意退避三舍。大和后期，李训、郑注倾心结纳宦官王守澄等，渐次得到文宗的宠信。大和八年(834)八月，李德裕对文宗言李、郑不可用，李、郑遂同王守澄合谋，于本年九月召李宗闵自山南西道节度使入朝为相，利用宗闵与德裕之隙排挤德裕。③ 同年十月，李德裕罢执政，出为山南西道节度使，寻又改为兵部尚书；十一月，出为浙西观察使。④ 李宗闵入相后，汲汲于排斥异己，援引党与。其间似曾征时为太子宾客分司的白居易入朝，白婉拒。《白居易集》卷三一有《寄李相公诗》云："渐

---

① 《旧唐书》，卷一七六《李宗闵传》。

② 《旧唐书》，卷一九〇下《刘蕡传》。

③ 参见《资治通鉴》，卷二四五大和八年(834)。

④ 参见《旧唐书》，卷一七下《文宗纪》；《资治通鉴》，卷二四五大和八年(834)。

老只谋欢，虽贫不要官。唯求造化力，试为驻春看。”郑注既合同李宗闵贬黜李德裕，两者之间复有矛盾，郑注遂借杨虞卿案于大和九年六月贬李宗闵为明州刺史，七月再贬为处州刺史，八月贬潮州司户。宗闵党与杨虞卿、李汉、萧澣等皆贬出。[①] 白居易于大和九年(835)九月由太子宾客分司东都授同州刺史，见郑注等用事，党派纷争，乃托病不赴任，十月又改授太子少傅分司。

大和九年(835)十一月，文宗用李训、郑注谋除宦官，结果因为用人不当，行事不密，反为宦官所制。仇士良族诛宰相王涯、贾悚、舒元舆、李训及朝官十余家，朝官被杀者达六、七百人，致使朝堂为之一空。从此以后，原已十分严重的宦官专权现象愈趋严重，“天下事皆决于北司，宰相行文书而已。宦官气益盛，迫胁天子，下视宰相，陵暴朝士如草芥”[②]。文宗自叹“受制于家奴”(《资治通鉴》)，李德裕则说“天下大势，亦不可用也”(《奇才论》)。对于那些曾经满怀希望，渴求中兴的广大士人来说，这个事件无疑是一次致命的打击。

爆发于天宝十四年(755)的“安史之乱”一般被视为盛唐和中唐的转关，而此次“甘露之变”，不仅是一个具有转折意义的历史事件，同时也成为划分文学发展阶段的确切象征和标志。学者常常引用白居易在此次事变之后所作的《九年十一月二十一日感事而作》和《咏史·九年十一月作》两首诗来反映他自己乃至当时士人普遍的心理感受。诗云：

---

① 参见《旧唐书》，卷一七下《文宗纪》；《旧唐书》，卷一七一《李汉传》；《旧唐书》，卷一七六《杨虞卿传》、《李宗闵传》；《资治通鉴》，卷二四五大和九年(835)。

② 《资治通鉴》，卷二四五大和九年(835)。

祸福茫茫不可期，大都早退似先知。当君白首同归日，是我青山独往时。顾索素琴应不暇，忆牵黄犬定难追。麒麟作脯龙为醢，何似泥中曳尾龟？

秦磨利剑斩李斯，齐烧沸鼎烹郦其。可怜黄绮入商洛，闲卧白云歌紫芝。彼为俎醢机上尽，此作鸾凰天外飞。去者逍遥来者死，乃知祸福非天为。

元和以来曾经燃烧在众多士人心中的那种通过改革以求中兴的信念和激情，在“甘露之变”的重击之下已走向消歇，避世、逃世甚至混世的思想和感伤、抑郁的情调弥漫、渗透、笼罩了整个诗坛。功利主义逐渐转向非功利主义，诗歌中的“讽谕说”不再占有市场。白居易甘露事变之后还有《即事重题》诗：“重裘暖帽宽毡履，小阁低窗深地炉。身稳心安眠未起，西京朝士得知无？”更体现出对现实的绝望，对通过改革扭转政局不再抱有幻想，讽谕诗、新乐府运动的精神也就从此后的白氏创作中销声匿迹了。张祜《丁巳年仲冬月江上作》诗云：“南来驱马渡江濆，消息前年此月闻。唯是贾生先恸哭，不堪天意重阴云。”[①]所谓“消息前年此月闻”，所指即是作者写诗两年之前的甘露之变。创作目的的转变，导致创作风格的转变。早年提倡创作乐府诗“非求宫律美，不务文字奇。惟歌生民病，愿得天子知”的白居易，和志在“取其病时之尤急者”、“直其词以示后”[②]的元稹，转而大量创作讲求格律、回忌声病的齐梁体闲适诗和艳情诗。虽然晚唐文人

---

① [唐]张祜：《张承吉文集》，卷四，台湾商务印书馆影印文渊阁《四库全书》本。

② [唐]元稹：《和李校书新题乐府十二首并序》，[唐]元稹撰，冀勤点校：《元稹集》，卷二四，中华书局1982年版，第277页、第278页。

的政治态度各不相同，创作个性有别，但有一点是大多数文人所共有的，那就是大势已去、朝政无可挽回、世事已不可为所造成的悲观心理。尽管少数人或希望有所作为，却无能为力；或归隐山林，与社会不合作，但终究无补于时；或不时对朝政发些议论，但大抵不切实际，流为空言。到头来大多数人还是在混乱的局面中寻找一点空隙，得过且过，纵情逸乐。更有甚者，则变本加厉地奢侈豪华，沉醉花间，出入青楼，过着风流浪子的生活。

社会环境的剧变，导致中唐复古派文人所积极倡导的儒道在晚唐明显走向衰微。这一点至少体现为两个层面：第一，从现存史料看，从晚唐直至五代，除了皮日休等极少数人以外，很少有论及"道统"者。罗隐《谒文宣王庙》诗云："晚来乘兴谒先师，松柏凄凄人不知。九仞萧墙堆瓦砾，三间茅殿走狐狸。雨霖状似悲麟泣，露滴还同叹凤悲。倘使小儒名粗立，岂教吾道受栖迟。"可见当时儒学衰微之状。又《代文宣王答》诗云："三教之中儒最尊，止戈为武武尊文。吾今尚自披蓑笠，尔等何须读典坟。释氏宝楼侵碧汉，道家宫殿拂青云。若教颜闵英灵在，终不羞他李老君。"①此诗感叹当时没有大儒出世，佛、道二教势力远较儒学为盛。第二，中唐时期的古文创作同政治改革和儒学复古的过程始终是紧密结合着的，到了晚唐时期，古文写作则逐渐同政治脱离。古文家揭露时弊，往往是站在旁观者的立场上，他们没有机会参与政治运作，此时也已经不再是改革为主流的形势。他们没有生活在贞元、元和那种各种社会矛盾急遽发展而革新势力尚有巨大影响的时代，没有韩、柳那样丰富的社会实践，更

① ［唐］罗隐：《罗昭谏集》，卷三，台湾商务印书馆影印文渊阁《四库全书》本。

缺乏中唐士人革新政治的理想和魄力。皮日休、陆龟蒙创作了大量的小品文，这是他们生活的一面；另一面，他们诗酒流连，所创作的唱和诗则以描写个人生活为主。提倡儒道的言论已经同中唐“文以载道”的理论有所不同，它缺乏现实针对性，已经在很大程度上失去了实践品格。

唐王朝的统治人物已经丧失了奋发向上、励精图治的信心和决心，整个社会既没有了盛唐时代的强大、繁荣的政治经济环境，也丧失了中唐时期那种强烈要求社会变革的时代气氛，文学的改革随之失去了赖以存在的社会条件。政治改革的失败必然促使地主阶级知识分子心理状态的变化，进而也会诱发文学思想观念的变化甚至逆转。晚唐诗歌题材上，感时伤乱，咏史怀古，艳情隐逸的诗作大量涌现，偏重诗人主体情绪的个性化抒发，视角内敛，返视心灵，具有浓郁的感伤色彩和情感底蕴；体裁上则近体大盛，律诗、绝句愈益繁盛和精熟。文学创作更加趋向于关注作品的艺术、美学层面，文学批评也以文学自身的特征为重心，文章领域亦复如是。随着明道思想的走出高潮，提倡散体的热情减退，补察时政、泄导人情的功利主义文艺观念逐渐趋于淡化。柳宗元、韩愈分别逝世于元和十四年(819)和长庆四年(824)。其后继者人微言轻，创作成就普遍不能与之相比，这两位古文运动的中坚人物死后，古文运动很快走向衰落。几个代表作家的辞世虽说对古文运动的发展会有所影响，但并不会成为主要的原因，主要的原因，乃在于促成并且维持古文运动发生、发展的社会历史条件已经发生变化。古文运动失去了原有的目标和精神动力，加上骈文的社会文化基础依然强大，于是绮靡浮艳的骈俪文风、片面追求形式美的唯美主义文学再度兴盛。

骈散力量对峙和消长的局面于是再次发生了变化。可以说，骈、散两种文体的消长本来就是中晚唐之际时代精神的变迁的一种反映。

三、晚唐时代反功利主义文学思想的兴起

中晚唐之际，政治革新和文学复古的大潮均渐行渐远，随着以"明道"思想为核心的功利主义文章观念的淡化，反功利主义的文章观念代之而起。它的核心在于反对狭隘地将文章作为负载和阐明儒学思想的工具，甚至不满于文章依附儒学思想而存在的状况，张扬文章自身独立的审美品格和艺术价值，主张用文章抒发真情实感。如前文所揭，在文体上以散代骈是以复兴儒学为根本宗旨的古文运动的外部形式及其在文章领域内的反映，儒道既已不是文章写作的指导思想和终极目的，散体独尊的局面自然随之打破，骈体写作由是获得了理论根据，骈文的发展空间得到了拓展。

值得注意的是，文章观念变化的契机最初恰恰出现在复古派人物之中。李翱的"复性说"，由"复性"入手，直入"道"源，明道的过程完全可以与"文"了无牵涉。中唐复古派文道合一、文以载道、即文明道的"文"、"道"相成互动的关系，变成"道"脱离"文"而存在的状态，两者由统一而趋于分离。这种论调虽然没有明确主张为文也未必要以明道为目的，毕竟还是为"文"脱离"道"的束缚埋下了伏笔。

追求怪奇新变是众多古文家的共同特点，然而古文运动的后进沈亚之在《送韩静略序》中对于"变"却有着独到的分析和认识："夫经史百家之学，于心灌沃而已。余以为构室于室下，葺之

故材，其上下不能逾其覆，拘于所限故也。搠之隟空之地，访坚修之良，然后工之于人，何高不可者？”①这种新变的观念，已经不限于文辞的怪奇，还多了几分不以经史为然的意味，表明晚唐复古派文人也已经有抛弃风教内涵的思想倾向。以春秋代序为喻，出于对“裁经缀史，补之如疣，是文之病烦久矣”（《送韩静略序》）的不满，沈亚之同某些古文家唯独就辞句上追求变怪百出有所不同，实质上有打破经史旧籍的牢笼束缚之意，不满足于借助前人之“故材”来“构室”于当下，而要求开辟“隙空之地”，另起炉灶，从“意”和“辞”两个方面求新求变。

杜牧是晚唐时代古文写作的热情支持者和参与者，在文章理论方面，他却用“文以意为主”取代了韩愈“文以明道”的主张。他在《答庄充书》中说：

> 凡为文以意为主，气为辅，以辞采章句为之兵卫，未有主强盛而辅不飘逸者，兵卫不华赫而庄整者。……苟意不先立，止以文彩辞句，绕前捧后，是言愈多而理愈乱，如入阛阓，纷纷然莫知其谁，暮散而已。是以意全胜者，辞愈朴而文愈高；意不胜者，辞愈华而文愈鄙。是意能遣辞，辞不能成意，大抵为文之旨如此。②

杜牧所言之“意”，主要是就一般的思想内容而言，并没有将其完全等同于儒家之道。相对于中唐古文家普遍主张的“文”与“道”之间明确、紧密的表里关系，“意”的外延显然宽泛得多，具有更大的包容性和涵盖面。正如罗根泽先生所说：“道是圣人之道，

---

① ［清］董诰等：《全唐文》，卷七三五。
② ［唐］杜牧：《樊川文集》，卷一三，第194页、第195页。

意则是自己的意见……所以他虽然以‘古作者’为仿效的目标，虽然宗仰韩愈，而与韩愈一班人所提倡的古文不尽同。”[①]杜牧为李贺诗集作序，用了一组借喻排比句形容李贺文采的千姿百态，尽极称赏之意：

云烟绵联，不足为其态也；水之迢迢，不足为其情也；春之盎盎，不足为其和也；秋之明洁，不足为其格也；风樯阵马，不足为其勇也；瓦棺篆鼎，不足为其古也；时花美女，不足为其色也；荒国陊殿，梗莽邱垅，不足为其恨怨悲愁也；鲸呿鳌掷，牛鬼蛇神，不足为其虚荒诞幻也。[②]

文中着重赞许其遣辞造语的艺术造诣和深沉真情感内涵，并未在政教方面加以苛求，同中唐古文家的论文之旨大有异趣之处。

晚唐时代，旗帜鲜明地反对古文家功利主义的文章理论而倡导“反道缘情”[③]者当属李商隐。李商隐在《上崔华州书》中说：

愚生二十五年矣。五年诵经书，七岁弄笔砚。始闻故老言：“学道必求古，为文必有师法。”常悒悒不快。退自思曰：“夫所谓道，岂古所谓周公、孔子者独能邪？盖愚与周、孔俱身之耳。以是有行道不系古今，直挥笔为文，不爱攘取经史，讳忌时世。百经万书，异品殊流，又岂能意分出其下哉？”[④]

这些言论批评的矛头直接针对着中唐古文家，表现出李商隐强

---

① 罗根泽：《中国文学批评史》，上海古籍出版社 1984 年版，第二册第 173 页。

② ［唐］杜牧：《李贺集序》，《樊川文集》，卷十，第 149 页。

③ 罗根泽：《中国文学批评史》，第二册第 170 页。

④ ［唐］李商隐撰，刘学锴、余恕诚编年校注：《李商隐文编年校注》，第 108 页。

烈的叛逆精神和独创精神。比如韩愈主张写作古文是为了阐明古道，即周公、孔子之道。李商隐认为道不应为周、孔所独有，而是包括他自己在内的不少人所身体力行的。由此出发，他认为写作文章要发扬创造性，而不应当一味摹仿古人。尽管李商隐并没有否定道的本身和周公孔子的圣贤地位，但他的"道"与周、孔之道并不相同。在《献侍郎巨鹿公启》中，他不仅以"虽古今异制，而律吕同归"①的今古观念同中唐古文家的复古观念相抗衡，更以后来居上的态度，指点江山，激扬文字，对李唐一代的文学作了总体批评，对李、杜以来的怨刺传统和沈、宋之后的绮靡文风都表示不满，大有一变习俗之志。不仅如此，他还大胆地为六朝文学翻案，遭到中唐古文家抨击和否定的六朝文学反而成了李商隐崇仰和效仿的对象。《献相国京兆公启》论诗云："人禀五行之秀，备七情之动，必有咏叹，以通性灵。故阴惨阳舒，其途不一。安乐哀思，厥源数千。远则鄘、邶、曹、齐以扬领袖，近则苏、李、颜、谢用极精华。嘈赞而钟鼓在悬，焕烂而锦绣入玩。刺时见志，各有取焉。"②他把颜延之和谢灵运的诗歌同《诗经·国风》以及苏武、李陵的作品等量齐观，表现出对南朝诗人的赞赏。《漫成三首》其二云："沈约怜何逊，延年毁谢庄。清新俱有得，名誉底相伤？"《送王十三校书分司》诗云："多少分曹掌秘文，洛阳花雪梦随君。定知何逊缘联句，每到城东忆范云。"《为著明凶问哭寄飞卿》诗云："何因携庾信，同去哭徐陵。"将温庭筠比作庾信，以卢献卿比徐陵。何逊、范云、任昉、徐陵、庾信等作家的诗歌

---

① ［唐］李商隐撰，刘学锴、余恕诚编年校注：《李商隐文编年校注》，第1188页。

② ［唐］李商隐撰，刘学锴、余恕诚编年校注：《李商隐文编年校注》，第1911页、第1912页。

才华和造诣都一例得到了李商隐的称许和赞美。李商隐充分汲取齐梁诗歌的艺术营养，将律诗艺术推进到前所未有的高度。柳冕曾说文章“自夫子至梁陈，三变以至衰弱”①，商隐诗中恰恰就有直接题为《齐梁晴云》者；他的诗论文论，显然同韩愈“非三代两汉之书不敢观，非圣人之志不敢存”②的标准形成了鲜明的对照。

李商隐有《容州经略使元结文集后序》一文，对元结的文章非常推重。文中说：

> 论者徒曰：“次山不师孔氏为非。”呜呼！孔氏于道德仁义外有何物？百千万年，圣贤相随于途中耳。次山之书曰：“三皇用真而耻圣，五帝用圣而耻明，三王用明而耻察。”嗟嗟此书，可以无尽。孔氏固圣矣，次山安在其必师之邪？③

当时及后世文家站在卫道的立场，对元结的文章多有非议。洪迈《容斋随笔》卷一四“元次山元子”条云：“又有《元子》十卷，李纾作序，予家有之。凡一百五篇，其十四篇已见于《文编》，余者大抵澶漫矫亢。……其说颇近《山海经》，固已不韪。……如此之类，皆悖理害教，于事无补。次山《中兴颂》与日月争光，若此书不作可也。惜哉！”④元结不少的杂文创作采用寓言的形式，讽刺辛辣，如果按照儒家正统标准来衡量，则是荒诞不经，属于“狂狷之言”⑤，充满“愤世嫉邪之意”⑥显然有违温柔敦厚之旨。

---

① ［唐］柳冕：《与滑州卢大夫论文书》，［清］董诰等：《全唐文》，卷五二七。

② ［唐］韩愈：《答李翊书》，［唐］韩愈撰，马其昶校注：《韩昌黎文集校注》，第 170 页。

③ ［唐］李商隐撰，刘学锴、余恕诚编年校注：《李商隐文编年校注》，第 2257 页。

④ ［宋］洪迈：《容斋随笔》，第 186 页、第 187 页。

⑤ ［清］刘熙载：《艺概・文概》，上海古籍出版社 1978 年版，第 19 页。

⑥ ［清］章学诚：《元次山集书后》，《章学诚遗书》，卷十三。

李商隐在这里又一次表现了他不受孔子思想束缚的见解。对自孔子以来的“征圣”之举提出异议。他认为历史上圣贤辈出，完全没有必要以孔子为独尊，这一点同他在《上崔华州书》中所谓道非周公、孔子独能的看法是相通的。这样的论调，同韩、柳、元、白相比，可谓大相径庭，识见之超卓亦在若干后人之上。

李商隐一方面认为元结文章“以自然为祖”，描摹、抒写内心感情世界如同宇宙寒暑的变化一样，没有现实功利目的和刻意的缘饰；另一方面，他通过自然和社会中万物形象的种种情状，从多个角度比附形容，称扬元结的文章在气势、结构和运思等多个方面所取得的令人难以企及的成就。李商隐在评论元结文章的时候，其着眼之处在于抒发真情实感和文章的艺术风貌，基本上没有涉及政教功能。客观地讲，元结文章当中都涉政教者不在少数，李商隐对此不可能不了解，但他反而避而不谈，因此其评价的确切程度就要大打折扣。不过，正是在这种轻重去取之间，鲜明而透彻地表现出李商隐反对明道、重视表现真情实感和艺术表现形式的文章观念。借评价元结来表达他自己的独立见解，才是这段话真正的价值和意义所在。可以说，大胆冲破思想束缚，明确主张以缘情来代替明道，正是李商隐反功利主义文学思想的核心，也正是贯穿在这篇《后序》当中的一条红线。

大中元年(847)十月，李商隐将其自开成初年以来担任藩镇僚佐期间所作骈体公文汇编成《樊南甲集》二十卷，并在《序》中说：

> 后又两为秘省房中官(指开成四年吏部试判释褐和会昌二年登书判拔萃科)，恣展古集，往往咽噱于任、范、徐、庾之间。有请作文，时或得好对切事，声势景物，哀上浮壮，能

感动人。①

中唐古文家激烈反对“俪偶章句，使枝对叶比，以八病四声为梏拲，拳拳守之，如奉法令”②，李商隐却对讲求“好对切事”的徐、庾骈体文章津津乐道，对自己骈文作品“哀上浮壮，能感动人”的浓厚抒情色彩也颇为自得。中晚唐文章作家对于文学价值的不同认识，反映出不同的见解和立场，反映出文学思想观念的变迁。尽管李商隐没有就今人之道的内涵作出明确的说明，但从其议论中可以看出其重今轻古的思想倾向，以及认为事物在不断发展变化的观点。由此出发，他认为写作文章要发扬创造性，而不应当一味摹仿古人。所以他重视今体四六文并赞赏南朝任、范、徐、庾等以华美的形式而著称的骈文作家，这也是他从早期写作古文转而大量写作骈文的思想契机。

第三节　古文运动的局限与骈文的发展空间

骈文、古文两种文体的消长是通过各自优势的竞争来实现的。古文运动自身的局限，一方面将文体革新的努力带进死胡同，同时在无形中降低了古文同骈文的竞争力。晚唐时期骈体文的再次抬头，同这一点有着直接的关系。对于古文运动自身的局限，本书拟从四个方面加以论述。

---

① ［唐］李商隐撰，刘学锴、余恕诚编年校注：《李商隐文编年校注》，第1713页。

② ［唐］独孤及：《李公中集序》，《毗陵集》，卷一三，台湾商务印书馆影印文渊阁《四库全书》本。

一、“文以明道”说的流弊

如何处理文章形式和内容之间的关系，是骈文和古文共同必须面对的首要问题。唐代古文家提出“文以明道”，重“道”的宗旨在于充实文章的社会内容和意义，是针对骈文重形式、轻内容流弊的反拨，以此救治骈体文空疏之弊；重“文”则意在推动古文表达艺术的进步，增强同骈文在艺术上的竞争力。古文家在处理形式与内容关系方面的矛盾，就给与之对立的骈文以反攻的余地。于是骈文有机可乘，用它的充分发展的形式上的某些优势来争夺市场。关于这一点，可以就“道”和“文”的偏至分别言之。

首先说过分重“道”的偏颇。

要求文章表现“圣人之道”，与文学需要反映现实生活，这两个方面在唐代古文家那里有时可以统一，有时却陷入对立。以“明道”为原则，强调文章的“明道”作用，有时强调得过分，难免出现矫枉过正、重道轻文、“道胜而言文”的倾向，引申开去，就是否定“文”的独立价值和特殊功能。这种倾向在韩愈的有些文章中已露出端倪，尤其是韩愈的《原性》、《原鬼》中，道学说教的成分已经比较浓厚，文中所强调者，皆局限于儒家思想。韩愈所要阐明的道乃是仁义之道，旨在维护严格的封建等级制和封建伦常关系，其消极性在不少地方都会自觉不自觉地显露出来。例如他说写作要“行之乎仁义之途，游之乎《诗》《书》之源”①，就把儒家经典当成创作源泉，把创作成败归结到道德修养功夫。又

---

① ［唐］韩愈：《答李翊书》，［唐］韩愈撰，马其昶校注：《韩昌黎文集校注》，第170页。

如他的《燕喜亭记》,若干笔墨描写自然山水,他却要把这种成分作为道德仁义说教的铺垫,大大削弱了文章的艺术性,同柳宗元的山水游记相差甚远,两者形成鲜明的对照。李翱在强调“明道”方面更是走向了极端,甚至把古文运动等同于儒学复古运动,把古文“明道”的主张偏离为对儒家之道的说教,把古文“鸣不平”的积极现实作用偏离为谈性论道的传声筒作用,影响了古文运动的健康发展。他的《寄从弟正辞书》过分强调“仁义之辞”①要求文章成为宣扬儒道的工具。碑传体文章在韩愈的笔下往往最具神采,最能体现古文的文学价值,可是李翱的《高愍女碑》、《杨烈妇传》等篇章却过分渲染了儒家忠孝节义的观念。其所著《复性书》、《从道论》等文章,大谈仁义性情,用性命之说来解释道德修养,近承韩愈《原道》、《原性》等论道之文,远溯颜之推、王通等人以六经控制情性的儒家理论,大讲明心见性,将文、道两分,把古文运动带上单纯谈性论道的歧途,反而成为宋代理学的先驱。从思想内容看,古文家们写了不少宣扬封建意识和封建道德的作品,他们中间不少人道德教化观念相当严重,表现出忽视文学特殊规律的偏向,他们所讲的“文”或“文学”,指的还是文章之学,在很大程度上模糊了文学散文与一般文章的界限。

晚清新“文笔论”的代表人物阮元说:“昭明《选》例以沉思翰藻为主,经、史、子三者皆所不选。唐、宋古文以经、史、子三者为本,然则韩昌黎诸人之所取,乃昭明之所不选,其例已明著于《文选序》者也。”②认为唐宋古文背离了“沉思”、“翰藻”的“篇什”之美,不是正宗的“文”的发展道路。俞樾在《王子安集注序》中说

---

① [清]董诰等:《全唐文》,卷六三六。

② [清]阮元:《扬州隋文选楼记》,《揅经室集·二集》,卷二,中华书局1993年版,第388页、第389页。

"故骈俪之文,文之正轨也";刘师培《中国中古文学史》说"非偶词俪语,弗足言文"。都与阮元的见解一致。这虽然是一种忽视中国散文历史特征的偏见,但其中不无一定的合理因素。最值得重视的,就是他从强调"篇什"之文与著述之文的区别的角度出发,维护前者为"文"之正统,实际上具有强调文学散文特殊性的积极意义。在此基础上,他指出唐宋古文中有一种把文学散文同经史著述混淆合一的倾向,特别是那些谈经论道的文字,强调实用和内容但缺乏文采和艺术形象。从唐代古文运动的发展过程来看,古文运动发轫时期,其重点乃在于文体变革,文学性或者并非着意所在,或者为作家力不能及,阮元的批评的确是能够击中要害的;即便到了贞元、元和时期,古文运动的中坚人物大力开展艺术散文的创作,纯然论道的古文也还是不少,这对后来古文的发展壮大都有不良的影响。

片面重"文"的弊端,主要体现为过分追求文辞的古朴或新奇。韩、柳在创作实践中都强调语言更新的重要性,把文学语言的革命视为古文运动的重要内容之一。韩愈要求创作上要"唯陈言之务去"(《答李翊书》),要"词必己出"(《南阳樊绍述墓志铭》),文章应当"丰而不余一言,约而不失一词"(《邓州北寄上于相公书》)、"不袭蹈前人一言一句"(《南阳樊绍述墓志铭》)、"师其意,不师其辞"(《答刘正夫书》)。古文家视骈文为陈陈相因的"俗下文字",因此自觉追求超脱凡近的艺术效果,本来无可厚非,不过矫俗过头,即流衍成弊。韩愈文章中即具有好奇尚怪的一面。他的某些文章用字相当生僻,比如洪庆善(兴祖)评韩昌黎的《曹成王碑》说:

《曹成王碑》造语法子云(扬雄)也。退之性不喜书,然尝云“凡为文词宜略识字”。如此碑中用剜、鞣、钹、掀、撇、掇、筴、跐等字是也。①

明人方以智说：“如退之文：苗薅发栉，目擩耳染，刿目怵心，刃迎缕解，钩章棘句，间见层出，曹诛五畀，变索，噎喑……此类甚多，皆对《广韵》钞撮而又颠倒用之，故意聱牙，鹿门以为生割，甚为退之不取也。”②对于韩愈在语言方面高超的创造才能应当肯定，但如方以智所举诸例，大部分难免“生割”之嫌，这一点也是事实。柳宗元称许“穀梁子、太史公甚峻洁”③，要求写作古文“参之太史公以著其洁”④，但柳宗元有时为求行文峻洁而使用生僻词语和生涩的句法，妨碍了文章的表达效果。韩愈在给樊宗师所写的墓志铭中说：“惟古于词必己出，降而不能乃剽贼，后皆指前公相袭，从汉迄今用一律。寥寥久哉莫觉属，神徂圣伏道绝塞。既极乃通发绍述，文从字顺各识职，有欲求之此其躅。”“词必己出”同“文从字顺”是文章语言创新的两个方面。过分追求新奇在多数韩愈后学的创作或理论中都有鲜明体现，他们把文字上求新、求奇、求险、求怪的一面发展为判定文章优劣的尺度，韩愈古文理论当中“文从字顺各识职”的一面却湮没不彰，没有得到继承和发扬。

在《谕业》一文中，皇甫湜通过四个“无常”，找到了变态为文

---

① [清]允禄等编：《御选唐宋文醇》，卷八引，台湾商务印书馆影印文渊阁《四库全书》本。光绪三年（1877）浙江书局刊本引文皆同，然谓引文出自朱熹。

② [明]方以智：《通雅》，卷八，台湾商务印书馆影印文渊阁《四库全书》本。

③ [唐]柳宗元：《报袁君陈秀才避师名书》，《柳宗元集》，卷三四，第880页。

④ [唐]柳宗元：《答韦中立论师道书》，《柳宗元集》，卷三四，第873页。

的理由，而且为文崇尚怪奇的他还从“无常”找到了“新”与“怪”的相同之处：“夫意新则异于常，异于常则怪矣。词高则出于众，出于众则奇矣。虎豹之文不得不炳于犬羊，鸾凤之音不得不锵于鸟鹊，金玉之光不得不炫于瓦石，非有意于先之也，乃自然也。”①在《答李生第二书》中，他甚至进一步将奇怪的文风放宽到只要不违于“正”，即属可采之列：“夫谓之奇则非正矣，然亦无伤于正也；谓之奇则非常矣，非常者谓不如常者；谓不如常，乃出常也；无伤于正而出于常，虽尚之亦可也。”②然而在创作实践当中，对于怪奇非常的过分热衷和执着追求使皇甫湜的文章多少有些偏离了“正”轨。《韩文公墓志铭》形容韩文是“豪曲快字”，“曲”应释为“心曲”；“鲸铿春丽”，出自班固《东都赋》之“发鲸鱼，铿华钟”，形容音节洪亮；形容韩愈为人“洞朗轩辟，不施戟级”，字句生涩，对典故也故意加以过分的改造和扭曲。高彦休《唐阙史》记载说，裴度修福先寺，拟撰碑，皇甫湜自荐执笔，结果写出的文章“文思古謇，字复怪僻，公寻绎久之，目瞪口涩，不能分其句读”。此事未必可信，但从这个传说却可以窥见时人对其文章的看法。元人白珽说他“流于艰涩怪僻，所谓目瞪舌涩，不能分其句读者也”③。还有人说：“其言语次叙，却是著力铺排，往往反伤工巧，终无自然气象。其记又多叶韵语，殊非大家气象。”④

孙樵的散文创作关心现实政治，揭露时弊，又不乏抒泄愤懑

---

① [唐]皇甫湜：《答李生第一书》，[清]董诰等：《全唐文》，卷六八五。

② [清]董诰等：《全唐文》，卷六八五。

③ [元]白珽：《湛渊静语》，卷一，台湾商务印书馆影印文渊阁《四库全书》本。

④ [元]郑玉：《与洪君实书》，《师山集·遗文》，卷三，台湾商务印书馆影印文渊阁《四库全书》本。

之作，文风亦复以奇崛为尚，均可见出韩愈的影响。其文学主张也有同韩愈一脉相承之处。他以“明道”为宗旨，自称读书作文“期入圣域”、“期到古人”①，艺术上尤其强调文章之奇。他在《与友人论文书》中说“古今所谓文者，辞必高然后为奇，意必深然后为工”②，充分表现了对于文章怪奇的爱好。《与王霖秀才书》所谓“道人之所不道，到人之所不到，趋怪走奇，中病归正”③云云，与韩愈《答刘正夫书》所谓“然则用功深者，其收名也远；若皆与世沈浮，不自树立，虽不为当时所怪，亦必无后世之传也”④等论调可谓极其神似。孙樵称赞王霖《雷赋》说“诚谓足下怪于文”，也很容易让人联想到柳宗元称赞韩愈《毛颖传》的“信韩子之怪于文”；而称赞卢仝等人诗文“如赤手捕长蛇”，似乎也是从柳宗元所谓“若捕龙蛇，搏虎豹，急与之角而力不敢暇”化出，无不透露着他对怪奇文风的激赏。

唐代古文家刻意求奇而走向极端的是樊宗师，其《绛守园池记》是古今难于索解的“名篇”。此文内容上主要意在惩戒玩物丧志，自然有其积极意义。但表现上的生涩深晦，竟然让人难以句读。如文中第二段云：

子午梁贯亭曰洄涟。虹蜺雄雌，穷鞠觌蜃，碍佷岛坻，淹淹委委，莎靡缦，萝蔷翠蔓红刺相拂缀。南连轩井，阵中

---

① ［唐］孙樵：《骂僮志》，《孙可之集》，卷十，台湾商务印书馆影印文渊阁《四库全书》本。

② ［唐］孙樵：《孙可之集》，卷三。

③ ［唐］孙樵：《孙可之集》，卷三。

④ ［唐］韩愈撰，马其昶校注：《韩昌黎文集校注》，第207页。

踊曰香，承守寝晬思。[1]

欧阳修借批评樊宗师抨击当时“太学体”文章的恶劣风气，指出：“异哉樊子怪可吁，心欲独出无古初。穷荒搜幽入有无，一语诘曲百盘纡。孰云己出不剽袭，句断欲学盘庚书……嫉世姣巧习卑污，以奇矫薄骇群愚。用此犹得追韩徒，我思其人为踌躇，作诗聊谑为坐娱。”[2]梅圣俞《寄题绛守园池》诗说：“黑石镌辞涩如棘，今昔往来人不识。酸睛欲抉无声形，既不可问不可听。”[3]南宋陈振孙也在《直斋书录解题》卷一六《樊宗师集》、《绛守园池记注》的解题中说：“韩文公为(樊宗师)墓志，称魁纪公三十卷，樊子三十卷，诗文十余篇，今所存才数篇耳。读之殆不可句。有王晟者，天圣中为绛倅，取其《园池记》，章解而句释之，犹有不尽通者。孔子曰：辞达而已矣。为文而晦涩若此，其湮没弗传也宜哉！”一味趋奇走怪，甚至不惜用字生僻，生造语句，写出的文章让人无从理解，也就完全违背了文学创作规律，与韩愈所谓“能自树立，不因循”(《答刘正夫书》)重在发挥艺术独创性的宗旨无异于南辕北辙。

樊宗师、皇甫湜、孙樵等人的某些作品内容、构思相对平庸而全力在文辞字句上求怪，结构就走到邪路上去，由怪而走向丑，散文的美遂扫地而尽。李肇《国史补》：“元和之后，文笔则学奇于韩愈，学涩于樊宗师。”苏轼在其《谢欧阳内翰书》中说：“盖唐之古文，自韩愈始，其后学韩而不至者为皇甫湜。学皇甫湜而不至者

---

① 断句据[清]张庚辑注：《强恕斋本唐樊绍述遗文》，杭州徐氏 1925 年铅印本。

② [宋]欧阳修：《绛守居园池》，《欧阳修全集・居士集》，卷二，中国书店 1986 年版，第 10 页、第 11 页。

③ [宋]梅尧臣：《宛陵集》，卷四九，台湾商务印书馆影印文渊阁《四库全书》本。

为孙樵。自孙樵以降，无足观矣。”①两个“不至”，尖锐地道出了古文运动精神渐失，形貌徒存，甚至精神、形貌尽失的退化过程。

晚唐刘蜕在求奇求怪方面虽不及樊宗师严重，然较之皇甫湜、孙樵则似有过之。其《山书》、《古渔文》等篇章文字都比较艰涩，所谓“开千金之购”、“信不见任”、“天不工蜕也，而独文蜕也”等句式，均不符合古文基本的语法逻辑，影响了内容的表达，也削弱了文章的社会效果。沈亚之也追求文辞的奇崛险怪，穷极炼字之功，正如《四库全书总目》卷一五〇《沈下贤集》提要所说：“其文则务为险崛，在孙樵、刘蜕之间。”鲁迅也在《唐宋传奇集·稗边小缀(一)四》中说：“亚之好作涩体……。”

刘大櫆《论文偶记》说：“文贵奇，所谓‘珍爱者必非常物’。然有奇在字句者，有奇在意思者，有奇在笔者，有奇在邱壑者，有奇在气者，有奇在神者。字句之奇，不足为奇；气奇则真奇矣……。”②文章之奇怪，大可体现在形象、立意、结构、语言等各个方面，并不仅仅在于用词造句的怪异奇特，出人意表；何况相对于其他因素来讲，语言恰恰又是在规范化的要求上较为严格的。如果只求奇怪于字句之间，甚至不惜杜撰生造，便会违背基本的语法规则，使文章晦涩难懂。刘勰所说的“颠倒文句”的“讹势”，所指正是这类情形。古文运动的后进在古文理论上较之韩、柳缺少重大的突破，却片面发展了其中的某些方面。

古文家们尚奇出新的追求，使得某些古文在文字游戏方面

---

①　[宋]苏轼撰，孔凡礼点校：《苏轼文集》，卷四九，中华书局 1986 年版，第 1423 页、第 1424 页。

②　人民文学出版社 1959 年版，第 6 页、第 7 页。

较之骈文有过之而无不及。古文写作走向反面，在导致自身失败的同时，也促使人们重新体会骈文的优长。某些骈文毕竟是美文，尽管内容空虚贫乏，但其形式美毕竟还有可取之处。两害相权取其轻，与其读那些怪僻晦涩的古文，还不如读那些虽熟滥却华丽的骈文。

二、韩柳后学创新不足

成功的文学新变既要勇于创新，大胆突破传统，表现出艺术上的创造性，同时还要善于消化吸收前人的创作经验和优秀成果。韩愈说“闳其中而肆其外”(《进学解》)，以及柳宗元所谓“旁推交通”(《答韦中立书》)，都涉及广泛继承文学遗产的问题，这是他们的古文创作获得巨大成功的主要经验。就具体的作家来说，对前代文学遗产的态度各不相同，从整个运动来看，正确对待遗产也有个过程。文学的发展有其自身特殊的规律，创作必须尊重这个规律，对文学的艺术性给予充分地认识和重视。古文运动之所以在韩愈和柳宗元那里达到高潮，还在于他们不但重视文章内容的充实，而且努力追求形式的完美和技巧的进步。

《旧唐书》卷一六〇《韩愈传》：“大历、贞元之间，文字多尚古学，效杨雄、董仲舒之述作，而独孤及、梁肃最称渊奥，儒林推重。愈从其徒游，锐意钻仰，欲自振于一代。”韩愈之前的文学复古含有机械拟古的色彩。梁肃文章崇尚古朴。意义在于抨击前代文弊，矛头直指骈偶文体，却并没有以古文为天下倡，更没有提出系统的古文理论。在贾至《工部侍郎李公集序》、梁肃《常州刺史独孤及集后序》、柳冕《答徐州张尚书论文武书》等文里面，他们主张“宏道”之文应从儒家经典和先秦诸子、班马史书以及汉代单篇文章中汲取养料，于是为散体文章找到了效法的范例。但是他们还处在笼统地倡导“复古”的阶段，对于他们所希望弘扬的“道”并没有深刻而新颖的理论思考，对于文章表现技巧也缺少新的探索，因此只能使文章恢复散体的形式，而少有其他的创新。鉴于上古散文乃是被后起的骈文所取代的形式，简单复古无疑放弃了历史上的骈体文学所积累起来的艺术经验和成果，因此并不能取得对骈文真正的否定。打破骈文的一统局面，必须依靠一种具备足以同骈文相抗衡的艺术技巧的新型文章体制。复古中的高明者能够不为古所缚，相反则陷于泥古。

古文运动的先驱柳冕自谓：“小子志虽复古，力不足也。言虽近道，辞则不文，虽欲拯其将坠，末由也已。”①又在《与滑州卢大夫论文书》中说：“老夫虽知之，不能文之，纵文之，不能至之。况已衰矣，安能鼓作者之气，尽先王之教。”②似乎已经认识到文体复古要取得成功，非要在艺术形式方面取得长足的进展不可。

可以说，古文的创作宗旨和表现手段都是创新的产物，所以它能够以新型散文的姿态，打破骈文一统的格局，使骈文的绮丽文风不再主导文坛。韩、柳的后学缺乏他们文章中那种气盛言宜、奇正自如的气象，也缺乏韩、柳在散文语言方面的创新才能，文章在立意、构思、表现方法甚至题目上摹拟韩、柳的痕迹比较明显，比如沈亚之《为人撰乞巧文》仿柳宗元之《乞巧文》，《学解嘲对》仿韩愈之《进学解》；又如孙樵《逐痁鬼文》之于韩愈《送穷文》，《复佛寺奏》之于韩愈《论佛骨表》，《乞巧对》之于柳宗元《乞

① [唐]柳冕：《答荆南裴尚书论文书》，[清]董诰等：《全唐文》，卷五二七。

② [清]董诰等：《全唐文》，卷五二七。

巧文》,《书褒城驿壁》之于柳宗元《永州铁炉步志》,以及皮日休《祝疟疠文》之于柳宗元《骂尸虫文》等等,都是如此。“若无新变,不能代雄”①,不知变通地沿袭前人老路,只能是床上叠床,屋下架屋,古文的创新之路越走越窄,自然会削弱古文运动的整体成就。

三、文体改革缺乏政治高层的支持

中唐时期文体革新势力相对来说还是比较薄弱的,古文家在朝廷上总的来看并没有能够占据主导或有利地位,很难通过强有力的行政手段推行文体改革。

元和九年(814)十二月,韩愈以考功郎中知制诰。元和十一年(816)正月,韩愈迁中书舍人。中书舍人掌制诰,品秩与考功郎中同,但地位更显清要,是唐代“文士之极任,朝廷之盛选”②。同年五月韩愈即罢中书舍人,改太子右庶子。太子右庶子是东宫官属,品秩较中书舍人高,却是典型的闲官。韩愈掌制诰的时间为一年半左右。在这段时间里,韩愈并没有将古文带入制诰写作。

贞元二十一年(805)正月,李诵(顺宗)即位,重用王伾、王叔文、韦执谊等人着手进行改革,柳宗元及其好友刘禹锡积极支持并参与改革,很快成为核心人物,柳宗元被任命为礼部员外郎,为礼部起草文件政令,掌管尚书表笺。同年八月,改元永贞,八月五日,李诵被迫让位于太子李纯(宪宗),改革失去政治支

---

① 《南齐书》,卷五二《文学传》。

② [唐]杜佑:《通典》,卷二一“中书令”条。

持，遭到镇压。九月，柳宗元、刘禹锡等人都被贬为远州司马。柳宗元开始了他十年拘囚、待罪南荒的生活；元和十年又被召回京，任命为柳州刺史。柳宗元自贞元十二年(796)中博学宏词科，以集贤殿书院正字步入仕途，直到元和十四年(819)四十七岁时病逝于柳州，其政治生涯中一多半的时间是在贬谪中度过的。他真正开始古文创作，也正是在贬谪之后。正如他在《与杨京兆凭书》中所说："宗元自小学为文章，中间幸联得甲乙科第，至尚书郎，专百官章奏，然未能究知为文之道。自贬官来无事，读百家书，上下驰骋，乃少得知文章利病。"①柳宗元青年时以擅长写作骈体文知名，不过他身处政治核心的时间统共不足一年，而且未曾知制诰，即担任起草王言的要职，故而《旧唐书》的作者带着惋惜的口吻感叹道："贞元、大和之间，以文学耸动搢绅之伍者，宗元、禹锡而已。其巧丽渊博，属辞比事，诚一代之宏才。如俾之咏歌帝载，黼藻王言，足以平揖古贤，气吞时辈。"②所谓"咏歌帝载，黼藻王言"，就是针对他的骈体文章而言的。

长庆初年，元稹在穆宗皇帝的支持下，曾一度试图将复古风气带入制诰写作，这是一次大胆的尝试。白居易《唐故武昌军节度处置等使河南元公墓志铭》云："制诰，王言也，近代相沿，多失于巧俗。自公下笔，俗一变至于雅，三变至于典谟，时谓得人。"③此即白居易《余思未尽加为六韵重寄微之》诗所谓"制从

① [唐]柳宗元：《柳宗元集》，卷三〇，第789页。

② 《旧唐书》，卷一六〇《韩愈张籍孟郊唐衢李翱宇文籍刘禹锡柳宗元韦辞列传》。

③ [唐]白居易撰，顾学颉校点：《白居易集》，卷七〇，第1467页。

长庆辞高古”，白氏在此句下自注云：“微之长庆初知制诰，文格高古，始变俗体，继者效之也。”①白居易元和十五年以主客郎中知制诰，开始仿效元稹。实际上，这种改革一方面只求文辞的高古质朴，有意删汰浮辞艳藻，并未彻底改变骈偶体制；另一方面，它或许在当时影响较大，元、白之后却罕有继之者。事实正如岑仲勉先生所说：“长庆初年，元稹、白居易同知制诰，曾一度提倡复古，卒不能变。”②

总起来看，古文运动的发起人和中坚力量多是名位低微或者仕途偃蹇、遭逢不偶的中下层文人。先驱如萧颖士、李华、元结、独孤及、梁肃、柳冕等人多是才高位卑，取湮当代；中坚人物韩愈、柳宗元的古文多作于困顿寥落、贬谪失意之时；欧阳詹、张籍、李翱、沈亚之、皇甫湜、樊宗师等等韩愈的忠实追随者又大多是终生名宦不达、穷愁潦倒的文章之士。在当时的社会条件下，他们没能取得政治上的出路。柳宗元、刘禹锡等人则是政治上激进的改革派，在贞元末年改革失败后受到政敌的打击和贬黜。古文创作基本上还是局限在个人生活的范围之内，以古文代替骈文是一场自下而上的呼吁和斗争，如同逆水行舟，而骈文的处境则恰好相反。

四、古文家反骈主张的不彻底性

除了制度上存在不能触及的领域等客观原因以外，古文家反对骈文、以散代骈的主张在主观上也确实存在不彻底之处。

---

① ［唐］白居易撰，顾学颉校点：《白居易集》，卷二三，第503页。
② 岑仲勉：《隋唐史》，中华书局1982年版，第185页。

古文家虽然激烈反对骈体，但是对粉饰政教、宣示“王言”的制诰纶旨这类骈体文还是推重的。骈体制诰的稳固性固然不容易动摇，但既然古文家的目的在于以古文取代骈文，对“大手笔”的宽容和推重与其文体改革的根本宗旨之间难免会有矛盾之处。燕国公张说和许国公苏颋，两人在开元时期就有“燕、许大手笔”[①]之称，他们的骈文作为盛世朝廷王言的代表，就连激进的古文家都能对之称赏有加。梁肃推崇张说之文“宏茂”的风格，并认为它是陈子昂之后，古文运动前驱者之前扭转浮靡文风的一股重要力量。[②] 柳宗元在《杨评事文集后序》中亦指出张说善于著述，其文符合“高壮广厚，词正而理备”[③]的标准。皇甫湜则称赞燕、许骈文有“坐天子而朝群后”、“奉神明，享宗庙”[④]的作用。刘禹锡在为李绛文集所作的《唐故相国李公集纪》中称赞其文章“上所以知君臣启沃之际，下所以备风雅声诗之义。洪钟骇听，瑶瑟清骨。……古所谓一言兴邦者，信哉”[⑤]。刘禹锡又曾推崇令狐楚说：“起文章而陟大位，丹青景化，焜耀藩方，如霏烟祥风，缘饰万物，而与令名相始终者，有唐文臣令狐公实当之。……笔端肤寸，膏润天下。文章之用，极其至矣。”[⑥]刘禹锡在为这些高官作集纪时，他

① ［唐］李肇：《唐国史补》，卷下，上海古籍出版社1983年版，第53页。

② 参见［唐］梁肃：《补阙李君前集序》，［清］董诰等：《全唐文》，卷五一八。

③ ［唐］柳宗元：《柳宗元集》，卷二一，第579页。

④ ［唐］皇甫湜：《谕业》，［清］董诰等：《全唐文》，卷六七八。

⑤ ［唐］刘禹锡撰，《刘禹锡集》整理组点校，卞孝萱校订：《刘禹锡集》，卷一九，第225页。

⑥ ［唐］刘禹锡：《唐故相国赠司空令狐公集纪》，［唐］刘禹锡撰，《刘禹锡集》整理组点校，卞孝萱校订：《刘禹锡集》，卷一九，第229页、第232页。

所称赏的这些文章，一例都是骈文。可见庙堂文章在唐人心目中具有至关重要的地位，即使反对写骈文的古文家也会对它网开一面，而且极为欣赏其宏壮的气度。究其原因，大致有二：

第一，为了配合文学的政教作用，盛唐以后的骈文家自觉放弃对形式技巧的追求，并将儒家经典的精神贯彻其中，使文章呈现出宗经典重、古朴浑雅的风貌。《新唐书》卷二〇一《文艺传上》云："玄宗好经术，群臣稍厌雕琢，索理致，崇雅黜浮，气益雄浑，则燕许擅其宗。是时唐兴已百年，诸儒争自名家。"这种变化虽然同古文家的文体复古主张有别，但其文风复古的趋向却同古文家有一致之处。刘禹锡在《唐故中书侍郎平章事韦公集纪》中将韦处厚的著述分为两类："未为近臣已前，所著词赋、赞论、记述、铭志，皆文士之词也，以才丽为主。自入为学士至宰相以往，所执笔皆经纶制置财成润色之词也，以识度为宗。"[①]把王言制作即"以识度为宗"的"经纶制置财成润色之词"同"以才丽为主"的"文士之词"区别开来，而对前者特为推重，也体现出了这层意义。

第二，朝廷一切命令皆藉王言诏诰得以发布，它同政治的关系最为密切，即刘禹锡所谓"八音与政通，而文章与时高下"[②]。身处政治核心位置，王言诏诰出于其手，最容易对政治的兴衰变迁起到干预作用。刘禹锡在《唐故相国李公集纪》中说："天以正气付伟人，必饰之使光耀于世。粹和絪缊积于中，铿锵发越形乎文。文之细大，视道之行止。故得其位者，文非空言，咸系于訏

① [唐]刘禹锡撰，《刘禹锡集》整理组点校，卞孝萱校订：《刘禹锡集》，卷一九，第228页。

② [唐]刘禹锡：《唐故尚书礼部员外郎柳君集纪》，[唐]刘禹锡撰，《刘禹锡集》整理组点校，卞孝萱校订：《刘禹锡集》，卷一九，第236页。

谟宥密，庸可不纪。”身为宰辅、掌握政柄无疑获得了推行儒家之道的最有利的地位。韩愈《争臣论》云：“君子居其位，则思死其官；未得位，则思修其辞以明其道。我将以明道也，非以为直而加人也。”[①]得其位而能修其辞以明其道，正是古文家梦寐以求而不可得的理想境界。故而古文家虽反对骈文，但还是认为朝廷诏诰在精神上同古文家“明道”、维护中央集权的宗旨并不相悖，与那些徒以词华雕琢为能事的靡丽之文并不相同而将其视为例外。

除此以外，古文家并不排斥骈体赋颂铭赞类作品的写作。以赋颂颂美、粉饰政治是盛唐以来的传统观念。张说、苏颋等“大手笔”制作了不少以润色鸿业为宗旨的赋颂作品。古文运动的先驱和领袖人物对赋颂的写作都相当重视。李华、萧颖士、元结、独孤及都写过不少赋颂讴歌帝王功德，还提出“有歌咏、美教化、献箴谏、然后有赋颂”[②]的主张；李华认为，如要恢复古道，就不应“使雅颂之音，卷而不舒”[③]；韩愈写过《元和圣德颂》，柳宗元也写过《平淮西雅》二首。白居易曾作《赋赋》，称扬骈体赋作的形式内容之美：“义类错综，词采舒布；文谐宫律，言中章句。华而不艳，美而有度。”还将赋的意义提高到儒家“六义”的高度：“我国家恐文道寖衰，颂声凌迟；乃举多士，命有司；酌遗风于三代，明变雅于一时。全取其名，则号之为赋；杂用其体，亦不出乎诗。四始尽在，六义无遗。”把赋体文学创作的繁荣看作“凌砾

① ［唐］韩愈撰，马其昶校注：《韩昌黎文集校注》，第112页、第113页。

② ［唐］独孤及：《李公中集序》，《毗陵集》，卷一三。

③ ［唐］李华：《含元殿赋》，《李遐叔文集》，卷一，台湾商务印书馆影印文渊阁《四库全书》本。

'风'、'骚',超轶今古"的唐室"中兴"的文化象征。[①] 这样一来,骈体赋作的生存和发展权获得了强有力的理论依据。

唐代古文家一般都是科举出身,写作骈文是基本功;韩、柳等人又比较重视从骈文中汲取艺术营养,个别文章甚至直接采用骈俪的形式。比如韩愈《进学解》,显然可以从东方朔的《答客难》、扬雄的《解嘲》以及班固的《答宾戏》找到渊源,对偶之工稳不在前人之下。苏东坡尝谓"唐无文章,惟韩退之《送李愿归盘谷序》而已"[②],话虽不免有些绝对,但《送李愿归盘谷序》一文的艺术价值之高,当然是有目共睹的。这篇文章通篇所用均是俪偶之辞,其实仍然是取径于辞赋一途。柳宗元《唐故特进赠开府仪同三司扬州大都督南府君睢阳庙碑》纯然是骈文。他的古文吸收了很多骈文的表现手法。山水游记不避俪偶,骈散兼行,《乞巧文》更是用骈文反对骈文的名作。方苞批评他"杂出周、秦、汉、魏、六朝诸文家"[③],意谓柳宗元的古文驳杂不醇。

唐代古文运动,一方面是以散代骈的文体变革,还有相当重要的一方面,即是发展文学散文。两个方面是相辅相成的关系。没有散文文学性、艺术性的切实提高,就难以在文体变革方面产生实效,也难以形成古文创作的声势、规模和影响。韩、柳等人的古文写作本质上是复古旗帜下创新性的探索和努力,骈文已经流行数百年之久,在形式艺术上已经达到相当成熟的境地,古文取代骈文,需要在艺术形式方面足以同骈文相抗衡,但这并不

---

① [唐]白居易撰,顾学颉校点:《白居易集》,卷三八,第 877 页。

② [宋]苏轼:《跋退之送李愿序》,[宋]苏轼撰,孔凡礼点校:《苏轼文集》,卷六六,第 2057 页。

③ [清]方苞:《书柳文后》,《方望溪先生全集》,卷五,《四部丛刊初编》本。

是一蹴而就之事。正如钱穆先生所说："惟文学之为事，终不能无纂组藻采之工。韩、柳之于琢句锻字，布格设色，匠心密运，有更难于尚偶俪之所为者。"①主观上的失误和局限，都给古文运动在晚唐走向衰落埋下了伏笔。如前文所述，即使在古文运动蓬勃开展乃至高潮时期，骈文的社会文化基础和潜在影响力依然强大，骈文的市场虽然因为古文的兴盛受到一定程度的排抑，但它仍然虎视眈眈，古文运动的每一点局限，都给骈文伺机而动提供了可能性。此消彼长，伴随着古文创作走向低谷，晚唐时代骈文的再次抬头就成为势所必然。

第四节　晚唐时期的骈文和古文

一、骈文复兴在体裁和数量上的表现

制、敕、诏、册等中朝公文和表、状、笺、启、牒等幕府公文，科举考试所涉及的律赋、判词等文体，传统上都使用骈体，这在中唐古文运动鼎盛的时候也没有改变。六朝时期所形成的传统习惯，在唐代影响甚大，这个影响一直延续到两宋甚至整个传统社会。这是骈体文最为稳固的阵地。比如杜牧，是古文写作的支持者和参与者，《全唐文》所录制、表、状等文共 121 篇，均为骈体；又如晚唐最杰出的小品文作家罗隐，现存幕府应用文和干谒文均为骈体，其骈体应用文还曾结集为《湘南应用集》和《吴越掌

① 钱穆：《杂论唐代古文运动》，《中国学术思想史论丛》，卷四，安徽教育出版社 2004 年版，第 53 页。

记集》各3卷。

骈文和古文有所竞争和消长的领域，在于公文和考试文体之外的私人写作，比如书、启、记、序、墓志等等体裁。古文运动鼎盛时期，从骈文中夺过来若干体裁，原本使用骈体来写作，改由古文来写；随着古文运动声势的消退，被古文夺走的若干体裁又在一定范围之内还原为骈体。

以墓志而言，这种体裁在韩愈的古文创作中数量最多，32卷之中占到12卷，数目总计78篇；韩愈的碑志之作在古文运动中的影响也最大，是推广古文的一面旗帜。从东汉末期开始，碑志就长期为骈文所垄断。碑志文在南北朝最终定型，徐陵、庾信以其纯美圆熟的骈文创作基本确立了碑志的写作模式，此后逐渐公式化，作为一种应用文体，有了相对固定的内容和形式，一概采用骈俪之文铺叙阀阅、记述官职履历以及歌功颂德、溢美吹捧，积重难返，遂形成僵死的套路，"铺排郡望，藻饰官阶，殆于以人为赋，更无质实之意"①。作者陈陈相因，将其作为社会生活和人际关系的应酬文字，用凝固的程式表现空洞、含混和浮夸的内容，千人一面。骈文长于对偶用典，拙于细致生动地描写叙述，这在很大程度上削弱了碑志写人叙事的功能，限制了碑志内容的鲜明和生动。虽然情文并茂，终因阅读障碍使读者无法对事件得出一个具体、清晰、完整的印象。六朝文人竞骋文华，争奇斗巧，丽辞遍施于各体文章，绝大部分作品都诗赋化、骈化了。这样的审美要求，距离人物塑造的要求相去甚远。韩愈在墓志

① [清]章学诚：《文史通义》，外篇二《墓铭辨例》，《章学诚遗书》，卷八。

领域通过变骈为散的根本性变革，一是将其从单纯的墓主生平资料的堆砌发展为描写生动的人物形象的传记文学；二是通过墓志抒情感怀，将这一应用文体带入文学殿堂。韩愈在墓志中常抒发怀才不遇、有志难申的不平之鸣，通过墓志写作为广大寒士殷切呼吁，寄寓自己的穷苦愁思，同时也能够表现出自己倔强刚直的个性和愤世嫉俗的强烈感情。中唐时代有一批文史兼长的作家，如梁肃、权德舆、韩愈、柳宗元、李翱、皇甫湜、沈亚之都有志于史，普遍具有进步的文学观和史学观，长于记叙功臣贤士的行迹，推动传记文学走向全面繁荣。韩愈碑志正是中唐全面繁荣的传记文学的一部分。韩愈以其卓越的古文艺术成就，借助唐人崇尚志墓的社会心理，将碑志这种在当时社会最为流行的应用文体变成古文运动的最有力的宣传工具和阵地。陈寅恪先生认为韩愈墓志同柳宗元墓志一样，“多创造之杰作”①，突破了形式化特征。钱穆先生说韩愈碑志“乃刻意以散文法融铸入金石文而独创一体。……设例取势，因人为变。创格造局，锤句炼响，极行文之能事。可谓前无古人，后无来者”②。叶国良先生在其《韩愈冢墓碑志文与前人之异同及其对后世的影响》一文中认为：“韩愈对碑志文之改革，全面且多方尝试之于体制方面，‘题’、‘序’、‘铭’皆有与前人异趣之创新成分，此正为其‘陈言务去’之一贯作风；虽则其中部分创新，如称字、称‘先生’，学诗经或峄山碑押韵法等，亦可谓‘复古’。尤重要者，韩愈运用技巧，

① 陈寅恪：《元白诗笺证稿》，三联书店2001年版，第3页。

② 钱穆：《杂论唐代古文运动》，《中国学术思想史论丛》，卷四，第44页。

丰富碑志文之面貌，又使得全篇结构趋于合理，并将此种不易显现作者性情文字之文体，转化为能够容纳作者感情或见解之文学体裁。于立意方面，韩愈每效史官之笔，寓褒贬之义，其所表现之儒家立场，能落实其'文以载道'之主张。故'文起八代之衰'一语，如仅用于形容韩愈对碑志文之改革，亦属恰当。"①

韩愈死后，随着古文运动的衰落，墓志又逐渐为骈体所占据。从《全唐文》所收墓志来看，元和、长庆以后至唐末，散体在墓志中所占的比例呈现递减之势。据笔者统计，卷七三一至七六〇骈体墓志只有 4 篇，而散体者 30 篇，骈体占 11.8%；卷七六一至七九〇骈体 5 篇，散体 24 篇，骈体占 17.2%；卷七九一至八四〇骈体 17 篇，散体 3 篇，此时骈体占到了 85%。骈体的增长在会昌、大中以后最为明显，可以说又恢复了绝对优势。

其次如书、序，也是中唐古文写作的重头戏。韩愈 32 卷文集中 9 卷为书、序。如果说墓志是史传的延续，那么书、序文便是古代议论的支与流裔。柳宗元也写了不少书、序，在 43 卷文集中占到将尽四分之一的比例。到了晚唐时代，某些作家现存的此类体裁的作品竟然全部都为骈体，从中几乎看不到古文运动的影响。比如《全唐文》卷七八六为温庭筠文，2 篇骈赋和 1 篇骈体状以外，中唐以来多用古文写作的"书"，温庭筠所作 7 篇，都是骈体；卷七八七为段成式文，书、序分别有 10 篇、1 篇，全为骈体；活跃在会昌、大中间的薛逢，长于律赋，卷七六六存文 15 篇，2 篇律赋和 9 篇启为骈体外，4 篇书也都是骈体。

---

① 叶国良：《石学蠡探》，台北大安出版社 1989 年版，第 97 页、第 98 页。

除此以外，个别先前以散体为多的应用文，晚唐采用骈体写作者反而逐渐多了起来。比如奏疏，一般围绕具体琐碎的事务生发议论，骈体较难措手，因此多用散体。《四六丛话》云："盖奏疏一类，下系民瘼，上关政本，必反复以申其说，切磋以究其端，论冀见从，多浮靡而失实；理惟其晓，拘声律而难明。此任、沈所以栖毫，徐、庾因之避席者也。"[①]晚唐奏疏类文字采用骈体的比例也有所增长。《全唐文》卷七三一至七九〇大抵为元和至开成间的作品，其中奏疏为骈体者 13 篇，散体 47 篇，骈体约占 21.7%；卷七九一至八四〇大约为会昌、大中以后的作品，骈体奏疏 36 篇，散体 20 篇，骈体比例达到 64.3%。

晚唐时代骈文繁荣的另一个重要表现，是某些体裁的骈文文集的大量出现。最突出者莫过于幕府表状笺启类文集。此类体裁在晚唐之前多同诗、赋及其他体裁共同编集，很少专门独立出来。晚唐政局对于此类文章的特殊需求促成了写作的升温和专门人才的大量涌现，唐代行政公文文集的中心由此发生变化，这类文章独立编集也因此成为必要之举。对此本书将有专门论述。

晚唐时代是中国古代骈文艺术演进的重要阶段。这个时代最杰出的骈文作者很多同时也是晚唐诗风的代表人物。骈文本来就是重形式、重声律的文体，其发展过程特别是格律化的进程在很大程度上受到了诗歌发展的濡染和推动。愈趋严谨的格律，秾致、富丽的藻采和用典，重抒情，多感伤，深邃而悠远的意境，种种因素都进一步加深了骈文的律化程度和诗意之美。继六朝骈文之后，晚唐诗歌和骈文艺术特质的交融互渗树立起骈文发展史上的又一个高峰。我们似乎可以由此得到一个启示，

---

① ［清］孙梅：《四六丛话·序章疏》，台湾新文丰出版公司《丛书集成初编》本。

诗歌形式美突飞猛进的时代，往往比较容易造成骈文艺术进步的重要契机，六朝和晚唐都是这样的时代。事实正如袁行霈先生所指出的那样："一种文体与其他文体相互渗透与交融，吸取其他文体的艺术特点以求得新变，这是中国文学演进的一条重要途径。"①

二、古文的潜在影响与骈文绝对优势的消失

晚唐时代，骈文回潮，却并没有造成六朝后期那样骈文一统文坛的优势。"六朝骈文之盛，凡君上诰敕、人臣奏章，以及军国檄移，与朋友往来书疏，无不袭用斯体。"②"上自帝王诏令，下至赠答笺启，无不刻意美化，适会声韵之学，自西徂东，益助文章之唱叹，举世无匹之美文，于焉大盛，几不复知世有散行文字矣。"③六朝时期的文章，诸如辞赋、书札、碑铭、诔祭文、记序文乃至学术著作，各种体裁普遍骈俪化。"自魏晋以来，写信用骈文，记事用骈文，吊祭碑传用骈文，乃至著书立说也用骈文。朝廷发号施令的典重文字，更无不用骈文。"④与六朝不同，除了行政公文和科举文体等应用性文章以外，其他各种体裁在晚唐始终存在用古文写作的情形。虽然骈体比例有不同程度的增加，却也只是造成了文坛上骈、散两种基本文体分裂、对峙的局面。

---

① 袁行霈师主编：《中国文学史》，高等教育出版社 1999 年版，第 10 页。

② ［清］孙德谦：《六朝丽指》。

③ 张仁青：《骈文学》，台北文史哲出版社 1984 年版，第 88 页。

④ 瞿兑之：《中国骈文概论》，刘麟生主编：《中国文学八论》，北京中国书店 1985 年版，第 41 页。

骈文逐渐从一般文体退守为专门文体，它维持了五百年左右的一统文坛的地位被打破，这是唐代古文运动即古文与骈文的第一次较量之后的结果。这种局面并没有因为古文运动在晚唐走向衰落而改变，毋宁说，它反倒因为古文运动的衰落而仍然得到维持、而更显巩固。

随着士人对社会危机的深刻体察，社会责任感与政治批判意识也愈来愈强烈，主张发扬儒学传统，强调文学作品应具有服务于社会政治现实的实用功能，又成为颇为流行的思潮。在诗歌领域，某些作家极力倡导比兴美刺的诗教精神。皮日休说："诗之美也，闻之足以观乎功；诗之刺也，闻之足以戒乎政。"①杜荀鹤则在《自叙》中说自己"诗旨未能忘救物，世情奈值不容真"②，而黄滔在《答陈磻隐论诗书》中则更明确地提出："诗本于国风王泽，将以刺上化下，苟不如是，曷诗人乎？"③相应地，在文章领域，古文家的"明道"主张具体化为以"剥非"、"补失"为宗旨的理论表述。皮日休在其《文薮序》中自称他的各种文章，"皆上剥远非，下补近失，非空言也"。他在《悼贾》一文的序中又说："圣人之文与道也，求知与用，苟不在于一时，而在于百世之后者乎？"④罗隐《谗书序》表明其创作目的为"有可以谗者谗之"，"不能学杨子云寂寞以诳人"。

---

① [唐]皮日休：《正乐府序》，[唐]皮日休撰，萧涤非、郑庆笃整理：《皮子文薮》，上海古籍出版社1981年版，第107页。

② [唐]杜荀鹤：《唐风集》，卷二，台湾商务印书馆影印文渊阁《四库全书》本。

③ [唐]黄滔：《黄御史集》，卷七，台湾商务印书馆影印文渊阁《四库全书》本。

④ [唐]皮日休撰，萧涤非、郑庆笃整理：《皮子文薮》，第17页、第18页。

同一般文章骈、散并立的发展走向一致，晚唐时代的赋也呈现出律赋和古赋两种发展倾向。一是在吊古伤今和写景的作品中，偶尔也有些对现实的讽谕，但更多地流露出浓厚的感伤情绪和隐逸思想。与这种内容相适应，其艺术风格和表现形式也朝着追求严格的声律对偶和华丽纤巧的方向发展。代表作品是晚唐时代的律赋。另外一种倾向则是沿着元和前后赋家们所开创的道路前进，某些赋对现实的抨击和讽刺更为激烈，如杜牧《阿房宫赋》、陆龟蒙《蚕赋》、《后虱赋》以及皮日休的赋都是代表。这些作家公然声称他们的作品是为现实政治服务的。杜牧说："宝历大起宫室，广声色，故作《阿房宫赋》。有庐终南山下，尝有耕田著书志，故作《望故园赋》。"[①]皮日休说："赋者，古诗之流也。伤前王太佚，作《忧赋》；虑民道难济，作《河桥赋》；念下情不达，作《霍山赋》；悯寒士道壅，作《桃花赋》。《离骚》者，文之菁英，伤于宏奥，今也不显《离骚》，作《九讽》。"[②]强调赋的讽谕作用。他在《桃花赋序》中说："状花卉，体风物，非有所讽，辄抑而不发。"[③]《谗书》中的赋、文均是讽刺小品。讽刺小赋题材不一，短小精悍，揭露社会弊端一针见血，富有极强的战斗精神。这类赋作虽然句式整齐，但基本上不对偶，仍为散句。

韩愈、柳宗元等人的杂说类文字，在皮日休、陆龟蒙、罗隐等人的手里发扬光大，发展演变为篇幅短小、文笔诙谐、讽刺辛辣的小品文。成为晚唐古文创作中最引人注目的部分。鲁迅先生

---

① [唐]杜牧：《上知己文章启》，《樊川文集》，卷一六，第241页。

② [唐]皮日休：《文薮序》，[唐]皮日休撰，萧涤非、郑庆笃整理：《皮子文薮》，第2页。

③ [唐]皮日休：《桃花赋序》，[唐]皮日休撰，萧涤非、郑庆笃整理：《皮子文薮》，第9页。

指出："唐末诗风衰落，而小品放了光辉。但罗隐的《谗书》，几乎全部是抗争和愤激之谈；皮日休和陆龟蒙自以为隐士，别人也称之为隐士，而看他们在《皮子文薮》和《笠泽丛书》中的小品文，并没有忘记天下，正是一榻胡涂的泥塘里的光彩和锋铓。"①皮氏《鹿门隐书》、刘蜕《山书》、罗隐《谗书》和陆龟蒙《笠泽丛书》，名称多包含不得其位、隐居而处的意味，都有继承子书传统以求跻身一家之言行列的意图。他们身处绝望之世，不暇正面立论，多寄愤慨于寓言，"多所讥讽"（《旧五代史》）。

皮日休、陆龟蒙、罗隐等三位作家以外，来鹄、程晏、袁皓、陈黯、沈颜、司空图等作家也写过若干小品文。当时的这批作家在思想观点与文学主张上大体同韩、柳相一致，政治上都有救时济世之心，它的偏狭的功利性与中唐古文家也有一致之处，他们是韩、柳古文传统当之无愧的继承者。但时代环境毕竟不同了，他们不但没有实现自己抱负的客观条件，有些人甚至完全被排斥在政治斗争之外，落魄终生，甚至不得不过着避世隐居的生活。晚唐古文家不像中唐古文家那样多是政治革新实践的参与者，他们大多被迫游离于政治生活之外，以旁观者的姿态和"简散诞放，无所讳避"②的写作态度抨击、批判现实。与中唐古文创作中的热情和期盼相比，晚唐古文创作中更多的是对现实的一种特殊的冷峻和愤激，如皮日休的《读司马法》、《六箴序》，罗隐的《英雄之言》，陆龟蒙的《祀灶解》等文，都在很大程度上突破了儒家君臣之道，把批判的矛头直接指向皇帝。面对复杂、深刻的社

---

① 鲁迅：《小品文的危机》，《鲁迅全集》，第五卷，第 171 页。

② [唐]陆龟蒙：《复友生论文书》，《甫里集》，卷十八，台湾商务印书馆影印文渊阁《四库全书》本。

会矛盾，晚唐朝廷已经失去了自我调整、修复的能力，因此虽然古文家文字锋芒十分尖锐，却难免流为与现实脱节的空言。或者可以说，此时古文家的明道主张已经在特殊的时代背景之下丧失了实践品格。他们既缺乏韩、柳等古文大师的雄厚才力，不像他们能够在多种体裁中自由发挥出卓绝的艺术创造力；对现实的失望甚至绝望，使他们缺乏中唐古文家力挽狂澜的气魄，文章中也就缺乏排山倒海的充沛气势和舍我其谁的饱满自信。因此，从整体上看，这个时期的古文创作成就可以说是普遍降低了。

李商隐由最初学作古文，"不喜偶对"转而专攻今体，有其师事令狐楚遂"始通今体"的偶然性，也有他长期为幕府掌书记或判官，必须迎合时尚、遵从惯例的必然性。而他的"恣展古集，往往咽噱于任、范、徐、庾之间"，却表明他对骈体的赏爱玩味之情也并非全出于被动。他也有并非代笔的一部分骈文，本来也可以出之以古文却还是用了骈体，实际上也反映了他对骈文的偏爱。另一方面，李商隐虽然反对功利主义的文章思想，却并不一概反对古文，他只是反对拘泥于古人之道而不知变通，以及将古文单纯作为载道的工具。李商隐《韩碑》除了表达削平藩镇、拥护统一的政治观点之外，也多从艺术角度着眼表达对韩愈古文造诣的钦佩之情：

> 公退斋戒坐小阁，濡染大笔何淋漓。点窜《尧典》《舜典》字，涂改《清庙》《生民》诗。……公之斯文若元气，先时已入人肝脾。……公之斯文不示后，曷与三五相攀追。愿书万本诵万遍，口角流沫右手胝。

他在《容州经略使元结文集后序》中也表达了对于元结古文的由

衷赞赏。他对于自己"十六能著《才论》、《圣论》,以古文出诸公间"显然是颇为自负的;他还推重其仲弟羲叟"特善古文"(《樊南甲集序》);李商隐现存古文作品十九篇,其中多数是具有较高的艺术水准的篇章。对于骈文,李商隐虽然有独特的爱好,却似乎并不特别看重。或者将其视作同博弈相似的小道(《樊南甲集序》),或者谓之"非平生所尊尚,应求备卒,不足以为名"(《樊南乙集序》)。他虽然对自己骈文写作的艺术水准也颇自得,却也感慨"当时自谓宗师妙,今日惟观属对能"(《漫成》)。黄滔的情形同李商隐多少有些相似。黄滔是晚唐时代一流的律赋名家,现存律赋二十二篇,不仅数量较多,艺术水准更为古今论者所称道。清代赋论家称之为"小赋第一手"①,李调元将其与王棨并称律赋作者中"一时之瑜、亮"②,不过黄滔却把骈俪之文的地位贬得很低,他看重的是载道的古文。他在《与王雄书》中说:

> 夫俪偶之辞,文家之戏也,焉可贵其戏于作者乎!……夫以唐德之盛,而文道之衰。尝聆作者论近日场中,或尚辞而鲜质。多阁下能揭元次山、韩退之之风。故天所以否其道、室其数,使若作《骚》演《易》,皆出于穷愁也,复何疑焉?……愿阁下脂辖跃辔,荐计贡闱,高取甲乙,然后使人人知斯之宝货异于是也,元次山、韩退之之风复行于今日也,无令郑浚、孙泰、李瑞、闵廷言、陈峤数公寂寞而已。③

---

① [清]浦铣:《复小斋赋话》,卷上,台湾新文丰出版公司《丛书集成续编》本。

② [清]李调元:《赋话》,卷二,台湾新文丰出版公司《丛书集成新编》本。

③ [唐]黄滔:《黄御史集》,卷七。

因此，有些当代文学批评史家将其归为儒家功利主义一派。[①]可见，即使是在某些杰出的骈文作者那里，骈文的地位也不能同古文相比。区分高下的依据，即在于骈文多为应用之文，而无论载道抑或抒情，仍要以古文为重。

造成这种看似矛盾现象的原因，主要在于古文运动虽然在晚唐时代走向衰落，但薪火未息，古文观念以及古文写作方法仍然得到一定程度的普及，甚至还深入人心。在这种情形之下，晚唐骈文之盛，已经同东汉到初唐时代有所不同了，此时骈文已经不再是垄断文章领域的文体。晚唐骈文呈现出复盛态势的同时，已经表现出从普遍的文章形态逐渐向专门性的应用文体过渡的趋势。从当时的体裁上看，骈体垄断绝大多数体裁的局面已经打破，应用文在骈体文章中的比例相应增大。除了行政公文和科举文体尚完全为骈体所固守以外，其他各种体裁中始终都有古文写作。到了宋代古文运动之后，骈体在这些体裁中的影响越发微弱，被排挤到边缘地位甚至完全为古文所取代。

中唐之前，古体同今体的对峙而今体一枝独秀，宋代以后，古文同四六的对峙而两者平分秋色。中国古代文章格局的这种重大转变，晚唐是一个不可忽略的重要过渡阶段。"四六"一名的确立和普及，恰好在很大程度上反映了这一变化过程。

三、"四六"名称的确立及其意义

时至晚唐，骈文的总体发展走向是越来越倾向于应用性的

---

① 参见王运熙、杨明：《隋唐五代文学批评史》，上海古籍出版社 1994 年版，第 663 页。

专门文体。从现存文献来看，"四六"一名始自李商隐，但这个名称很快就使用得相当普遍了，成为此类专门文体的代名词。宋代的骈文批评，即是以"四六"为对象的专门应用文体的批评。"四六"名称的出现，预示了骈文、古文对峙新格局的确立。

一般文体学家认为，"四六"本质上固然属于骈文范畴，但严格地说"四六"并不等同于"骈文"，这是正确的；不过似乎尚未明确无误地说明"四六"同一般骈文的本质区别究竟何在。

孙德谦《六朝丽指》："骈体与四六异，四六之名，当自唐始。李义山《樊南甲集序》云：作二十卷，唤曰樊南四六。知文以四六为称，乃起于唐。而唐以前，则未之有也。"孙德谦指出骈文与四六文不同，不过认为两者的不同只是在于出现时间的早晚，这当然不错，但并不全面，更没有指出关键区别所在。

刘麟生《中国骈文史》说："六朝始登骈俪之峰，然尚无所谓四六也。……晚唐李商隐有《樊南四六甲集》二十卷，《乙集》二十卷。至宋代骈文，始专以四六名。其别为何？即古代骈文，不专用四六之句。离古愈远，而四六之句愈多。"就骈文发展历史看，确实如前代学者所指出的，越是到后来，骈文中的四六隔句对越多，不过有一点需要注意，"四六"之名虽然始于李商隐，但商隐骈文当中真正的四六隔句对其实并不比六朝骈文为多。孙梅《四六丛话》谓："古之四六句自为对语，简而笔劲，故与古文未远。其合两句为一联，谓之隔句对，古人慎用之，非以此见长也。故义山之文，隔句不过通篇一二句。"这才是实况。徐陵、庾信的作品，甚至有叠用三重四六隔句对的例子。比如徐陵《玉台新咏序》："至若宠闻长乐，陈后知而不平；画出天仙，阏氏览而遥妒。且如东邻巧笑，来侍寝于更衣；西子微颦，将恒陈于甲帐。陪游驭娑，骋纤腰于结风；长乐鸳鸯，奏新声于度曲。”又如庾信《哀江南赋序》：“钟仪君子，入就南冠之囚；季孙行人，留守西河之馆。申包胥之顿地，碎之以首；蔡威公之泪尽，加之以血。钓台移柳，非玉关之可望；华亭鹤唳，岂河桥之可闻。”樊南骈文中以四六作对者当然几乎篇篇皆有，但是像这样将几个四六句连续堆叠在一起的情况并不存在，他倒是多以五言、七言句穿插其间，骈句的长短、结构错落有致，能够有所调节，并不会显得特别板滞。因此早期“四六”同一般骈文的区别也并不在于四、六对句的数量和比例。

从李商隐《樊南四六甲乙集》之后至唐末五代，“四六”一名很快就使用得比较普遍。文献中所出现的当时的“四六”全部都是指以藩镇幕府为中心的骈体公文。敦煌 P.3723 号写本《记室备要》三卷，撰者乡贡进士郁知言在自序中说：“时以咸通七年，偶游于鲁，遇护军常侍太原王公，好习儒墨，常以文字饰于缄章，染翰抽毫，皆成四六。”《宋史》卷二〇八《艺文志》七有郑昌士《四六集》一卷（郑昌士无考），田霖《四六》（《直斋书录解题》云田霖为南唐人）；《新唐书》卷六〇《艺文志》四有崔致远《四六》一卷，李巨川《四六集》两卷；《崇文总目》卷五有樊景《四六集》五卷（樊景，《通志》卷七〇注云“唐人”），郑准《四六集》一卷（唐荆南从事），《白岩四六》五卷（白岩，《通志》卷七〇注云“后唐人”）。史志、目录书中均将这些书排列在一起，应当具有相同的性质。在唐末五代时期，所谓“四六”并非指所有骈文，而是特指应用性骈文。大抵最初起源于晚唐时代的藩镇幕府，指代幕府表状笺启类骈文，比较近似的名称还有所谓“刀笔”、“燕许体文”等等。“刀笔”一名出现较早，《史记》卷二〇《建元以来侯者年表》载：

“(平丘侯)王迁，家在卫。为尚书郎，习刀笔之文。”这里虽然也指应用文，因时代较早，并不特指骈体应用文。“燕许体文”是晚唐才出现的名称，《唐摭言》卷十：“李巨川，字下已，姑臧人也。士族之鼎甲，工为燕许体文。”同书同卷：“李凝古，给事中损之子。冲幼聪敏绝伦，工为燕许体文。”《新唐书》卷一二五《苏颋传》：“自景龙后，(颋)与张说以文章显，称望略等，故时号燕许大手笔。”“燕许”最初指代朝廷制诰诏令，到晚唐时代转而指代幕府应用骈文，同当时“四六”一名的指代范围大致相当。这个转变的意义当如吴丽娱先生所说，表明了幕府应用文在当时政治运作中重要性的凸显及其地位的提高。这也是唐代后期应用性骈文写作重心发生转移的一个重要表现。

可以说，在晚唐时代所出现的“四六”，并不单纯是出于骈文句式基础上的总结，更重要的意义在于，它出现以后即成为一类实用性极强的特殊文体即幕府公文的代名词。这类文体之外的骈文，并不被称为四六，这一点很少引起研究者的注意。

到了宋代，“四六”一名的外延有所扩大，扩大到包括朝廷应用文书、科举考试文章以及士大夫之间私人往来的书信等在内的所有骈体文。《宋史》卷三三六《司马光传》载：“神宗即位，擢为翰林学士。光力辞，……对曰：‘臣不能为四六。’帝曰：‘如两汉制诏可也。且卿能进士取高第，而云不能四六，何邪?’”又南宋谢伋《四六谈麈序》云：“三代两汉以前，训诰誓命诏□书疏，无骈丽粘缀，温润尔雅。先唐以还，四六始盛，大约取便于宣读。况朝廷以此取士，名为博学宏词；而内外两制用之，四六之艺诚曰大矣。”《容斋三笔》卷八“四六名对”条云：“四六骈俪，于文章家为至浅，然上自朝廷命令、诏册，下而缙绅之间笺书、祝疏，无所不用。则属辞比事,固宜警策精切,使人读之激印,讽味不厌,乃为得体。”因此,宋代人一般都将骈文直接称作“四六文”,后世的骈文研究者也往往将宋代骈文称为“宋四六”。同晚唐“四六”出现之前的一般骈文相比,“四六”大概更强调应用性,更倾向于格式化,谢伋《四六谈麈序》所谓“下至往来笺记启状,皆有定式,故谓之应用。四方一律,可不习而知”。其写作已经具有一种普泛性,成为一种格式、程序极为固定的机械操作,故而时人表现出一种轻视的态度,洪迈说“四六骈俪,于文章家为至浅”;《宋四六话》记载当时有人指责“四六近俳”,俳者优也,即文字游戏,都是此意。

宋代以后,“四六”一名的指代范围愈趋扩大,无论是否应用性的骈文都被称为“四六”。比如清人孙梅的《四六丛话》,批评对象就囊括了各个历史阶段的各种骈体作品。因此才有孙德谦、刘麟生等学者特意为两者作出区分,不过如前文所言,他们并未指出关键区别所在。《四库全书总目》卷一六三宋人李刘《四六标准》提要云:“自六代以来,笺启即多骈偶,然其时文体皆然,非以是别为一格也。”从六朝时代到宋代,随着古文的逐渐普及,骈俪之文已经从一种普遍的文章形态转变为专门的应用文体;晚唐之前的骈文批评尚属一般文章学范畴,到了宋代则成为专门文体学的批评,这类批评的专门著作,一般都冠以“四六”之名。比如王铚《四六话》二卷、谢伋《四六谈麈》一卷、李刘《四六标准》四十卷等等皆是。晚唐恰好处在转型期,为后来的骈文批评开了端倪。作为一种文体观念,李商隐所提出的“四六”一词已经得到文人的认可,开始把这种在形式上极具个性的文体作为一种独立的文学形态来加以研究。

《文心雕龙·章句》云："若夫笔句无常，而字有条数。四字密而不促，六字格而非缓，或变之以三五，盖应机之权节也。"《文镜秘府论》卷四云："然句既有异，声亦互舛，句长声弥缓，句短声弥促，施于文笔，皆与参用，然而品之，七言以去，伤于太缓，三言以还，失于至促，惟可以闲其文势，时时有之。至于四言，最为平正，词章之内，在用宜多，凡所结言，必据之为述；至若随之于文，合带以相参，则五言六言，又其次也。"文学批评家对句子的长短、句子用字的多少进行了有意识的研究探讨，骈文以四字句、六字句为多，是从魏晋以来长期的创作实践中总结出来的规律。孙德谦《六朝丽指》云："吾观六朝文中以四句作对者，往往只用四言，或以四字五字相间而出；至徐、庾两家，固多四六语，已开唐人之先，但非如后世骈文，全取排偶，遂成四六格调也。"六朝以来，骈文逐渐形成以四六句为典型句式的文体特征，故而中唐时虽然未有"四六"之名，然柳宗元已经用所谓"骈四俪六，锦心绣口"（《乞巧文》）来概括一般骈体文章的基本特点。这一基本特点并非李商隐或晚唐骈文作家的独到发现。

李商隐以"四六"命名骈文文集，就句式特征而言，它说明樊南骈文所取法的对象，是当时所谓的"时文"、"今体"，是柳宗元所谓的"骈四俪六"之文，是既区别于古文，又区别于以陆贽奏议为代表的、革新以后的骈文。这种骈文对句长短不一，错落变化的特点的渊源，是六朝中后期逐渐趋于定型的律化骈体文。

除此以外，李商隐所提供的命名原因尚有并不针对句式或其他文体特征者。《樊南甲集序》云："四六之名，六博、格五、四数、六甲之取也，未足矜。”鲍宏《博塞经》：“各投六箸，行六棋，故曰‘六博’。”《汉书·吾丘寿王传》：“以善格五待诏。”颜师古注：“即今戏之簺也。”《礼记·内则》：“九年教之数与方名。”注：“朔望与六甲也。”王应麟《小学绀珠》：“六甲，甲子、甲戌、甲申、甲午、甲辰、甲寅也。《汉志》云：日有六甲，辰有五子。”此处为“四六”一名释义，但李商隐却言不及义，不用句子用字多少来解释，反倒将“四六”说成是与博戏或者儿童初学识方位、数干支等相类似的事物，明显地带有一种自嘲的口吻。“骈文”、“骈体”之名的出现晚在清代，在骈体文一统文坛的时代，一般文章皆为骈文，并不需要特殊名称。唐代韩、柳等人大变流俗，为了标示其文体同一般文章的区别，故而特称“古文”。晚唐时代，面对着古文的挑战和排挤，骈文家也不得不接受骈文逐渐演变为特殊文体的事实，感觉到对这种同古文对立的文体给予单独命名的需要。《樊南甲集序》云：“仲弟圣仆（羲叟），特善古文，居会昌中进士为第一二，常表以今体规我，而未焉能休。”“四六”即是在新的文章格局之下对骈文的重新命名，也是给骈文的重新定位。晚唐作家黄滔虽然以擅长律赋著称，却也说：“夫俪偶之辞，文家之戏也，焉可赍其戏于作者乎！”①这已经同宋人“四六骈俪，于文章家为至浅”的论调大有声气相通之处了。

晚唐时代的情形，提倡古文，虽然持论甚高，却难以施于公私应用文；骈体文虽合于实用，却已经为人轻视。到宋代以后，骈文所能固守的领域就是这类应用文章了。

---

① ［唐］黄滔：《与王雄书》，《黄御史集》，卷七。

第二章　晚唐骈文体裁研究

第一节　晚唐政局与幕府公文的新变

晚唐时代，军阀割据，兵连祸结，藩镇势力空前扩张，表、状、笺、启等幕府公文在各种复杂关系中周旋权变的功能急剧提高，相关骈文体裁的创作高度繁荣，在数量、流传方式、命名方式、作者身份等方面显示出一系列鲜明的时代特征，并且在得到普遍重视、学习和研究的基础上形成晚唐时代特有的章奏之学。以上种种变化对当时的骈文表达手法产生了深刻的影响，主要的表现就是程式化的加深，由此进一步强化了骈文通过组合、堆砌典故来表达意义的功能，晚唐表状笺启类书仪的产生和流行与此有着直接的关系。

一、笺表写作同文人仕进

中晚唐时代，藩镇势力逐渐增长，文人奔走藩镇幕府的现象有所增加。骈文也是这些士人的“敲门砖”。方镇僚佐的重要职责，就是起草章、表、笺、启、檄、牒、露布以及各种公私文书，这些公牍文的绝大部分都要用严整的骈文来写。《唐六典》卷一：

凡上之所以逮下，其制有六，曰：制、敕、册、令、教、符

（注云：天子曰制、曰敕、曰册；皇太子曰令；亲王公主曰教；尚书省下于州，州下于县，县下于乡，皆曰符）；凡下之所以达上，其制亦有六，曰：表、状、笺、启、辞、牒（注云：表上于天子，其近臣亦为状，笺、启于皇太子，然于其长亦为之，非公文所施；九品已上公文皆曰牒；庶人曰辞）。

唐代方镇使府涌现出一批写作骈文章奏的能手，也流传下来大量的作品。擅长写作章表一类的应用文，即具备高超的骈文技巧，是进入幕府的一个重要条件。《唐语林》卷三载：

刘侍郎三复，初为金坛尉。李卫公镇浙西，三复代草表云："山名北固，长怀恋阙之心；地接东溟，却羡朝宗之路。"卫公嘉叹，遂辟为宾佐。①

北固山，又名北顾山；《尚书·禹贡》云"江汉朝宗于海"，《周礼》谓诸侯朝见天子，春曰朝，夏曰宗。刘三复结合当时李德裕的官职和浙西治所润州的地理位置，巧妙委婉地表达了李德裕虽然处身僻远却眷念朝廷的心情，因此受到李德裕的赏识，辟入幕府。

章表笺启类骈体幕府文书的功能当然不止于方镇之间、方镇与朝廷之间的应酬往来，它在当时的政治环境当中有时候起着相当重要的实质性的作用。《旧唐书》卷一七二《令狐楚传》载："楚才思俊丽，德宗好文，每太原奏至，能辨楚之所为，颇称之。郑儋在镇暴卒，不及处分后事，军中喧哗，将有急变。中夜十数骑持刃迫楚至军门，诸将环之，令草遗表。楚在白刃之中，搦管即成，读示三军，无不感泣，军情乃安。自是声名益重。"方

① ［宋］王谠撰，周勋初校证：《唐语林校证》，中华书局1987年版，第279页。

镇权力交接之际是变乱最容易爆发的危急时刻，令狐楚身处危难之间，振笔从容，以一篇代刚刚去世的幕主所作的遗表成功地化解了一场濒临爆发的兵变，千钧一发，足以看出幕府文书工作的重大意义。论者多认为骈体公牍文尽属缺乏思想内容、真情实感的表面文章或应景文字，这个事例似乎也能够说明此种论点的偏颇。

除此以外，具备杰出骈文写作技巧的幕府僚佐还比较容易引起朝廷的注意和重视，增加进入中央权力机构的机会。令狐楚即可谓由文章起家，从藩镇使府幕僚而平流进取、仕至台阁的典型。他在桂林、太原担任幕职达十三年之久，写了大量的表、状、笺、启、辞、牒一类的公牍文字。《新唐书》卷六〇《艺文志》四所录令狐楚《表奏集》十卷当中即有大量担任幕府僚佐期间所作的文章，《全唐文》卷五三九至五四三收楚文五卷，其中既有任职使府时所撰，也有担任知制诰、翰林学士时所作，全部都是骈体文。他在太原幕所作的骈文章表已经大为德宗皇帝所欣赏，《旧唐书》本传还载元稹草楚衡州制云："楚早以文艺，得践班资，宪宗念才，擢居禁近。"刘禹锡《刘宾客文集》卷一九《唐故相国赠司空令狐公集纪》说，令狐楚"家在并、汾间，急于禄养，捧从事檄于并州……始公参大卤记室，以文雄于边。议者谓一方不足以骋用，征拜于朝"，认为楚乃是"起文章而陟大位"，可见令狐楚平步青云，身居重位，与其杰出的骈文写作技巧是分不开的，这一点当时的人无疑看得相当清楚。令狐楚曾说，理想的公牍文应当"指事立言而上达，思中天心；发号出令以下行，期悦人意"。就是说骈体公文要协调上下各方面关系，并且使上下级都感到满意，其难度可想而知。这当是令狐楚长期从事骈体公文写作的经验之谈。另如《唐语林》卷三谓：

> 宣宗舅郑仆射光，镇河中。封其妾为夫人，不受，表曰："白屋同愁，已失凤鸣之侣；朱门自乐，难容乌合之人。"上大喜，问左右曰："谁教阿舅作此好语？"对曰："光多任一判官田询者掌书记。"上曰："表语尤佳，便好与翰林一官。"论者以为不由进士，又寒士，无引援，遂止。①

因为田询的表文写得好，宣宗便要提拔他入翰林院，事虽不果，同样可以说明骈文写作技巧在唐代士人政治生命中的重要作用。

进士及第而进入幕府担任掌书记等职，再入朝做中书舍人知制诰，代表了唐代后期一部分方镇掌书记的共同仕履，也成为中书舍人人选来源的一个重要补充。《旧唐书》卷一五九《郑絪传》载："大历中，有儒学高名，如张参、蒋乂、杨绾、常衮，皆相知重。絪擢进士第，登宏词科，授秘书省校书郎、鄠县尉。张延赏镇西川，辟为书记，入除补阙、起居郎，兼史职。无几，擢为翰林学士，转司勋郎中，知制诰。德宗朝，在内职十三年，小心兢谦，上遇之颇厚。"《新唐书》卷一六五本传说郑絪在朝任职中书舍人，这正是知制诰之职。《旧唐书》卷一六七《李程传》载，李程贞元十二年(796)进士及第，又登宏词科，累辟使府。二十年，入朝为监察御史，其年秋，召充翰林学士。后为王叔文排挤，罢学士，三迁为员外郎。元和中，出为剑南行军司马。十年(815)，入为兵部郎中，寻知制诰。李德裕《掌书记厅壁记》云：

> 暨太尉临淮王总节制之师，德裕叔父尝与斯职，寻以才

---

① [宋]王谠撰，周勋初校证：《唐语林校证》，第282页。

> 识英妙，肃宗召拜监察御史。厥后仆射高贞公、今河阳节度令狐公，以人文掌宸翰；国子司业郑公，给事河南尹杜公，以才华登贵仕；继斯躅者，不亦盛欤？①

李德裕所举皆是由河东节度使幕府掌书记起家而致身通显的人物。其实李德裕本人即是通由这条道路而跻身宰辅之位的典型。《旧唐书》卷一七四本传说他“避嫌不仕台省，累辟诸府从事”。元和十一年(816)，张弘靖罢相为河东节度使，辟李德裕为掌书记，《掌书记厅壁记》一文作于稍后的元和十四年(819)四月。文中所谓“继斯躅者，不亦盛欤”，即为自指。

起草奏、疏、表、状、笺、启、牒、檄、露布等各种公私文书是藩镇幕府僚佐的重要职责所在。节度使掌书记、观察使判官等常为专司这类公私文书的职务，观察使支使、巡官也兼掌笺表写作。

《资治通鉴》卷二五二乾符元年胡三省注云：“唐制，节度使幕属有掌书记；观察有支使，以掌表笺书翰，亦书记之任也。”严耕望、戴伟华均认为有可能掌书记和支使分别是节度使和观察使的僚属②。戴伟华据令狐楚《为人作奏薛芳充支使状》的行文用语进一步提出，“支使与掌书记职掌并不一样，支使似偏重于

---

① [唐]李德裕：《会昌一品集·别集》，卷七，台湾商务印书馆影印文渊阁《四库全书》本。按，高贞公指高郢；令狐公指令狐楚；郑公，指郑叔规；杜公，吴丽娱疑为杜兼。参见吴丽娱：《唐礼摭遗——中古书仪研究》，商务印书馆 2002 年版，第 113 页。

② 参见严耕望：《唐方镇使府僚佐考》，《唐史研究丛稿》，新亚研究所 1969 年版，第 194 页、第 198 页；戴伟华：《唐代使府与文学研究》，广西师范大学出版社 1998 年版，第 44 页、第 51 页。

军政事务”①。石云涛对此提出纠正，认为支使的责任的确偏重政务，但并不担负军事责任；支使也并非专掌表笺书翰，只负责一部分文字工作，某些情况下担负大部分的文字工作②。巡官担任幕府文书写作的情况在晚唐可能也是比较普遍的现象，比如《汉南真藁》的作者温庭筠曾为襄阳节度使巡官；大中八年(854)，高少逸为陕虢观察使，刘邺被辟为摄陕州参军充观察巡官，掌管表记，《甘棠集》前三卷文章就作于此后至大中十年(856)高少逸移镇这段时间；广明元年(880)，崔致远入淮南高骈幕，也担任过巡官，《桂苑笔耕集》中的笺表即是此时的作品。

节度使僚属有判官二人，位在行军司马之下，掌书记之上。判官在幕府中具体负责各个部门的工作，《通典》卷三二记载，判官“分判仓、兵、骑、胄四曹事”。朝廷对判官的任职有严格规定，《唐会要》卷七九：“诸道诸使奏判官，所奏虽官资相当，并请限曾任正官经六考以上者。”李商隐《樊南乙集序》云：“尚书范阳公以徐戎凶悍，节度阙判官，奏入幕。故事，军中移檄牒刺皆不关决记室，判官专掌之。其关记室者，记室假，故余亦参杂应用。”③宣宗大中元年(847)二月，给事中郑亚为桂州刺史、桂管防御观察使，李商隐即以判官掌表记。《玉溪生年谱》言李商隐为掌书记，冯浩订正说：“本传皆言请为判官。《旧传》又云检校水部员

① 戴伟华：《唐代使府与文学研究》，第49页。

② 参见石云涛：《唐代幕府制度研究》，中国社会科学出版社2003年版，第212页。

③ [唐]李商隐撰，刘学锴、余恕诚编年校注：《李商隐文编年校注》，第2176页、第2177页。

外郎,而《新传》无之。文集止云被奏表记也。”[1]石云涛认为判官乃其官职,表记乃其职掌[2]。由此可见判官兼领幕府文书工作,有专掌军中笺表奏记的惯例,有时也兼管例由掌书记负责的文书工作。有学者认为,幕府文字工作本属掌书记的职责范围,判官兼领,可体现出方镇对于文字工作的重视。[3] 此外,判官多由掌书记升任。《新唐书》卷一六六《令狐楚传》载:“李说、严绶、郑儋继领太原,高其行,引在幕府,由掌书记至判官。”《唐才子传》卷七载罗隐受聘为钱镠掌书记,镠“爰其才,……表迁节度判官”,这大概能够说明掌书记的公文写作能力在判官职掌中也扮演着重要的角色。

从史志或者目录书来看,唐代前期无论是“上之所以逮下”的制敕类文集还是“下之所以达上”的表状类文集都比较罕见。唐代表状笺启文集在前期并不发达,但是在中唐以后逐渐增加,到晚唐则大量出现,高潮延续至五代。来自地方藩镇幕府的表状笺启类文集、书仪,常常由地方掌书记制作,晚唐以后,形成空前繁荣的局面。

唐后期方镇职权的扩大,为幕府僚佐提供了施展才华的用武之地,也为人才成长创造了机会和条件。晚唐时代,军阀割据,政局动荡,兵连祸结,特别是僖宗广明、光启之间的黄巢之乱期间,诸侯纷争,朝廷同藩镇、藩镇同藩镇之间的关系变幻不常,大有危如累卵、一触即发之势。笺表书檄在各种复杂关系中周

---

① [唐]李商隐撰,[清]冯浩笺注:《玉谿生诗集笺注》,第 864 页。

② 参见石云涛:《唐代幕府制度研究》,第 214 页。

③ 参见戴伟华:《唐代幕府与文学》,现代出版社 1990 年版,第 98 页。

旋权变的功能急剧提高，方镇对于相关文书人才普遍表现出极度的渴求。另一方面，由于科举制度的变迁，文人通由科举而致于显达的道路越来越窄，出于生计的考虑，也更多地投向幕府。吴宗国先生指出，在贞元时期及第的一般士大夫，他们获致高位或做到宰相多经由制科和科目选而不由辟举。进士及第后在迅速升迁上起主要作用的仍是制科和科目选而不是辟举。元和前后，情况发生了变化，在贞元末年，特别是元和年间进士及第而在文、武、宣几朝做到高官和宰相的，大部分都是先受辟藩府而后进入朝廷。进士及第后辟于藩镇，入朝为清官，在宪宗特别是文宗以后成为士大夫迅速升迁、致身通显的重要方式。辟举成为进士及第者青云直上的一条捷径，晚唐士大夫一般都要到地方担任幕职，因为文宗以后，这已经成为升迁的必由之路。① 相对于朝廷的要求和限制来说，藩镇辟署僚佐呈现出失控的局面。《容斋续笔》卷一“唐藩镇幕府”条云：“唐世士人初登第或未仕者，多以从诸藩府辟署为重。”②唐代文士热衷于走“科举—幕职—朝官”的三步曲道路，及第士子在三年守选期间大多入幕，秩满罢职的官员也乐于入幕。不过晚唐文人大多只走前两步。“游宦之士，至以朝廷为闲地，谓幕府为要津。”③晚唐“布衣流落才士，更多因缘幕府，蹑级进身”④。晚唐文人入幕首要的目的

① 参见吴宗国：《唐代科举制度研究》，辽宁大学出版社 1997 年版，第 259 页、第 264 页。

② [宋]洪迈：《容斋续笔》，上海古籍出版社 1978 年版，第 223 页。

③ [宋]王谠撰，周勋初校证：《唐语林校证》，第 693 页。

④ [明]胡震亨：《唐音癸签》，卷二七，第 285 页。

是解决吃饭问题，其次才把它作为仕进的一条途径。幕府同文人两个方面在特殊的历史条件之下形成了一种特殊的默契。《旧五代史》卷六〇《李袭吉传》末论曰："自广明大乱之后，诸侯割据方面，竞延名士，以掌书檄。是时梁有敬翔，燕有马郁，华州有李巨川，荆南有郑准，凤翔有王超，钱塘有罗隐，魏博有李山甫，皆有文称，与袭吉齐名于时。"唐后期掌记之学的兴起同方镇笺表写作的实际需要直接相关，伴随着这种需要的逐渐加剧而成为热门，无论就文献学抑或文学角度而言，晚唐时代的笺表都出现了一些新的特点。

二、晚唐幕府表状笺启文集的文献特征

1. 晚唐表状笺启文的结集和数量变化

中朝行政公文包括制诰诏册和奏议疏论两个大的部分，两者的相同之处在于：第一，同是中央朝廷政治生活的产物；第二，作者地位相当，是以中书舍人、翰林学士为主体，甚至任至宰相的人；第三，都是唐人心目中所谓大制作、大手笔的代表作品。不同之处：第一，两者上传下达的功能不同；第二，制诰类文章虽然由大臣起草，却使用皇帝或国家的口吻，是代言文字，表状奏议则是大臣自述己见的文章。中朝行政公文文集同幕府表状笺启文集相比，前者的作者是朝廷中的翰林学士、中书舍人或者以他官兼任知制诰，后者则是地方藩镇幕府僚佐，主要是节度使掌书记、观察使判官。前者某些奏议代表个人，王言制作则为代言，幕府表状笺启类文章，其叙述口吻也是代言，这一点同中央的制诰诏册类公文相同，但所代表的人乃是藩镇幕府的首脑人物。它们所体现的是地方政治生活内容，包括藩镇以及地方官

员所面对的复杂政治环境和各种政治关系。不是围绕皇帝和朝廷为中心的公文作品。当晚唐时代政局混乱，藩镇政治、军事力量急剧膨胀的时候，政治重心发生转移，客观上带动了不同公文体裁意义的变化，这类文章的意义便会自然而然地凸显出来。正如吴丽娱先生所指出的，"从上至下，从朝廷到地方，表状笺启的官文书信也是所谓大手笔、大文章而受到重视，这是晚唐五代社会一个不争的事实"①。

一方面，此类文集在中唐时才逐渐出现，晚唐时代大量增加；另一方面，晚唐时期幕府文书相对中朝王言制作来说已经占了绝大比例，意义也更显重要，因此，已经有历史学者提出唐代晚期行政公文重心由中朝向幕府发生转移的问题，同时认为这也是一种文化的转移。② 唐代前期、中期幕府文书绝大部分不单行，而是同作者的其他诗、文作品共同编集，各体文章均以类相从，罗列于一书当中。无论自己所编，抑或他人所编，似可说明此类作品无论在数量上还是在意义上均尚未凸显出来。比如刘禹锡，长期在杜佑幕府，笺表作品数量甚夥，却并未单行。贞元十六年(800)，刘禹锡为其父服丧期满，被淮南节度使兼徐泗节度使杜佑辟为徐泗节度掌书记。杜佑罢领徐泗，又改为淮南节度掌书记。大和元年(827)，授主客郎中分司东都，次年春回到长安，为主客郎中，兼集贤直学士。按照惯例，礼部郎中掌尚书省文翰，称为"南宫舍人"，一百天内迁知中书制诰。③ 大和五

---

① 吴丽娱：《唐礼摭遗——中古书仪研究》，第 92 页。

② 参见吴丽娱：《唐礼摭遗——中古书仪研究》，第 112 页。

③ 参见[宋]宋敏求：《春明退朝录》，卷上，中华书局 1980 年版，第 11 页。

年(831)冬出为苏州刺史。刘禹锡的表状作品分为三部分,既有作为幕府僚佐的代笔之作,也有作为地方大员的作品,还有为朝廷起草的制敕。第一类文章从贞元十六年(800)到贞元二十一年(永贞元年,805),表状文 51 篇,均是在徐泗和淮南担任掌书记期间代杜佑及其他若干官僚所作的公文。元和初至会昌初,表状笺启文 63 篇,均是以自己的口吻所写,或是呈送朝廷的公文,或是同其他官僚之间的往来书信。集中收录大和三年(829)前后知中书制诰时所作制册文不足二十篇。在中唐作家中,刘禹锡比较注重编录和保存自己的著述和作品。他曾将自己同白居易、裴度、令狐楚、李德裕等人的唱和诗分别编辑为《刘白唱和集》、《洛中集》、《彭阳唱和集》和《吴蜀集》,还曾编辑作品为四十卷,大和七年(833)在苏州刺史任上复删选其中四分之一成《刘氏集略》十卷①。《新唐书》卷六〇《艺文志》四著录《刘禹锡集》四十卷。从现存资料来看,刘禹锡并未将制册或表状笺启类文章厘出单独编集。中唐时期文人担任幕僚的情况相当普遍,有别集流传者情形大抵同刘禹锡相似,表状笺启文均不单行。晚唐时代编集单行情况陡然增多,首先是同类文章数量较之中唐作者有大幅度的增多,足够单独结集的分量。比如李商隐的《樊南甲集》和《樊南乙集》均各收文章数百篇,中唐作者难以望其项背。更值得重视的是,章奏名家作品编集后即是他人仿效、套用的范本,这是晚唐幕府表状笺启类文集的重要作用之一,也正是促成同类文章编集单行的重要原因,同时也最能体现一时社会文化风气,此一点在下文中还有补充说明。因此,中、晚唐虽然

---

①　参见[唐]刘禹锡:《刘氏集略说》,[唐]刘禹锡撰,《刘禹锡集》整理组点校,卞孝萱校订:《刘禹锡集》,卷二〇。

同样存在文人入幕担任掌书记等职的情形，掌书记等幕府僚佐同样写作表状笺启类公文，在这一点上却有着很大的不同。

2. 文集的命名方式

文集多借用地名来命名。中唐时代也有这种情形，比如题名武元衡西川从事所撰《临淮尺题》即是，不过今天所见只此一种而已。以地名命名的幕府公文文集到了晚唐才大量出现。《直斋书录解题》卷一六罗隐《湘南集》(《湘南应用集》)三卷提要云："《湘南集》者，长沙幕中应用之文也。"某些文集就直接以藩镇幕府所在地命名。《汉南真藳》的作者温庭筠曾为襄阳节度使巡官，襄阳地处汉水之南，故有此名。《吴越掌记集》和《湘南应用集》的作者罗隐曾经从事吴越钱镠和湖南于瑰，两书也正是当时掌记作品的结集。刘邺《甘棠集》中所谓"甘棠"，典出《诗·召南·甘棠》，意在歌颂召伯之政，《正义》云："武王之时，召公为西伯，行政于南土，决讼于小棠之下，其教著明于南国，爱结于民心，故作是诗以美之。经三章皆言国人爱召伯而敬其树，是为美之也。"此后"甘棠"遂为善政之代称。另外，赵和平先生据《唐摭言》卷三许昼事以及《资治通鉴》卷二六〇《唐纪》卷八〇昭宗天祐元年(904)等资料，考证甘棠在中晚唐时代乃特指陕州。刘邺大中八年(866)九月至大中十年(868)四月为陕虢观察使高少逸辟为从事，集中前三卷文章即为其间所拟制。[①] 然则"甘棠"一名实为兼地名在内的语义双关，极为贴切。又如黄台《江西表状》，《新唐书》卷六〇注谓黄台为钟传从事。按，钟传僖宗时任

---

① 参见赵和平:《敦煌本〈甘棠集〉研究》，台北新文丰出版公司 2000 年版，第 13 页。

江西观察使，昭宗时升任镇南军节度使。再如《新唐书》卷六〇《艺文志》四有郑准《渚宫集》一卷[①]，乃乾宁进士郑准为荆南节度使成汭推官时所作，"渚宫"为春秋时楚国别宫，《左传·文公十年》："（子西）沿汉泝江，将入郢。王在渚宫，下见之。"这一特点从另外一个角度说明同一作者在同一藩镇所作此类文章数量之多足以自成一集。

3. 文集的保存和流传情况

现存章奏只是当时写作的很少一部分。首先，多是兵燹散失之余，或者已经过作者自己的遴选删汰。李商隐《樊南甲集序》云："大中元年，被奏入岭当表记，所为亦多。冬如南郡，舟中忽复括其所藏，火燹墨污，半有坠落。因削笔衡山，洗砚湘江，以类相等色，得四百三十三件，作二十卷，唤《樊南四六》。"[②]大中七年(865)，商隐编《樊南乙集》，《序》云："自桂林至是，所为已五六百篇，其间可取者，四百而已……会前四六京师不可取者，乃强联桂林至是所可取者，以时以类，亦为二十编，名之曰《四六乙》。"[③]根据作者本人所提供的这些数字，加上他的骈赋和零散的四六文，总数无虑当在千篇以上。《直斋书录解题》别集类《樊南甲乙集》叙录云："《甲乙集》者，皆表章、启牒四六之文。既不得志于时，历佐藩府，自（王）茂元、（郑）亚之外，又依卢弘正、柳仲郢，故其所作应用若此之多。"罗隐《湘南应用集序》云：咸通间，"河南公（于瑰）按察长沙郡，隐因请事笔砚，以资甘旨"，后来

① 《宋史》卷二〇八《艺文志》七作"四卷"。

② ［唐］李商隐撰，刘学锴、余恕诚编年校注：《李商隐文编年校注》，第 1713 页。

③ ［唐］李商隐撰，刘学锴、余恕诚编年校注：《李商隐文编年校注》，第 2177 页。

"乞假归觐，阻风于洞庭、青草间，因思湘南文书，十不一二，盖以失落于马上军前故也。今分为三卷，而举牒、祠祭者亦与焉"。①崔致远《桂苑笔耕集》是其在高骈淮南幕中所作章表笺记的汇总，其《序录》云："及罢微秩，从职淮南，蒙高侍中专委笔砚，军书辐至，竭力抵当，四年用心，万有余首。然淘之汰之，十无一二，敢比披沙见宝，粗胜毁瓦画墁，遂勒成《桂苑集》二十卷。臣适当乱离，寓食戎幕，所谓饔于是，粥于是，辄以笔耕为目。"

其次，经过一千多年的时光，今天所见者更是亡失散佚之余。罗隐《吴越掌记集》三卷和《湘南应用集》二卷原书均已不存，只有其中若干篇章流传至今。《四库全书总目》卷一五一《罗昭谏集》提要云："其《湘南集》仅存自序一篇，列于卷中。序谓湘南文失落于马上军前，仅分三卷，而举业、祠祭亦与焉。今杂文既无长沙应用之作，亦无举业、祠祭之文。惟诸启多作于湖南，或即《湘南集》中之遗欤？"据周必大说，北宋初年唐人文集"印本绝少，虽韩、柳、元、白之文，尚未甚传，其他如陈子昂、张说、九龄、李翱等诸名士文集，世尤罕见"，有鉴于此，《文苑英华》"修书官于宗元、居易、权德舆、李商隐、顾云、罗隐辈或全卷收入"。(《文苑英华序》)《四库全书总目》卷一八六《文苑英华》提要说："即如李商隐《樊南甲乙集》，久已散佚，今所传本，乃全自是书录出。"李商隐《樊南甲集》、《樊南乙集》各有二十卷之多，数量原有八百多篇，由于多历年所，原编均已散逸，现存樊南骈体文只有将近三百五十篇。② 见诸唐宋史志著录者除极少数文集得以部分流传至今以外，其他多是十不存一、百不存一，甚至散佚殆尽。

① [清]董诰等：《全唐文》，卷八九五。

② 李商隐文现存数量统计据《李商隐文编年校注·凡例》。

比如刘三复，三为李德裕浙西从事，今《全唐文》存文三篇，没有一篇是幕府笺表之作，史志、目录中所著录的《刘三复表状》十卷、《别纸集》五卷（参见本文附录一《唐代行政公文文集简表》）散佚状况之严重，于此可见。此类情况可以说相当普遍。究其原因，大概主要在于五代时期兵燹战乱的破坏，或者因时局动荡而未曾得到妥善的保护。就表中所列幕府公文文集来看，著录于北宋前期所编《崇文总目》者，大部分已经注明"阙"，因此毁损湮没于五代时期的可能性最大。敦煌石室文书的发现，使若干隐没已久的此类文集和书仪重见天日。王重民先生 1938 年在巴黎国家图书馆发现了宋代即已佚失的刘邺《甘棠集》；赵和平先生整理出二十二种笺表文集或书仪写本，成《敦煌表状笺启书仪辑校》一书，由江苏古籍出版社 1997 年出版。敦煌遗本很可能只是流通于当时社会上此类文集的凤毛麟角。

4. 作者的身份问题

作者可以是非进士出身，藩镇同掌记人才的关系是其背景。唐末某些藩镇节帅为了发展个人势力，不遗余力地招纳人才，不拘一格，更不计较所辟士人是否及第。

在安史之乱期间，朝廷一度允许即使没有出身者亦得辟署任职，《全唐文》卷三六六有玄宗在西幸途中所下《普安郡制》："其诸路本节度、采访、支度、防御使虢王巨等，并依前充使，其署官属及本路郡县官，并各任便自简择。"不过这只是特殊政治情形之下的权宜之计。德宗以后一再强调获得出身是方镇辟署僚佐的下限，[①]这一点实际上并没有得到方镇的遵守和贯彻。武宗会昌五年(845)六月，朝廷明确申饬方镇不得奏请乡贡进士入幕充职：

> 诸道所奏幕府及州县官，近日多预乡贡进士奏请。此事已曾厘革，不合因循。且无出身，何名入仕？自今以后不得更许如此，仍永为定例。[②]

这条敕文恰恰说明在此之前藩镇辟署没有进士及第的文人入幕的情形已经不少。而在此之后，这种明令限制对于藩镇用人所起到的限制作用恐怕也相当有限。晚唐时期，随着中央政权的日渐衰弱，方镇日趋向脱离中央控制而自主的方向发展。

戴伟华先生认为幕府延请布衣的条件有二：其一，布衣的确有才华；其二，作门面以便辟饱学的登科者。[③]“中唐尚有无出身者入幕，至会昌后入幕者则多为有出身。”[④]征诸史籍，晚唐未有出身而入幕的例子并不少见，而且很多幕府公文文集的作者即在此例。

大和三年(829)十一月，令狐楚由东都留守调任天平军节度使、郓曹濮观察等使，辟李商隐入幕为巡官，此时李商隐只是未

---

① 参见[唐]李炎：《会昌二年四月二十三日上尊号赦文》，[宋]王钦若等：《册府元龟》，卷六三二《条制》四，《文苑英华》卷四二三同，《唐会要》卷七五《杂处置》作“会昌三年”，[宋]王溥：《唐会要》，中华书局1990年版；[唐]李儇：《南郊赦文》，[清]董诰等：《全唐文》，卷八九。

② [宋]王溥：《唐会要》，卷七九《诸使下》。

③ 参见戴伟华：《唐代使府与文学研究》，第31页。

④ 戴伟华：《唐代使府与文学研究》，第32页。

曾登第的"白衣"。开成二年(837)令狐楚亡故,李商隐在《奠相国令狐公文》中说"天平之年,大刀长戟,将军樽旁,一人衣白"①,正是指此而言。开成二年(837)李商隐第五次参加礼部试,得以进士及第。在此之前,李商隐还曾入令狐楚太原河东节度使幕②,大和七年(833)十二月入华州刺史崔戎幕;大和八年(834)三月,崔戎调任兖海观察使,李商隐继续在其幕中担任草拟表奏的工作。

卢光济《唐故清海军节度掌书记太原王府君(涣)墓志铭》载:

> 初僖皇之幸蜀也,时王公(铎)以相印总戎,镇临白马,仍于统制有都都之号,即羽檄笺奏,断可知矣,君于斯务,颇分预焉。

又云:

> 故相国太平郑公(延昌)与君有中外之密,所申奖重,情匪由私。洎先驾驻岐之年,郑公以计务兼大京兆之任,充京城招葺制置使,凡所章奏,时悉委之。所以今标帙之内,有《燕南笔稿》十一卷,奉王公也;有《西府笔稿》三卷,遵郑公也;有《从知笔稿》五卷,乃褒梁与南海途路之次及大明、东馆申职业也。③

据《墓志铭》所言,王涣入王铎幕府乃在僖宗中和二年到四年之

---

① [唐]李商隐撰,刘学锴、余恕诚编年校注:《李商隐文编年校注》,第210页。

② 参见刘学锴:《李商隐传论》,安徽大学出版社2002年版,第77页、第78页。

③ 以上引自岑仲勉:《从王涣墓志解决了晚唐史一两个问题》,《金石论丛》,上海古籍出版社1981年版。

间(882 页、第 884),入郑延昌幕则在光启三年(887);考《唐摭言》卷三,王涣于昭宗大顺二年(891)进士及第。然则王涣在进士及第之前已经两入幕府任职了。检诸史籍,晚唐时代未曾进士及第而为藩幕辟署为僚佐者仍有不少例子。比如:

(王)荛苦学,善属文,以季父作相,避嫌不就科试。乾符初,崔瑾谦察湖南,崔涓镇江陵,皆辟为从事。(《旧唐书》卷一六四《王龟传附子王荛传》)

(唐彦谦)咸通末应进士,才高负气,无所屈降,十余年不第。乾符末,河南盗起,两都覆没,以其家避地汉南。中和中,王重荣镇河中,辟为从事,累奏至河中节度副使。(《旧唐书》卷一九〇下《唐彦谦传》)

来鹏,豫章人。……大中、咸通间才名藉甚,凡十上不得第。……韦岫尚书独赏其才,延待幕中,携以游蜀。(《唐才子传》卷八)

罗隐,字昭谏,新登县人也。……隐本名横,凡十上不中第,遂更名。初从事湖南,……历淮、润,皆不得意,乃归新登。(《吴越备史》)

李山甫,咸通中累举进士不第,落魄有不羁才。……后流寓河朔间,依乐彦祯为魏博从事。(《唐才子传》卷八;《南部新书》丁部文字小异)

(李)习吉,右相林甫之后,应举不第。黄巢后,游于河东,摄榆次令,李公(克用)辟为掌记,笺檄之捷,无出其右。梁祖每读河东书檄,嘉叹其才,顾敬翔曰:“李公计绝一隅,何幸有此人?如鄙人之智算,得习吉之才笔,如虎之傅翼也。”其见重如此。(《北梦琐言》卷一七)

> 汤筼，润州丹阳人也，工为应用，数举败于垂成。李巢在湖南，郑续镇广南，俱以书奏受惠。晚佐江西钟传，书檄阒委，未尝有倦色。(《唐摭言》卷十)
>
> 陈岳，吉州庐陵人也。少以词赋贡于春官氏，凡十五(疑为“上”)竟抱至冤。晚年从豫章钟传。(《江西通志》卷一五九)

除此以外，本文前引《唐语林》卷三郑光镇河中时以田询为判官掌书记条，有所谓“论者以为不由进士，又寒士，无引援”云云，然则田询亦为无出身者。晚唐凡具有表状笺启写作能力的士人，即使应举不第或非进士出身，同样可以在藩镇幕府找到谋生糊口甚至一展所长的位置和机会。

5. 写作手法存在授受的关系，成为一种专门之学

李商隐是最明显的例证。他最初学习古文，今体章奏的写作能力得之于令狐楚和崔戎等人的教授。李商隐《樊南甲集序》云：“樊南生十六能著《才论》、《圣论》，以古文出诸公间，后联为郓相国、华太守所怜，居门下时，敕定奏记，始通今体。”①《旧唐书》卷一九〇下《李商隐传》云：“商隐能为古文，不喜偶对。从事令狐楚幕，楚能章奏，遂以其道授商隐，自是始为今体章奏。”崔戎在淮南李鄘、卫次公幕、太原裴度幕担任过多年幕僚，大和年间担任给事中时，所撰奏疏著称于时。李商隐居于崔戎门下之时，在骈体章奏的写作方面曾经得到过崔戎的悉心指导。对于令狐楚的指导教授，商隐感恩戴德之情溢于言表，曾有《谢书》诗云：

---

① ［唐］李商隐撰，刘学锴、余恕诚编年校注：《李商隐文编年校注》，第1713页。

微意何曾有一毫，空携笔砚奉《龙韬》。自蒙半夜传衣后，不羡王祥得佩刀。

此诗作于大和六年(832)，商隐时年二十一。作者回想自三年前在洛阳初次拜谒令狐公以后，即蒙其恩礼眷顾，不仅得以与其子令狐绹等人共同从学，还得其资助，进京参加进士考试，自己却未能有丝毫的报答。后两句专指令狐楚以骈体章奏之学教授一事而言。宋姚宽《西溪丛语》卷上引唐李舟《能大师传》："五祖弘忍告之(慧能)曰：'汝缘在南方，宜往教授，持此袈裟，以为法信。'一夕南逝。"①《晋书》卷三三《王览传》载："初吕虔有佩刀，工相之，以为必登三公，可服此刀。虔谓(王)祥曰：'苟非其人，刀或为害，卿有公辅之量，故以相与。'祥固辞，强之乃受。"王祥后拜司空太尉，入晋拜太保。临终又将此刀授予其弟览，览之后人即累世显贵之瑯琊王氏。将令狐楚传授他以章奏之学，比之为五祖弘忍传衣钵于慧能、王祥临终传佩刀给其弟王览而王览后代得以累世显贵，这当然并非尽是诗人的夸张，因为章奏之学在晚唐时代确实是政治上一种极为有效的进身之阶。令狐楚传授给他章奏之学，不仅是文章上的指点和栽培，更是出于政治上的关照与提携。

又如《册府元龟》卷七二九《幕府部·辟署四》载："孙鹭，滑台人，知书亦微，有词笔。唐光启中，魏博从事公乘亿以女妻之，因教以笺奏程式……魏帅以表章笺疏淹积，兼月不能发一字，或以鹭为言，即署末职，主奏记事，累迁职自支使、掌记，至节度判官。"社会上有相当多的文士来学习、研究章奏笺表的写作，尤其

---

① [宋]姚宽：《西溪丛语》，中华书局1993年版，第49页。

是晚唐,文人流荡,多投靠幕府以求生存,更需要这种特殊的写作才能。因为关系到士人的基本生计和政治出路,这种直接传授大抵比较保守,不是关系特别之人是不容易享受到这种"殊荣"的。

李商隐《樊南乙集序》云:"(大中七年)十月,弘农杨本胜始来军中,本胜贤而文,尤乐收聚笺刺,因恳索其素所有,会前四六置京师不可取者,乃强联桂林至是所可取者,以时以类,亦为二十编,名之曰四六乙。此事非平生所尊尚,应求备卒,不足以为名。直欲以塞本胜多爱我之意。"①当时像杨本胜这样对收聚笺刺大有兴趣的人当不在少数。学习、研究氛围的形成,是促成此类文集多由作者个人搜集、编辑的重要动力。前述罗隐的《吴越掌记集》、《湘南应用集》以及崔致远的《桂苑笔耕集》等等都是由作者本人编定。此外如《北梦琐言》卷七载:"唐荥阳郑准,以文笔依荆州成中令(汭),常欲比肩陈、阮,自集其所作为三卷,号《刘表军书》。"②又如《甘棠集》,赵和平先生"颇疑此《甘棠集》四卷是刘邺亲自编定,起因很可能是刘邺于咸通元年十月十二日'敕赐及第'这样'逢万乘之深知,跨腾前古'的大事;而《旧唐书》邺本传中称其大中初'以文章客游江浙,每有制作,人皆称诵',咸通元年,邺特赐进士及第,史载为第一人,传诵邺之文章应该说是'一时风气';推测《甘棠集》即是这种气氛下编成……"③。无论作者本人,还是众多阅读群体均表现出对于此类文章的重

---

① [唐]李商隐撰,刘学锴、余恕诚编年校注:《李商隐文编年校注》,第2177页。

② [五代]孙光宪:《北梦琐言》,中华书局2002年版,第157页。

③ 赵和平:《敦煌本〈甘棠集〉研究》,第7页。

视，促成了自觉编集意识的萌生，其实这归根结底还是决定于当时的社会历史环境对此类写作的特殊需求。

由于此类文章写作本身所具有的特殊性以及晚唐时代对这种写作的急切需要，遂逐渐形成一种专门之学，需要专门的传授和学习。研究唐代藩镇使府的学者如戴伟华先生称之为“掌记文学”、“章奏之学”[1]，吴丽娱先生称之为“笺表文学”，石云涛等学者也使用了此类名称[2]。这成为晚唐时代一道特殊的文化景观。

三、幕府公文的变化对骈文写作的影响

1. 高度程式化

作为古文家的韩愈曾特别撰文，对骈体章奏工作的作用、意义给予高度评价。他在《徐泗濠三州节度掌书记厅石记》中说：

> 书记之任亦难矣！元戎整齐三军之士，统理所部之甿，以镇守邦国，赞天子施教化，而又外与宾客四邻交；其朝觐聘问慰荐祭祀祈祝之文，与所部之政，三军号令升黜：凡文辞之事，皆出书记。非闳辨通敏兼人之才，莫宜居之。[3]

幕府文书需要应对的事务确如韩愈所说，纷繁复杂，千变万化；不过越是需求量大，写作频繁，其内容的重复率也就越高，其结果必然趋向于形成众多固定的程式。凡公文大抵难免程式化，不过其程度的加深需要一个发展过程。特别是在晚唐时期，藩镇势力坐大，社会动荡，幕府公文所发挥的效能较之前代大大增

---

①　戴伟华：《唐代幕府与文学》，第149页、第159页。

②　吴丽娱：《唐礼摭遗——中古书仪研究》，第109页；参见石云涛：《唐代幕府制度研究》，第348页。

③　［唐］韩愈撰，马其昶校注：《韩昌黎文集校注》，第85页。

强，其公式化进程加剧，自然是情理中事，幕府公文文集和同类书仪在晚唐时代的激增，不是一个偶然的现象。为了具体说明晚唐幕府公文高度公式化的特征，特举一例，希望藉此也有助于理解表状笺启类文集和同类书仪之间的关系。

据《旧唐书·文宗纪》和《新唐书·宰相表》，开成三年九月己巳，工部侍郎陈夷行进为门下侍郎，户部侍郎杨嗣复、李珏进为中书侍郎，均由准相而正位即真。《为濮阳公贺陈相公送土物状》、《为濮阳公贺杨相公送土物状》和《为濮阳公贺李相公送土物状》为李商隐代泾原节度使王茂元所作，意在为其致贺，并说明呈送土物之意。内容基本相同，又都作于开成三年九月，三篇文章在格式上也基本一致，首先表达恭贺对方荣升的激动心情，其次结合幕主的身份申明贡送土产之事，再其次站在对方立场，为对方找出足以毫不犹豫地收纳礼物的既恰当、又体面的理由，也就是对对方加以劝说，最后是点缀在文末的谦辞。这大概就是当时此类状文的写法。文章内容依据结构、层次表列如下，以便于对照考察：

表1

	《为濮阳公贺陈（夷行）相公送土物状》	《为濮阳公贺杨（嗣复）相公送土物状》	《为濮阳公贺李（珏）相公送土物状》
恭贺荣升之意	相公兰台克成于故事，黄扉显正于嘉谋。道协五臣，名高六相。远流休问，实激含灵。	相公光由版籍，显拜枢衡。浴威凤于池中，问喘牛于路左。华夷共庆，阴阳以调。	相公脱屣华省，振衣中枢。温树人问而莫知，非熊帝感而斯兆。轴青史而祇将纪德，列景钟而唯待铭功。

续表

	《为濮阳公贺陈(夷行)相公送土物状》	《为濮阳公贺杨(嗣复)相公送土物状》	《为濮阳公贺李(珏)相公送土物状》
申明送礼之事	某忝建高旌,方掀大旆。军中之执,既阙于请缨;土贡之余,尚盈于厥篚。	某虽久在民间,常居军右。早识薛宣之必相,夙知蒋琬之为公。情异常时,事殊庶品。敢申野外之贽,粗罄橐中之装。	某任属启行,志唯尽敌。谁言樗散,最沐陶甄。是敢窃献食芹,辄羞行潦。
劝说对方收纳	前件物等,薄如蜩甲,轻甚鸿毛。是愿达诚,敢求睹物?延陵至郑,不隔纻衣之微;孔圣删诗,无废《木瓜》之兴。贵贱虽闻有异,古今未始无兹。	前件物等,价才数金,重非兼乘。同炙背之愿献,况藉手以无因。姚察养廉,何妨于花练;谢安敦素,犹取于蒲葵。	前件物等,非因杼轴,不曰苞苴。曾未足云,殊无所值。温孙弘之被,才可御寒;易晏子之裘,尚犹为隘。
谦辞	干触威严,伏增兢惧。	尘黩尊严,伏深兢越。	轻冒威重,伏用惭惶。

三篇文章的结构清晰,层次感极强,如出一辙。窥豹一斑,足可以看出当时的骈体公文高度程式化的特征,这个特征正是由实际应用的情形所决定的。

文章写作程式比较固定,其主要步骤和某些固定表达逐渐从具体文章中抽剥出来,即成为后来写作可以直接套用的书仪。P.3723 号写本《记室备要》三卷,撰者乡贡进士郁知言在自序中说明此书写作的动机云:"时以咸通七年,偶游于鲁,遇护军常侍太原王公,好习儒墨,常以文字饰于缄章,染翰抽毫,皆成四六。至于球酒娱乐之际,虽有掌笔之吏,亦未尝委焉。因命愚怀,备述所要,以防其缺。……偶率荒芜,撰成三卷,分其事类,合二百八十六首。"据赵和平先生研究，此书为郁知言咸通七年(866)为泰宁节度(或称兖州，领兖、海、沂、密四州)监军使王公所拟。[①]王重民先生《敦煌古籍叙录》卷三子部上为此书作叙录云：

> 《记室备要》三卷，计三(P.3723原卷作"二")百八十六首，原题乡贡进士郁知言撰。上中两卷为官牍，上自天子庆赏，下至内外百官，各具一式。下卷为四季书仪，惜已残缺过半。知言不见史传，其书亦失著录，惟赖其自序，得知在咸通中，曾游护军常侍太原王公幕府耳。考《新唐书·艺文志》文史类，有李太华《掌记略》十五卷，《新掌记略》九卷，林淖《续掌记略》十卷。《宋志》同，惟林书作十五卷，又增张铏《管记苑》十卷。均当与知言书为近。今诸书并佚，而知言书反出于石室，允当保贵，以存唐代记室格式于万一。[②]

可见《记室备要》就是为幕府公文写作所提供的范本的集成，"其间空阙者，临时改更"(P.3723《记室备要》序)，留下了模仿套用者填充的空间，此为比较典型的书仪。每一篇只在题中标明大致范围，并无具体明确的对象。如《贺翰林学士》云：

> 厶官河岳间气，宇宙宏才；追贾马之高风，继黄刘之盛躅。文兼经济，则四子何偕；学赡通方，则百王可法。今者果昇□□华菀(苑)，美茂□□词林，雕琢珠玑，光耀纶綍。凡居中外，孰不畅怡。况厶久承□□眷私，倍增忻抃云云。

刘邺《甘棠集》虽为文章集合，其中多是实际应用中的文章，有具

---

① 参见赵和平：《〈记室备要〉初步研究》，敦煌研究院编：《段文杰敦煌研究五十年纪念文集》，世界图书出版公司1996年版。

② 王重民：《敦煌古籍叙录》，中华书局1979年版，第224页。

体的应酬对象,然某些篇章中“臣厶言”、“厶日月”等语汇极常见,较为复杂的内容也多有省略,[①]可见这都是可供直接套用的范文,对实际应用文中的某些内容已有所剥离。因此,我们认为,《甘棠集》等书虽为文集,史志归类仍在集部,但同时已经兼有书仪的性质,属于二者之间的过渡形态,标示出幕府公文文集逐步经过抽象、提炼而成为书仪的变化关系。晚唐时代幕府公文内容、性质、格式相近者太多,使用频繁,于是促成了表状笺启类书仪的产生,文集的增多也与此有着直接的关系。无论是编纂文集还是书仪,目的都是为了给更多人写作更多相似的文章提供范本,这都是以时代的特殊需要为背景的。在年代上看,幕府表状笺启文集同书仪的大量出现都在晚唐时代,在时间上呈现出同步性。赵和平先生将敦煌写本书仪分为三个类型:第一种是《朋友书仪》,按月编排,专叙朋友之间的思念想望之情。二是综合性书仪,包括序言、年叙凡例、吉凶往来、公私表疏、婚丧礼仪、门风礼教等唐代士大夫之家各种公私交往活动所涉及的内容。第三种原无统一书题,即赵先生据其性质拟名为“表状笺启类书仪”者,以幕府中公私往来应酬的文范为大宗。其时代从晚唐大中至五代末期或更晚。[②] 这同表状笺启类文集的大量涌现大致同时。

概括言之,文集是书仪的前身和基础,书仪在文集的基础上删汰其可变内容,保留其不变或相对恒定的因素,文集的高度程

---

① 参见赵和平:《敦煌本〈甘棠集〉研究》,第 15 页。

② 参见赵和平:《敦煌表状笺启书仪辑校·前言》,江苏古籍出版社 1997 年版。

式化倾向已经为书仪的大量出现提供了可能性和必要性。在文集基础上产生,为了频繁使用的需要而又进一步程式化、抽象化的书仪更加体现出表状笺启类幕府公文在晚唐各种复杂政治关系中的重要意义。

当代研究者往往对两者之间的界限比较模糊,甚至直接将两者混而为一。虽然从书名上不太容易区分书仪和文集,但古人在归类上显然是有其规则的。文集类作品当然一般置于集部别集类,书仪类作品则大抵置于史部仪注类,其归类方式同六朝时期的家礼、家法、书仪等作品相同。因此王晋、李商隐两家《使范》本质上都属于书仪,这在《崇文总目》卷二王晋《使范》条的小注中已有说明:“记开元以后使者所用章奏文牒之式,凡十二篇。”组成文集者为具体的文章,书仪则重在作文之“式”。本书不采取吴丽娱先生将两书也归为文集的做法,原因正在这里(参见本文附录一《唐代行政公文文集简表》)。见诸史志和目录书记载的书仪类作品并不像表状笺启文集那么多。书仪和文集在目录学上的不同归类方式相当重要,不过似乎尚未引起学者的注意,故特为拈出之。

2. 进一步强化了骈文通过典故组合表达意义的功能

因此骈文批评中有所谓“獭祭鱼”之说。这个特点同前一点是联系着的。骈文的基本文体特征在于对偶的工整稳妥、辞采的华美富丽、音律的顿挫和谐以及用典的恰切得体,这些要素无疑对作者的才学素养和写作功力提出了较高的要求。因此可以说骈文写作本身就带有学术化的倾向。贵族门阀在六朝占据社会的顶层,为了与他们的社会地位相适应,他们力求在文化上表现出雍容华贵、超越流俗的气质和风度,对于才学也相当重视。

钟嵘反对诗歌过多用典，主张“直寻”和“自然英旨”，但他认为诏诰、符命、奏疏、驳议以及歌功颂德之类的文章可以而且应当使用典故，即所谓“经国文符，应资博古；撰德驳奏，宜穷往烈”①。从骈文发展史来看，魏晋至南北朝之间，隶事在骈文中的比例有大幅度的增加。首先是由秦汉时代文章引用典故以为例证的性质，成为组织语言和建立文章结构的基本方式；进而某些作家的若干文章或若干段落已经排除了一般的叙述，而直接通过典故的组合，用隐喻或象征的方式来婉曲地表达作者的意旨，这在陆机的骈文中表现最为明显。钟涛先生将这一变化视作骈文初步形成最重要的特征之一。② 另外还有一条演变线索，即早期骈体文章中帮助说理的比喻后来为典故所代替，这在“连珠”文体中比较突出。今存陆机《演连珠》五十首，庾信《拟连珠》四十四首，陆机的作品采用生活中的常理作喻说理，而庾信的作品则将比喻换成典故，来达到同样的目的。今随机各举两例以见其余。

臣闻任重于力，才尽则困；用广其器，应博则凶。是以物胜权而衡殆，形过镜则照穷。故明主程才以效业，贞臣底力而辞丰。（陆机《演连珠》第二首）

臣闻应物有方，居难则易。藏器在身，所乏者时。是以充堂之芳，非幽兰所难；绕梁之音，实萦弦所思。（陆机《演连珠》第十首）

盖闻谋猷是习，权变须长。时增齐灶，或卧燕墙。是以

---

① 陈延杰：《诗品注》，第 4 页。

② 参见钟涛：《六朝骈文形式及其文化意蕴》，第 71 页、第 79 页。

井陉之兵，如鸿毛之遇火；长平之卒，若秋草之中霜。（庾信《拟连珠》第八首）

盖闻死别长城，生离函谷。辽东寡妇之悲，代郡孀妻之哭。是以流恸所感，还崩杞梁之城；洒泪所沾，终变湘陵之竹。（庾信《拟连珠》第十四首）

两条演变途径的共同特点，一是典故在文中的数量和比例越来越多；二是越到后来，典故在表情达意的过程中所发挥的功能越强。六朝后期的不少骈文，比如徐陵、庾信的某些作品，完全出之以典故，除了极个别的散句穿插其中之外，对于意旨再无额外的说明，几乎达到了一句一典的地步。这种变化，一方面代表着骈文表现手段的进步；不过另一方面，用典越多，情感意旨就越不容易明白显豁，实际上也就相应增加了骈文表达和阅读的障碍。如何处理这两个方面之间的矛盾，是后来骈文作者所面临的共同问题，它在很大程度上体现出骈文表达艺术水准的高低，也由此形成了不同的艺术风格。后世的文论家对于前代作品这方面的艺术特征提出了若干比较恰切的总结和概括。比如徐陵、庾信某些作品中的用典，可以称之为“使事无迹”。“使事无迹”本是形容庾信诗歌中的用典手法，如清代沈德潜《古诗源》卷一四云：“子山固是一时作手，以造句能新，使事无迹，比何水部似又过之。”①陈祚明《采菽堂古诗选》卷三三云：“使事则古今奔赴，述感则方比抽薪。”又云：“事必远征令切，景必刻写成奇。”李调元《雨村诗话》云：“其造句能新，使事无迹，比何水部似又过之。”这些评论虽然针对诗歌而发，实可移来形容庾信等人的骈

① ［清］沈德潜：《古诗源》，中华书局1963年版，第345页、第346页。

文。骈文隶事，至徐、庾几乎到了无一字无来处的程度。但徐、庾的绝大多数篇章，很少给人“殆同书钞”[①]之感，多数情况下明白自然，如出胸臆。用事灵活，擅长融化。庾信《谢滕王赉马启》有句云：“柳谷未开，翻逢紫燕。临源犹远，忽见桃花。”紫燕、桃花，都是古典中骏马之名，用以答谢赉马，自然格外恰切；在这层典故的隐喻义之外，紫燕、桃花的字面义又同柳谷、水源构成一片生机勃勃的明媚春光。字面之义和隐喻之义两个层面相辅相成，自然贴切，圆融无碍；典故的字面之义又能在脱离隐喻之义的情况之下单独构成完整的意义，并具有相当程度的艺术美。这就在无形之中降低了对于读者知识面的要求，扩大了受众群体。

晚唐李商隐的骈文，则以“獭祭鱼”而著称。宋人吴炯《五总志》载：“唐李商隐为文，多检阅书史，鳞次堆积左右，时谓为獭祭鱼。”[②]所谓“獭祭鱼”，具体到写作方法上，主要指大量使用甚至堆砌典故。就单篇文章来讲，一句一典，六朝徐、庾以来即已如此，并非李商隐或晚唐人的特点。我们认为，“獭祭鱼”至少包含三层意义：第一，临时翻检书册；第二，用典深僻，不够自然圆融，同“使事无迹”形成对立面；第三，同晚唐幕府骈体公文的总体特征直接相关，相同语义的频繁出现造成了相同主题典故种类、数量及频率的空前绝后。

董乃斌先生在《论樊南文》中特别注意到李商隐骈文能够通

---

① 陈延杰：《诗品注》，第 4 页。

② 台湾商务印书馆影印文渊阁《四库全书》本。《杨文公谈苑》也说李商隐写作时“多简阅书册，左右鳞次，号獭祭鱼”。

过隶事用典的高超手段将同一个意思用多种不同的方式加以表达，并且举出李商隐代郑亚所写的一系列表状中关于自誓廉洁、勤谨的内容为例，以说明樊南四六表达的多样性[①]：

> 唯当务以躬亲，蠲其疾瘼，颁宣诏旨，谘禀庙谟。冀免尤违，庶可避辟。
>
> 誓欲披拂仁风，祈祷膏雨，粗师遗爱，俯惠疲氓……至于酌泉投香之戒，饮冰食蘖之规，实惟素诚，敢有贰事！
>
> 唯当惠抚疲氓，智笼犷俗，则蒲芦之善养，冀桑椹以怀音，兼宏狱市之规，以奉岩廊之化。
>
> 臣亦当求规水薤，取戒脂膏，冀少息于疲黎，庶免拘于司隶。
>
> 惟当恭守诏条，钦承庙算，宽其竭马，任其鞭羊，襦裤粗及于疲人，礼乐必资于君子。
>
> 惟当推诚虑物，洁己临人，畏杨震之四知，从士伯之三务，所冀粗攀方国，无失赋舆，然后宣布朝经，阐扬庙算，没学舍媒官之令，峻顽人罣女之科。
>
> 唯当仰承指训，俯事躬亲，合农功于国侨，思马志于文子，冀申毫发，用赎简书；至于生事沽名，迷方改务，实于他日，则已誓心，庶遵丙吉之规，稍励贾琮之志。

首先，即如以上诸例当中，所谓“狱市之规”、“岩廊之化”、“杨震之四知”、“士伯之三务”，以及“丙吉之规”、“贾琮之志”，同日常语言距离相对较大，对于读者知识背景的要求较高。其字面义

---

① 参见王蒙、刘学锴主编：《李商隐研究论集 1949—1997》，广西师范大学出版社 1998 年版。

不能脱离隐喻义独立发挥表达功能,如果对于旧籍没有达到相当熟悉的程度,就会不知所云。用通俗的说法来讲,即这类骈文比较难读。

其次,我们可以由董乃斌先生所举的这些例子推广开去,李商隐的很多表状笺启牒类公文在结构上都是极为相似甚至完全相同。大量相同的意义要频繁地使用在不同的文章之中,唯一避免雷同的方法,就是借助不同的典故组合,这在客观上势必造成事典的大量堆砌。这种情形不是个别现象,它普遍地存在于当时的幕府文书当中。前举《为濮阳公贺陈相公送土物状》等三篇状文内容近乎雷同,结构略无差别,而且是在极其接近的时间,出于同一位作者之手,但是从外观上看却各自呈现一幅独特的面目,可谓异彩纷呈,各具千秋。达到这种效果的诀窍就在于使用典故。不同的典故可以通过不同的方式组合在一起,表达出完全相同的意义。只要作者具有足够的知识储备,前代典籍中的无尽资源尽可以拈来为其所用,将简单的东西复杂化,单一的表达多样化,增加文章的变化和深度。晚唐时期开始大量出现的所谓表状笺启类书仪文集更是典型的例证。所谓书仪,很多情况下就是提供一个基本格式,中间空缺的内容则需要通过组合典故的方式来填充。《旧五代史》卷六〇《李袭吉传》说他"博学多通,尤谙悉国朝近事。为文精意练实,动据典故,无所放纵,羽檄军书,辞理宏健"。大量用典是骈体章奏的要素之一,用典故组织成文、表情达意是幕府文书写作的基本方法,这就必然要求作者谙熟故事、"动据典故"。李商隐《安平公诗》云:"公时受诏镇东鲁,遣我草奏随车牙。顾我下笔即千字,疑我读书倾五车。"仅仅依靠记忆而达到驱驾典故游刃有余的地步显然是有困难的，为了写作的方便，自然就需要借助类书。

魏晋南北朝时期，不少帝王贵族热心于类书的编纂。早在魏文帝时代，就有《皇览》问世，南北朝时又有《华林遍略》、《修文殿御览》等大型类书。唐初在文化上仍然在很大程度上延续了陈隋的传统，对陈隋丰富的文化遗产采取了相当包容的态度，“江左余风”此时非但没有减弱反而有进一步发展的趋势，编纂类书的风气依然很盛。此时的类书，一方面由官方组织人力共同编纂类书比较盛行；一方面不少类书卷帙比较浩大。比如高祖武德七年(624)欧阳询、令狐德棻等人奉敕编纂《艺文类聚》一百卷，贞观十六年(642)高士廉、魏征等人奉敕编纂《文思博要》一千二百卷等等。关于类书同文学创作的关系，前人之述备矣，此处不赘。本书所要特别指出的，是晚唐时代类书的新特点。尽管总量并不多，但其总体特点相当明显。此时出现了同幕府公文写作直接相关的类书。

李商隐编纂过《金钥》。《金钥》一书，不见于《旧唐书·经籍志》和《新唐书·艺文志》的著录。从现存文献看，最早提及李商隐《金钥》一书的，当是南宋郑樵《通志》，此书卷六十九艺文略第七著录云：“《金钥》二卷李商隐撰。”又陈振孙《直斋书录解题》卷一四：“《金钥》二卷，唐太学博士河内李商隐义山撰。分四部曰：帝室、职官、岁时、州府，大略为笺启应用之备。”宋王应麟《玉海》卷五五“唐金钥”条下云：“《书目》二卷，太学博士李商隐以帝室、职官、岁时、州府四部分门编类。”《玉海》所言《书目》是指《中兴馆阁书目》，编定于宋高宗淳熙四年(1177)，较之《通志》(编写于1161年)在时间上略晚，大致可见当时《金钥》一书已为内府收藏。除此以外，南宋谢伋《四六谈麈》还曾提到《金钥》：“四六全在编类古语。唐李义山有《金钥》,宋景文有一字至十字对,司马文正亦有金桴,王歧公最多。"由以上材料可知,《金钥》是一部关于词语典故方面的类书,专为写作骈文而用。其基本内容是摘取前人四六成语按照帝室、职官、岁时、州府四类加以编排,全书分量比较单薄,只有两卷,分类也比较简单,因此大致可以说这是一部小型的类书,大概具有随手翻检之便。

《新唐书》卷五九《艺文志》三子部类书类有李途《记室新书》三十卷。李途,昭宗乾宁二年(895)进士试落第[①],后为东川节度使掌书记,后唐庄宗时为工部侍郎。《玉海》卷五五引《中兴书目》云:"唐东川节度掌书记李途撰。纂集诸书事迹为对语,列四百余门。职方郎中孙樵为之序。"衢本《郡斋读书志·后志》卷二云:"唐李途撰。采摭故事,缀为偶俪之句,分四百门。途为东川掌记,因以名其书云。"此书同李商隐等人所纂辑的类书在性质上有近似之处,只是规模稍大,仍是幕府掌书记等官写作公文的参考书。除此以外,《新唐书》卷五九子部类书类尚有温庭筠《学海》三十卷[②],庭筠尝为襄阳节度使巡官,且以善于使事用典而著称,《学海》很可能也是同笺表写作相关的类书。

通过以上资料,大致可以看出晚唐类书的某些特点:其一,晚唐类书多出于私人编纂,卷帙较轻、篇幅较小,同初盛唐类书多为国家组织文人集体编撰、而且卷帙浩大有所不同;其二,晚唐私人类书多同幕府公文写作直接相关,作者本身即是

---

① 参见[唐]黄滔:《黄御史集》,附录《唐昭宗实录》;孟二冬:《登科记考补正》,卷二四。

② 《崇文总目》卷六作"二十卷"。

幕府中掌管笺表写作的文职僚佐。以上两个特点，可以在很大程度上说明在晚唐驱驾典故这一环节同幕府公文写作之间较之前代更为密切的关系。《文镜秘府论》南卷《论文意》云："凡作诗之人，皆自抄古今诗语精妙之处，名为随身卷子，以防苦思。"①《金钥》等类书对于幕府公文写作应当具有类似的作用。王铚《四六话》卷上云："四六尤欲取古人妙语以见工也。"还有前引谢伋《四六谈麈》所谓"四六全在编类古语，唐李义山有《金钥》"，都着重指出了"四六"这种晚唐以来所形成的应用文体的特殊写作方法。

在注意到骈文发展自身规律的同时，还要充分考虑到政治环境对于当时骈文文体特征塑成过程中的推动作用。晚唐幕府公文的高度程式化甚至变成可以直接套用的公式，自然降低了这种骈文的艺术品位。作为公文，绝大部分作品不可能用以表达作者本人的真实感情，就文学性而言，是很难同六朝时期某些作家的私人往来书启相提并论的。历来文论家比较一致地将六朝骈文推为骈文艺术发展的顶峰，仅从这一点来看，显然有其充分的理由。不过还有另外一个方面不容忽略，即晚唐不少成就卓越的代表性诗人均曾入幕，为幕府公文同此时诗歌艺术特质的交融互渗提供了可能性，这在一定范围之内推动了骈文诗化的进程，增加了骈文的美学因素。这一部分作品，代表着晚唐骈文艺术的最高水准，成为中国骈文史上最具时代特征和研究价值的浓墨重彩。

---

① 〔日〕遍照金刚撰，卢盛江校考：《文镜秘府论汇校汇考》，第1331页。

第二节 晚唐律赋题材的拓展与闽地律赋创作的繁荣

宋代吴曾《能改斋漫录》卷二《事始》“试赋八字韵脚”条云：

> 赋家者流，由汉、晋历隋、唐之初，专以取士。止命以题，初无定韵。至开元二年，王邱员外知贡举，试《旗赋》，始有八字韵脚，所谓“风日云野，军国清肃”。见伪蜀冯鉴所记《文体指要》。①

徐松《登科记考》“开元二年”条据《文苑英华》收录了李昂的《旗赋》，并且说“杂文之用赋，初无定韵，用八韵自此年始”②。在南北朝讲求声律的骈赋基础上再行“限韵”，乃是律赋体制得以成立的基本条件。事实正如褚斌杰先生所说，律赋不像其他文体那样，由作家在创作实践中逐渐自然形成的，而是出于当时统治阶级课试制度的需要，硬加规定的。③ 既然考试律赋成为进士试的必经程序，甚至行卷中也有律赋，④文士们出于功名利禄的

---

① 上海古籍出版社 1979 年版，第 27 页。

② 孟二冬：《登科记考补正》，卷五，第 203 页。

③ 参见褚斌杰：《中国古代文体概论》，北京大学出版社 1984 年版，第 103 页。

④ 据晚唐黄滔《刑部郑郎中二首》其一，黄滔投给郑諴的行卷中就有“试赋一轴”（[唐]黄滔：《黄御史集》，卷七）。后周世宗显德二年（955）五月窦仪《条陈贡举事例奏》更明确主张“其进士请今后省卷限纳五卷已上，于中须有诗、赋、论各一卷”（[宋]王钦若等：《册府元龟》，卷六四二《贡举部·条制四》），其中的“赋”亦当指律赋而言。

切身需要，必然在律赋的创作上投入更多的精力，从而成了律赋继骈赋之后勃然兴起的重大契机。

《文苑英华》收赋一千多篇，唐代律赋虽然占了三分之二还多，很多晚唐律赋却没有收录其中。马积高先生认为，此书于晚唐王棨、徐寅作品收录不多，黄滔律赋则一篇未收，主要原因在于编者认为他们的不少作品“不合律赋的正轨”①，这个推测相当合理。一部分晚唐作家的律赋作品，其题材已经越出传统的范围，用于描写社会生活或抒发个人悲欢，律赋的文学性和艺术水准由此得到大幅度的提高，这实际上正是唐代律赋创作历史上最为显著和可贵的变化；籍属闽中的王棨、徐寅和黄滔等人，恰恰是这一创作走向中最富代表性的作家，他们的律赋创作，是晚唐闽中文化、文学渐趋繁荣的鲜明标志，成为福建文化史上最引人注目的一笔浓墨重彩。深入探讨晚唐律赋的题材演变以及区域性创作特色，对于推动科举制度同文学发展的关系、唐代文风的变迁以及唐代文学地域性发展规律等课题的研究来说，无疑都具有积极的意义。

一、晚唐律赋题材的拓展

天宝末年，律诗律赋成为进士科考试的固定内容，对律赋的发展和成熟起到了推波助澜的作用。② 中唐时期，律赋创作风气大开，出现了如王起、李程、白居易、元稹、张仲素、蒋防等一

---

① 参见马积高：《历代辞赋研究史料概述》，第 221 页。

② 徐松《登科记考》卷一永隆二年（681）按语云：“杂文两首，谓箴铭论表之类。开元间，始以赋居其一，或以诗居其一，亦有全用诗赋者，非定制也。杂文之专用诗赋，当在天宝之季。”孟二冬：《登科记考补正》，卷二“永隆二年辛巳（681）”条，第 84 页、第 85 页。

批律赋名家。开元到长庆之间的律赋，命题内容主要有三个方面。或以咏物为题，比如《白鹦鹉赋》、《潢汙赋》、《镇主赋》、《蜘蛛赋》。或以时事祥瑞为题，如《南蛮北狄同日朝见赋》、《太常释奠观古乐赋》、《献凯乐赋》、《圣人苑中射落飞雁赋》、《冬至日陪位听太和乐赋》、《千秋节勤政殿舞马赋》。还有一些题目出自前代典籍，唐代律赋试题出自经部典籍者较罕见，出自史书者，如《公孙弘开东阁赋》(《史记》)、《汉高祖斩白蛇赋》(《史记》)、《聚米为山谷赋》(《后汉书》)、《太阿如秋水赋》(《越绝书》)；出自子书者，如《佝偻丈人承蜩赋》(《庄子》)、《青出于蓝赋》(《荀子》)、《铸剑戟为农器赋》(《孔子家语》)；出自集部者，如《冰壶赋》、《朱丝绳赋》(鲍照《代白头吟》)、《窗中列远岫赋》(谢朓《郡内高斋答吕法曹》)、《披沙拣金赋》(钟嵘《诗品》)。无论何种题目，立意的范围都比较窄，说理和议论的成分都比较重，写作的时候一般都要向歌功颂德、赞美政教王化的主题上靠拢。这个时期的律赋基本上还是为了适应科举考试的需求而作，一般不可能脱离封建政治教化的要求。而且盛中唐之际复古思潮风起云涌，逐渐达到高潮，士大夫阶层当中的不少人，特别是经学家和古文家都竭力抨击骈文浮华纤靡的文风，或许也是促成这种命题特色的原因。这种历史背景之下所产生的律赋作品，无论应试所作，还是准备应考的习作，乃至行卷所用，"命题皆冠冕正大"[①]，讲求对偶工巧的同时，也十分注意文辞的典正儒雅。基本上没有个人感情世界的表露，思想内容流于一般化，很难从中发掘出新意和深意。这类律赋大体上还是保持着传统颂赞体文章的叙述基

---

① [清]李调元：《赋话》，卷二《新话二》。

调，从中多少还是可以看出一些汉代文学侍从之臣朝夕论思、日月献纳以“润色鸿业”的影子。此时的作家还未能将律赋这种体裁同他们的个人生活有机地结合起来，还没有能够将律赋变成自由表达作家一己丰富曲折的心路历程的文学载体。徐师曾《文体明辨序说》谓律赋“但以音律谐协对偶精切为工，而情与辞皆置弗论”①，所论固然不免偏颇，中唐律赋不重抒情却是事实，这也是律赋不太为学者所重视的主要原因。

时至晚唐，律赋创作别开生面。作家在应试和行卷之外，也用律赋来表现自己的生活，因而题材有所拓展，部分内容开始脱离科举功令和偏离政治教化而专注于写景和抒情。艺术表现手法也朝着多样化和细密化的方向有了不小的进步，作品的整体艺术风貌在很大程度上体现出晚唐文学的时代气息。

从题材、内容看，晚唐律赋也有一部分作品不离封建政治伦理范畴，即所谓“命题皆冠冕正大”者，比如王棨《圣人不贵难得之货赋》、《耀德不观兵赋》，黄滔《周以龙兴赋》、《省试人文化天下赋》、《御试曲直不相入赋》、《省试王者之道如龙首赋》，徐寅《京兆府试入国知教赋》等即是。晚唐律赋作家大多都是通由进士试而进入仕途的人，不可能脱离科场试赋的程序，因此这一点不难理解。晚唐律赋题材的扩大，还包括在中唐律赋说理议论的基础上变本加厉的题材，如谢观《大演虚其一赋》、《恍惚中有象赋》、《得意忘言赋》，徐寅《太极生二仪赋》等，都是纯粹推演哲学义理的作品，卢肇《海潮赋》则可以说是用律赋写成的科学论文，这类作品虽然谈不上什么艺术价值，但它们至少表明了作家

① [明]徐师曾:《文体明辨序说》，人民文学出版社 1962 年版，第 101 页、第 102 页。

们试图扩大律赋表现对象范围、深化律赋表现功能的一种努力。值得重视的是咏史怀古、表现社会现实生活以及写景抒情作品，虽然它们在数量上尚占不到现存晚唐律赋总数的四分之一，①但正是这些作品使律赋从一种考试文体成为真正意义上的文学作品。

第一，通过咏史怀古来表现晚唐时代特有的悲凉心境和感伤情绪。

此时不少作品借古事来抒发兴亡之感。黄滔的《馆娃宫赋》、《水殿赋》分别写春秋时吴国和隋朝的兴亡，徐寅的《过骊山赋》凭吊秦朝，《驾幸华清宫赋》、《再幸华清宫赋》、《五王宅赋》则缅怀开、天盛世。这类作品主要的写作目的都不在于直接描述历史事实或者总结历史教训，而是构拟"今"和"昔"两个空间，把这种悲凉心境和感伤情绪的表达寄托在昔日繁华、今日衰败的对比之上，这是此类律赋情感表达上最显著的特点。上述作品中的两个时空均是实写，个别情况如黄滔表现陈朝灭亡的《景阳井赋》和表现唐玄宗思念杨贵妃的《明皇回驾经马嵬赋》，则实写一个时空，另外一个则不明白写出，而要付诸读者的想象和虚拟，但两者的对比以及从中寄托兴衰荣辱之感的情蕴仍然不言而喻。

谢观《上阳宫望幸赋》和王棨《阙里先生望东封赋》从题目上看，似乎与上述作品有所不同。安史乱前，皇帝几乎每年都要东幸洛阳，乱后不复如此。唐朝最后一次封禅泰山是在唐玄宗开

---

① 根据《全唐文》统计，晚唐律赋旧式题材有一百四十篇上下，新题材不到四十篇。

元十三年(725),安史之乱以后内乱频仍,边患不断,已经谈不上封禅了。前者写上阳宫人殷勤盼望皇帝东幸洛阳,后者写孔子故里人士企望皇帝东封泰山,恰恰说明皇帝临幸上阳宫和东封泰山对晚唐人来说都已成为历史。这从反面表现出唐王朝的衰落,盛世辉煌已经一去不返、晚唐时代的国家政权几乎已经无力经营天下四方,作者正是通过这样的构思来寄托他的感伤情绪。

在上述这类咏史怀古类作品里面,大历、贞元时期文学作品中渴求复兴大唐盛世声威的热情已极为罕见,总结教训也罢,批判弊政也罢,鉴戒主题往往都不过是“曲终奏雅”,总不免被浓重的感伤和无奈情绪所压倒,与其说是对政治复兴的呼吁,不如说是对往日繁华的凭吊和感喟。面对如同大厦倾颓于一刻之间的历史剧变,晚唐律赋作家们感受最深刻的是由盛转衰的巨大反差。往日的繁华竞逐与眼前的衰败凄凉所形成的鲜明对比,使作家们用一切无法常驻的眼光,看待种种历史剧变和盛衰推移,表现出吊古伤今的历史空漠感。这是此前各体赋作中没有出现过的,非晚唐作家不能道出。

在晚唐律赋的新出题材中,历史题材数量最多,创作成就也最为突出。晚唐咏史诗写作蔚成风气,此类律赋与之颇有相通之处。洪迈说:“晚唐士人作律赋,多以古事为题,寓悲伤之旨。如吴融、徐寅诸人是也。黄滔字文江,亦以此擅名。”①吴融现存律赋仅有三篇,以古事为题者仅《戴逵破琴赋》一篇,可暂置不论。咏史怀古类作品最多且成就最高者,当推王棨、黄滔和徐

---

① ［宋］洪迈:《容斋四笔》,卷七“黄文江赋”条,上海古籍出版社 1978 年版,第 694 页。

寅，三位作家在处理题材的方式和行文艺术方面又各有特色。

王棨历史题材律赋的最大特点，在于完整铺叙历史故事，很少讽谕寄托，也不大用于抒发个人感情。清人潘遵祁评王棨《沛父老留汉高祖赋》云："赋故事题，必叙明原委，此定法也。悱恻缠绵，文情独艳，以题之曲折，为文之波磔，指点生动，不寂不喧，此妙为王郎中所独擅。如《四皓从太子》、《西凉府观灯》等作，意匠皆同。"又评《四皓从汉太子赋》云："依本事曲折描写，如话如画，此妙惟郎中擅长。"[①]王棨比较注重叙事的完整性，擅长通过意匠经营，化平淡为神奇，在情节描写和情感表达两个层次上造成曲折和波澜，避免平铺直叙或者同史家记述全无区别。相比来说，黄滔、徐寅更注重借助史事抒发感慨和议论，感情色彩浓厚，现实意义也最强。如前文所述，某些咏史律赋构拟"今"和"昔"两个空间，把悲凉心境和感伤情绪的表达寄托在昔日繁华、今日衰败的对比之上，黄滔的咏史律赋基本上都采用这种结构方式，甚至形成了套路，虽长于抒情，却不免主题和思路的单调。徐寅的作品无论取材范文还是主题都要广泛一些。比如《文王葬枯骨赋》、《丰年为上瑞赋》歌颂周文王和唐太宗的仁君盛德；《过骊山赋》、《驾幸华清宫赋》讽刺荒淫之主；《管仲弃酒赋》、《员半千说三阵赋》赞扬忠臣的高风亮节；《江令归金陵赋》指责佞臣的尸位素餐；《口不言钱赋》批评贪渎奢侈之风；《首阳山怀古赋》则是对晚唐纷乱政局的反思。黄滔往往将情感寄托在景物、气氛的渲染当中，并不直接表白，含蓄内敛，余味曲包。黄滔论文，主张文学应当有助于政治教化，他在《与陈磻隐论诗书》中提出

---

① ［清］潘遵祁：《唐律赋钞》，清光绪十一年(1885)三松堂刻本。

诗歌创作应当“本于国风王泽，将以刺上化下”，因此对偏重形式美的六朝诗歌评价很低，而且将咸通、乾符之际所流行的近体诗称为“郑卫之声”，[①]其基本论调同《毛诗序》大有一脉相承之处。尽管他本人创作了相当数量高水准的律赋，却在《与王雄书》中明确排斥俪偶之辞，提倡“元次山、韩退之之风”[②]，也是着眼在文学服务于政治这一宗旨。结合他的文论来看，他的律赋创作在整体上所表现出来的这种抒情方式大抵也继承了《毛诗序》所谓“发乎情，止乎礼义”的精神。

相比来说，徐寅表达情感则较少节制，讽刺辛辣而直接，不仅对前朝君主嬉笑怒骂（如《陈后主献诗赋》），即便对本朝天子，批评讽刺也略无隐讳（如《驾幸华清宫赋》），同黄滔赋作含蓄敦厚的总体风格对比鲜明。《闽书》载，梁太祖指其《人生几何赋》中“三皇五帝不死何归”句，要其改写，徐寅答“臣宁可无官，不可改赋”，太祖怒，削其名籍。[③] 又据《五代史补》卷二“徐寅摈弃”条，徐寅在朱全忠处作《游大梁赋》，讽刺李克用，李为沙陀族，且眇一目，故赋中有“一眼胡奴，望英威而胆落”之句，徐寅坐是得罪李存勖，终身止于秘书正字。徐寅赋中指斥淋漓而肆无忌惮的抒情特色，很可能来自于这种心直口快的个性。

第二，反映下层社会现实，表现下层人物的生活疾苦。

如徐寅《寒赋》假托“安处王”与“凭虚侯”的对话分别描写帝

---

① ［唐］黄滔：《黄御史集》，卷七。

② ［唐］黄滔：《黄御史集》，卷七。

③ 参见［明］何乔远撰，厦门大学古籍整理研究所、历史系古籍整理研究室《闽书》校点组校点：《闽书》，卷一〇五《英旧志 · 缙绅 · 兴化府莆田县》，福建人民出版社 1995 年版，第 3160 页。

王之寒、战士之寒、农者之寒和儒者之寒。王棨《贫赋》写法上摹仿韩愈的《进学解》,表现下层知识分子贫寒窘迫的处境。晚唐律赋集中表现社会下层人物生活疾苦的,只有徐寅《寒赋》和王棨《贫赋》两篇,还有一些表述是在其他题材中附带及之。比如王棨《江南春赋》:“或有惜嘉节,纵良游,兰桡锦缆以盈水,舞袖歌声而满楼。谁见其晓色东皋,处处农人之苦;夕阳南陌,家家蚕妇之愁。”《凉风至赋》:“虚槛清冷,颇惬开襟之子;衡门凄紧,偏怜无褐之人。”同样表现出对社会不公平现象的批评和对贫寒困窘之人的同情。

律赋刚刚脱离科场不久,作家们就能将眼光移向社会下层,这是难能可贵的;用赋来表现这种题材自有其独到之处,表现手法上颇能见出律赋作家的创新。比如徐寅的《寒赋》,通过帝王之寒与普通人之寒的不同来表现双方在社会地位、生活境遇方面的对立,这一特点显然来自宋玉的《风赋》。在此基础上,作者进而又将普通人之寒分为战士之寒、农者之寒和儒者之寒,从不同的角度和侧面来作形容,使“寒”的具体社会内容丰富起来,自然较之宋玉单纯描写“庶人之风”更进一步,笔触更细致,概括力似也更强,体现出作者对当时下层人物困苦生活的体验之深刻。这一手法似乎又是受到了江淹《恨赋》和《别赋》的启发。所谓“寒”这个主题,从文中的表现来看,既包括因气候原因造成的生理感受的“寒冷”,又包括生活景况的“贫寒”,还包括人物内心之“凄寒”,具有自然、社会和心理三重意蕴。作者的目的,即是以自然之“寒冷”为由头,引发对社会不公平现象的批评。这种选题、构思之巧妙、新颖,就不能不说是徐寅个人的杰出创造了。至于王棨的《江南春赋》和《凉风至赋》,则有意把穷困潦倒安置在春意融融、轻歌曼舞或者富人所享受的风清气爽之中，以“败兴”之笔造成气氛的不协调，在对比中加大了揭示社会不平的力度，表现手法相当独特。

第三，描写自然景物，借景抒情。

几乎所有这类题材的作品都以描写的细腻传神见长。它们最充分地发挥了赋体文学铺排的特长，将摛文体物的艺术手法发挥得淋漓尽致，因此这类作品中警句比比皆是。比如王棨《白雪楼赋》之“楚山入座，黛千点而暮青；汉水横帘，带一条而春绿”；《曲江池赋》之“只如二月初晨，沿堤草新，莺啭而残风袅雾，鱼跃而圆波荡春”；又如《芙蓉峰赋》“朝日耀而增鲜，兰光欲折；秋风击而不落，秀色常浓。懿乎巉若削成，端然杰起，虽千寻之直上，犹一朵之孤峙。耸碧空而出水无别，倚斜汉而凌波酷似”等等，不仅形容贴切，还多在静态和动态的结合中描写景物的细微变化，故而得到后来赋论家的高度评价。周钺《海门山赋》除了刻画细致之外，还以气势见长：“拆万仞于长霄，共持神秀；纳八纮之积水，开闭灵居。合沓龙蟠，连延壁立，悬崖崭崒而不动，骇水喧豗而自急。”

浦铣评论王棨的《多稼如云赋》说：“唐人《多稼如云赋》，有张仲素、王棨二作，张作略写大意，王则刻画尽致，便觉异样警切。”①写景题材似乎尚未被中唐作家所注意，晚唐时才在律赋中较多出现，而“刻画尽致”正是晚唐写景律赋的共同特点。除此以外，部分作品还在描写的同时表现出较强的抒情色彩。比如王棨《秋夜七里滩闻渔歌赋》，在渔歌响起之后，接着通过环境描写来渲染气氛：“众籁微收，浓烟乍歇，屏开两面之镜，璧碎中

① ［清］浦铣：《复小斋赋话》，卷上。

流之月……激浪不停，高唱而时时过去；凉飙暗起，清音而一一吹来。”此情此景遂引起作家心绪的变化：“此时游子，只添歧路之愁；何处逸人，顿起江湖之趣。由是寥亮清浔，良宵渐深，引乡泪于天末，动离魂于水阴。”将如诗的意境与游子乡愁自然而然地结合在一起。又如王棨《江南春赋》则在赋末感叹：“悲夫！艳逸无穷，欢娱有极，齐东昏醉之而失位，陈后主迷之而丧国。今日并为天下，春无江南兮江北。”把对现实景物的描绘与吊古伤今的历史感交融在一起。这同杜牧的《江南春绝句》（千里莺啼绿映红）有些相似，但前者写景与抒情的部分是分离的，不及后者自然浑成。

第四，特定情境之下的真实心理感受。

这类题材大体又可以分为两种情况：

（一）离别相思。黄滔《送君南浦赋》显然与江淹《别赋》十分相似。“南浦”这个意象就来自《别赋》，“无人免别，有别必伤”自然也是从《别赋》之“有别必怨，有怨必盈”化出。不过江赋以“别虽一绪，事有万族”、“别方不定，别理千名”，对几种具有典型意义的离别场景分别铺叙，黄赋则是摄取《别赋》中夫妇别离的场景单独加以更为细腻的演绎。作品主要通过送别时的匆忙急遽和离别之后的凄凉心境来深化离别之苦。两赋切入主题的手法、角度各不相同。同样用景物和环境来衬托离别相思的心境，王棨《离人怨长夜赋》特别注意天气、节候的微妙变化，而且诸如银屏、积云、凄风、寒雨、古寺之钟、严城之漏等意象，色调都比较阴冷黯淡，显示出作者构思的匠心。浦铣说：“黄文江《送君南浦赋》、王辅文《离人怨长夜赋》，真深于情者。然王词清丽，黄则加以哀艳，尤当玩其用意处，全在'长夜'、'南浦'二字也。"①

（二）悲秋伤逝。黄滔的《秋色赋》不仅文辞优美，构思也相当独特：开端处假托潘岳作赋起笔，赋末以坐客称赞今赋胜过往日之《秋兴赋》收篇，整篇作品出之以情节对话的方式，又将潘岳《秋兴赋》作为背景，巧妙地借助前人前作的力量使主题得以深化。徐寅的《人生几何赋》表达人生短促、祸福无常的感慨。"可惜繁华，堪惊倚伏，有寒暑兮促君寿，有鬼神兮妒君福。不觉南陵公子，绿鬓改而华发生；北里豪家，昨日歌而今日哭。"由此亦可见当时士人心态之一面。

总起来说，晚唐律赋题材扩大，主要有三个方面的意义：

首先，从律赋内部来看，导致了晚唐律赋同此前同类作品在两个层面上发生了偏离：一是内容溢出科场之外，与作家个人生活联系在一起；二是部分作品的主题从单纯依附于政教伦理转变为审美和抒情，使此前基本上用于科举的考试文体转变为真正的文学体裁。同时，把历史上曾经出现的文学题材用律赋这种形式来加以演绎和表现，也是有意义的。

其次，如果扩大到前代所有赋作、甚至所有的文学作品，晚唐律赋内容的扩展，主要不是体现在取材范围的扩大上，而是体现在对现实生活和人的感情世界刻画的深化和细化上。一方面，表现手段在前人的基础上有所推进，比如徐寅、王棨那些反映社会现实的题材；另一方面，改变了大赋刻板的铺叙方式，意象的组合更为灵动，在对景物的细腻描写刻画当中融入更多的抒情因素，增加了律赋的情感底蕴，创造出与诗歌相似的意境

---

① ［清］浦铣：《复小斋赋话》，卷下。

美，比如咏史怀古类题材和某些写景抒情的题材都有这个特点。

再次，晚唐律赋中新出现的某些题材和思想感情同晚唐诗歌有重合或近似之处，在一定程度上反映了晚唐时代的社会风气和文人心态，在作品的整体艺术风貌和情感基调等方面与同时代文学呈现出相似或者相同的特征。

二、闽籍作家的特殊地位及其成因

在众多晚唐律赋作家中，成就最著者当推王棨、黄滔和徐寅三人。王棨，字辅文，福清人，懿宗咸通三年(862)进士；徐寅，字昭梦，莆田人，唐乾宁元年(894)举进士，梁开平元年(907)再试进士，中第一名，为福建历史上第一个状元；黄滔字文江，莆田人，乾宁二年(895)进士。晚唐律赋突破科举考试命题的限制，在题材选择方面有所拓展，这三位作家贡献尤为特出，不仅作品数量众多，而且艺术质量出类拔萃，这已是古今学者所公认的事实。清代赋论家李调元、浦铣等人特别推崇王、黄，他们或者从内容和主题着眼，提出"文以情为贵"(《复小斋赋话》卷上评王棨《沛父老留汉高祖赋》和黄滔《秋色赋》)；或者从承上启下的过渡性特色着眼，称其作品为"唐赋之后进，宋赋之先声"(《赋话》卷二评王棨《曲江池赋》)；或者从法度矩范的角度着眼，称某些作品为"律赋正楷"(《赋话》卷二评王棨《江南春赋》)、"赋家正眼法门"(《赋话》卷二评黄滔《馆娃宫赋》)；或者就作家或作品的成就和影响，谓之"小赋第一手"(《复小斋赋话》卷上评黄滔)、"一时之瑜、亮"(《赋话》卷二评王棨、黄滔)、"开后人多少法门"(《赋话》卷四评黄滔《汉宫人诵洞箫赋赋》)、"千秋绝调"(《复小斋赋话》卷下评黄滔《馆娃宫赋》)、"雄视千古"(《赋话》卷二评卢肇

《海潮赋》)。他们把对唐代律赋的最高评价都给了王棨和黄滔。王祖源在《麟角集记》中说:"祖源既刻影宋庆元本《黄御史集》,因备论古今文字体格,至唐截然一变,为文字中一大关键。而律赋格调一局,至唐之王棨、黄滔,又截然一变,风气之开,千百年来莫能移易。"①当代学者何新文先生将王棨、黄滔、徐寅作为晚唐律赋的杰出代表,②尹占华先生将谢观、王棨、黄滔和徐寅并称晚唐律赋四大家,③谢观作品数量虽多,但就赋作的题材而言,其作品绝大多数还是沿袭中唐律赋"命题皆冠冕正大"的传统,在歌功颂德和政治教化之外,拓展不多,与其他三家有所不同。

值得注意的是,王、黄、徐三人均为闽中人,其中以王棨年事稍长,早在黄、徐二人之前三十多年中进士。三人以外,闽中还有不少律赋作家,其成就亦在一时伦辈之上。见诸史志的杰出者尚有如下几位:

林藻,字纬乾,莆田人。贞元七年(791)进士。黄滔《祭陈侍御(峤)》一文特别提到林藻以《珠还合浦赋》闻名于世:"林君则以合浦垂名。"自注云:"林端公贞元七年首闽越之科第,以《珠还合浦赋》擅名。"④《福建通志》卷五一载:"省试《合浦还珠赋》,藻成,假寐。见人语之曰:'何不叙珠去来?'藻悟,援笔修之,果中

---

① [唐]王棨:《麟角集》,台湾新文丰出版公司《丛书集成初编》本。

② 参见何新文:《辞赋散论》,第三章《汉赋的影响与流变》,东方出版社2000年版。

③ 参见尹占华:《律赋论稿》,下编第三章《晚唐五代的律赋》,巴蜀书社2001年版。

④ [唐]黄滔:《黄御史集》,卷六。

第。及见主司杜黄裳曰：'叙珠去来岂有神助耶？'莆人第进士自藻始。"①现存《冰池照寒月赋》一篇（见《文苑英华》卷三八）。

林滋，字后象，闽县人。会昌三年(843)进士。历金部郎中，后王铎辟为判官。黄滔《翁文尧以美疹暂滞令公大王益得异礼观今日宠待之盛辄成一章》诗注："林、郑在举场日，时曰：'滋赋諴文，中外相奖。'"《全唐诗》卷五五二小传云："与同年詹雄、郑諴齐名。时称雄诗、諴文、滋赋为闽中三绝"。现存律赋四篇：《小雪赋》、《阳冰赋》、《文战赋》、《木人赋》（分别见《文苑英华》卷一六、卷三九、卷六二、卷八二）。

陈黯，字希孺，南安人。十七岁时曾作《苏武谒汉武帝陵庙赋》，"便为作者推伏"。陈黯身后文稿焚于兵火，其子陈蘧经过收集"得其文三十一首，赋若干首，他处得诗若干首"，交由黄滔编为五卷。黄滔在《颍川陈先生集序》中评价其作品云："先生之文，词不尚奇，切理也；意不偶立，重师古也。其诗篇词赋笺檄，皆精而切，故于官试尤工。"②所谓"官试"，主要指律诗律赋。擅长科举文体的写作，是晚唐很多闽籍作家的共同特点。律赋无存。

林嵩，字降臣（一作"神"），长溪（今霞浦）人，乾符二年(875)进士。《唐摭言》卷八云嵩"以辞赋著名"。《唐才子传》卷八谓其"工诗善赋，才誉与公乘亿相高，功名之士，翕然而慕之"。作品受功名之士推重，公乘亿为晚唐律赋名家，可见其所赖以闻名

① 《太平御览》卷五八七《文部三·赋》"进士林藻赋成"条文字小异。参见[宋]李昉等：《太平御览》，中华书局1960年版。

② [唐]黄滔：《黄御史集》，卷八。

者，当是律诗律赋。《福建通志·林嵩传》所载略同。《三山志》谓其终金州刺史。《新唐书·艺文志四》著录《林嵩赋》一卷。《崇文总目》卷五别集类同。尤袤《遂初堂书目》著录有《林嵩集》。《宋史·艺文志七》有《林嵩诗》一卷。《唐才子传》卷九谓"有诗一卷，赋一卷，传于世"。今《全唐文》卷八二九收文二篇，赋已无存。

林杰，侯官人。字智周，大中四年(862)举神童，卒年十七。《太平广记》卷一七五引《闽川名士传》谓其以《仙客入壶中赋》知名当时。

可以说，在晚唐时代，闽籍作家作品占有十分突出的地位。简宗梧、游适宏《清人选唐律赋之考察》一文(《逢甲人文社会学报》第5期)对清代王修玉《历朝赋楷》、潘遵祁《唐律赋钞》、邱先德《唐人赋钞》、顾南雅《律赋必以集》、马传庚《选注六朝唐赋》、杨承启《锄月山房批选唐赋》、雷琳，张杏滨《赋钞笺略》7种赋选进行统计，入选的92位作者的186篇律赋作品当中，晚唐赋家王棨、黄滔分别以22篇、8篇名列前茅。入选5次暨以上的共82篇次，晚唐作品45篇次，占55%，闽籍作家王棨、黄滔、林滋又共有23篇次，占到晚唐作品的一半以上。由此大致可见晚唐闽籍作家作品在清人心目中地位之高、分量之重。

以籍贯而言，其作者数量在晚唐时代无疑是最多的，其作品数量众多，质量迥出时人之上，又都处于同一时代，故而后人有所谓"闽赋即天下之赋"①的说法。陈尚君先生曾撰《唐代闽籍

① 《闽南唐赋》云："唐赋以中晚为极轨。最著者如行周(欧阳詹)、厚象(林滋)、辅之(王棨)，昭梦(徐寅)、文江(黄滔)诸家，皆闽产也。闽赋即天下之赋。"[清]杨浚：《闽南唐赋》，卷一《目录》题记，清光绪二年(1876)群玉斋书坊刊本。

诗人考》一文，对于晚唐五代的闽籍诗人给予了特别关注；[①]闽籍律赋作家及其作品的特出地位更是值得重视和研究的文学史现象，因为在律赋从纯然科举文体转变为抒情的文学文体以及律赋艺术品位获得大大提高的过程中，闽籍作家的贡献是无可替代的。

我们认为，晚唐闽中律赋创作的繁荣，主要有两个方面的原因。一是在科举制度推动之下，中晚唐时代闽中士人迅速发展成长，带动了律赋创作。二是晚唐五代时期，福建在东南地区受中原战乱影响很小，处于相对安定的状态；为躲避中原地区的战乱，不少闽籍作家返回家乡，另有不少外地文人也进入闽地，投靠军阀王审知，文士们不仅可以安心作诗属文，还相互交流濡染，促进了闽中文学的发展，对律赋创作也起到了推动作用。

今天的福建，在唐代以前历来被视为经济、文化上相对后进的区域之一，此地在唐代多称为闽或闽中，由于偏处东南，开发较中原为晚，发展较迟，文化教育较为落后。唐代前期的政治文化中心仍在长安和洛阳一带，福建距离中原关山万里，道路悬远，闽籍士人也以“远人”自居。[②] 唐中宗神龙二年(706)，长溪(今霞浦)人薛令之考中进士，成为破福建科举之天荒的第一位进士。[③] 晋安(今莆田)人林披于天宝十二载(753)以明经擢第，

---

① 参见陈尚君:《唐代文学丛考》，中国社会科学出版社 1997 年版。

② 参见[唐]欧阳詹:《上郑相公书》，《欧阳行周文集》，卷八，台湾商务印书馆影印文渊阁《四库全书》本。

③ 参见[五代]王定保:《唐摭言》，卷一五“闽中进士”条，上海古籍出版社 1978 年版；[宋]王谠撰，周勋初校证:《唐语林校证》，卷五“薛令之闽之长溪人”条；孟二冬:《登科记考补正》，卷四神龙二年丙午(706)，第 165 页、第 166 页。《能改斋漫录》卷四《辨误》“闽人登第不自林藻”条据《唐登科记》将神龙“二年”误作“元年”，“薛令之”作“薛全之”。

当时年龄在二十岁左右。[1] 据唐人林宝《元和姓纂》，晋安林氏是福建的儒术世家。[2] 林披之子林藻贞元七年(791)登进士第，林藻兄林蕴中贞元四年(788)明经科。根据徐松《登科记考》所引林蕴《睦州刺史府君神道碑》，蕴之曾祖林元泰曾任瀛州刺史(治所在今河北河间)，祖父林万宠曾为饶州太守(治所在今江西波阳)。[3] 另据《直斋书录解题》卷一六《林蕴集》解题引林蕴为其父所撰之墓志说，林披有九子，八人曾任刺史或司马，一人为处士，世称"九牧"。尽管在唐前期即已有薛令之首次中进士，还有林披及其父、祖为九牧林氏这样的儒学和官僚世家奠定了基础，总起来看，直到中唐时代，闽籍人士登进士科者仍屈指可数。欧阳詹在由闽入京途中的经历突出反映了当时闽中文化的落后，文人的稀缺："某代居闽越，自闽至于吴，则绝同乡之人矣；自吴至于楚，则绝同方之人矣；过宋由郑逾周到秦，朝无一命之亲，路无回眸之旧。"[4]直到八世纪末，福建还从来没有出现任何具有广泛知名度的知识分子。

相比之下，两宋时代福建科举之盛简直可以说是冠压群芳，一枝独秀。《宋史》卷八九《地理志》五称闽中风俗"多向学，喜讲诵，好为文辞，登科第者尤多"。晚唐之前并非这种情况。宋真

① 徐松原以林披为天宝十二载进士及第，误。孟二冬先生对此有所辨正，参见孟二冬：《登科记考补正》，卷九天宝十二载癸巳(753)，第378页。

② 参见郁贤皓、陶敏整理，孙望审订：《元和姓纂(附四校记)》，卷五岑仲勉校记，中华书局1994年版，第740页。

③ 参见孟二冬：《登科记考补正》，卷九天宝十二载癸巳(753)，第378页。

④ [唐]欧阳詹：《上郑相公书》，《欧阳行周集》，卷八。

宗时泉州人段全《仙游县建学记》云:"圣宋以文化天下,岁诏州县贡秀民,士倍于昔,而闽人十计三四。"[①]从进士及第的人数来看,北宋建隆二年(961)至宣和六年(1125)的165年之间,福建进士及第者有2501人。南宋建炎二年(1128)至淳祐元年(1241)共114年,福建有进士3485人。两宋近300年间,福建进士及第者共有5986人,淳祐二年(1242)以后38年间11科中所取的进士尚未计算在内。[②] 即使就《闽大记》所录的5986人而言,同中唐以前闽中寥寥无几的进士人数的悬隔已是不能以道里计。宋代进士总数有四万名左右,[③]福建进士的比例至少应在15%以上,高居全国榜首,遥遥领先于其他地区。在两宋118名状元中,福建人有20名,占总数的六分之一强,同样为全国之冠。《八闽通志》说,宋代"举天下言得第之多者必以闽为首称"[④],没有丝毫的夸张。北宋太平老人《袖中锦·天下第一》在罗列当时全国的工艺及农、林、牧、渔著名产品之后,将"福建出秀才"的社会现象也列为天下第一。[⑤] 故而当时闽中享有"海滨邹鲁"[⑥]的盛誉,还有所谓"龙门一半在闽川"[⑦]之说。

---

① 曾枣庄、刘琳主编:《全宋文》,卷一九五,巴蜀书社1988年版。

② 据张希清统计,两宋仅正奏名进士即达43000人,参见张希清:《中国科举考试制度》,吉林文史出版社1997年版,第114页、第117页。朱瑞熙则认为"整个宋代,进士科登第者共39721人",朱瑞熙:《中国政治制度通史·宋代》,人民出版社1996年版,第636页。

③ 参见[明]王应山纂修,陈叔侗、卢和校注:《闽大记》,卷五《唐进士年表》、卷六《宋进士年表》,中国社会科学出版社2006年版。

④ [明]黄仲昭:《八闽通志》,卷四六《选举》,福建人民出版社1990年版,下册第41页。

⑤ 参见[宋]太平老人:《袖中锦》,《学海类编》本。

⑥ [明]黄仲昭:《八闽通志》,卷四四《学校》,下册第1页。

⑦ [明]黄仲昭:《八闽通志》,卷四五《学校·兴化府》,下册第34页。

唐前期同两宋时期闽中人才辈出的情形相比，两个时段已有天壤之别。表面上看，这的确是一个惊人的变化，不过从闽中士人在中晚唐五代开始崛起到北宋蔚成大观，是一个自然的发展过程，中晚唐五代正是闽中文化教育事业正式起步并急速发展的关键历史阶段。中唐时期，部分中央委派到福建的地方官通过一系列举措，为当地文教的发展打下了良好的基础；唐末王审知主政的时代，王"酷好礼下士，唐公卿子弟多依以仕宦，又拓四门学以教闽中秀士"①，闽地至此已经形成了一个以进士及第者为主体的相当活跃的知识阶层，文学创作也颇成规模，呈现出较为鲜明的地域文学特色。

大历七年至十年(772—775)任福建都团练处置观察使兼福州刺史的李椅，兴办学校，大力倡导儒学教育。中唐古文名家独孤及的《福州都督府新学碑铭并序》说"闽中无儒学，成公(李椅谥号)至而俗易"，又称美他修建学校，"以五经训民，考教必精，弦诵必时。于是一年人知敬学，二年学者功倍，三年而生徒祈祈，贤不肖竞劝，家有洙泗，户有邹鲁"。② 建中元年(780)，常衮继任福建观察使，继续广设学塾，招纳吸收青年才俊入学，并且身体力行，亲自指导诸生写作文章，在兴文重教方面，取得了更为显著的成绩。韩愈《欧阳生哀辞》云：

> 今上初，故宰相常衮为福建诸州观察使，治其地。衮以文辞进，有名于时，又作大官，临莅其民，乡县小民有能诵书作文辞者，衮亲与之为客主之礼，观游宴飨，必召与之。时未几，皆化翕然。(欧阳)詹于时独秀出，衮加敬爱，诸生皆

---

① [清]吴任臣：《十国春秋》，卷九〇《太祖世家》，中华书局 1983 年版，第 1319 页。

② [清]董诰等：《全唐文》，卷三九〇。

推服，闽越之人举进士繇詹始。[①]

按，常衮任职福建观察使是在建中元年至四年初(780—783)，[②]欧阳詹开始赴京考进士，大约在贞元三年(787)，此时常衮已经离职。据欧阳詹《与王式书》[③]，欧阳詹先是在闽中受到本地同侪的推重和激励，到德宗建中初，由于常衮和泉州刺史薛播约谈，欧阳詹考进士的计划才得以付诸实施。[④] 最后，在欧阳詹的父亲与王式等人商讨后，正式成行。对欧阳詹的提携奖掖，是常衮任职闽中期间关怀士子、造福一方文教事业的缩影。

在李椅、常衮等官员兴学措施的推动之下，闽人皆以不学为耻，福建各地尚学重教蔚然成风。中唐以后，参加科举并得中进士者明显增加。唐德宗贞元七年(791)泉州莆田人林藻中进士，次年泉州晋江人欧阳詹也与韩愈等同登进士第，号称“龙虎榜”，名震京师。[⑤] 从“闽中无儒学”，短短数年之间而“家有洙泗，户有邹鲁”[⑥]、而“皆化翕然”[⑦]，独孤及之于李椅、韩愈之于常衮，都难免有些过于夸大他们的个人作用，但他们在福建礼待、勉励读书人，倡导文化教育事业，功勋著于史册，在闽中地区的文化普及和提高方面无疑是有突出贡献的。从此以后，福建士人通过

---

① ［唐］韩愈撰，马其昶校注：《韩昌黎文集校注》，第301页。

② 参见王寿南：《唐代藩镇与中央关系之研究》，台北嘉新水泥公司文化基金会1969年版，第832页。

③ 参见［唐］欧阳詹：《欧阳行周文集》，卷八。

④ 文中称“故中书舍人薛公”，据郁贤皓考证，此人为薛播。参见郁贤皓：《唐刺史考》，江苏古籍出版社1987年版，第1927页。

⑤ 参见孟二冬：《登科记考补正》，卷一二贞元七年辛未(791)、贞元八年壬申(792)，第531页、第539页。

⑥ ［唐］独孤及：《福州都督府新学碑铭》，《毗陵集》，卷九。

⑦ ［唐］韩愈：《欧阳生哀辞》，［唐］韩愈撰，马其昶校注：《韩昌黎文集校注》，第301页。

科举考试而闻名于世者越来越多，逐渐成为晚唐士人群体中一股引人注目的力量。自此至唐末的一百多年间，福建中进士者共达 74 人。“闽人未知学”的落后局面逐渐为“岁贡士与内州等”的情形所代替，[①]闽中自是号文儒之乡。唐代福建的教育与科举活动，使闽中人文水平日渐升高，为后来福建变成全国科举的重要省份，为宋代以后文化教育繁盛局面的出现奠定了坚实的基础。

由于福建的开发和文明进程较中原地区为晚，福建文化教育的兴起与科举考试的兴盛基本同步，两者相伴而生，关系非常密切。在传统社会中，科举的繁荣是一个地区文化发达的标志。可以说，古代福建文化在很大程度上是受到科举考试制度的推动而崛起的。晚唐闽籍作家在律赋创作上取得如此突出的成就，同当时闽籍人士对于科举的重视密不可分。杰出的律赋作家王棨、黄滔、徐寅、林嵩、林滋都是进士及第，陈黯虽然终生未第，却也蹉跎科场多年，且青少年时代即以律赋知名。其实这并不是一个偶然现象。同诗歌相比，律赋同科举的关系更为密切，因为在唐代，律赋首先是并且主要是一种科举文体，如前文所揭，士子欲参加进士科考试并获得成功，就必须要在讲求对偶、声韵和辞采藻绘的律赋写作上花费实在的工夫。由中唐到晚唐，闽中士子投身科举的热情渐呈上升趋势，他们对于律赋创作表现出更多的关注、投入更多的精力也是自然而然的事。再者，赋之所长在于铺叙，较之诗歌具有更大的容量。黄滔等晚唐作家对于当时的社会矛盾有深切的感受，盛衰兴亡之感是唐末众多文学家共同的情感体验，特擅律赋的闽中作家将此类题材大量融入这种科举文体也就不足为怪了。

---

① 参见《新唐书》，卷一五〇《常衮传》。

如前文所言，晚唐时代特别是唐末的战乱，在很大程度上阻塞了文人入仕为官的正常途径，威权日重的方镇幕府遂成为大批文士竞相趋往之地，担当幕府文职僚佐成为许多漂泊文人重要的职业选择。中原久历战火，兵燹频仍，割据一方的西川、荆南、宣歙、淮南、浙东以及闽中成为文人游宦容身之所。唐末五代，士大夫避乱南奔，混迹闽中者不少。闽中文学之盛，达到可与吴越、南唐和西蜀媲美的程度。唐末闽中地区文学兴盛的表现，首先是有较多数量的士人加入文学创作的行列。作家主要可以分为三类：一是王族成员。如王审知弟王延彬、孙王继鹏都创作了不少诗作。王延彬"雅能诗，辞人禅客谒见，多为所屈"①。延彬任泉州刺史时，"徐寅每同游赏，及陈郯、倪曙等赋诗酣酒为乐，凡十余年"②。二是从外地回到闽中的本籍文人。如黄滔、徐寅、翁承赞等人即是。唐帝国崩解之时，南方士人多离开中原，归反家乡或投效地方政权。晚唐两位著名的福建文士黄滔与徐夤都在唐亡前夕回乡。另如翁承赞，福州福唐人，昭宗乾宁三年(896)进士，曾两度代表北方朝廷(唐、后梁)到福州封王审知为王。黄滔还曾为承赞担任第一次册封使的任务，时为唐昭宗天复四年(904)，"衣锦还乡翻是客，回车谒帝却为归"③即是此时所作的诗句。翁承赞最后也同黄、徐等人一样，返回闽地，终老于故里。④ 三是外地宦游流寓闽地的文人。如

---

① ［清］李调元编，何光清点校：《全五代诗》，卷七五引《五国故事》，巴蜀书社1992年版，第1520页。

② ［清］吴任臣：《十国春秋》，卷九五《徐寅传》，第1375页。

③ ［唐］黄滔：《送翁员外承赞》，［清］彭定求等：《全唐诗》，卷七○五，中华书局1960年版。

④ 参见傅璇琮主编：《唐才子传校笺》，中华书局1990年版，第四册第349页、第356页。

进入闽地著名文人韩偓、崔道融、刘山甫、周朴等。

黄滔在闽地文人中具有特殊的政治地位，在援引、吸纳众多文士进入闽中并形成具有一定规模的创作群体的过程中起到了特殊的积极作用。黄滔于唐昭宗乾宁二年(895)中进士，光化年间除国子四门博士，因宦官乱政和朱全忠篡唐，愤而归闽。昭宗天复元年(901)，王审知主闽，表请朝廷授滔为监察御史里行，充威武军(治所在今福州)节度推官。后来王审知为闽王，黄滔与有力焉。他劝王审知放弃称帝的打算，主张刷新吏治、勤政爱民，发展经济、兴办学校，礼遇中州流亡文士，安定社会生活秩序，这些建议多被王审知吸收采纳。王审知"据有全闽，而终其身为节将"[①]，却能够做到"宁为开门节度使，不作闭门天子"[②]，以及闽中政治局势的安定，福建经济、文化的发展与渐趋繁荣，都与黄滔的得力规正分不开。黄滔交游颇广，与罗隐、林宽、崔道融、徐寅等关系尤为亲近。当时中原板荡，韩偓、王涤、崔道融等文士纷纷入闽投靠王审知，闽中文学之盛堪称空前，这同黄滔招徕、援引众贤有直接的关系。"中州若李绚、韩偓、王涤、崔道融、王标、夏侯淑、王拯、杨承休、杨赞图、王倜、归传懿避地于闽，悉主于滔。"[③]《十国春秋》卷九五《崔道融传》载："崔道融，荆州人。以征辟为永嘉令，累官右补阙。避地来闽依太祖，未几，病卒。道融素与黄滔善，其卒也，滔为文祭之。"黄滔所作的祭文中有云："某饮风永嘉，倾盖无诸。多君于士元廊庙，待我以叔度陂

① [宋]赵彦励等：《莆阳志》，[唐]黄滔：《黄御史集》，附录。

② [清]吴任臣：《十国春秋》，卷九〇《太祖世家》，第 1319 页。

③ [宋]赵彦励等：《莆阳志》，[唐]黄滔：《黄御史集》，附录。

湖。交言既异，投分斯殊。方俟弹冠，仰修程于霄汉；谁云执绋，悲落景于桑榆。”①崔道融本是荆州人，于此可知崔道融之入闽，大抵同黄滔的引荐有直接关系。

当时有些一流的文学家虽未入闽，但同闽中文人也有所交往。比如罗隐，同陈黯关系较为密切，与黄滔也有所交往。黄滔负责为陈黯的作品编集，并为陈集写了前序，还在天复元年(901)请罗隐为陈黯文集作后序。罗隐《陈先生集后序》追述同陈黯的交谊云：“曩者与余声迹相接于京师，各获誉于进取。咸通庚寅岁，胶其道于蒲津秋试之场，自后俱为小宗伯所困不一。”②共同参加科举考试，甚至共同经历科场失利，都成了这群作家萌生及增进联系的纽带。后来，陈黯屡试不中离京，罗隐还受人之托，在扬州与陈黯相处月余之时，劝他续考进士，陈黯谢绝。罗隐说进士考试中无论中与不中者，其中均有非常之人，他推崇陈黯即是科场中失意的“非常之人”③。罗隐也曾经十上不第，科场失意感同身受，因此他对陈黯的推重较之他人更具深意。

文人相聚，相互之间切磋琢磨、取长补短，较之相互隔绝、孤陋寡闻无疑更能够促进文学创作乃至整体文化水准的进步。晚唐不少闽中文人之间、闽中文人同外地文人之间形成了一个较为紧密的关系网，在他们那里更多看到的是相互的推重，而不是文人相轻。

---

① [唐]黄滔：《祭崔补阙》，《黄御史集》，卷六。
② [唐]罗隐：《陈先生集后序》，[清]董诰等：《全唐文》，卷八九五。
③ [唐]罗隐：《陈先生集后序》，[清]董诰等：《全唐文》，卷八九五。

在文人交往中，律赋作家之间的关系尤其值得重视。王棨咸通三年(862)进士及第。王棨与南安陈黯关系友好，陈黯有《送王棨序》，称赞王为"人中龙凤"，且"深于词赋，其体物讽调，与相如、扬雄之流异代而同工也。故角于文阵，而声光振起"。[①]陈黯对王棨的《江南春赋》特为推重，曾说："黯去岁自褒中还辇下，辅文出新赋相示，其间有《江南春赋》，篇末云：'今日并为天下，春无江南兮江北'，某即贺其登选于时矣。何者？以辅文家于江南，其词意有是，非前朕也。今春果擢上第。"[②]黄滔在《颍川陈先生集序》中称陈黯为"表丈"，自称为陈黯的内侄，曾为陈黯编纂文集并作序，无疑应当读过《送王棨序》。闽县人黄璞曾为王棨立《王郎中传》，传中对王棨的诗赋大加表彰。黄滔有《寄从兄璞》诗，可知黄璞为黄滔的从兄。虽然目前缺乏黄滔同王棨直接交往的证据，但通过陈黯和黄璞这两层关系，很难想象黄滔的律赋创作一点没有受到王棨的影响。

相比来说，黄滔同徐寅之间应当有更深的交情。《五代史补》卷二"黄滔命徐寅代笔"条云：

> 黄滔在闽中为王审知推官。一旦馈之鱼，时滔方与徐寅对谈，遂请为代谢笺。寅援笔而成，其略曰："衔诸断索，才从羊续悬来；列在琱盘，便到冯驩食处。"时人大称之。[③]

徐寅在昭宗乾宁元年(894)及第，黄滔次年继之，后来二人又同在王审知幕，互为同僚。今黄滔集中有《寄徐正字寅》、《酬徐正

---

① [唐]陈黯：《送王棨序》，[清]董诰等：《全唐文》，卷七六七。

② [唐]陈黯：《送王棨序》，[清]董诰等：《全唐文》，卷七六七。

③ 《十国春秋》卷九五《徐寅传》文字略同，"才从羊续悬来"之"才"作"裁"。

字寅》等诗，说明两人在当时多有酬唱赠答之举，相互之间的关系似乎相当密切，文字上的切磋交流应当是非常自然的事。

从赋家的作品看，他们相互之间的濡染、影响也有迹可寻。首先，从赋作的结构上看，王棨和徐寅的作品中都有不少采用假设问答体。假设问答体是汉代散体大赋的显著特点，晚唐之前的律赋作家却很少采用。中唐王起、李程各有律赋 65 篇、25 篇，采用问答体者分别只有 6 篇、2 篇，均未占到 10%的比例；晚唐王棨、徐寅各有律赋 45 篇、48 篇，采用问答体者则各有 13 篇和 15 篇，都占总数的 30%左右。问答体改变了原来千篇一律的第三人称的单调叙述口吻，使内容情节化、故事化，增加了生活气息和文学情趣。王棨的《贫赋》、《沛父老留汉高祖赋》、《四皓从汉太子赋》，徐寅的《寒赋》、《歌赋》、《竹箆子赋》等等皆是此体。其次，就题材看，三人律赋中都有大量的咏史怀古之作，数量远在其他作家之上；而且王棨有《阙里先生望东封赋》、《玄宗幸西凉府观灯赋》，黄滔有《明皇回驾经马嵬赋》，徐寅则有《玄宗御制卢征君草堂铭赋》、《玄宗御注孝经赋》、《驾幸华清宫赋》、《再幸华清宫赋》，都取材于本朝玄宗皇帝的故事，选材范围极为集中，各从不同的角度表达了感慨盛衰剧变的"悲伤之旨"。在此之前，东汉明帝、章帝时期，杜笃、班固、傅毅、崔骃等作家基于不同的政治、文化理念，创作了众多的京都赋以相互辩难；汉末建安时期的邺下文人更是以《神女赋》、《鹦鹉赋》、《迷迭赋》、《车渠椀赋》等等为题，或者以爱情婚姻、远征行役为共同主题，染翰操觚，各显所长，均可谓极一时辞赋创作之盛。如此突出的艺术特点鲜明地体现在这样几位晚唐时代闽籍作家的作品当中，就文学史上的众多先例来看，恐怕很难归之于偶然。

第三章　晚唐骈文与晚唐诗

第一节　晚唐诗文格律化的加深

一、晚唐诗律向骈文的渗透

形式是内容的组织结构方式，是内容的外在表现手法。体裁、结构、语言、表现艺术手法等等要素可以说是形式的主要内涵。无论是在作家的创作活动中，还是在读者的阅读接受活动中，内容和形式都是时刻联系在一起的，不可能截然分为二物。但作为文学来讲，形式有其相对的独立性，具有相对独立的审美价值和艺术意蕴。我国古代的骈文作品多数都是实用性很强的，但形式因素对于骈文的意义，多数情况下显然远远大于内容，这是中国骈文发展史上的客观事实。骈文的形成、发展、兴盛和流变主要是非功利的、重视文学自身特性的文学自觉思潮驱动的结果。骈文在六朝后期达到鼎盛，也正是文学的独立和自觉、进入为艺术而艺术的唯美主义的顶峰时代的产物。艺术形式是考察骈文艺术流变、把握骈文时代特征的最关键因素。

启功先生说："按骈体文章中，除赋类有"律赋"的名称外，其他文体并没有什么律与非律的界限（律赋的条件，除声调的标准外，还有韵字的限制）。但从文中声调来看，也未尝没有较精和较粗的差别。如果把那些较精的借称为律调，那些较粗的便可借称为古调。”①骈文的律调和古调之分大抵也是从律体诗歌和古体诗歌的区分衍生而来的。从后汉魏晋以后直至南朝，骈文在形式上不断趋于完备和严整，或者说格律化的程度不断加深。中唐时代某些作家如陆贽、元稹、白居易等人有意识地削减骈文中除字句对偶以外其他形式方面的修饰，除了字句的对偶以外，使骈文融入了古文的因素，借用启功先生的定义，即是古调的骈文有意识地同律调骈文分离。但是这个现象大致只集中在德宗到穆宗时代，而且作家也很少，在中唐也并非普遍现象。到了晚唐，骈文的发展又接续上了六朝的传统，在整体上再次进入格律化程度加深的阶段。明确此时骈文在形式方面的变化，对于深入理解骈文发展历程，把握骈文的历史发展线索，具有重要的意义。

南朝后期，声律学说发展时间尚短，体制还比较宽，代表当时诗文声律水平最高水准的作家也并没有那么严格地遵守声律规则。提出声律论并自诩“自骚人以来，此秘未睹”②的沈约，其作品也未尽符合“八病”之说的要求。《文镜秘府论·文笔十病得失》指出，徐陵《劝善表》之“蚩尤三冢，宁谓严诛”句中“冢”、“诛”二字声母相同，是为沈约所谓的“八病”当中的“鹤膝”之病。其实就是到了初盛唐，诗歌当中的用韵相对来说也还比较宽松。《直斋书录解题》卷一九《杜必简集》提要云：“唐初沈、宋以来，律

① 启功：《诗文声律论稿》，中华书局1977年版，第160页、第161页。
② 《宋书》，卷六七《谢灵运传》。

诗始盛行，然未以平侧失眼为忌。”王力先生指出：“初唐诗人往往不顾虑失黏，像陈子昂、宋之问、杜审言等，都有失黏的例子。盛唐如王维和杜甫，失黏的诗句也不少。（但杜甫有些古风式的律诗，有意地造成拗黏，不在此例。）大约‘黏’的形式，在律诗形成的时候已有这种倾向，却还未成为必须遵守的规律。中唐以后，黏的规律渐严。但是，失黏不像失对那样容易觉察到，所以仍不免偶然违犯。（说是无意中违犯也可以，说是学陈宋王杜诸人不顾虑失黏也可以。）”①

南朝以及初盛唐时期的骈文家在骈文声律方面的贡献，主要在“对”的方面，“黏”的特征虽然已经逐渐变成自觉的行为，不过在绝大多数情况下并没有贯彻到全篇。同诗歌的发展相似，骈文“黏”的观念是后来者注意到了四句之间的音节规律之后才得以形成的，它在骈文当中从个别句群扩大到整篇文章，需要经历一个演变过程。

唐代后期，律诗的发展可谓突飞猛进。这首先表现在近体诗和古体诗数量对比的变化上。此时近体诗的势力远远在古体诗之上。“过去几乎为古体所专擅的表现国事民生的题材内容，到晚唐时已经部分地被近体诗所替代了。”②从中唐到晚唐，不入律的古体诗越来越少。中唐时张籍诗有四百五十首，古体诗不足一百首；元稹诗有八百多首，古体诗二百首左右；刘禹锡诗将近八百首，古体诗不过百余首。晚唐代表诗人如杜牧诗歌五

---

① 王力：《汉语诗律学》，上海世纪出版集团、上海教育出版社 2002 年版，第 122 页。

② 王运熙：《唐代诗文古今体之争和〈旧唐书〉的文学观》，《文学遗产》1993 年第 5 期。

百多首，古体诗只有十多首；许浑诗歌五百首左右，其中竟然没有古体诗；李商隐诗歌六百多首，古体诗不足十首；杜荀鹤诗歌三百多首，中间也没有古体诗。汉魏以来以五言古体诗为主导的时代结束了，晚唐已经转变为律诗的时代。

作家对于声律的喜好，不仅体现在创作上，也体现在理论上。就连倾向于反对文章声病的皮、陆，也是如此。陆龟蒙在《复友生论文书》中载其友生之论云"声病之辞，非文也"，同复古派论调颇为一致，对此陆龟蒙却说："夫声成文谓之音，五音克谐，然后中律度。故《舜典》曰：'诗言志，歌永言，声依永，律和声。'声之不和，病也，去其病则和；和则动天地，感鬼神，反不得谓之文乎？"①同陆龟蒙多有往来唱和之作的皮日休，也表示声律的进步是诗歌发展的重要体现："吾唐开元之世，易其体为律焉，始切于俪偶，拘于声势。诗云'覯闵既多，受侮不少'，其对也工矣。《尧典》曰'声依永，律和声'，其为律也甚矣。由汉及唐，诗之道尽矣。"(《松陵集序》)

其次，从格律的要求上，晚唐较之以往更为严谨。律诗发展至晚唐，形式上已经趋于黏式，联内相对、联间相黏成为律诗的定式；而且用韵要求是相当严格的，即一律要求以本韵相押，不能以邻韵通押，所以在偶句末字的位置上一般是不能掺杂邻韵的，否则就会被视为出韵，这一原则在当时的律赋创作中也已经成为通行的规则，在律赋的领域之内，违犯此项规则者一般称之为犯韵。

诗歌和骈文在格律化的进程上呈现出一定的同步性。一方

---

① ［唐］陆龟蒙：《甫里集》，卷十八。

面,从宏观上看,晚唐时代的诗歌、文章都有向格律化靠拢的趋向,具体说来,无论是晚唐诗还是晚唐骈文,其格律化的程度较之前代作品都更为深刻、细密、严格。甚至某些声律原则对于当时的律诗和骈文都是通用的。从作品来看,无论是南朝还是晚唐,相关的声韵现象首先出现在诗歌当中,大抵表现为诗歌声韵规律向骈文渗透。

关于诗歌格律发展的高潮阶段及其不同的时代特征,罗根泽先生有极为精辟的总结:

> 诗格有两个盛兴的时代,一在初盛唐,一在晚唐五代以至宋代的初年。此两时代虽都讲诗格,但第一,前者所言,偏于粗浅的对偶,后者则进于精细的格律与微妙的比兴。第二,前者只讲"诗格",偶尔及于"赋",很少及于"文",后者虽亦以"诗格"为主,但也涉及"赋格""文格"。此其原因,以前者的兴起,其历史的领导者是六朝的声病说,社会的助力则由于初盛唐的以文治天下,以诗饰太平。声病说只是消极的避忌,所以仅能领导到进一步的粗浅的对偶。诗文的用途既异,所以对偶的巨手,不易伸展到文的园地。后者的兴起,其历史的领导者是初盛唐的对偶说,社会的助力则是由于时代丧乱,朝野上下的文人都走到消遣玩味的逃避现实的文艺路上。对偶说虽只是一种粗浅的方法,但较声病说已有长足的进步,其领导出来的方法,当然要青胜于蓝,益臻细密。整个的文艺既都走到消遣的玩味的路上,当然不惟诗要格律,赋与文也要格律。①

---

① 罗根泽:《中国文学批评史》,第五篇第二章《诗格(上)》,第二册第186页。

罗根泽先生的论述有两点尤其值得注意：

第一，六朝至晚唐，格律的水准是不断进步、不断完善和趋于细密化的。初盛唐时代的格律是在六朝基础上的进步，晚唐时代的格律水平又是在初盛唐基础上的进步。

第二，初盛唐时代格律的进步在很大程度上局限在诗歌的范围之内，晚唐时代格律的进步则扩展、渗透到赋和文的领域。从当时的作品来看，就连直接目的不在于“消遣”和“玩味”的某些文章，如应用文，特别是李商隐等人的幕府应用文字，其高度格律化的形式特征也是极为明显的，甚至可以说代表了当时最前沿的水平。李商隐《樊南甲集序》中描述他在“秘省房中官”任上研究骈文写作的情状说“恣展古集，往往咽噱于任范徐庾之间。有请作文，或时得好对切事，声势物景，哀上浮壮，能感动人”[①]，这种对于对偶精切、描写传神、文章气势以及动人感情等审美因素的追求，本在一般公文实用要求之外，其实多少也带有消遣和玩味的成分。要之，在罗根泽先生的论述中，初盛唐时代和晚唐时代对待声律的态度也是有所不同的，大抵前者属于“消极避忌”，后者则倾向于主动贯彻，这也是造成声律延伸范围有小有大的重要原因。

通过这一点，我们不难发现晚唐时代诗和文在艺术上融通渗透的两层契机：一是格律的精密化，二是在艺术精神上均多有消遣和玩味的成分。总之是倾向于重视形式而同实用目的有所疏离。

---

① [唐]李商隐撰，刘学锴、余恕诚编年校注：《李商隐文编年校注》，第1713页。

二、晚唐骈文形式严格化的表现

律赋在形式上的基本要素，一是声律，再就是骈四俪六的对偶句式。

从声律角度说，晚唐律赋较之以往的作品要求更加严格，这首先是出于科举考试的要求。晚唐之前，科举考试律赋在限韵方面的具体要求并不固定，二韵到八韵不等。即使韵数相同，平仄的数量要求也不固定，即如八韵而言，有二平六仄、三平五仄、五平三仄、六平二仄等不同情况。自文宗大和以后，开始固定为八韵。[①] 王定保《唐摭言》卷一三“敏捷”条云：“温庭筠烛下未尝起草，但笼袖凭几，每赋一韵，一吟而已，故场中号为温八吟。”孙光宪《北梦琐言》卷四亦云：“（庭筠）才思艳丽，工于小赋。每入试，押官韵作赋，凡八叉手而八韵成。多为邻铺假手，号曰救数人也。……”“温八叉”或“温八吟”诨号的由来恰好可以作为晚唐考试律赋已经以八韵为常式的旁证。除此以外，这些记载还约略透出晚唐律赋结合用韵来的结构文章的特点。唐抄本佚名《赋谱》云：“近来官韵多勒八字，而赋体八段，宜乎一韵管一段，则转韵必待发语，递相牵缀，实得其便，若《木鸡》是也。”[②]《木鸡赋》是穆宗长庆二年（822）浩虚舟进士登第的应试之作，[③]既云“近来”，可见以韵布局文章的风气始于中晚唐之际。这种结构方式在晚唐律赋中已很普遍。比如黄滔的《馆娃宫赋》，赋的前

---

① 参见[宋]洪迈：《容斋续笔》，卷一三“试赋用韵”条，第 368 页、第 369 页。

② 张伯伟：《全唐五代诗格校考》，陕西人民教育出版社 1996 年版，第 541 页。

③ 参见孟二冬：《登科记考补正》，卷一九，第 800 页。

半部分描写昔日吴国宫馆之盛，用“漾”、“支”、“职”三韵，形容今日之衰败，则用了“东”、“陌”、“豪”三韵，李调元对其结构方式大加赞赏：“唐黄滔《馆娃宫赋》昔盛今衰，各以三韵叙次，布置停稳。尤妙在起韵末联云：‘舞榭歌台，朝为宫而暮为沼；英风霸业，古人失而今人惊’，对法变化，恰好领起下文‘想夫桂殿中横，兰房内创’一段，此赋家正眼法门。”①这种结构方式为后世科举律赋所继承。

由于晚唐时代相关载籍的缺乏，我们难以直接考察当时科举诗文的“犯韵”现象，不过从中唐经晚唐五代至宋，律赋的限韵是逐渐细密、稳固乃至僵化的，晚唐律赋正是这个进程中的重要一环，应该是不成问题的，因此我们可以借助五代时期的相关现象大致推测晚唐的情形。《册府元龟》卷六四一载后唐明宗长兴元年六月敕中书门下细览详覆新进士所试律赋，中书门下极尽挑剔之能事：

> 李飞赋内三处犯韵，李毂一处犯韵，兼诗内错书“青”字为“清”字，并以词翰可嘉，望特恕此误。今后举人词赋，属对并须要切，或有犯韵及诸杂违格，不得放及第。仍望付翰林别撰律诗赋各一首，具体式一一，晓示将来。举人合作者，即与及第。其李飞、樊吉、夏侯琪、吴油、王德柔、李毂等六人，（此下或有脱文）卢价赋内“薄伐”字合平声字，今使侧声字，犯格。孙澄赋内“御”字韵使“宇”字，已落韵；又使“膂”字，是上声。“有”字韵中押“售”字，是去声，又有“朽”字犯韵。诗内“田”字犯韵。李象赋内一句“六石庆兮并”，

① ［唐］李调元：《赋话》，卷二《新话二》。

> 合使此“奚”字;“道之以礼”,合使此“导”字,及错下事“尝”字韵内使“方”字。诗中言“十千”,“十”字处合使平声字,“偏”字犯韵。杨文龟赋内“均”字韵内使“民”字,以君上为骖騑之士,失奉上之体;兼“善”字是上声,合押“遍”字是去声,“如”字内使“舆”字。诗中“遍”字犯韵。师均赋内“仁”字犯韵,“晏(疑作“宴”)如”书“晏如”;又“河清海晏”,“晏”字不合韵,又无理,“晏”字即落韵。杨仁远赋内“赏罚”字书“伐”字,“御勤”字书“铖”字。诗内“莲蒲”字合着平声字,兼“黍粱”不律。王谷赋内“御”字韵押“处”字,上声则落韵,去声则失理;“善”字韵内使“显”字,犯韵;“如”字韵押“殊”字,落韵。其卢价等七人望许令将来就试,仍放再取文解。高策赋内“于”字韵内使“依”字,疑其海外音讹,文意稍可,特望恕此。其郑朴赋内言“肱股”,诗中“十千”字犯韵,又言“玉珠”。其郑朴许令将来就试,亦放取解。仍自此宾贡,每年祇放一人,仍须事艺精奇。张文宝试士不得精当,望罚一季俸。

五代时律赋限八韵者一般以四平四仄为常式。《册府元龟》卷六四一《贡举部·条制三》载,后唐庄宗同光三年(925),“命卢质覆试,于翰林院试《君从谏则圣赋》,以‘尧舜禹汤倾心求过’为韵,……质为赋韵五平声,三侧声,且逾常式。复试之日,中外腾口,议者非之”。《旧五代史》卷九三《卢质传》所载与此基本相同:“会复试进士,旧例赋韵四平、四侧,质所出韵乃五平、三侧,由是大为识者所诮。”①这种限韵方式至宋代成为定格,彭叔夏《文苑英

---

① 参见[宋]洪迈:《容斋四笔》,卷六“乾宁覆试进士”条,第682页、第683页。

华辨证》卷一云:“其八韵则有四平四侧者,今为定格。”李调元据此认为唐代赋韵即以四平四仄为常式,恐不确。唐昭宗乾宁二年(895)进士试《人文化天下赋》,以“观彼人文,以化天下”为韵,确实是四平四仄;黄滔另有《省试王者之道如龙首赋》,以“龙之视听,有符君德”为韵,只有“视”、“有”、“德”三字为仄声,五平三仄,恰在五代人“所诮”之列,可见晚唐律赋限韵未必有这样的要求。

从史志、目录来看,诗格、赋格类作品比较集中地出现在晚唐五代时期,这个现象应当与科举律赋对用韵要求的严格化有关。

表2 唐五代赋格、文格简表

书名	卷数	作者	著录情况
《赋要》	1	唐·白行简	《宋史》卷二〇九《艺文志》八。
《赋门》	1	唐·浩虚舟	《新唐书》卷六〇《艺文志》四;《通志》卷七〇;《宋史》卷二〇九《艺文志》八。
《赋枢》	3	唐·张仲素	《新唐书》卷六〇《艺文志》四;《通志》卷七〇;《宋史》卷二〇九《艺文志》八作一卷。
《赋格》	1	唐·纥干俞	《通志》卷七〇;《宋史》卷二〇九《艺文志》八。
《赋诀》	1	唐·范传正	《新唐书》卷六〇《艺文志》四;《通志》卷七〇;《宋史》卷二〇九《艺文志》八。
《赋格》	不详	蒋防	不见著录。《直斋书录解题》卷二二《赋门鱼钥》十五卷提要云:“进士马偁撰。编集唐蒋防而下至本朝宋祁诸家律赋格诀。”
《赋谱》	不分卷	佚名	不见著录。张伯伟先生认为此书当成书于大和、开成之间。①
《赋格》	1	五代周·和凝	《宋史》卷二〇九《艺文志》八。
《应求类》	2	唐·刘蘧	同上。《通志》卷七〇作三卷。

① 参见张伯伟:《全唐五代诗格汇考》,江苏古籍出版社2002年版,第554页。

续表

书名	卷数	作者	著录情况
《文格》	2	五代吴越·孙郃	《新唐书》卷六〇《艺文志》四;《宋史》卷二〇九《艺文志》八作三卷。
《修文要诀》	2	五代蜀·冯鉴	《宋史》卷二〇九《艺文志》八;《通志》卷七〇作一卷;晁公武《郡斋读书志》(四库全书本)卷四云此书乃"杂论为文体式,评其误谬,以训初学云"。
《文旨》	1	(时代待考)王瑜卿	《宋史》卷二〇九《艺文志》八;《通志》卷七〇作王瑜。郭绍虞先生疑作者为五代时人。①
《四六格》	1	僧神郁	《通志》卷七〇。

题为南宋陈应行所编的《吟窗杂录》共收诗格类作品二十多种,据罗根泽先生考证,其中十种为晚唐五代人所作。② 有些作品虽然前人多以为伪作,但目今尚缺乏辨伪的确证,且内容又与晚唐五代此类作品十分接近,很可能出于晚唐五代人的伪托或加工整理,基于这种认识,王运熙、杨明先生所著《隋唐五代文学批评史》又增加贾岛《二南密旨》和白居易《金针诗格》两种。赋格、文格类作品,大抵中晚唐时期开始出现,绵延至晚唐五代,时代同诗格类大抵相当,它们未必尽以声律为主要论述内容,都是系统讲述文章作法、规则的作品。

律赋之外的一般骈文不用韵,不过晚唐骈文较之前代骈文在声律方面也有其特点,最突出者就是黏接原则贯彻的彻底性。这就是曾国藩所曾经提到的"四六落脚一字粘法"③。元代陈绎

① 参见郭绍虞:《中国文学批评史》,上册第242页。

② 参见罗根泽:《中国文学批评史》,第五篇第二章。

③ [清]李瀚章编,[清]李鸿章校:《曾国藩家书家训》,咸丰八年十月廿九日(1858年12月4日),中国民族摄影艺术出版社2002年版,第450页。

曾《文筌》中的《四六附说》是一篇总结骈文体裁和写作规则、技巧等方面问题的专门文章。在“体”这一部分中，陈绎曾选择了唐代的燕、许、常衮、陆贽、元、白为范例，评价说：“唐体四六不俱粘，段中用对偶，而段尾多以散体衬贴之，犹古意也。”①他所选择的均是盛唐和中唐时期的作家，对于这些作家来说，他所总结的诸如文章并不通篇黏接、段中对偶而段尾常为散体等特点都是正确的，可以说比较准确地概括了盛唐、中唐骈文形式的总体特征，但他遽然将这些特点推广到所有“唐体四六”，结论显然就不免偏颇了，因为它们恰恰不符合晚唐时期众多骈文作品艺术形式的实际情形。晚唐骈文在声律方面最杰出者当推李商隐，现存他作于大和年间的骈文尚有少许地方不粘，开成之后的作品一般通篇皆粘，可见其用心之深，用力之勤。无怪孙梅《四六丛话》卷三二说：“惟樊南甲乙则今体之金绳，章奏之玉律也。循讽终篇，其声切无一字之聱屈，其抽对无一语之偏枯，才敛而不肆，体超而不空，学者舍是何从入手?”黄侃先生曾经开设一门课，叫做“樊南四六文评”，对此还提出过一个说明：“樊南四六，上承六代，而声律弥谐，下开宋体，而风格独峻，流弊极少，轨辙易遵。”②

骈文的声律特征，原则上大体包括这样两项内容：一是一句当中平仄相间的原则；二是一联之内的平仄相对原则。唐宋以来的四六文在声律方面的讲求无出其大要，只不过是声律的原

① [元]陈绎曾：《文筌》，《四库全书存目丛书》本，齐鲁书社 1997 年版。

② 程千帆：《忆黄季刚老师》，《量守庐学记》，三联书店 1985 年版，第 171 页。

则逐渐得到了自觉的加强，并力求做到谨守勿失而已。从六朝到晚唐，正是这些声韵规律逐渐普及化、极端化的过程。可以说，到了晚唐骈文，声韵的原则已经全部完备了。

第二，在限韵等形式方面的要求越发严格的情况下，晚唐律赋作家仍然在既定程式当中努力寻求自由和流畅表达的空间。努力的方向主要在于文章结构和句法两个方面。

在文章结构方面，晚唐律赋使用假设问答体的情况大大增加。假设问答体是汉代散体大赋的显著特点，唐抄本佚名《赋谱》云："自宋玉《登徒》、相如《子虚》之后，世相仿效，多假设之词，贞元以来，不用假设……。"[①]其实中唐时代的律赋当中不能说完全没有这种现象，元稹《观兵部马射赋》和《郊天日五色祥云赋》就是问答体的形式，只是在当时还比较少见。中唐王起、李程各有律赋 65 篇、25 篇，采用问答体者分别只有 6 篇、2 篇，均未占到十分之一的比例；晚唐王棨、徐寅各有律赋 45 篇、48 篇，采用问答体者则各有 13 篇和 15 篇，都占总数的百分之三十左右。问答体改变了原来千篇一律的第三人称的单调叙述口吻，使内容情节化、故事化，增加了生活气息和文学情趣。

就句法方面说，中唐律赋作家如元稹、白居易等人已经作出了有益的探索和尝试。他们的方法是将散文的笔法融入律赋的骈体格局，不太追求华美的辞藻，不太借助典故的铺排来组织文字，而是直接叙事和议论，他们还打破了四六句式的限制，多用长句，文中的虚词也比较多。除了限韵之外，只保留了形式上大体对仗的特点。其句式多如此类：

---

① 张伯伟：《全唐五代诗格校考》，第 546 页。

引重任者御之为先，播盛德者乐之为本。伏惟皇帝陛下推是心而居其奥，臣徒欲贡所闻而安敢窥其阃。（元稹《奉制试乐为御赋》）

苟顺夫人理之父子君臣，安知夫云物之赤黄苍黑。（元稹《郊天日五色祥云赋》）

神化将穷不能保其命，首尾曾在不能卫其身。（白居易《汉高皇帝亲斩白蛇赋》）

锵锵兮若万国赴涂山而会，秩秩兮如百官仰太一而朝。（白居易《叔孙通定朝仪赋》）

元白律赋的这种写法与他们的骈文制诰诏策十分相似，与大体同时而稍早的陆贽的骈文奏议同出一辙。这是在大历、贞元之际复古思潮渐趋的高涨的情势之下，律赋自身寻求文体变革以适应时代需要的一种尝试，与中唐文学复古潮流相合拍，也可以看作骈文文体变革的一个组成部分。陆贽是杰出的骈文改革家，白居易和元稹则是古文运动的参与者。汲取散文笔法确实能够扩大律赋的表现功能，增强它的审美效果，简洁峻拔的笔姿、平易流畅而不拘长短的字句和流走跃动的气势取代了呆板单调和繁冗拖沓，即是其积极意义所在。元、白以散文的笔法写作制诰，多为北宋欧阳修、苏轼等人所取法，他们以散文的手法来创作律赋，同样给宋人律赋以极大的影响。不过这种写法有时候也难免会使律赋除了押韵、限韵和大体整齐的句式之外，流为单纯的叙事（如元稹《郊天日五色祥云赋》）、议论（如元稹《奉制试乐为御赋》）甚至考辨（如元稹《镇圭赋》），简直同对策文没有多少区别，多少显得有些枯燥，从而使律赋作品在一定程度上失掉了它本来的形式美。苏轼曾说读黄庭坚的诗如同吃江瑶柱，少吃别有风味，多吃则难免生风动气，马积高先生引用这个说法来形容元、白的律赋变革，可谓恰切。①

晚唐作家在律赋的句法上同样求变，但其变革的途径却与元、白等人有所不同。他们变革的前提，是保持四、六为主的基本句式不变，通过改变固定长度句式中的语法组合来取代句子长度的伸缩，以此取得平易晓畅的表达效果。具体说来，体现在两个方面。

首先是将隔句对中一联之内形式上断开的两个分句化为意义上的一句，诗歌当中称之为“十字句法”或“十四字句法”。②严羽《沧浪诗话·诗体》举刘昚虚《海上诗送薛文学归海东》诗句“沧浪千万里，日夜一孤舟”为例③。又如方回编《瀛奎律髓》卷二四指出杜甫《赠别何邕》中颈联“悲君随燕雀，薄宦走风尘”也是此种句法。隔句对中一联之内的两个分句各自不能完成独立的意义，需要一气贯穿，合在一起才能组成一个完整的句子。浦铣《复小斋赋话》卷上说：“五言诗有十字为一句法者，赋亦有十字或十二字为一句法者。唐人郑渎《吹笛楼赋》云‘竟无六律，继当时紫府之清音；空有一条，是往日翠华之去路’，黄滔《汉宫人诵洞箫赋赋》‘霞窗触处，不吟纨扇之诗；乐府无人，更重箜篌之引’是也。”这种句式在晚唐以前的律赋中相当少见，晚唐律赋运用却很普遍。徐寅《斩蛇剑赋》有句云“岂惟仗之，翦长蛇而戮封

---

① 参见马积高：《赋史》，上海古籍出版社 1998 年版，第 368 页。

② 参见[宋]惠洪：《天厨禁脔》，“十字对句法”、“十字句法”、“十四字对句法”诸条，台湾商务印书馆影印文渊阁《四库全书》本。

③ 按“浪”，《说郛》卷八三上同，《河岳英灵集》卷上、《全唐诗》卷二五六俱作“溟”。

冢；盖将提之，令诸侯而禅天子”；黄滔《以不贪为宝赋》云“纵饶秦氏，当时曾欺赵地；争奈楚君，昔日荐刖荆和”。又薛逢《天上种白榆赋》云：“叹颓龄之日，既不殊桑；充燧火之时，焉能异柳。”在黄滔《汉宫人诵洞箫赋赋》24 个对句中有 4 个对句是这种句法，《送君南浦赋》26 个对句中有 3 个，使用频率之高，在中唐人作品中是没有的。

其次，一组隔句对的上下联之间，则大量使用流水对。所谓流水对，就是上下联具体到字或者词均两两相对，但整体内容却不是相同或相反的关系，而是顺承关系。浦铣说：“律赋对句，宜用流水法，既避重复，且有生动之趣。聊举一二，如黄滔《戴安道碎琴赋》‘焉有平生，探乐府铮鏦之妙；肯教一旦，厕侯门戛击之徒’，《汉宫人诵洞箫赋赋》‘一千余字之珠玑，不逢汉帝；三十六宫之牙齿，讵启秦娥’是也。”①黄滔《景阳井赋》全文接近一半的篇幅都是流水对。比如：

> 自亡迹于天子，几兴怀于路人。盖悲万乘之尊，投身到此；岂为一泓之故，举世惊神。叔宝以立作荒君，在为亡国。玉楼之丝管宵咽，桂岸之兵戈昼逼。仰天失措，且四方之大何从；没地无惭，顾九仞之深可匿。便委鸿业，旁携绿鬟，奔入泓澄之内，冀逃吞噬之艰。

引文中除了“叔宝”一句之外，全部都是流水对。另如薛逢《凿混沌赋》：“一之二之日，视之茫茫；三之四之日，听之锵锵。六日而穹鼻齁息，七日而巨口箕张。”周缄《羿射九日赋》：“一发而弦上霆激，再发而空中雷吼，三发而轮震乾坤，四发而辉流星斗，五发

---

① ［清］浦铣：《复小斋赋话》，卷下。

六发而烨烨霞散，七发八发而离离电走，九矢皆中，讶妖氛之忽无；一曜高悬，望邪明而何有？”纯然用对句来描写程序，可谓尽流水对妙用之极致。流水对在中唐律赋作家笔下相当少见。晚唐律赋格律虽然趋于严整稳固，但并不让人感到板滞，流水对的大量使用起了很大的作用。很多流水对就是由成对的所谓“十字句法”或者“十二字句法”所构成。比如徐寅《勾践进西施赋》“宁期大国之君，流恩下及；堪恨邻家之赋，谓妾常穷”，“坐令佞口，因珠翠以兴言；立遣谋臣，弃洪涛而不返”；黄滔《狎鸥赋》之“因嗤鸿渚，盖春去以秋来；翻笑鹊河，竟离长而会促”等等皆是。不仅一组隔句对之内文气贯通，一联之内同样气势流走。

“十字句法”、“十二字句法”以及流水对的大量使用，就是在保证不破坏律赋骈四俪六的基本句式的情况下，简化偶句之内的语法成分，通过既定格式内部字句的调整、安置来求得句法的灵活圆转和意义表达的流畅平易。

除此以外，晚唐律赋作家还通过四六句更加灵活多变的组合增进表达效果。浦铣《复小斋赋话》卷上说：“四六、六四等句法，须相间而行，唐人唯王辅文（王棨）曲尽其妙。”所谓四六，只是就南朝后期以来骈体文中最常见的句式而言，其实七字句、八字句都有不少，往往与四字句共同组成四六、四七或四八等句式的隔句对。此时律赋在各种句式的组合上更加变化无端，作者似在有意避免落入一定之规的束缚，王棨只是一个比较突出的代表。但无论怎样变化，仍然不出四六为主的基本模式，这一点与同时代的一般骈文是相同的。

晚唐律赋与同时期表、状、笺、启类骈体公文相比，在形式上有两点不同。首先，就声韵方面说，律赋只讲求隔句对本身的黏接，而不像后者那样已经达到了通篇黏接、至少是句群黏接的程度。律赋本来已经有限韵以及同律诗几乎一样严格的声律要求，需要注意四声和避免病犯，如果采用通篇黏接的形式，反倒会显得过于凝重，特别是晚唐时期那些重在抒情的作品，本来在文字方面就减少了用典。追求既定形式规范之外的自然平易，不采用通篇黏接的方式，大概是出于这个原因。第二，晚唐律赋虽然追求对偶的精工，多用力在刻画形容的精细上，而不着意于辞藻的华丽繁缛，用典相对较少，不像后者那样基本上依靠典故的排比堆垛来组织文章，以及通过辞藻来装饰门面。晚唐律赋同一般骈文在形式上和艺术风貌上的这两点区别，大概决定于它们的不同用途。

晚唐五代的作家不限于用律赋来求取功名，还要以此来抒发生活的感触，促进律赋通过新变以适应新内容的要求。但这种新变是以保证律赋基本形式的不被破坏为前提的，既然不要形式方面的突破，便只能在形式之内着手开辟路径，于是走向纤巧一途，与中唐律赋雅正的特色对比鲜明。李调元说“晚唐人之律赋，精密更甚”①，“刻酷锻炼”②，都是这个意思。

无论是纤巧也好，繁缛也好，晚唐律赋同一般骈文的这种区别还是比较表面的，它们在根本的艺术观念上却体现出一致性。两者的共同点，在于对既定艺术程式的接受、认同、尊重甚至强化。外在形式的严整细密与思想感情的自由表达无疑是律赋和一般骈文共有的内在矛盾，如何处理这个矛盾，一般说来有两种

① ［清］李调元：《赋话》，卷四。
② ［清］李调元：《赋话》，卷一。

选择：

其一，采取“损之又损”的方法，即减少藻饰和隶事，大体保留对偶的形式而不求工巧，打破四六等固定句式，多用长句，对句的上下联之内多用散笔单行，甚至在文中多用散句。这是借助散体的表达方法来改良骈体，但要以破坏骈体文固有的形式美为代价。元稹、白居易的部分律赋和陆贽的骈体奏议即是如此。

其二，通过严格遵循、熟练运用固有的形式来超越形式的限制。骈体文的规律格式本来是限制作者的活动范围的，作者们愿意依照它，因为这可以增加形式的华美；但作者又尽力企图超越它，要通过形式上的进一步严整细密来纠正由严整细密所造成的弊端，因为这可以增加意义表现的完满性，同时这又形成另一种自然美。作者的才力就表现在处于束缚之中而能摆脱束缚的地方。就是要通过对精密的技巧和规则的熟练掌握、运用，达到一般人难以达到的自由境界，尽管技巧、规则极其复杂繁难，仍然要创造出“放言落纸，气韵天成”[①]的效果，通过对规则出神入化的运用战胜浅俗和平庸，戴着最沉重的镣铐跳出最美丽的舞蹈。晚唐律赋不采取元、白散体化的创新途径，而是在律赋的旧形式上向精密深细处发展，把形式与内容之间的张力发挥到极限。如果在这个方向上再进一步，思想内容和艺术表现形式就难免从和谐走向对立。故而李调元说：“五代去晚唐不远，然风气迥殊。晚唐人之律赋，精密更甚。如起句云：‘苍苍茫茫道远，倚倚望望伤情’，用六娟秀，而从前浑古朴至之气，荡然无存。

① 《南齐书》，卷五二《文学传》。

且琢句过于修整，则渐就平芜；遣调必求谐靡，则转入甜俗。此流弊之所必至也。”[1]李商隐等晚唐作家的骈文不取法中唐陆贽等人散文化的骈文写作方式，而是上追徐、庾。李商隐《樊南甲集序》：“后又为秘省房中官，恣展古集，往往咽噱于任（昉）、范（云）、徐（陵）、庾（信）之间。有请作文，或时得好对切事，声势物景，哀上浮壮，能感动人。十年京师寒且饿，人或目曰：韩文、杜诗、彭阳章檄，樊南穷冻人或知之。”[2]李商隐师法“彭阳章檄”即令狐楚的骈体公文，并由此上溯到南朝骈文大家，与陆贽的骈文完全不是同一路数。李商隐首次以“四六”命名自己的文集，也表明樊南骈文所取法的对象，是当时所谓的“时文”、“今体”，是既区别于古文，又区别于以陆贽奏议为代表的、革新以后的骈文，它的渊源，是六朝中后期逐渐趋于定型的骈体文。无论义山是否出于自觉的意识，这实质上体现出他对晚唐以前出现的不同的骈文写作路径的选择。在典型、严密的体制、格律规范当中寻求自由表达的空间，有意划清同散体的界限，表现出对骈文文体独立性和艺术特质的认同，即是基于相同的逻辑。晚唐近体诗独盛，古诗、古乐府衰微，李商隐、杜牧、温庭筠等人将律诗在杜律的基础上发展到更为精纯圆融的境界，何尝不是诗法观念明朗化和法度意识强化的表现。从这个意义上说，如果将晚唐律赋艺术形式上的种种新变直接称之为“散文化”，似乎有所不妥。虽然同样追求明白晓畅和表达的自由度，但与元稹、白居易吸收散文手法、破坏律赋原有形式的变革途径在艺术思想上有

---

① ［清］李调元：《赋话》，卷四。

② ［唐］李商隐撰，刘学锴、余恕诚编年校注：《李商隐文编年校注》，第1713页。

着本质的区别。

第二节　晚唐骈文和诗歌中的感伤情调

一、诗歌和律赋中的咏史怀古

清人余成教《石园诗话》引徐献忠语云："唐自大中间，国体伤变，气候改色，人多商声，亦愁思之感。"每逢衰世、乱世，悲愁、哀伤的情绪往往成为一个时期创作上的主旋律。晚唐时代的悲伤情绪，贯彻在多种题材、体裁的作品当中，共同构成了晚唐文学独特的悲美个性，其中又以咏史怀古之作的体现最为突出；同时，与咏史怀古题材相关的文学创作由此走向了它的高峰。

这类作品的体裁既包括诗歌，也包括律赋。如前文所揭，律赋用于咏史怀古，是晚唐时代此种体裁在创作题材上的重大突破，晚唐律赋也由此取得了同晚唐咏史怀古诗歌的精神联系。

随着研究的深入，有的学者特别将同样以历史事件为题材的诗歌作品区分为咏史和怀古两种不同的类型，比如刘学锴先生认为："一般地说，怀古诗多因景生情，抚迹寄慨，所抒者多为今昔盛衰、人事沧桑之慨；而咏史诗多因事兴感，抚事寄慨，所寓者多为对历史人事的见解态度或历史鉴戒。"①余恕诚先生认为："大体上说，怀古诗是就能够引起古今相接情绪的时地与事物兴发感慨。咏史诗则无须实际事物做媒介，作者直接以史事为对象抚事寄慨。"②这些论断都相当精到。尤可注意者，怀古

---

① 刘学锴：《李商隐传论》，第597页、第598页。

② 袁行霈师主编：《中国文学史》，第二卷，第421页。

诗描写的对象重在“景”和“迹”,即历史遗迹,咏史诗则重在历史人物和事件;前者重在今昔对比,后者则重在以古鉴今;前者感伤情绪较多,后者则多理性和逻辑的思索。不过这种区分大抵只是就一般情况而言,具体到文学作品本身,有时两者的界限并不是那么泾渭分明,咏史中含有怀古、怀古中兼带咏史的情形无疑相当普遍。

咏史作品在表面上叙说前朝旧事,个中流露的却是李唐王朝衰落景象在作家心里投下的阴影。咏史、论史风气的盛行,可以说是作家对现实政治普遍失望、却又不忍坐视其江河日下的矛盾心理在文学创作中的自然显现。因现实而产生的忧患意识在中唐和晚唐同样存在,却因为政治形势和时代氛围的不同而具有不同的表达方式,古文运动和新乐府运动的勃兴表现出中唐士人重整河山、再振纲纪的雄心壮志和殷切希望,咏史作品则在很大程度上体现出晚唐士人无可奈何的伤感和落寞情绪。中唐士人致力于社会复兴的改革实践转变为晚唐士人对社会兴衰的理性反思。晚唐咏史怀古类创作走向繁荣的主要标志,一是形成了创作风气;二是在艺术上取得了突破性的进展。咏史、怀古律赋的繁荣也在晚唐,怀古类律赋的进步显得尤其突出。这个繁荣甚至比咏史、怀古诗歌的繁荣更为明显,因为在中唐以前,以历史为铺写对象的赋作在数量上远不能同这类题材的诗歌相比;而且盛、中唐时期的律赋,命题或者体裁很多情况下也同古典有关,但一般采用典籍中的古语,晚唐时代则多“以古事为题”,“寓悲伤之旨”,创作成就也比较高。

怀古题材的律赋创作所以能够呈现繁荣景象,首先要以特殊的社会政治环境和文人心理为背景,这一点与咏史诗歌的繁荣没有两样。其次,此类律赋在艺术上的进步,不仅得益于赋这种体裁本身的艺术积累,诗歌在唐代、特别是晚唐时代所取得种种艺术经验对于律赋的渗透和滋养更值得重视,晚唐律赋中所出现的特殊的情韵和意境,不仅为大赋中所无,同魏晋六朝抒情赋相比,也大有不同,都同这种渗透和滋养有密切的关系。

晚唐咏史怀古的作品截然不同于魏晋咏史诗中对英雄豪杰人物的赞美,也已经看不出盛唐诗歌中昂扬高蹈的情怀和中唐诗人渴盼中兴的奋发激越。常常用悲观的眼光和心理看待宇宙和人生,作品基调比较低沉,充满忧郁。这类作品虽然很少表现对于现实的不满和抗争,缺乏斗志和理想的光辉,显得消极软弱,但这是晚唐的社会现实和作者个人身世相结合的必然产物。因此,晚唐作家自然而然地要在山水田园和塞上风云之外寻找适合这种末世心态和审美心理的独特意象。王朝兴盛之时,帝王宫殿是富贵和权威的象征;但随着政权的衰亡更替,废毁的宫殿相应地成为败亡的标志。前朝宫殿的荒凉、破败及其对与之相关的前朝旧事的追忆,正好同作家的萧索心境高度契合。作家借用这类题材或意象,不是基于对于历史的反思而注目于现实的治乱,其主要目的不是通过借鉴历史教训而寻求治国的良方,它所要表达的是作者的心灵在历史遗迹面前所产生的对于宇宙时空的敬畏以及人生的空漠感。在相似的审美心理作用之下,作家所选择的文学意象也往往高度集中或一致。无论在诗歌还是律赋当中,已经废弃的短命王朝宫殿都成为一个相当突出、占有较大比例的意象,因此也成为两种文体在艺术上的一个相似之处。

综观晚唐咏史怀古律赋作品,所歌咏的前朝宫殿从时代上看主要集中在春秋吴国、秦朝、南朝陈和隋朝。写吴国者，如黄滔《馆娃宫赋》、徐寅《勾践进西施赋》；写秦朝者，徐寅有《过骊山赋》；写南朝陈的，如黄滔《景阳井赋》、徐寅《陈后主献诗赋》；黄滔《水殿赋》则写隋宫。此类题目在同时的诗歌中更为多见。李商隐的咏史之作可谓晚唐咏史诗的艺术高峰，其集中就有《南朝》、《咸阳》、《陈后宫》二首、《咏史》、《南朝》、《隋宫》二首、《吴宫》、《景阳宫井双桐》、《景阳井》等十余首诗在题材上同律赋作家的选择近乎重合。另如皮日休有《馆娃宫怀古五绝》，陆龟蒙有《和馆娃宫怀古韵》与《和馆娃宫怀古五绝》；许浑《姑苏怀古》诗所写的是春秋时期吴国宫殿；许浑《咸阳城西楼晚眺》写秦咸阳宫；张乔《台城》描写陈朝景阳宫；刘沧《经炀帝行宫》则写隋宫。数量之多，不烦备举。诗歌和律赋在题咏对象或者说题材上如此高频率的重复，在前代作品中是极为罕见的。就缅怀前代遗迹来说，虽然咏史怀古类律赋还包括一些涉及本朝的题材，主要是对开、天盛世的追忆，比如王棨《玄宗幸西凉府观灯赋》、黄滔《明皇回驾经马嵬赋》、徐寅《五王宅赋》、郑渎《吹笛楼赋》等等，不过总起来看，律赋选材的范围较之诗歌而言确实比较狭窄，远没有诗歌涉及的题材范围广，这或许同律赋改变完全依附于科举制度而成为作家个人抒情体裁的时间还不算长有关。

晚唐咏史律赋长在铺叙，一般采取今昔荣枯兴衰的对比的写作结构，比如邱先德、邱士超评黄滔《馆娃宫赋》云："前半极其盛，后半极其衰，语各淋漓尽致，末归诸讽谏，犹是汉魏之遗。"(《唐人赋钞》)这种对比在晚唐咏史怀古律赋中最具典型性，它无疑最能激发读者的历史反思意识，但结构比较单一，理性的价值判断比诗歌少，它的长处，在于依靠意境的塑造和以此为依托的抒情打动人心，这也是晚唐律赋在赋文学发展史上的一个进步。盛唐、中唐时期的律赋很少在塑造意境方面投入力量。一方面，晚唐之前的咏史律赋往往都是铺叙史事本身，很少生发感慨议论，或者说作者很少将主观感情介入到叙事当中；另一方面，纯粹抒情、写景的律赋是在晚唐时代才大量出现的。正因如此，何新文先生才将表现作家对历史和现实的悲伤之情和“对山川形胜、风物景色的描写”作为晚唐律赋在题材上的突破。①

虽然赋自产生之日起就同诗歌有着千丝万缕的联系，但赋在产生之后，仍然有一个诗化程度逐步加深的演进过程。就魏晋南北朝时期“赋的诗化”而言，程章灿先生将其分为赋末乱辞、赋中系诗和诗赋合一三种情形。② 所谓赋末乱辞和赋中系诗，乃是受到先秦以来骚体文学的影响，前者是将近似于骚体的诗歌系于赋末，后者则是通过以“歌曰”、“诗曰”或“谣曰”等等为开端的形式，将完整的诗歌镶嵌在赋的内部。所谓诗赋合一，除了用同一主题或题目分别写作诗、赋以及介于诗、赋之间的骚体赋的继续发展以外，更值得注意的，是伴随着五、七言诗歌在南朝时期逐渐趋于成熟，赋在四、六句式之外，大量引进五言诗和七言诗的句式。这种情形在梁朝君臣的赋作中盛极一时，当时甚至有不少通篇均由五、七言句式所构成的作品。赋末乱辞和赋中系诗的现象在两汉、魏晋时期的赋作中即已出现，程先生将其看作是赋的诗化的早期表现，并且是一种“局部诗化”，而诗赋合

---

① 参见何新文：《辞赋散论》，第 145—152 页。

② 参见程章灿：《魏晋南北朝赋史》，江苏古籍出版社 2001 年版，第 230 页、第 244 页。

一则是全盘诗化，属于赋的诗化过程的后期特征。如果单就中古阶段来看，无论是“局部诗化”还是“全盘诗化”，其实在很大程度上都是就赋的句式、或者说形式方面而言的，只是诗歌句式在赋中不同方式的穿插运用。伴随着诗歌意境理论的发展及其相关创作实践，晚唐时代无论是赋还是骈文，形式之外，“精神”层面的诗化特征更为凸显。

在魏晋南北朝时期诗、赋相互影响和渗透的关系中，“诗处于一个主动的地位”[①]，其实晚唐也是如此。赋作格律化程度的提高，自有诗律的严格化在前；再如晚唐律赋中艺术意境的塑造，也是以诗歌意境理论在盛唐以后的高度发展为基础的。署名王昌龄《诗格》中提出诗歌应有物境、情境、意境等所谓“三境”；高仲武《中兴间气集》说张奕棋“苦节学文，数载间，稍入诗境”；杜确《岑嘉州集序》谓岑参诗“多入佳境”；权德舆《左武卫胄曹许君集序》评许诗“皆意与境会”；刘禹锡《董氏武陵集纪》主张“境生于象外”；晚唐司空图在《与王驾评诗书》中提出“思与境偕”的创作主张，他在《诗品》中更提倡“韵外之致”、“味外之旨”，追求“象外之象”和“景外之景”。意境理论的发展给律赋创作也造成了实质性的影响。

按前人的说法，南朝与晚唐辞赋都不免轻艳浮薄之病，但事实上，这两个时期的赋家对作品情境的创造往往都比较重视。两者相比，南朝辞赋更多以情韵的抒写取胜，而晚唐律赋则更多以意境的营造见长。及至晚唐，由于创作经验的积累和文学理论的发展，无论是诗文还是辞赋，在意境的创造上都更为注重。

---

① 程章灿：《魏晋南北朝赋史》，第243页。

构造优美的意境已成为一代诗文不可缺少的一个重要艺术特征。南朝写景骈文多偏重于山水景物的客观描绘，南朝抒情赋亦多以景托情，写景部分和抒情部分还有距离，没有完全交融在一起。由梁朝入东魏北齐的梁朝宗室文人萧悫，有一篇短赋《春赋》，形式别致，通体由五七言句组成，因此马积高先生说“此赋亦宫体之流”①，其着眼点在于赋较多地借鉴了宫体诗的形式特征。庾信有同题赋作云：

> 宜春苑中春已归，披香殿里作春衣。新年鸟声千种啭，二月杨花满路飞。河阳一县并是花，金谷从来满园树。一丛香草足碍人，数尺游丝即横路。开上林而竞入，拥河桥而争渡。
>
> ……
>
> 三日曲水向河津，日晚河边多解神。树下流杯客，沙头渡水人。镂薄窄衫袖，穿珠帖领巾。百丈山头日欲斜，三晡未醉莫还家。池中水影悬胜镜，屋里衣香不如花。

虽然通篇几乎都采用诗歌的句式，景物安排也颇具匠心，其实表现上还是以白描居多。相较而言，晚唐作品的“悲伤之旨”往往不是通过作者的直说，而是通过特定情境的描绘而被表现得感慨淋漓。比如黄滔《明皇回驾经马嵬赋》描写唐玄宗自蜀中返回长安、路经马嵬坡杨贵妃墓时的内心感受，表面上也是写景，但景物本身已浸透了主观感情色彩：

> 日惨风悲，到玉颜之死处；花愁露泣，认朱脸之啼痕。莫不积恨绵绵，伤心悄悄，逝川东咽以无驻，夜户下扃而莫晓。

---

① 马积高：《赋史》，第251页。

褒云万叠，断肠新出于啼猿；秦树千层，比翼不如于飞鸟。

……

神山表态，忽零落以无归；雨露成波，已沾濡而不及。栈阁重处，珠旒去程，玉垒之云山暂幸，金城之烟景旋清。六马归秦，却经过于此地；九泉隔越，几凄恻于平生。钗飘彩凤之踪，鬓蜕玄蝉之迹，茫茫而今日黄壤，历历而当时绮陌。雨铃制曲，徒有感于宫商；龙脑呈香，不可返其魂魄。

从总体上说，在艺术情境的创造方面，南朝辞赋虽然已经注意到意境的构造，但在表现上更偏于以景托情，以物衬情，借以突出作品的情韵；晚唐作品则在注意到情韵的同时，更注重刻画特定的艺术境界，它们已不再像南朝骈赋那样直接以五、七言诗句入赋的形式去点染作品的情调，而是把诗的韵味、诗的情境融入辞赋，并让主观情绪自然化入其中，造成“思与境谐”的艺术境界。这已是一种比较成熟的意境创造。

晚唐咏史诗以近体为主，尤以七绝为多，能否在短小的篇幅之内充分体现作者高度的概括和典型化的能力，往往就是创作成败的关键所在。越是能以有限的字数寄托深厚隽永的内涵，艺术含量也就越高，因此诗歌以高度的概括力见长。正是体裁特点决定了“诗中的感喟或议论都宜以精警、含蓄的方式表达出来，最佳的形态即是意在言外”[1]。同诗歌相比，赋体作品有其自身的特点，刘勰在《文心雕龙·诠赋》中说：“赋者，铺也；铺采摛文，体物写志也。”[2]无论在篇幅还是表现手法上，对于通过多

---

① 莫砺锋：《论晚唐的咏史组诗》，《社会科学战线》2000 年第 4 期。

② ［南朝梁］刘勰撰，范文澜注：《文心雕龙注》，人民文学出版社 1958 年版，第 134 页。

侧面渲染来营造意境来说，赋作都有其优势。程章灿先生认为“唐代的律赋就是赋的诗化的极端发展的结果之一”①，主要是着眼于赋的语言形式而言的。其实在意境的构造方面，晚唐律赋也同诗歌发展前进的脚步保持着高度的一致，代表了骈体文学诗化的一个新高度，同时也是晚唐时代在渲染以感伤情绪为核心的艺术意境方面最具代表性的文学类型。

二、诗歌和骈文中的自伤身世

社会环境同文人心态之间相关联的中间环节，就是文人自身的处境。初盛唐时代国势蒸蒸日上，众多文人必得感到当时的社会为自己提供了实现自身价值的途径、机会和可能性，才能生发出高远的理想和奔涌的激情，然后自然而然地将这种情绪诉诸笔端。自中唐以后，科场竞争愈演愈烈，以致后来完全为权豪把持，士子及第，或凭借门第高贵，或依赖朋党干预，或仗显宦提携，或靠亲朋援引，甚至趋谒权门，贿赂请托，卖身投靠，无所不用其极。一般寒士则投效无门、仕途近乎断绝。相比来说，晚唐文人之所以会多有自伤自怜，情绪悲苦凄凉，原因乃在于社会矛盾之尖锐日甚一日，文人求进的道路愈发狭窄逼仄，迫使众多文士羁旅转徙、传食诸侯，国势的日渐衰颓很难给他们带来信心和希望。王定保感叹说：“殊不知三百年来，科第之设，草泽望之起家，簪绂望之继世；孤寒失之，其族馁矣；世禄失之，其族绝矣……。”②唐昭宗光化三年（900）十二月，左补

---

① 程章灿：《魏晋南北朝赋史》，第 244 页。

② ［五代］王定保：《唐摭言》，卷九“好及第恶登科”条，第 97 页。

阙韦庄上《乞追赐李贺皇甫松等进士及第奏》，其中所列求进无路、抱恨而终的唐末文士，所谓“不沾一命于圣明，没作千年之恨骨”者，就有李贺、皇甫松、李群玉、陆龟蒙、赵光远、温庭筠、刘德仁、陆逵、傅锡、平曾、贾岛、刘稚珪、罗邺、方干等十余位。其实这只是“俱无显过，皆有奇才，丽句清词，遍在词人之口”的知名文人，其他名声不显，却同样“衔冤抱恨，竟为冥路之尘”者更不知凡几。①

宋玉以来相沿不断的“士不遇”主题，战国到两汉之间多通过赋来表现，魏晋南北朝诗歌和抒情小赋中都有此类作品，到了晚唐时代，这类主题越来越多地体现为作家对自己身世遭际的自伤自怜，而且这些内容更多地出现在骈体书启当中。晚唐时期干谒书启中自伤身世的成分，使之呈现出不同于盛唐和中唐时期同类作品的特点。罗隐的干谒书启同他的小品文在情感、语调上形成鲜明的对比，它有助于我们形成对作家更为全面、客观的看法。李商隐多将这类内容诉诸往来书信，他甚至在哀悼死者的祭文当中也频频表达身世之悲。

戴伟华先生在《唐代使府与文学研究》一书中对幕府干谒文中的写作手法、口吻以及由此所表现出来的文人心态有精辟的分析。他认为从总体上说，幕府干谒文比举子干谒文在心理和口吻上更放得开，更理性，后者相对来说更谨小慎微：

> 由于幕府制度造成了有利于文士维持自身尊严的氛围，文士干求方镇保持心理平衡是客观现实，这和举子干求

① ［宋］洪迈：《容斋三笔》，卷七“唐昭宗恤录儒士”条，上海古籍出版社 1978 年版，第 501 页、第 502 页。

有司不一样，因为科举的一扇门面向所有应试的举子，是一对一的关系，可能举子会向不同的权贵干求，但最后还是集中在一处，成功的可能性较小，故上书求荐不可轻慢；而文士向方镇干求，则比较容易成功，因为天下方镇很多……干求一方镇不成，还可以干求另一方镇，有相当充分的选择余地，故能不卑不亢，心理比较平衡，具比较客观的态度。[①]

不同时代、不同的社会环境之下，文人的心态也必然会有所不同。实际上，戴伟华先生比较侧重于对初盛唐干谒文同中唐幕府干谒文的比较。事实确如戴伟华先生所说，“和初盛唐干谒文相比，幕府干谒文比较平实，不如初盛唐文人高谈王霸，盛气凌人”；“不像初盛唐人喜谈王霸，气盛言宜，幕府干谒文重视现实，讲求实惠”。[②] 戴先生所举的例证都相当典型。初盛唐干谒文，如王勃十五岁时所作《上刘右相书》云：“伏愿辟东阁，升北堂，待之以上宾，期之以国士，使得披肝胆，布腹心，大论古今之利害，高谈帝王之纲纪。然后鹰扬豹变，出蓬户而拜青墀；附景抟风，舍苔衣而见绛阙。幸甚，斯不为难矣。”[③]他如李白《代寿山答孟少府移文书》、杜甫《奉赠韦左丞丈二十二韵》、岑参《感旧赋并序》等等都具类似的口气，可参戴先生书，此不赘引。其实李白最著名的《与韩荆州书》也是这种口气：

白陇西布衣，流落楚、汉。十五好剑术，遍干诸侯。三十成文章，历抵卿相。虽长不满七尺，而心雄万夫。王公大

---

① 戴伟华：《唐代使府与文学研究》，第241页。

② 戴伟华：《唐代使府与文学研究》，第243页、第244页。

③ ［唐］王勃撰，［清］蒋清翊注：《王子安集注》，第163页、第164页。

人，许与气义。此畴曩心迹，安敢不尽于君侯哉。……必若接之以高宴、纵之以清谈，请日试万言，倚马可待。……而今君侯何惜阶前盈尺之地，不使白扬眉吐气、激昂青云耶？①

相比之下，中唐时代的幕府干谒文已经没有这种“狂气”，很少说些没有根底的大话，而是通过对自身与幕主双方关系的理性分析来证明自身干谒自荐的合理性；语气上娓娓道来，平和而平等。韩愈《与凤翔邢尚书书》相当具有代表性：

布衣之士身居穷约，不借势于王公大人则无以成其志；王公大人功业显著，不借誉于布衣之士则无以广其名：是故布衣之士虽甚贱而不谄，王公大人虽甚贵而不骄，其事势相须，其先后相资也。……故六月于迈，来观其师，及至此都，徘徊而不能去者，诚悦阁下之义，愿稍立于阶墀之际，望见君子之威仪也。②

如果将这种比较延伸至晚唐，仍然会出现不同于初盛唐和中唐的情况。如果说初盛唐干谒文的突出特征是盛气凌人、高谈王霸，而中唐幕府干谒文的最大特点在于“不以势逼人，而是平心静气说明道理，于平实中见精神”③的话，晚唐幕府干谒文实际上具有与这些作品都不相同的重要特征。

首先，从文体方面说，就是从盛、中唐幕府干谒文中还比较常见古文的情形，转为晚唐同类文章基本上都出之以骈文，而且

---

① ［唐］李白撰，［清］王琦注：《李太白全集》，中华书局 1977 年版，第 1240 页、第 1241 页。

② ［唐］韩愈撰，马其昶校注：《韩昌黎文集校注》，第 202 页、第 203 页。

③ 戴伟华：《唐代使府与文学研究》，第 245 页。

多是对仗极其工整、用典极其繁富的“四六”文，李商隐的《四六甲乙集》就是这种更趋严整甚至格式化的“四六”文体的典型代表；再一点，从内容或口吻、情感方面看，就是晚唐干谒文中多有作者对自身孤苦流离的身世遭际的自伤自怜，对于幕主多少带有乞求的味道，这类骈文明显比前两种文章多了一种悲情的成分。它既不是以高谈阔论的气势征服人，也不是以娓娓道来的逻辑分析说服人，而是通过哀感恻怆的自伤自叙打动人。这些特征在显示出文体消长变迁轨迹的同时，也体现出文人心态、情感的巨大变化。如果将这类骈文作品同他们其他体裁的作品如诗歌等联系起来考察，无疑能够帮助了解时代社会环境下一部分文人的生活境遇和心理状态，对进一步分析、探讨作品的思想内涵也有所助益。

罗隐自宣宗大中六年(852)到僖宗光启三年(887)，十次参加进士科考试，均为“有司用公道落去”①，衣食无着，“寒饥相接，殆不似寻常人”②。他投书行卷，浪迹天下，仕进无门。不得不以五十五岁垂暮之年，东归吴越，投靠钱镠。《唐才子传》卷七说他“传食诸侯，因人成事”，所谓“传食诸侯”，实际上是指他不能为某一个藩镇长期收容，不得不辗转投靠若干藩镇。罗隐的情形在晚唐并非偶然现象。韦庄一生四分之三以上的时间在离乱漂泊中度过，为了求食求仕，颠沛万里。他四十八岁时曾献诗投靠镇海节度使周宝，五十六岁失意地回到东阳，直到五十九岁进士及第，这种漂泊无着的生活才告结束。唐昭宗大顺二年

---

① [唐]罗隐:《谗书·重序》,[清]董诰等:《全唐文》,第八九五。
② [唐]罗隐:《谗书·序》,[清]董诰等:《全唐文》,第八九五。

(891),韦庄到蜀中宣谕,再未返回朝廷,任职于王建而襄助其建立割据政权。又唐昭宗天复三年(903),韩偓由翰林学士贬濮州司马,后来虽有朝廷召令,韩偓却举家赴闽,依附王审知而终。罗隐、曹唐、胡曾、罗虬、李山甫、唐彦谦、谭用之等著名文人,都是典型的终生未第的"布衣流落才士",长期漂流在外,传食诸侯,而李商隐、韦庄、郑谷、吴融、杜荀鹤等人虽然终获一第,也辗转藩府之间长达数十年。当时的情形,恰如《新唐书》卷一八三《韩偓传赞》所云:"懿、僖以来,王道日失厥序,腐尹塞朝,贤人遁逃,四方豪英,各附所合而奋。天子块然,所与者惟佞愎庸奴,乃欲鄣横流、支已颠,宁不殆哉!"

下层士人坎坷不平的遭遇,一方面使他们对唐末社会的腐败、黑暗不能不有相当深刻的体验和认识,另一方面,难免为自己遭逢不偶的经历抑郁感伤,这两个方面都会自然而然地影响、渗透到他们的文学创作中去。这些内容无论在诗歌还是文章当中都会有所反映。一些人"著私书而疏善恶,斯所以警当世而戒将来"①,对社会现实采取揭露和批判态度。一些作家写作咏史诗以寄托盛衰兴亡的无限感慨,或感伤色彩浓厚的抒情诗以自伤身世。以往比较能够引起学者注意的,是这些文人所写下的大量感人至深的羁旅漂泊诗,但对于某些作家所作的骈文则未曾重视。

罗隐的小品文和骈体干谒文所展现出来的是两幅截然不同的面孔。后者绝无小品文中的气焰和锋芒,而充满了面临穷途末路的自卑和绝望。作者动辄摆出自己的辛酸往事而喋喋不

---

① [唐]罗隐:《谗书·重序》,[清]董诰等:《全唐文》,第八九五。

休，表现出一副仰人鼻息、甚至近乎摇尾乞怜的情态，仿佛自己的生死穷通完全掌握在对方之手。在晚唐，投靠无门的士人能够得到幕主的收容，对于个人生死存亡的意义往往远在进退穷通之上。

罗隐在《投前夏口韦尚书启》中形容自己的不幸遭遇云：

岁月煎熬，轮蹄顽秃，仅逾十上，幸免一鸣。角羸而只有困时，矢尽而未知降处。

又如《谢湖南于常侍启》云：

某，庄栎粗疏，庾膏昏钝，不能量力，尝欲干名。随贡部以凄惶，将邻十上；看时人之颜色，岂止一朝？进则刺灭许都，退则歌终汉垒。地虽至广，人莫相容。凭执爨以无由，假邻光而不得。

《投湖南王大夫启》云：

某闻元亮苦贫，姑求彭泽；戴颙多病，遂乞海虞。苟物役之是牵，亦人情而斯见。某族惟卑贱，品在下中。三箧亡书，幸无漏略；一枝仙桂，尝欲觊觎。十年恸哭于秦庭，八举摧风于宋野。近者以调甘轸虑，负米撄心。毛义前贤，尚犹奉檄；鲰生何者，焉可守株？……今者辄奉危心，来干画戟。大夫或俯回赵印，下煦韩灰；更于茶药之中，重假勾留之便。所冀犹縻禄食，远救朝昏。迹稍免于屡空，心尚期于妄动。百生可卜，式占郭泰之龟；一字为褒，全系宣尼之笔。

这些书信内容并不复杂，诉说自己的悲凉遭际，请求对方收容。从这类书信数量之多、内容之单一，以及投书对象的繁多，有助于我们想象作者当年颠沛流离、寄食藩镇的辛酸形象。它们并非无病呻吟，因为在社会现实的压迫之下，作者确实需要这样的机会以求糊口存身。如果说罗隐如同投枪、匕首一样锋芒毕露的小品文是对当时社会现实的无情揭露和批判,那么这些骈体干谒文则代表了作者在同样现实环境下的妥协和屈从。不把这两个方面结合起来,就不容易理解作家对现实批判锋芒的尖锐和激烈,也不容易把握作家在现实压迫之下内心悲哀的深刻,因此也就难以看到这一部分晚唐作家完整的心路历程和人格建构。

李商隐幼年丧父,佣书贩舂,家世带有浓厚的悲剧色彩。仕途坎坷,辗转戎幕,虽然始终没有脱离卑微的社会地位,却难以摆脱党争的阴影和纠缠。天赋气质纤细敏锐,多愁善感,内向多情,故而对于自己出身、遭际的悲剧性以及爱情的失意、世事的无常、亲人朋友间的生离死别体味特别细腻而深刻。晚唐时国运衰颓,社会矛盾加剧,众多作家的失意落魄同这种时代环境直接相关。在这些文人当中,李商隐颇具典型性和代表性。

李商隐在给当时某些官僚及其亲友的书信中,也常常倾诉自己的凄凉身世和坎坷遭遇:

> 一官一名,只添戮笑;片辞只韵,无救饥寒。(《上李舍人状六》)

> 赋成谁荐,食绝唯歌,……属人生之坎坷,逢世俗之推迁。(《上河南卢给事状》)

> 文华锦茵,终成虚饰;杯杓匕箸,谁与为欢;孤独扁舟,寒更永夜。(《谢邓州周舍人启》)

> 无田可耕,有累未遣;席门昼永,或旷日方餐;蓬户夜寒,则通宵罢寐。怀书窃愧,拂砚增悲。(《上韦舍人状》)

《上河东公启》是李商隐为东川节度判官时,为婉拒幕主柳仲郢以一名歌妓相赠所作，目的也并不在于干谒，但这篇文章仍然不离自己悲苦身世的申叙，文中云：

> 某悼伤（丧妻）以来，光阴未几。梧桐半死，才有述哀；灵光独存，且兼多病。眷言息胤，不暇提携。或小于叔夜之男，或幼于伯喈之女。检庾信荀娘之启，常有酸辛；咏陶潜通子之诗，每嗟漂泊。

丧妻之痛尚未抚平，加之多愁多病，子女幼小，漂泊无定，内心的悲酸莫可名状。

李商隐的哀祭文是古代同类作品中的一个巅峰，《旧唐书》卷一九〇下本传说他"尤善为诔奠之辞"。清人孙梅说："魏晋哀章，尤尊潘令；晚唐奠醊，最重樊南。潘情深而文之绮密尤工，李文丽而情之恻怆自见。"①李商隐的哀祭骈文及其悼亡诗歌均是其文学作品中感人至深的精华部分。李商隐骈体祭文最突出的艺术特征，是善于将仕宦之路的艰辛偃蹇、亲人故旧的散亡凋零，以及对死者的祭奠哀悼纠结在一起，由一种感伤诱发多种感伤，由此取得"一石激起千重浪"的效果。比如《祭徐氏姊文》云：

> 始某兄弟，出遭家难。内无强近，外乏因依。只奉慈颜，被蒙训勉。及除常制，方志人曹。以顽陋之姿，辱师友之义。获因文笔，实忝科名。三干有司，两被公选，再命芸阁，叨迹时贤。仲季二人，亦志儒墨。于显扬而虽未，在进修而不隳。永惟幽灵，盍亦垂鉴。
>
> 今者苴麻假息，粪土偷存，不即殒伤，盖亦有以。伏以奉承大族，载属衰门。三弟未婚，一妹处室。息胤犹阙，家

① ［清］孙梅：《四六丛话》，卷二五。

> 徒索然。将恐烝尝有旷阙之忧，丘垄绝芟除之主。延驻晷刻，不敢自私。又以祖曾之前，未一完兆；骨肉之内，犹有旅魂。……
>
> ……寿堂宿启，潜舟既移，那期永诀之悲，复见重关之兆。以祥忌云近，哀忱载迷。不获临圹达诚，抚柩致奠。东望景亳，椎心仆身。具馐择蔬，洒以血泪。日惨风远，叫号无声。伏惟明灵，一赐临鉴。……

另如《祭处士房叔父文》、《祭外舅赠司徒公文》、《祭徐姊夫文》、《祭裴氏姊文》、《祭小姪女寄寄文》等都是采取类似的手法，把对逝者、家族、自身以及人生的种种伤悼结合起来，这就让作品中的感伤越出一般哀祭文的范围，成为晚唐时代失志不偶的贫士内心苦楚的一种宣泄和表达。

浓郁深沉的人生感慨不仅渗透在李商隐各种体裁、题材的诗歌当中，也几乎贯穿了李商隐整个一生的创作过程。何焯说："义山佳处在议论感慨。"①实际上这不仅是李商隐诗歌创作的主要特征，也是他的骈文创作中最富于艺术含量的部分。"（李）商隐诗歌感伤的主旋律乃是晚唐时代社会生活的基调在诗人作品中的反映。……社会的、时代的、家庭的以及自身的种种不幸、变故，使他的生活长期笼罩着愁云惨雾，使他身体多病而心理则经常处于忧伤阴郁状态。他的诗文所表现出来的低沉伤感、缠绵悱恻的情调，即由此而来。"②李商隐诗歌的感伤主题包

---

① ［清］何焯：《义门读书记》，卷五八论《井络》诗，中华书局 1987 年版，第 1263 页。

② 董乃斌：《李商隐的心灵世界》，上海古籍出版社 1992 年版，第 152 页。

括仕途偃蹇、朋友分离、悲悼亡人、思亲念家以及颠沛流离等很多方面。李商隐骈文中的感伤多就自己悲凉的身世遭际而发，涵盖的内容远没有诗歌丰富，但这类作品在从“文”的角度反映了诗人内心的凄苦的同时，也成为晚唐感伤文学的重要组成部分。

第三节　李商隐的“以骈文为诗”和“以诗为骈文”

一、“三十六体”与晚唐诗歌、骈文艺术的渗透

骈文在走向格律化的过程中受到了近体诗的直接影响，在近体诗发展的高潮阶段，往往也会出现律化骈文的高速发展，而且在某一时代整体文学风尚的影响之下，骈文和诗容易呈现出艺术风貌的近似。文学史上出现的一些特殊名词、术语，在当时或是指文，或是言诗，到后来就逐渐同时指代骈文和诗歌，就是一个鲜明的标志。南朝后期出现的所谓“徐庾体”即是如此。

《周书》卷四一《庾信传》云：“（徐）摛子陵及信，并为抄撰学士。父子在东宫，出入禁闼，恩礼莫与比隆。既有盛才，文并绮艳，故世号为徐庾体焉。”王瑶先生认为，当时所谓“徐庾体”和“宫体”的不同，“不在时间和人的差别，而在所指的文体。‘宫体’指诗，……而徐庾体却是指‘文’的”，“所以就诗说，徐庾体就是‘宫体’。但就文说，徐、庾是有他们作风的特点的，这就是把

‘宫体’诗所运用的隶事声律和缉裁丽辞的形式特点，移植到了‘文’上，发展了骈文的高峰”。[1] 并且“诗文的写作方法本是相通的，‘宫体’诗隶事声律的形式特点影响了骈文的成长，骈文也促成了诗底走向近体的道路”[2]。但是后来“徐庾体”一名又确实转而同时指代诗歌。比如宋严羽《沧浪诗话·诗体》就有“徐庾体”之名；宋魏庆之《诗人玉屑》卷二、元陶宗仪辑《说郛》卷八五上均采用了这一说法。另外，杨慎《升庵集》卷二二有《小春红梅效徐庾体》，李攀龙《沧溟集》卷六有《圆砚效徐庾体》，均为五言律诗。

诗歌艺术和骈文艺术在整体特征上界限的模糊，晚唐李商隐、温庭筠、段成式的作品同样具备这个特点。由李、温、段三人而命名的所谓“三十六体”，在历史上逐渐演变成为一个同时指代诗歌和骈文的术语。

“三十六”一名原本指李、温、段这三位作家。《旧唐书》卷一九〇下《李商隐传》云：

> 商隐能为古文，不喜偶对。从事令狐楚幕，楚能章奏，遂以其道授商隐，自是始为今体章奏。博学强记，下笔不能自休，尤善为诔奠之辞。与太原温庭筠、南郡段成式齐名，时号“三十六”。文思清丽，庭筠过之。而俱无操持，恃才诡激，为当涂者所薄，名宦不进，坎壈终身。

这条记载是“三十六”一名最早的出处。至于三人何以名“三十六”，《旧唐书》则语焉不详。南宋王应麟《小学绀珠》卷四谓：“三

---

① 王瑶：《徐庾与骈体》，《中古文学史论》，第 311 页。

② 王瑶：《徐庾与骈体》，《中古文学史论》，第 334 页。

人皆行第十六。"李商隐与温庭筠、段成式因文学齐名，时人因三人排行都是十六，而将"三十六"作为他们的绰号。然而《新唐书》卷二〇三李商隐本传谓：

> 商隐初为文瑰迈奇古，及在令狐楚府，楚本工章奏，因授其学。商隐俪偶长短，而繁缛过之。时温庭筠、段成式俱用是相夸，号"三十六体"。

这里所谓"三十六体"乃是指李、温、段三人的骈文而言。新书变换旧书之"三十六"为"三十六体"，即将指人而易指骈文艺术风格，并不符合旧书的本意，是对前代史料的臆改。清陈鸿墀《全唐文纪事》卷五五引《旧唐书》，作"三十六体"，恐怕是受了《新唐书》等旧籍的影响。岑仲勉先生《唐人行第录》云："《新·商隐传》改为'号三十六体'，遂滋误会。"岑先生在《〈玉谿生年谱会笺〉平质·（丁）失鹄》中又指出：

> 《旧书》本传："与太原温庭筠、南郡段成式齐名，时号三十六。"因三人俱行十六，故有是称，易言之即"李温段"之绰号耳。自《新传》改为"号三十六体"，添一"体"字，易指人而指事，已失原意。《笺》更云"三十六体亦指文言"，谓其称限于文，尤误中之误。①

张采田《玉谿生年谱会笺》按照《新唐书》原文解释"三十六体"，认为是指骈文而言，这是正确的，符合《新唐书》的本意，明方以智《通雅》卷三《释诂》也说："三十六体，俪偶之体也。"岑先生却认为这是"误中之误"，乃是因为他认为这一名称所指代者并不限于骈文，还应当包括诗歌在内。

---

① 《岑仲勉史学论文集》，中华书局1990年版，第502页。

岑仲勉先生所以这样说，虽说不免冤枉了张采田，也不是没有他的根据，只不过那不是《新唐书》的意思，而是《新唐书》成书之后，“三十六体”内涵又经过了讹变之后的结果。宋计有功《唐诗纪事》卷五三云：“李商隐与温庭筠、段成式俱以俪偶相夸，号‘三十六体’。”晁公武《郡斋读书志》(袁本)卷一八称李商隐“诗五卷，清新纤艳，故《旧史》称其与温庭筠、段成式齐名，时号‘三十六体’云”。清人程梦星《李义山诗集笺注·凡例》云：

义山师承亦不一。集中有学汉魏者，有学齐梁者，有学韩者，有学李长吉者。此格调之诡谲善幻也……要使论义山者不得以三十六体为肩随，不得以西昆一派为祖述焉尔。

以上诸家，均以“三十六体”单指诗歌。此外又有以“三十六体”兼指诗歌和骈文体派者，比如元辛文房《唐才子传》卷七云：

商隐工诗，为文瑰迈奇古，辞难事隐。及从(令狐)楚学，俪偶长短，而繁缛过之。每属缀多检阅书册，左右鳞次，号“獭祭鱼”。而旨能感人，人谓其横绝前后。时温庭筠、段成式各以秾致相夸，号“三十六体”。后评者谓：“其诗如百宝流苏，千丝铁网，绮密瑰妍，要非适用之具。”斯言信哉！……商隐文自成一格，后学者重之，谓“西昆体”也。

刘大杰先生说：“当日流行的三十六体，是指着诗文一般的情形而言……。”[①]其实在晚唐时代恐怕并没有所谓“三十六体”一说，不过后来“三十六体”逐渐囊括了李、温、段三人的骈文和诗歌却是事实。

① 刘大杰：《中国文学发展史》，百花文艺出版社1999年版，第456页。

岑仲勉先生通过历史文献的梳理和对比，虽然指出“三十六体”的内涵被误读和曲解的事实，却并没有明确说明这种误读和曲解的原因。我们认为，“三十六体”一名的产生及其内涵的变迁，根源在于李商隐、温庭筠和段成式三人诗文艺术风格的近似。正如葛兆光、戴燕先生所说：“当熟悉、擅长骈偶文赋语言格式的李商隐等人把他们平昔爱用典故、长于刻琢字词、巧于音律安排的作文技巧不自觉地‘挪移’到诗里的时候，他们的诗歌便也呈现了一种与‘三十六体’相近似的特色：词藻典丽、音律圆转、色彩绚灿，而且结构绵密，往往反覆吟咏、重叠渲染，曲折回环，颇有‘赋’那种细密铺排的意味。”[①]无论是出于有意抑或无意，一种文体的艺术特质融入到另一种文体的内部，或者两种文体之间形成渗透和互动，都是文学史上值得注意的现象，因而有后世评论家所提出的李商隐“以骈文为诗”和“以诗为骈文”的命题。

二、李商隐的“以骈文为诗”和“以诗为骈文”

清人何焯说：“陈无已谓昌黎以文为诗，妄也。吾独谓义山是以文为诗者。观其使事，全得徐孝穆、庾子山门法。”[②]陈师道揭示韩愈以文为诗，确属有识，近现代和当代的文学史家在这个论断的基础上已经作出了更为精密、科学和系统的研究。何焯提出李商隐以文为诗，也的确是发前人未发之覆，不过似乎大可不必是此非彼。韩愈乃是以古文为诗，李商隐则是以骈文为诗。

---

① 葛兆光、戴燕：《晚唐风韵》，中华书局2004年版，第163页、第164页。

② [清]何焯：《义门读书记》，卷五八论李商隐《镜槛》诗，第1260页。

正如方东树在《昭昧詹言》卷一中所云：

> 义山《韩碑》，前辈谓足匹韩，愚谓此诗虽句法雄杰，而气室势平。所以然者，韩深于古文，义山仅以骈俪体作用之，但加精炼琢造，句法老成已耳。

关于韩愈以文为诗的范围，程千帆先生认为，“韩集只是有部分作品存在着以古文为古诗的情况，尤其是为七言古诗”[①]。李商隐以骈文为诗的范围，当然主要地不在其古体诗，而在于其近体诗创作。究其原因，主要在于形式上的相近，诚如程千帆先生所说：“就形式论，古诗近于古文，而律绝诗近于骈文。因此，以文为诗，古诗接受古文的影响易，而律、绝接受古文的影响，即使不是不可能，也很困难。”[②]基于同样的原因，李商隐的骈文同他的古体诗之间也很难产生互动。其七言歌行《韩碑》内容歌颂韩愈，艺术上也明显效法韩愈，以古文为古诗的痕迹相当明显，开首云“元和天子神武姿，彼何人哉轩与羲”，这种以古文句尾虚字入诗的方法就是典型的体现。可以说，李商隐的以骈文为近体诗填补了韩愈之后“以文为诗”的一个空白，和韩愈的以古文为古体诗围绕“以文为诗”构成了一组“对偶”式的文学史现象。

大概是由于长期以来学者对古文的关注程度远远超出骈文，另一方面，义山诗歌所吸引的学界的注意力又远远在樊南四六之上，故而关于韩愈“以古文为诗”以及李商隐诗歌的研究成果都极其丰硕，偏偏清代何焯所提出的李商隐“以文为诗”的命题很少再有人涉及，直到钱钟书先生较之何焯更为明确地再次提出了这一

---

① 程千帆：《俭腹钞》，上海文艺出版社 1998 年版，第 272 页。
② 程千帆：《俭腹钞》，第 272 页。

观点，这种状况才有所改变。已故学者周振甫先生在《李商隐选集·前言》中曾经引用钱钟书先生一封书信里的话说：

樊南四六与玉溪诗消息相通，犹昌黎文与韩诗也。杨文公(亿)之昆体与其骈文，此物此志。末派挦扯晦昧，义山不任其咎，亦如乾隆“之乎者也”作诗，昌黎不任其咎。所谓“学我者病”，未可效东坡之论荀卿李斯也。[①]

这段话引起当代不少学者对义山诗和樊南四六、乃至诗歌与骈文之间渗透关系更为周密和深入的思考和研究。

比如，周振甫先生曾在李商隐的诗和骈文当中各举一例，来说明其诗、骈文结合典故来抒情的共同特点。[②] 李商隐《泪》诗云：

永巷长年怨绮罗，离情终日思风波。湘江竹上痕无限，岘首碑前洒几多。人去紫台秋入塞，兵残楚帐夜闻歌。朝来灞水桥边问，未抵青袍送玉珂。

诗中所着重表达的，乃是青袍寒士送李德裕远赴贬谪之途的悲伤感情。前三联每句各用一个典故，六个典故均围绕一个“泪”字。李商隐《太尉卫公会昌一品集序》云：

许靖廊庙之器，黄宪师表之姿，何晏神仙，叔夜龙凤，宋玉闲丽，王衍白皙，马援之眉宇，卢植之音声，此其妙水镜而为言，托丹青而为裕。

与《泪》诗相似，这段骈文几乎一句一典，统共八个典故，从才具、风度、品貌、识鉴等多个方面表达对李德裕的钦佩和崇敬，虽然

---

① 周振甫：《李商隐选集》，上海古籍出版社 1986 年版，第 8 页。
② 参见周振甫：《李商隐选集》，第 9 页。

不乏灵动，终究是堆砌典故比较极端的例子。这些例证可以说明，围绕一个中心内容，将多种相关的典故组合在一起，层层铺叙，通过这种绕前捧后式的反复渲染以取得抒情效果，这无论在诗歌抑或是在骈文当中，都是李商隐极具个性化特色的艺术表现手段。除了文采绮丽，辞藻丰赡、音韵协调精切以外，周振甫先生指出，李商隐无论在骈文还是在诗歌当中，都善于将议论、叙事、抒情和典故相结合①。实际上也就是善于通过典故的组合来议论、叙事和抒情。

此外，不少学者都指出了李商隐长期从事骈文写作对其诗歌艺术的实质性影响。比如董乃斌先生提出："李商隐少年时代是从学古文入手的，后来因为仕途需要，他改学'今体章奏'，结果成绩十分出色，他的诗歌创作也受到骈文笔法的深刻影响。如果说以散文入诗，是昌黎诗风的一大特色，那么，以骈文入诗大约就是玉谿诗风的一大特色了。"②董先生进而认为，"其所作诗歌，尤其是五、七言律绝，皆为其四六之苗裔，或深受其影响者，故欲深知其诗，非研究其四六则莫办也"③。这里不仅从宏观上揭示出玉谿诗与樊南文之间的渗透关系，同时还为深入研究玉谿诗指出了一个新的途径和方法。余恕诚先生《樊南文与玉溪诗——论李商隐四六文对其诗歌的影响》(《文学遗产》2003年第4期)从对偶、用典、虚字、句法以及绮丽委婉、富于象征暗示、富于情韵等多个方面，剖析二者之间的种种联系，同时以此

① 参见周振甫:《李商隐选集》,第8页。
② 董乃斌:《李商隐的心灵世界》,第188页。
③ 董乃斌:《李商隐的心灵世界》,第224页。

作为唐代诗歌吸收其他文体的艺术营养而不断取得发展变化的一个个案。与上述研究成果不同，刘学锴先生《樊南文的诗情诗境》一文（《文学遗产》1997 年第 2 期），乃是以樊南骈文作为立足点，从语言、情感、意境和心态四个层面，由表及里、层层深入地探讨李商隐的诗歌艺术对骈文写作的渗透和濡染，他也由此首次提出了李商隐“以诗为骈文”的命题。

当代学者在李商隐“以骈文为诗”这个命题上的主要贡献，首先是研究成果的深化和细化，其中既有实证性质的探讨分析，也包括对艺术个性和整体艺术风貌等审美层面内容的细腻把握。其次是将这个命题分为“以骈文为诗”和“以诗为骈文”这样在逻辑上互逆的两个方面，这就不仅将关于对李商隐骈文的研究作为李商隐诗歌研究的全新视角和辅助手段，同时也把李商隐骈文本身实实在在地当成了研究对象，扭转了以往樊南四六寂寞冷落的研究状况，极大地推动樊南四六、晚唐骈文乃至整个中国骈文发展历史的研究向广阔和深入延展。

不同文体之间在艺术上的互动确实有其积极意义，但是我们所要着重指出的是，同样的艺术思维逻辑和同样的表现手法，在樊南文和玉谿诗中所取得的艺术效果有着很大的不同，这一点造成两者在后来得到了十分不同的评价。

三、玉谿诗与樊南文的得失
——以用典为中心

李商隐的诗歌多用典故，有时候难免因此造成艺术上的缺陷。《诗人玉屑》卷七“作诗须饱其材料”条云：“李商隐诗好积故实，如《喜雪》诗：‘班扇慵裁素，曹衣讵比麻。鹅归逸少宅，鹤满令威家。'又'洛水妃虚妒,姑山客漫夸。联辞虽许谢,和曲本惭巴'。一篇中用事十七八。"《苕溪渔隐丛话》前集卷二二引《蔡宽夫诗话》云:"义山诗合处,信有过人,若其用事深僻,语工而意不及,自是其短。"又同书同卷引《冷斋夜话》云:"诗到义山谓之文章一厄,以其用事僻涩。"①《对床夜语》卷四说:"前辈云,诗家病使事太多。盖皆取其与题合者,类之如此,乃是编事,虽工何益?"②

典故的运用在晚唐之前已经成为古典诗歌写作中不可缺少的表现手段,关键是能否运用得恰切、明了、数量适当。适当的用典不仅不会妨碍诗歌意旨的表达和读者的理解,还能切实为诗歌本身增色。明代胡应麟说:"诗自模景述情外,则有用事而已。……欲观人笔力材诣,全在阿堵中。"③他已经把用典水平看成衡量诗歌艺术水准高低的最重要的一项标准。李商隐用典较多的那些诗歌,其中确实有一部分如前人所指出的,"用事深僻,语工而意不及,自是其短",但在多数情况下,玉谿诗在用典方面确实达到了精切不移,"横绝前后"④的水准,并且在通过典故组合塑造意境方面取得了杰出的成就,成为李商隐极其个性化的艺术表现方式。

在李商隐的笔下,用典实际上已经成为实现"比兴"的一种

---

① [宋]胡仔:《苕溪渔隐丛话》,人民文学出版社 1962 年版,第 146 页。

② [宋]范晞文:《对床夜语》,台湾新文丰出版公司《丛书集成初编》本。

③ [明]胡应麟:《诗薮》,内编卷四,第 64 页。

④ 傅璇琮主编:《唐才子传校笺》,第三册第 277 页。

主要手法，在数量占有绝对多数的近体诗中尤其突出。典故同一般的诗歌意象有所不同，它除了具有一般意象的内涵以外，还能启发读者联想相关的历史内容，从而拓展了诗歌表现内容的广度和深度。李商隐博闻强记，典籍中的典实往往顺手拈来，通过高度个性化的组合表达心迹，有时不免朦胧暧昧。王士禛《戏仿元遗山论诗绝句》所谓“獭祭曾惊博奥殚，一篇《锦瑟》解人难”，就明确指出旨意朦胧的表达效果同用典繁多且深僻这样的表现手段之间具有直接的关系。对于李商隐那些词旨婉曲甚至有些隐晦的诗歌，历来学者如同索隐猜谜一般，试图通过不同的角度、不同的方法找到不同的解释，不过似乎还未曾出现一种确切的解说可以完全取代其他。

究竟有无寄托，如果确实存在寄托之意，寄托何在？关于这样的一些问题，争论最多者无过《无题》诸诗。有的学者认为凡玉谿诗均有寄托，如杭世骏《李义山诗注序》云：“盖诗人之旨，以比兴为本色，以讽喻为能事。抽青媲白，俪叶骈花，眩转幻惑以自适其意，固非可执吾之謏闻半解，以揣测窥度之而已。而玉溪一集，盖其尤也。楚雨含情，银河怅望，玉烟珠泪，锦瑟无端，附鹤栖鸾，碧城有恨，凡其缘情绮靡之微词，莫非阨塞牢愁之寄托。”不过也有学者认为即使《无题》诗也并非全有寄托，冯浩就说：“自来解无题诸诗者，或谓其皆属寓言，或谓其尽赋本事，各有偏见，互持莫决。余细读全集，乃知实有寄托者多，直作艳情者少。夹杂不分，令人迷乱耳。”纪昀主张对《无题》诗的分析考察，需要分别不同的情况，他说：“《无题》诸诗有确有寄托者，‘来是空言去绝踪’之类是也；有戏为艳体者，‘近知名阿侯’之类是也；有实有本事者，如‘昨夜星辰昨夜风’之类是也；有失去本题而后人题曰'无题'者，如'万里风波一叶舟'之类是也；有与《无题》诗相连，失去本题，误合为一者，如此'幽人不倦赏'是也。宜分别观之，不必概为穿凿。其摘诗中二字为题者，亦无题之类，亦有此数种。"[①]纪昀虽然对《无题》诗作出了细致的分类，但所举诸例是否就能恰切对应这种分类，仍然缺乏坚实的证据。

无论李商隐《无题》诗的寄托主旨何在，有一点可以肯定，即这类诗歌所写的是种种复杂、微妙、深邃的心理感受和体验，所刻画的是真实而又难以捉摸的心灵世界，正因为诗歌境界的细美幽约和迷离惝恍，才使得李商隐无题诗的表现艺术在唯美的外表之下越发接近于真实的心理状态。它摒弃了所有具体的叙事和议论，只是将一系列具有个性化的意象有机组合成为纯粹主观感情的载体。多用比兴，益之以象征手法，且寓意深婉甚至不避隐晦，非仓猝间所能窥见，繁密的典故组合尤为诗人所擅长，借此他将瑰丽丰富的艺术想象和博奥渊深的书本知识结合在一起，笔触穿梭于现实和虚幻之间，编织成一个个深情绵邈、余味曲包的艺术境界。北宋初期的西昆派诗人极其崇拜李商隐的艺术成就，创作宗法李商隐，在诗歌和骈文方面都掀起了一场李商隐热，他们所倾心者，最重要的就是"富于才调，兼极雅丽，包蕴密致，演绎平畅，味无穷而久愈出，钻弥坚而酌不竭"[②]的艺术特点。尽管对于诗歌主旨众说纷纭、莫衷一是，但后来的评论家对于义山诗通过用典等手段所取得的寄托深婉的艺术特征在

① [清]永瑢等：《四库全书总目》，卷一五一《李义山诗集》提要，中华书局 1965 年版。

② [宋]江少虞：《宋朝事实类苑》，卷三四载杨亿语，上海古籍出版社 1981 年版，第 435 页。

总体上都给予了充分肯定并且推崇备至。

苏雪林先生在其《唐诗概论》中着重提出了李商隐诗歌中所表现出来的象征主义风格。她认为，义山诗在某种程度上说是一种诗谜，但它们之所以能够称得上是象征主义作品，是因为这种诗谜即使离开了谜底，谜面本身仍然能够独立成为一首有价值的诗。用以表现象征意义的，既有纷繁的现实物象，当然更包括多数情况下顺手拈来、运用自如的众多典故。缪钺先生说："李义山出，复专力作律诗，用李贺古诗象征之法于律诗之中，遂于杜诗之外开一新境。象征之法，本诗中所常用，惟全集中十之七八皆用象征，则在李贺之前尚不多见……变奇诡为凄美，为律诗开辟一新境界，树立一新风格，乃义山自己之创造，自己之成就。"[①]刘学锴先生认为，"无题诗尽管在整体内涵意蕴的把握上、联与联的关系上有难于求索之处，但在比喻与象征的融合上却绝无晦涩隐僻之弊"[②]。可以说，将典故组合作为比喻和象征的媒介，继承并发展了传统的"比兴"手法，丰富了抒情诗的表现技巧，开拓了抒情诗的意境，扩大了抒情诗的容量，是李商隐诗歌最突出的贡献之一。

李商隐的诗歌大量使用典故，是对古典诗歌比兴手法的创造性运用和进一步发展，不过他把同样的表现手法用于作文，就不容易取得与诗歌同样的艺术效果。他不只是把他诗歌创作上的审美理想贯彻到骈文写作中去，还力图将其极其个性化的诗

---

① 缪钺：《论李义山诗》，《缪钺全集·冰茧庵古典文学论集》，第二卷，河北教育出版社2004年版，第136页。

② 刘学锴：《李商隐传论》，第649页。

歌创作方法、艺术技巧贯穿到骈文里面。艺术上的渗透客观上使他的骈文也极具个性化色彩，不过这种个性特征有积极的一面，也有消极的一面。诗歌和文章毕竟承担着不同的功能，这决定了两者必然具有不同的表现手段和艺术技巧。虽然文章同样追求运思的奇崛以避免单调和平铺直叙，同样追求辞藻修饰，大量用典而造成阅读障碍就绝对同文章写作的根本目的背道而驰了。

首先，用典过多不利于文章叙事。撇开深受批评的"獭祭鱼"不说，即使希望通过典故实现诗歌那样的"比兴"，也难以取得良好的表达效果。比如李商隐《献相国京兆公启》一文的开头部分说：

> 昔师旷荐音，玄鹤下舞，后夔作乐，丹凤来仪。是则师旷之丝桐，以玄鹤知妙；后夔之金石，以丹凤彰能。然而师旷之前，抚徽轸者不少；后夔之后，谐律吕者至多。曾不闻玄鹤每来，丹凤常至。岂鸣皋藻质，或有所私；巢阁灵心，不能无觉？以今虑古，愚窃疑焉。

文人献谀，例多溢美，文中用玄鹤和丹凤来比杜悰①，推崇杜悰作为宰辅，可谓君主之良弼，同时具备文采风流，文化艺术修养极其深湛，就如同玄鹤和丹凤一样，是师旷和后夔的罕见而可贵的知音。为了表达这样一点简单的意思，不仅使用华美靡丽的语言绕前捧后，手法上也十分接近诗歌中的比兴手法。郑玄引郑众云："比者，比方于物也。兴者，托事于物。"朱熹云"比者，以

① 参见[唐]李商隐撰，刘学锴、余恕诚编年校注：《李商隐文编年校注》，第1921页。

彼物比此物也”;“兴者,先言他物以引起所咏之辞也”。[①] 一两个比喻还比较容易领会,但作者将它们推演为五个层次,直到后面一段“伏惟相公正始敦风,中和执德……亦师旷之玄鹤,后夔之丹凤不疑矣”,可以算是第六个层次,整个比喻过程才算完成。文章叙事,当以明白显豁为追求,这样繁富的比喻虽然外表华丽,却同基本的表达宗旨相悖。

其次,典故过多不利于抒情。我们将形式上有较大区别的樊南哀祭文同幕府公文两种体裁尝试作一比较:

第一,哀祭文章的句法相对比较自由,时有散句,这些特点都同形式上严整、板滞,基本依靠典实表意的幕府公文大不相同。比如《祭徐姊夫文》云:“以君之文学,以君之政术,幼以自立,老而不倦,亦可以为君子人矣。……”又如《重祭外舅司徒公(王茂元)文》云:“鸣呼哀哉!人之生也,变而往邪?人之逝也,变而来邪?冥寞之间,杳忽之内,虚变而有气,气变而有形,形变而有生。今将归生于形,归形于气,漠然其不识,浩然其无端,则虽有忧喜悲欢而亦勿用于其间矣。……”虽然形式上仍然对仗,却能不受对仗的限制,意义上一气贯穿,而且偶尔出现散句,这就在客观上避免了四六文所习用的对称和回环的表达方式,同古文中最为多见的步步深入、直线型推进的表述逻辑取得了高度的神似。

第二,虽然樊南幕府表状笺启之作用典既多且深,他的哀祭

① [宋]朱熹:《诗集传》,上海古籍出版社 1987 年影印世界书局本,第 1 页、第 3 页。

文用典却明显要少得多，有些篇章甚至通篇不用典故。比如《祭小姪女寄寄文》就是一篇典型的明白如话、如泣如诉的骈体文字：

哀哉！尔生四年，方复本族。既复数月，奄然归无。于鞠育而未申，结悲伤而何极！来也何故，去也何缘？念当稚戏之辰，孰测死生之位？时吾赴调京下，移家关中。事故纷纶，光阴迁贸。寄瘗尔骨，五年于兹。白草枯荄，荒涂古陌。朝饥谁抱，夜渴谁怜？尔之栖栖，吾有罪矣！

……

呜呼！荥水之上，坛山之侧。汝乃曾乃祖，松槚森行。伯姑仲姑，冢坟相接。汝来往于此，勿怖勿惊。华彩衣裳，甘香饮食。汝来受此，无少无多。汝伯祭汝，汝父哭汝，哀哀寄寄，汝知之邪！

年仅四岁的孩童本无事迹可写，但她的夭折和迁葬，却勾起作者对数年之间接连发生的羁旅为官、亲人凋丧等一系列人世变故的联想，以及备尝艰辛苦涩的人生经历的回味。他对寄寄的吊祭和同情，正是自己漂泊无归和寂寞孤独的灵魂、心境的写照，虽说祭奠他人，实际上更是在诉说自己内心的哀感和凄凉，感慨人生的无常与无奈。这样的骈文，才在高层次上实现了同诗情、诗境的交融和相通。无怪《旧唐书》卷一九〇下本传说他"博学强记，下笔不能自休，尤善为诔奠之辞"。孙梅则将李商隐的哀祭文字推为潘岳之后的又一个巅峰，并能以通过悲情打动人心见长，他说："魏晋哀章，尤尊潘令；晚唐奠醊，最重樊南。潘情深而文之绮密尤工，李文丽而情之恻怆自见。"①

---

① ［清］孙梅：《四六丛话》，卷二五。

关于文章的功用，李商隐认为，“人禀五行之秀，备七情之动，必有咏叹以通性灵，……刺时、见志，各有取焉”①；而且“属词之工，言志为最”②，强调文章应当表达作者本人的主观情感。通观李商隐的骈文作品，真正忠实地贯彻了他本人的文学主张的就是这些哀祭文，而不是幕府应用文字。号称“獭祭鱼”的樊南幕府公文的特殊写法决定于现实政治的需要，其中虽然也有个别抒情、写景的文字惊警动人，但过多深僻典故的堆砌客观上造成了阅读的障碍，虽然其规整典丽的形式自有其优长，不过同强烈的抒情需要之间毕竟还有尖锐的矛盾。

诗歌和散文之间虽然并不存在铜墙铁壁一样的界限，但毕竟有所不同。从整体上看，用典在玉谿诗中是成功的，得到了后世的肯定，但在骈文中却得到了更多的批评，甚至否定，因为用典在樊南文中没有起到它在玉谿诗中所起到的作用。

范文澜先生认为，就一般文章功能而言，樊南四六均无可取，唯一值得肯定的，是它们的形式。他说：“四六文如果作为一种不切实用，但形式美丽不妨当作艺术品予以保存的话，李商隐的四六文是唯一值得保存的。”③需要说明的一点是，樊南四六在当时是颇为实用的，既为当时特殊的社会政治生活所必需，同时也是李商隐等一大批混迹于藩镇幕府的士人切实的谋生之道，但它在当时的实用价值多半还是在于形式。这里强调了樊

---

① [唐]李商隐：《献相国京兆公启》，[唐]李商隐撰，刘学锴、余恕诚编年校注：《李商隐文编年校注》，第1911页、第1912页。

② [唐]李商隐：《献侍郎钜鹿公启》，[唐]李商隐撰，刘学锴、余恕诚编年校注：《李商隐文编年校注》，第1188页。

③ 范文澜、蔡美彪：《中国通史》，第三编第七章第六节《近体文与古文》，人民出版社2008年版，第四册第332页。

南四六“形式美丽”的艺术价值，颇为有见。

周祖譔先生认为李商隐并不是唯美主义者，因为李商隐论文重视行今人之道，论文、论诗主张“属词之工，言志为最”，都强调要表述作者对现实生活的观点或感受，与杜牧主张“为文以意为主”在实质上是一脉相通的。近人统计，李商隐的各类政治诗多达百首左右，约占全部诗歌创作的六分之一，比例是相当高的，[①]这正可把它看成是其理论的实践。李商隐的理论主张大抵只能就其诗歌创作而言。他的骈文绝大部分是公文代笔之作，不可能通过这类作品自由表达一己的真实感受，即便李商隐在某些骈文中所表达的政治见解和倾向同他的真实意见相符合。[②] 并且，他终究不可能在其中表达与幕主相反的政治见解。他在某些祭文中不失时机地表达对逝者的深切哀悼，并且频繁地联系自己的悲苦身世和遭遇，可以算是真情实感的表白，实属难能可贵，但这只是极少数作品，比例极小。绝大多数的樊南四六毕竟都是幕府应用公文，有其特殊的用途和写作要求，它在本质上并不是诗，具有一定的诗味当然可贵，但终究不能用诗歌的艺术标准来要求它。它们的“诗化”，基本上都是在形式方面下功夫，不可避免地具有唯美倾向。在这个领域，李商隐的理论同实践是脱节的。因此，罗宗强先生认为李商隐的文章实践不成功：“他所追求的细美幽约的审美情趣，在诗歌创作上取得了完全的成功，别开门户；而在散文的创作上，应该说却是一个失败。

① 参见刘学锴、余恕诚：《李商隐诗选·前言》，人民文学出版社 1986 年版。

② 参见刘学锴：《李商隐传论》，第 776 页。

因为发展到那样细密工整和大量用典的骈文，对于准确的表达思想实在是限制太大了。”①

韩愈以古文为诗对宋诗影响很大，但是韩愈影响之下的宋人“以文字为诗，以才学为诗，以议论为诗”就遭到严羽的批评，认为“夫岂不工，终非古人之诗”。② 沈括也曾说：“韩退之诗乃押韵之文耳，虽健美富赡，而格不近诗。”③对于李商隐沟通诗歌、骈文的实践也要历史地看待并给予客观的评价，充分认识到其历史贡献的同时，也要看到其局限所在。诗歌同文章之间界限究竟何在，两种基本文体之间怎样取得沟通和渗透，以及能够沟通和渗透到何种程度，这些问题至今尚无明确的结论。不过韩愈的以古文为诗，李商隐的以骈文为诗和以诗为骈文，无疑都会给我们提供有益的启示。

---

① 罗宗强：《隋唐五代文学思想史》，中华书局2003年版，第341页。

② [宋]严羽：《沧浪诗话·诗辨》，人民文学出版社1983年版，第26页。

③ [宋]胡仔：《苕溪渔隐丛话》，前集卷一八引，第118页。

第四章　晚唐骈文的影响

第一节　五代文坛：晚唐文风和文体格局的延续

一、晚唐文体格局的延续

罗根泽先生认为晚唐时代政权崩溃在文学上的影响，是“使诗及文章都放弃社会的使命，而转于俪偶格律，绮缛淫靡”；“文章家与诗人大半都放弃救世与刺世，而反回来救自己；由是自救世刺世的文学，变为自娱娱人的文学”。① 当时就有不少人对这种文学创作倾向提出批评。唐昭宗乾宁三年(896)王赞所作《玄英集序》云：

> 风雅不主于今之诗，而其流涉赋。今之诗盖起于汉魏南齐五代，文愈萎，诗愈丽。陈隋之际，其君自好之，而浮靡沾濡，流于淫乐。故曰音能亡国，信哉！②

---

① 罗根泽：《中国文学批评史》，第二册第169页、第170页。

② [唐]方干：《玄英集》，卷首，台湾商务印书馆影印文渊阁《四库全书》本。

讲求形式美以及重在抒情和娱乐的文学，往往被传统社会的评论家视为亡国之音，王赞作这篇序的时候下距唐亡仅十余年，他很自然地将当时的政局和文学同南朝联系到了一起。牛希济的《文章论》也大抵作于唐末，文中说：

> 今国朝文士之作，有诗、赋、策、论、箴、判、赞、颂、碑、铭、书、序、文、檄、表、记，此十有六者，文章之区别也，制作不同，师模各异，然忘于教化之道，以妖艳为胜；夫子之文章，不可得而见矣。古人之道，殆以中绝。……今有司程式之下，诗赋判章而已，唯声病忌讳为切，比事之中，过于谐谑，学古文者，深以为惭，晦其道者扬袂而行，又屈、宋之罪人也。……且时所省者，唯诗、赋两途，即有身不就学，口不知书，而能吟咏之列，是知浮艳之文，焉能臻于理道。今朝廷思尧舜治化之文，莫若退屈、宋、徐、庾之学，以通经之儒居燮理之任。……①

这段文字可以说比较全面地总结了当时文坛上普遍的风气。不过牛希济虽然表面上这样说，本人的创作却与这种主张并不相符。他是《花间集》的主要作者之一，其词作主题不离闺阁情怀和男女情爱，辞藻华丽轻艳，汲汲于声韵格律，丝毫不以所谓“理道”、“治化”为意。这是他同中唐时期反对骈体、倡导古文的作家们最为明显的不同之处。正如“历五朝、八姓，若逆旅之视过客”②而不以为耻，反倒以“上显祖宗，下光亲戚”、“在孝于家，在忠于国”③自我标榜的“长乐老”冯道一样，牛希济也是一面大谈

---

① [清]董诰等：《全唐文》，卷八四五。
② 《资治通鉴》，卷二九一周世宗显德元年(954)。
③ 《旧五代史》，卷一二六《冯道传》。

儒家道德伦理,一方面又历仕数朝,这一点同他的文学理论和创作实践的关系相比,如出一辙。实际上,从晚唐黄滔等人开始,文学主张大抵已经不能与其创作实践保持一致,这并不是作家个人的道德品质问题,而是当时天下纷纭、战乱频仍的社会现实已经使传统的诗教说和明道说的市场越发狭小。末世的衰象,同韩愈、柳宗元等人所处的中兴时代相比已是天壤悬隔。虽然不少作家或为民生凋敝哀歌,或高呼重振纲维,但在残酷的现实面前,最终不是绝望,就是选择放弃。

延及五代,诗文领域中重视今体诗文的风气较之晚唐有过之而无不及,这是晚唐文学风尚的自然延续和扩张。晚唐五代艳情之作大起,苦吟、锻炼之风弥盛,南朝文风在特殊的时代背景之下呈现出某种复归的趋势。五代时期之所以会延续晚唐以来所形成的文风,同当时的社会文化环境直接相关。

五代作家钟情于艳情诗的写作,韩偓的《香奁集》无疑是其中最典型的代表。吴融虽然在为贯休《禅月集》所作的序中大讲颂善刺恶,还特别强调"苟不能本此二道,虽甚美,犹土木偶不主于气血,何所尚哉",但吴融诗作之中却不乏背离这一理论宗旨的纯然艳情之作。

韩偓《香奁集序》云:

> 遐思宫体,未敢称庾信攻文;却诮玉台,何必倩徐陵作序。粗得捧心之态,幸无折齿之惭。柳巷青楼,未尝糠粃;金闺绣户,始预风流。咀五色之灵芝,香生九窍;咽三危之瑞露,春动七情。如有责其不经,亦望以功掩过。

这是韩偓对自己写作、编辑艳情诗歌的动机、心态的表白。他不仅将这类诗歌同南朝宫体诗相比拟,还将《香奁集》同《玉台新咏》相比，自信创作成就不在徐陵、庾信之下。他的这篇序文，从形式到内容、情调，也同徐陵的《玉台新咏序》这种典型的律体骈文一脉相承，只是在诸种形式特征上更加严格、精切和完备，比较充分地体现了晚唐骈文的典型特征，是律体骈文从南朝以后再一次发展到高潮阶段的必然结果。韩偓的父亲韩瞻（畏之）是李商隐的连襟、同年和好友，母亲王氏亦为王茂元之女，论辈分，李商隐是韩偓的姨父。韩偓幼年的诗作受到李商隐的称赞，义山酬赠韩瞻的诗中有“雏凤清于老凤声”和“郎君下笔惊鹦鹉”的评论。韩偓诗歌同样寄托遥深、措辞浓艳，颇多身世之慨，纤巧繁缛反在义山之上。冯浩指出，李商隐和韩偓为人不同，遭际有异，然而诗歌“托事言哀，缠绵凄楚，一而已矣”①。

又如欧阳炯《花间集序》云：

> 镂玉雕琼，拟化工而迥巧；裁花剪叶，夺春艳以争鲜。是以唱云谣则金母词清，挹霞醴则穆王心醉。名高白雪，声声而自合鸾歌；响遏青云，字字而偏谐凤律。杨柳大堤之句，乐府相传；芙蓉曲渚之篇，豪家自制。莫不争高门下，三千玳瑁之簪；竞富尊前，数十珊瑚之树。则有绮筵公子，绣幌佳人，递叶叶之花笺，文抽丽锦；举纤纤之玉指，拍按香檀。不无清绝之辞，用助娇娆之态。自南朝之宫体，扇北里之倡风；何止言之不文，所谓秀而不实。

这篇序在文字上极尽华丽雕琢之能事，自知“秀而不实”，却自甘以南朝宫体相标榜。灯红酒绿，觥筹交错，轻歌曼舞，公子佳人纵情于声色之乐，对女子的体态容貌和精巧细致的物件器皿的

① ［唐］李商隐撰，［清］冯浩笺注：《玉谿生诗集笺注》，《有感》评论，第460页。

描写极尽细腻，雕绘满眼，五彩斑斓。

前蜀王衍、后蜀孟昶和南唐后主李煜，都是颇能沉溺于声色的亡国之主。

五代十国时期的文坛，整体上看可以说浮艳文风占了主流；就文体而言，仍然是骈体占绝对优势。不仅全盘接续了晚唐时代的文体格局，文学创作的质量甚至还有所下降。究其社会原因，大致有如下两个方面：

首先，儒家伦理道德沦丧，致使以明道、载道为宗旨的古文失去用武之地。

五代时期，政权更迭频繁，人怀苟且、随波逐流的情况相当普遍，儒家伦理道德难以维系人心。《新五代史》卷一六《唐废帝家人传论》云："五代之际，君君臣臣父父子子之道乖，而宗庙朝廷人鬼皆失其序，斯可谓乱世者欤！自古未之有也。"冯道在其《长乐老自叙》中不但一一罗列自己历来所担任的官职和所领受的爵位，还不厌其烦地介绍了妻子和儿子们受到的各种封赏，冯道对此颇为自得，称自己"上显祖宗，下光亲戚"；而且"盖自国恩，尽从家法，承训诲之旨，关教化之源，在孝于家，在忠于国，口无不道之言，门无不义之货。"①冯道的身世经历和他的自我评价简直可以说是南辕北辙。《旧五代史》卷一二六《冯道传》虽然也将冯道服事"四朝六帝"视为同"一女二夫"相似的"不幸"，但仍然对冯道颇多溢美之词，称"道之履行，郁有古人之风；道之宇量，深得大臣之体"。《旧五代史》为宋朝薛居正监修，成书于宋太祖开宝七年(974)，主要依据五代各朝实录和范质《五代通录》

---

① 《旧五代史》，卷一二六《冯道传》。

修撰，因而《旧五代史·冯道传》的编写难免会受到范质撰著的影响。范质本人对冯道的评价很高，他曾说冯道“厚德稽古，宏才伟量，虽朝代迁贸，人无间言，屹若巨山，不可转也”①。范质如此赞誉冯道自有原因。范质曾与冯道在后周同殿为臣，相处甚笃，范质本人也有历二朝、事二主的经历，他先在后周任宰相，后任北宋开国宰相。如果他对冯道有所臧否，恐其本人无以自处，对冯道给予肯定性的评价实际上含有为自己历事数朝的行为进行开脱的成分。

“五代革易频仍，惟梁、唐创业，各三十余年，故其臣有始终在一朝者，其他未有不历仕数朝。”②“至于历事数姓，有玷臣节，则五代之仕宦者，皆习见以为固然，无足怪……当时风气，绝无有以更事数姓为非者。”③这种风气的形成，其根源自然并不在于个人道德品质的败坏，身处改朝易代如同风雨阴晴一般更迭频繁而又变幻莫测的社会当中，如果不在行动上彻底摆脱儒家忠孝节义观念的约束，则断乎不能生存下去。故而“当时万口同声，皆以……为名臣，为元老”④。这与赵翼所指出的“六朝忠臣无殉节者”的现象相似，在乱世都是习以为常的。正如颜之推在

---

① 《资治通鉴》，卷二九一周世宗显德元年（954）。

② [清]赵翼撰，王树民校证：《廿二史札记校证》，卷二一“薛欧二史体例不同”条，第 459 页。

③ [清]赵翼撰，王树民校证：《廿二史札记校证》，卷二一“张全义冯道”条，第 487 页。

④ [清]赵翼撰，王树民校证：《廿二史札记校证》，卷二一“张全义冯道”条，第 486 页。

《颜氏家训·文章》中说“自春秋以来，家有奔亡，国有吞灭，君臣故无常分矣”[1]，天下扰攘，伦理纲常自然难以维持。

后来欧阳修在编撰《新五代史·冯道传》时删除了大量非实质性的内容，并重新编写。欧阳修以春秋笔法批评了冯道：“(冯)道视丧君亡国亦未尝以屑意。”欧阳修还对冯道的《长乐老自叙》进行了批评：“当是时，天下大乱，戎夷交侵，生民之命，急于倒悬，道方自号‘长乐老’，著书数百言，陈己更事四姓及契丹所得阶勋官爵以为荣。”司马光抱有与欧阳修类似的观点：“道之为相，历五朝、八姓，若逆旅之视过客，朝为仇敌，暮为君臣，易面变辞，曾无愧怍，大节如此，虽有小善，庸足称乎！”[2]如果以儒家的君臣、忠孝观念作为评价、衡量标准，冯道的行为不仅无足称道，甚至可以说是恬不知耻。赵翼说：“直至有宋，士大夫始以节义为重，实由儒学昌明，人皆相维于礼义而不忍背……。”[3]这个总结是相当精辟的。

陈寅恪先生说：“欧阳永叔少学韩昌黎之文，晚撰五代史记，作义儿冯道诸传，贬斥势利，尊崇气节，遂一匡五代之浇漓，返之淳正。”[4]贬斥势利，尊崇气节，用儒家以倡导忠孝节义、明确君臣名分为重要内容的道德伦理观念改变五代的颓风，正是北宋

---

① [北齐]颜之推撰，王利器集解：《颜氏家训集解》，第258页。

② 《资治通鉴》，卷二九一周世宗显德元年(954)。

③ [清]赵翼撰，栾保群、吕宗力校点：《陔余丛考》，卷一七“六朝忠臣无殉节者”条，河北人民出版社1990年版，第310页。

④ 陈寅恪：《赠蒋秉南序》，《寒柳堂集》，三联书店2001年版，第182页。

中叶儒学复兴的鲜明体现。儒学的复兴、欧阳修作为史家在其撰著中所使用的春秋笔法以及古文的倡导三者之间有着直接的内在关联，陈寅恪先生正是从这个角度来立论的。

新、旧《五代史》在处理不同性质的人物的体例方面也有所区别。"薛《史》则以死于某朝者，即入于某朝传内"，比如"冯道历唐、晋、汉、周皆为相，而编入《周书》。欧《史》则以专仕一朝者系于某朝，其历仕数朝者则另为杂传，以叙其历宦之迹"，《新五代史》卷五四《冯道传》即为"杂传"，赵翼称这一体例为《新五代史》"创例之最得者"。[①] 欧阳修乃是自觉地继承所谓"春秋笔法"，通过此类独特的修史体例寄寓他对于历史人物的褒贬，褒贬之中体现出他对五代时期多方面社会问题的批评，也体现出此时儒学思想渐呈复兴之势的文化氛围。

五代时期的儒学不振，也造成诗歌中通过比兴寄托以"导扬讽喻"[②]的论调和文章领域"文以明道"的观念缺乏市场。传统儒家的诗教说、明道说到唐末五代只剩下"一种讲究比兴寄托的思维定势"，并且被庸俗化为"由物象求政教意义的读诗方法"，[③]相应地，盛、中唐以来以"明道"为宗旨的古文也就难以抬头了。

五代时期古文的衰落，首先表现在韩、柳等一流古文家文集的不被重视甚至流失散佚。韩愈死后，其门人李汉曾"收拾遗文，无所失坠，得赋四、古诗二百一十、联句十一、律诗一百六十、杂著

① [清]赵翼撰，王树民校证：《廿二史札记校证》，卷二一"薛欧二史体例不同"条，第459页。

② [唐]柳宗元：《杨评事文集后序》，《柳宗元集》，卷二一，第578页。

③ 王运熙、杨明：《隋唐五代文学批评史》，第593—595页。

六十五、书启序九十六、哀词祭文三十九、碑志七十六、笔砚鳄鱼文三、表状五十二，总七百，并目录合为四十一卷，目为《昌黎先生集》，传于代”①。《旧唐书》只在韩愈、柳宗元的本传中说明各有集四十卷，然均不见于该书《经籍志》的著录，大概史臣没有见到。到了北宋前期，韩、柳文集已经难睹全帙了。穆修《唐柳先生集后序》云：“予少嗜观二家之文，常病柳不全见于世，出人间者，残落才百余篇；韩则虽目其全，至所缺坠，亡字失句，独于集家为甚。”②后来欧阳修也只在本州大姓李氏家里见到了六卷本的韩愈文集，且“脱落颠倒无次序”，并且对于韩文在此之后三十年才行于世感慨不已。③ 如果没有北宋古文家的抢救，名噪一时的韩愈、柳宗元的文集几乎不保，古文到五代大抵可以说是衰落到极点了。

五代时期以古文创作知名者，目前所知似乎只有李愚一人。《旧五代史》卷六七本传称他“为文尚气格，有韩柳体”。这在当时是一个颇为孤立的现象。既没有形成风气，本人创作成就也没有特别可称道之处，所以历来的各种文学史论著都不曾提及。

其次，长期战乱破坏了文化文学的发展，致使文化文学水准普遍降低，骈文写作也难以维持原来的水平。

孙光宪《北梦琐言序》云：“唐自广明乱离，秘籍亡散，武宗已后，寂寞无闻，朝野遗芳，莫得传播。”④《宋史》卷二〇二《艺文一》：“乱离以来，编帙散佚，幸而存者，百无二三。”牛运振《五代

---

① [唐]李汉：《昌黎先生集序》，[唐]韩愈撰，马其昶校注：《韩昌黎文集校注》，第2页。

② 《柳宗元集》，附录，第1444页。

③ 参见[宋]欧阳修：《记旧本韩文后》，《欧阳修全集·居士外集》，卷二三，第536页。

④ [宋]孙光宪：《北梦琐言》，第15页。

诗话序》云:“五代之乱极矣,政纪解散,才士凌夷,干戈纷攘,文艺阙如。”[①]“秘阁四部三馆图书,乱离已来,散失都尽。一为坠阙,二十余年。”[②]欧阳修《范文度模本兰亭序附》跋尾云:“自唐末干戈之乱,儒学文章,扫地而尽。”[③]唐末五代时期“时玩武事,不急文化”[④]。五代乱世,文风不振,新、旧《五代史》不仅都没有《文苑传》,也没有《儒林传》,五代时期绝少为后人称述的文章之作。此时不仅是古文的低谷,即便骈文的成就也不高。

总起来看,五代时期在文章方面维持了晚唐以来的文体格局,骈体文仍然占据优势,古文不振;由于文化、文学水平的普遍降低,即使是处于优势地位的骈文在艺术上也无足称道。对于文章领域之内的这种萧条状况,北宋时期的学者即已经有了深刻的认识并达成了共识。叶涛《重修实录本传》云:“国朝接唐五代末流,文章专以声病对偶为工。”《宋史》卷三一九《欧阳修传》云:“宋兴且百年,而文章体裁,犹仍五季余习,锼刻骈偶,淟涊弗振,士因陋守旧,论卑气弱。”苏轼说:“唐末五代文章卑陋。”[⑤]沈晦云:“国初文章,承唐末五代之弊,卑弱不振。”[⑥]韩琦云:“自唐之衰,文弱无气,降及五代,愈极颓敝。”[⑦]又云:“文章自唐衰,历

---

① [清]王士禛:《五代诗话》,人民文学出版社1989年版,第1页。

② [五代]罗衮:《请置官买书疏》,[清]董诰等:《全唐文》,卷八二八。

③ 《欧阳修全集·集古录跋尾》,卷四,第1138页。

④ [五代]罗衮:《请置官买书疏》,[清]董诰等:《全唐文》,卷八二八。

⑤ [宋]苏轼:《王文甫达轩评书》,[宋]苏轼撰,孔凡礼点校:《苏轼文集》,卷六九,第2188页。

⑥ [宋]沈晦:《四明新本河东先生集后序》,《柳宗元集》,附录,第1445页。

⑦ [宋]韩琦:《祭文》,《欧阳修全集》,附录卷一,第1331页。

五代，日沦浅俗，寖以大敝。”①苏辙《欧阳文忠公神道碑》谓：“自退之以来，五代相承，天下不知所以为文。”②《宋史》卷二九五《尹洙传》亦云：“自唐末历五代，文格卑弱。”陈柱《中国散文史》第四编第一章第七节云：“自晚唐以后之文学，则可论者惟诗词而已，散文、骈文俱不足论矣！至于五代十国，则所可论者唯词而已，即诗亦已不足论。”

晚唐五代战乱频仍，社会经济、教育文化遭到了巨大破坏。直至宋初，人们仍然不愿外出做官，因此也就大大降低了刻苦学习文化、文学的动力，文化素质普遍下降，这在很大程度上即是五代社会风气影响下的结果。《云庄四六余话》云：“国初二浙州郡士子应举者绝少，括苍大比，今几万人，当时终场仅六人。”王辟之《渑水燕谈录》卷七载：“太宗朝赵昌国者，自陈乞应百篇举……至晚，仅能成数篇，辞意无足取……。”赵昌国之事在当时恐非偶然现象。《宋史》卷四四一《路振传》载：“（振）淳化中举进士。太宗以词场之弊，多事轻浅，不能该贯古道，因试《卮言日出赋》，观其学术。时就试者凡数百人，咸盱眙忘其所出，虽当时驰声场屋者亦有难色。”就试者数百人，竟然没有人知道《庄子·天下》篇的这个典故，此时宋王朝已建立三十多年，士子文化水准仍然如此低下，太祖、太宗两朝骈文水平可想而知，结合前引众多论者的评价，纷纭扰攘的五代时期学术文化以及同学术文化水平直接相关的骈文写作究竟堕落到怎样的程度，更是不难想

① ［宋］韩琦：《尹公墓表》，《安阳集》，卷四七，台湾商务印书馆影印文渊阁《四库全书》本。

② ［宋］苏辙：《栾城集·后集》，卷二三，台湾商务印书馆影印文渊阁《四库全书》本。

见。宋代文人对于五代文章的衰敝似乎特别感觉到痛心疾首，而且他们将自晚唐到五代文章的衰而又衰，视为一个自然的沉沦过程。

二、《旧唐书》史臣的文学观和文体观——晚唐以来骈文复盛的理论总结

《旧唐书》史臣的文学观，从宏观上说，有两点最为突出：一是维护文学的独立、特殊地位，有意将文学同其他范畴分离开来；二是排斥复古，力主新变。诗歌方面推重近体，轻视古体，文章方面提倡骈体，排斥古文。

认为文学才能与学术造诣不同，乃是“禀之于气，不可使之强也”[①]，完全来自先天禀赋，而非后天学习、培养所得，正所谓“并非肄业使然，自是天机秀绝”[②]，这当然是偏颇的。又认为“凡人有言，未必有德”，说苏味道、李峤文学为“一代之雄”，然而“俱为辅相，各处穹崇，观其章疏之能，非无奥赡；验以弼、谐之道，罔有贞纯”。[③] 将文与行、或者说文章和道德分开来看，有学者认为这种论调“正是五代作家生活上的普遍堕落在理论上的一种反映”[④]，大概能说中《旧唐书》史臣的心病。不过他们有意将文学和学术分开，将文学同传统的伦理道德分开，在客观上维护了文学自身的相对独立性，这当然也具有积极的因素。从汉

① 《旧唐书》，卷九四《苏味道李峤崔融卢藏用徐彦伯传》。

② 《旧唐书》，卷一九〇《文苑传上》。

③ 《旧唐书》，卷九四《苏味道李峤崔融卢藏用徐彦伯传》。

④ 敏泽：《中国文学理论批评史》，吉林教育出版社1993年版，上册第489页。

末魏晋到南朝，文学发展总的趋势是逐渐同其他学科分离而凸显其自身的特征，古文运动在一定程度上又有将文章之作同儒家之道混同的倾向，《旧唐书》的上述观点实际上是对这种倾向的一种反拨。

在文章文体方面，《旧唐书》史臣从力主新变的角度出发，肯定文章形式上的种种进步，以骈体为文章正宗。《旧唐书·文苑传序》云：

> 前代秉笔论文者多矣！莫不宪章谟诰，祖述《诗》、《骚》，远宗毛、郑之训论，近鄙班、扬之述作。谓"采采芣苢"独高比兴之源，"湛湛江枫"长赡咏歌之体。殊不知世代有文质，风俗有淳醨，学识有浅深，才性有工拙。昔仲尼演三代之易，删诸国之诗，非求胜于昔贤，要取名于今代。实以淳朴之时伤质，民俗之语不经，故饰以文言，考之弦诵，然后致远不泥，永代作程，即知是古非今，未为通论。

认为文辞从质朴无华到文采斐然是一种进步。刘昫等人在《旧唐书·文苑传序》中对初唐时代流行的齐梁文风深表肯定，而对元和以后的文体变革则或不置一词，或持保留态度，反映出重辞采、重声律的理论倾向。文中说：

> 爰及我朝，挺生贤俊。文皇帝解戎衣而开学校，饰贲帛而礼儒生，门罗吐凤之才，人擅握蛇之价。靡不发言为论，下笔成文，足以纬俗经邦，岂止雕章缛句！韵谐金奏，词炳丹青，故贞观之风同乎三代，高宗天后尤重详延。天子赋横汾之诗，臣下继柏梁之奏，巍巍济济，辉烁古今。如燕、许之润色王言，吴、陆之铺扬鸿业，元稹、刘蕡之对策，王维、杜甫之雕虫，并非肄业使然，自是天机秀绝。若隋珠色泽，无假

淬磨;孔玑翠羽,自成华彩,置之文苑,实焕缃图。

文学上推崇新变的主张自有其传统。早在东汉时代,针对当时泥古、复古的风气,王充就明确提出了反模拟、贵独创的文学主张。[①] 东晋葛洪《抱朴子·钧世》云:"古者事事醇素,今则莫不雕饰。时移世改,理自然也。……若舟车之代步涉,文墨之改结绳,诸后作而善于前事,其功业相次千万者,不可复缕举也。世人皆知之快于曩矣,何以独文章不及古邪?"[②]由此出发,他甚至认为《尚书》之文不如当代诏策军书奏议,《诗经》不如两汉魏晋的赋作。南朝时期,认为文学由质到文、由简到繁发展变化的观点就更多一些。萧统署名的《文选序》,明确主张文学是在发展变化的,并且后代的作品可以超过前代。《序》云:"若夫椎轮为大辂之始,大辂宁有椎轮之质?增冰为积水所成,积水曾微增冰之凛。何哉?盖踵其事而增华,变其本而加厉。物既有之,文亦宜然,随时变改,难可详悉。"[③]萧子显《南齐书·文学传论》提出"在乎文章,弥患凡旧,若无新变,不能代雄"。刘勰虽然认为文学的发展乃是"从质及讹,弥近弥澹",也主张"矫讹翻浅,还宗经诰",不过如果因此认为刘勰单纯主张复古,就远没有抓住其文学发展观的核心。在《文心雕龙·通变》中比较集中地表达了他对于文变和"新声"的肯定:

---

① 王充这种观念分散在《论衡》中的许多篇章,参见顾易生、蒋凡:《先秦两汉文学批评史》,上海古籍出版社 1990 年版,第 589 页、第 595 页。

② 杨明照:《抱朴子外篇校笺》,中华书局 1991 年版,下册第 77 页、第 78 页。

③ [南朝梁]萧统编,[唐]李善注:《文选》,中华书局 1977 年影印胡克家刊本。

夫设文之体有常，变文之数无方，何以明其然耶？凡诗赋书记，名理相因，此有常之体也；文辞气力，通变则久，此无方之数也。名理有常，体必资于故实；通变无方，数必酌于新声。故能骋无穷之路，饮不竭之源。

承认文学技巧和文学作品形式因素的不断发展和更新，只是这种发展和更新不应当完全丢弃文学传统的积极因素。《文心雕龙》还专有《声律》一篇，强调对声音之美的重视。据《梁书》卷五〇《文学下·刘勰传》，刘勰曾把《文心雕龙》献给沈约，沈约"大重之，谓为深得文理，常置之几案"。《文心雕龙》得到沈约的称赏不是偶然的，其基本的文学发展观念大有一致之处。

《旧唐书》史臣所勾勒出的文学发展历史，基本上是以近体诗文的发展为线索的。《文苑传序》称赞沈约"斟酌二南，剖陈三变，摅渊、云之抑郁，振潘、陆之风徽，俾律吕和谐，宫商辑洽，不独子建总建安之霸，客儿擅江左之雄"，曹植、谢灵运和沈约都是在诗歌形式美不断完善的进程中最为关键的人物。《长恨歌》、《琵琶行》等歌行在元、白的诗歌当中为数极少，他们的诗作绝大多数都为律体，除了绝句和五、七言律诗等"小碎篇章"以外，更有五百言甚至上千言的长律，的确可谓"驱驾文字，穷极声韵"[1]，这是所谓"元和体"诗歌的主要部分。正是从律体诗歌发展的线索着眼，《旧唐书》史臣将元、白诗歌看作继建安、永明之后的又一座高峰：

昔建安才子，始定霸于曹、刘；永明辞宗，先让功于沈、

① [唐]元稹：《上令狐相公诗启》，[唐]元稹撰，冀勤点校：《元稹集》，卷六〇，第633页。

谢；元和主盟，微之、乐天而已。

又云：

> 文章新体，建安、永明。沈、谢既往，元、白挺生。但留金石，长有茎英。不习孙、吴，焉知用兵。[①]

正如沈约在《宋书·谢灵运传论》中宣扬声律论的主张，萧子显在《南齐书·文学传论》中倡导文学“新变”主张一样，《旧唐书·文苑传序》也是表达作者文学思想观念的一篇专论，而且其主张可谓同前两者有一脉相承之处，反对文学上是古非今、肯定新变的理论主张尤其引人注目。晚唐五代时期复古潮流明显处于低潮，创作上也呈现出同齐梁文风颇为相似的特征。《文苑传序》在表现出对辞采和声律推崇之意的同时，还可以帮助说明其描绘的文学发展线索所以能够同沈约在《宋书·谢灵运传论》中所勾勒者若合符契，正是因为两者基于同样的文学发展观念。这是晚唐五代文坛上今体诗文再次占了绝对优势以及此时诗歌、骈文和赋格律化加深等情形在理论上的一种反映。

《旧唐书》史臣提倡骈文、反对古文的表现是多方面的。《旧唐书》本身行文骈俪气息很重，传文之后的史臣评论更是对仗工整的骈文。曾公亮在《进唐书表》中批评《旧唐书》的文字说：“衰世之士，气力卑弱，言浅意陋，不足以起其文。”再比如极力表彰元稹、白居易等中朝词臣的骈体诏策章奏，将其视为文章典范。相反，史臣对唐代最杰出的古文家韩愈评价不高，甚至有所贬抑；对柳宗元这样最具代表性的古文家虽然推重，却矢口不提他的古文创作。

---

① 《旧唐书》，卷一六六《元稹白居易传》。

《旧唐书》卷一六六《元稹白居易传论》推重“元之制策、白之奏议”,《文苑传序》又特别表彰虞世南、许敬宗、苏味道、李峤、张说、苏颋、吴少微、陆贽、刘蕡等人的文章,不仅是因为他们的文章多属政论性质,有裨益于时政。唐代古文不乏有益于政治教化者,盛、中唐以来的古文家的文章理论正是以载道、裨补时政为其核心内容,却基本上不在《旧唐书》史臣推崇之列,根本的原因,在于制策、奏议直接应用于实际的政治运作,唐代的古文创作虽多有论政之作,却往往局限于作家发表个人见解,尚未取得“润色王言”的地位和资格,而用于“润色”之用的,绝大部分都是工整的骈体文。元、白的奏议在文风上“不古不今,文质并重”[①],文体上仍然是骈体。因此《旧唐书》史臣虽则在文风方面确实体现出折中的倾向,但在文体上却是坚定的骈体论者,毫无与古文派妥协之意。这同他们推重王维、杜甫而不提李白用意相似,因为王、杜擅长律体而李白诗歌却以古体为多。总起来说,无论诗歌或者文章,《旧唐书》史臣倡导今体、排斥古体的倾向是相当明显的。

《旧唐书》卷一六〇《韩愈传》云:

常以为自魏晋以还,为文者多拘偶对,而经诰之指归,迁、雄之气格,不复振起矣。故愈所为文,务反近体,抒意立言,自成一家。新语后学之士,取为师法。当时作者甚众,无以过之,故世称韩文焉。然时有恃才肆意,亦有盭孔、孟之旨。若南人妄以柳宗元为罗池神,而愈撰碑以实之;李贺父名晋,不应进士,而愈为贺作《讳辨》,令举进士;又为《毛

---

① 罗根泽:《中国文学批评史》,第二册第184页。

颖传》,讥戏不近人情,此文章之甚纰谬者。时谓愈有史笔,

及撰《顺宗实录》,繁简不当,叙事拙于取舍,颇为当代所非。

《旧唐书》史臣不仅对于韩愈大力倡导古文、形成创作潮流的举动在我国古代文章发展史上的重要地位和重大意义缺乏适当的肯定,反而多所讥评和指摘。韩愈本以继承孔、孟思想统绪自命,史臣却似乎针锋相对地批评他“恃才肆意”,违背了孔、孟之道;他们指出韩愈碑文坐实神化柳宗元的说法,意在批评其做法同“不语怪、力、乱、神”的圣人之旨相悖;列举《讳辨》和《毛颖传》以讥评韩文立意之“纰谬”;借《顺宗实录》来说明韩文在表现手法方面的不足。这些批评都相当尖刻,除此以外,他们还在赞语里说韩愈“犆鸡断尾,害马败群”,这个评断更是极其刻薄的。

对于柳宗元的古文创作,《旧唐书》史臣虽说不像对待韩愈古文那样尖刻,不过却似乎采取了视而不见的态度。《旧唐书》卷一六〇《柳宗元传》史臣论曰:

> 贞元、大和之间以文学耸动搢绅之伍者,宗元、禹锡而已。其巧丽渊博、属辞比事,诚一代之宏才。如俾之咏歌帝载,黼藻王言,足以平揖古贤,气吞时辈。而蹈道不谨,昵比小人,自致流离,遂隳素业。故君子群而不党,戒惧慎独,正为此也。

史臣为刘、柳参与王叔文政治集团的改革举动深表惋惜,文章方面称赏的对象主要是柳宗元和刘禹锡的骈体章奏,认为其高超的水准足以服务于为朝廷润色鸿业的需要,却没有得到充分的发挥,柳宗元的古文正是其参与政治改革的有力武器,也是柳宗元的文学创作在文学史上最具意义的一笔,《旧唐书》史臣对此却丝毫不予肯定和表彰。

《旧唐书》史臣虽然也批评"龌龊者拘于宫商,放纵者流于郑、卫"[1]的现象,但其总体论调是维护和提倡诗文声律的。《旧唐书》史臣同古文家在关于文学演进的基本观点上存在互逆之处。这是两种根本不同的文学发展观。从表面上看,一派认为"今不如古",故应当效法往昔以改造当今;另一派则认为"今胜于古",故有《旧唐书》史臣"是古非今,未为通论"[2]之说。两种观念各自呈现出一条发展线索。骈文、古文的此消彼长,体现在这两条发展线索上,就是此隐彼显。

郭绍虞先生认为《旧唐书》所以有此论调,乃是因为作者本身为史家,从历史的观念出发来批评文学,所以能够把握文学的进化,[3]这个看法自然是有道理的,不过似乎不够全面。《旧唐书》史臣对于韩、柳等人以复古为革新的古文运动的历史意义显然缺乏足够的认识和充分的肯定,这就不能说是具有史家"通古今之变"眼光的见解。晚唐以来今体诗文盛行的文学风气对于《旧唐书》史臣文学发展观所造成的影响还是最不应当忽略的因素。

《旧唐书·文苑传序》典型地体现了五代时期史臣的文体观念。这种观念在五代时期能够成为主流,即是晚唐文坛风气的自然延续,但是晚唐时代尚没有将这种观念表达得如此明确者,到此处算是作了一个总结。这一点更可以证明唐代古文运动尚未完全消除魏晋南朝以来以骈文为正宗的文体观念。如果说李

---

① 《旧唐书》,卷一六六《元稹白居易传》。

② 《旧唐书》,卷一九〇《文苑传上》。

③ 参见郭绍虞:《中国文学批评史》,第268页。

商隐打破了复古派理论的全盛局面,《旧唐书》史臣则从正面阐发了以骈体为正宗、排斥古文的主张。李商隐在诗歌方面推崇颜延之、谢灵运、何逊以及江总等作家,①在骈文方面则将任昉、范云、徐陵、庾信等人的作品作为效法的典范,②他们都是南朝时期诗文声律化进程中贡献最大的作家。大抵因为李商隐才秀人微,沉沦下僚,且《旧唐书》史臣对于李商隐为人行事颇有偏见,因此在其本传中除了称许李商隐"尤善为诔奠之辞"以外,对他的骈文作品远没有后代人评价那样高,但是通过文论即可明显看出李商隐同《旧唐书》史臣在文体观念方面的一脉相承之处。这都是同中唐复古派作家诸如"齐梁及陈隋,众作等蝉噪"③之类的言论截然不同、针锋相对的。

第二节 北宋初年的"李商隐热"与西昆派骈文的风行

一、宋初的文化环境与文坛上的"李商隐热"

文学艺术甚至整个文化系统的发展演化与政治运作有着千丝万缕的密切联系,但前者相对于后者来讲却有着相对的独立

① 参见[唐]李商隐:《漫成三首》其二、其三,《送王十三校书分司》、《赠司勋杜十三员外》等。

② 参见[唐]李商隐:《樊南甲集序》,[唐]李商隐撰,刘学锴、余恕诚编年校注:《李商隐文集编年校注》,第 1713 页。

③ [唐]韩愈:《荐士》,[唐]韩愈撰,钱仲联系年集释:《韩昌黎诗系年集释》,上海古籍出版社 1984 年版,第 528 页。

性，文学风气并不会严格地随着政权的更迭而立即发生变迁和转型。就像隋、唐帝国的建立虽然在政治上结束了南北朝的长期的分裂，新型的文学风气却没有立即建立起来，南朝文风在相当长的时期之内仍然具有广泛而深刻的影响。北宋王朝结束了五代十国的割据纷争，却同样没有立即斩断晚唐五代以来文学和艺术领域的主流风潮。在晚唐、五代及宋初，骈风复盛，太祖、太宗、真宗三朝以及仁宗初年的文坛，都是骈文居于主导地位的。这八十年，大约又可以分为两个阶段，前四十年即太祖、太宗两朝的骈文承继了五代以来的“芜鄙之气”，即王禹偁所谓“文自咸通后，流散不复雅。因仍历五代，秉笔多艳冶”①。后四十年即真宗朝和仁宗朝初年的骈文由“芜鄙”变为典雅，形成以杨亿、刘筠为代表的所谓西昆派四六，这种骈文在很大程度上就是在效法樊南四六的基础上形成的。

文学史上所谓“西昆体”，多是就诗歌而言，不过也有学者用此名指代西昆派作家的骈文，宋初律化骈文以西昆体作家杨亿、刘筠等人的作品为代表。西昆派虽然是个诗派，但所谓“西昆体”其实也包括他们的骈文（当时称作“时文”）在内。赵彦卫《云麓漫钞》卷八说：“本朝之文，循五代之旧，多骈俪之词，杨文公始为西昆体。”《宋史》卷四三九《文苑传》说：“国初，杨亿、刘筠，犹袭唐人声律之体。”所谓“袭唐人声律之体”，主要是指沿袭李商隐等人所代表的“三十六体”的作风，追求形式上的华美、词句的稀致、典故的繁缛和声律的和谐，但在内容和风骨上较之李商隐

① ［宋］王禹偁：《五哀诗》其二，《小畜集》，卷四，台湾商务印书馆影印文渊阁《四库全书》本。

的骈文则有所不及。

《宋史·文苑传序》说："艺祖革命，首用文吏而夺武臣之权，宋之尚文，端本乎此。太宗、真宗，其在藩邸，已有好学之名，及其即位，弥文日增。"宋太祖时期大量增加科举名额，据说又以"不得杀士大夫及上书言事人"镌为誓碑立于太庙密室以垂示嗣君。[①] 宋初学术文化建设的规模化，首先得到了皇帝的提倡和支持。太祖、太宗特别注意多方搜集图书。经过五代战乱，典籍损失严重。宋太祖建隆年间，昭文馆、史馆、集贤院三馆藏书仅一万三千余卷。平蜀后，派右拾遗孙逢吉前往收获图书一万三千卷。开宝八年(975)平南唐，得图籍两万卷。吴越归附，大量图籍得以收归中央。太宗即位后，重建三馆搜访遗书，并下达《访求三馆阙书诏》，"宜令三馆以《开元四部书目》，阅馆中所阙者，具列其名，于待漏院出榜，告示中外：若臣寮之家有三馆阙者，许诣官进纳。及三百卷以上，其进书人送学士院引验人材，书札试问公理。如堪任职官者，与一子出身。亲儒墨者，即与量才安排。如不及三百卷者，据卷帙多少优给金帛。如不愿纳官者，借本缮写毕，却以付之"[②]。在这种优惠政策的感召之下，"数年之间，献图书于阙下者不可胜记，诸道又募得者数倍"[③]。

宋初诸帝还特别注意典籍的整理和修纂。太宗时期修成《太平广记》、《太平御览》、《文苑英华》三部大书，宋真宗《册府元

---

① [清]潘永因编，刘卓英点校：《宋稗类钞》，卷一《君范》，书目文献出版社1985年版，第1页。

② [宋]程俱：《麟台故事》，卷二《书籍》载太平兴国九年(984)正月诏，台湾新文丰出版公司《丛书集成初编》本。

③ [清]徐松编：《宋会要辑稿·崇儒》，卷四，中华书局1957年版。

龟序》称赞太宗云："太宗皇帝始则编小说而成《广记》，纂百氏而著《御览》，集章句而制《文苑》，聚方书而撰《神医》，次复刊广疏于九经，较阙疑于三史，修古学于篆籀，总妙言于释老。洪猷丕显，能事毕陈。"到了真宗景德二年(1005)，《册府元龟》的编纂工程开始启动。参编者如杨亿、刘筠、钱惟演、杜镐、舒雅、陈越、李维等人即是"西昆酬唱"的中心人物。乾兴初年，真宗又命翰林侍读学士晏殊等人在《册府元龟》中撷取精华，得其要者四十卷，分为二百一十五门，名为《天和殿御览》。[①] 西昆体骈文的代表作家也就是参编《册府元龟》的馆阁文臣。

真宗曾对龙图阁直学士陈彭年说："儒术污隆，其应实大，国家崇替，何莫由斯。故秦衰则经籍道息，汉盛则学校兴行。其后命历迭改，而风教一揆。有唐文物最盛，朱梁而下，王风寖微。太祖、太宗，丕变弊俗，崇尚斯文。朕获绍先业，谨导圣训，礼乐交举，儒术化成，实二后垂裕之所致也。"[②]认为学术的繁荣发展是国家昌盛的重要标志，因此继承太祖以来的一贯政策，将振兴学术作为一种自觉的行为。真宗晚年，以所著诗文示丁谓等曰："朕听览之暇，以翰墨自娱，虽不足垂范，亦平生游心于此。"谓等请镂板宣布，共七百二十二卷，并作天章阁贮之。[③] 建阁贮藏御集的风气就起自真宗，又每阁设置学士、直学士、待制等专门官员执掌其事。[④] 由此，社会上形成了一种重视学术文化的风气：

---

① 参见[宋]王应麟：《玉海》，卷五四"乾兴《天和殿御览》"条，江苏古籍出版社 1990 年版。

② [宋]李焘：《续资治通鉴长编》，卷七九，中华书局 1979 年版。

③ 参见《宋史》，卷八《真宗纪三》。

④ 参见[清]赵翼撰，王树民校证：《廿二史札记》，卷二四"宋诸帝御集皆建阁贮藏"条，第 521 页。

"上之为人君者,无不典学;下之为人臣者,自宰相以至令录,无不擢科,海内文士,彬彬辈出焉。"①

宋初承袭晚唐五代文坛格局,文章仍以骈体为主。《宋史》卷四三九《文苑传一》之中共有传主十一位,基本上都是北宋初年的作家,其中除了郭昱"好为古文"以外,其他文章家多以擅长骈偶之文而知名。比如宋白"学问宏博,属文敏赡,然辞意放荡,少法度",而且他还"尝类故事千余门,号《建章集》",大抵是供骈文写作参考所用的类书性质的作品。太宗雍熙中,"白与李昉集诸文士纂《文苑英华》一千卷"。又如赵邻几,"为文浩博,慕徐、庾及王、杨、卢、骆之体。每构思,必敛衽危坐,成千余言始下笔,属对精切,致意缜密,时辈咸推服之。及掌诰命,颇繁富冗长,不达体要,无称职之誉"。再如和嶹,"虽幼能属文,殊少警策。每草制必精思讨索而后成,拘于引类偶对,颇失典诰之体"。其他如梁周翰虽然"习尚淳古",却以《五凤楼赋》饮誉当时,可知仍然以骈俪知名,且他"以韩氏(愈)未足为可贤"、"指摘韩氏之疵"②,同北宋前期以古文相号召的作家大不相同。

北宋科举范围的扩大,无形中又为骈体文开拓了市场。元人刘埙《答友人论时文书》云:

> 盖宋朝束缚天下英俊,使归于一途。非工时文,无以发身而行志。虽有明智之材、雄杰之士,亦必折抑而局于此。不为此不为名士,不得齿荐绅大夫。是以皇皇焉竭蹶以趋。③

---

① 《宋史》,卷四三九《文苑传》。

② [宋]柳开:《答梁拾遗改名书》,《河东集》,卷五,台湾商务印书馆影印文渊阁《四库全书》本。

③ [元]刘埙:《水云村稿》,卷一一,台湾商务印书馆影印文渊阁《四库全书》本。

陈师道《后山诗话》云："国初士大夫例能四六，然用散语与故事尔。杨文公笔力豪赡，体亦多变，而不脱唐末与五代之气。又喜用古语，以切对为工，乃进士赋体耳。"杨亿等人所谓西昆派的骈体之作，所以能够风行一时，大抵也同这种体式上与科举律赋等骈体应用文的近似直接相关。历史由盛、中唐到北宋初年，仿佛经历了一个循环。北宋古文运动的前驱人物柳开，曾经由于辞赋不工而连举不第。叶梦得《石林燕语》卷八云：

> 国朝取士，犹用唐故事，礼部放榜。柳开少学古文，有盛名，而不工为词赋，屡举不第。开宝六年，李文正昉知举，被黜下第，徐士廉击鼓自列，诏卢多逊即讲武殿覆试，于是再取宋準而下二十六人。……然时开复不预。多逊为言："开，英雄之士，不工篆刻，故考较不及。"

陆游《老学庵笔记》卷八载：

> 国初尚《文选》。当时文人专意此书，故草必称"王孙"，梅必称"驿使"，月必称"望舒"，山水必称"清晖"。至庆历后，恶其陈腐，诸作者始一洗之。方其盛时，士子至为之语曰："《文选》烂，秀才半。"

如我们在前文中业已指出的，骈文写作本身即带有学术化的倾向，骈文同学术的发展有密切的关系。众多论者已经指出西昆体诗歌的产生、发展和流传同北宋初年崇儒尚文的社会风气之间的联系，毋宁说同骈文的关联更为直接和紧密。从形式诸要素的角度来看，高度的学术含量是骈文写作的内在要求，对于用典来说尤为突出。晚唐的政治局势对幕府公文的特殊需求推动形成了以"章奏之学"为中心的特殊氛围，北宋初年的崇文风气对骈文的演进、特别是骈文品位的提高起到了推动作用。石介

《石曼卿诗集序》云："国朝祥符中，民风豫而泰，操笔之士，率以丽藻为胜。"①大抵认为安定闲适的世风同讲求藻丽的文风之间有种必然的联系。于是形式精工典丽、内容宏博深厚的李商隐的诗歌、骈文，成为西昆派作家效法的对象。

西昆派的代表人物杨亿、钱惟演、刘筠酷爱李商隐诗。马端临《文献通考》卷二三三引叶梦得语云："国初钱文僖（惟演）与杨大年（亿）、刘中山（筠）皆倾心师尊（义山），以为过老杜。"《宋朝事实类苑》卷三四载杨亿自述其阅读樊南诗的体验说：

> 至道中，偶得玉溪生诗百余篇，意甚爱之，而未得其深趣。咸平、景德间，因演纶之暇，遍寻前代名公诗集，观富于才调，兼极雅丽，包蕴密致，演绎平畅，味无穷而久愈出，钻弥坚而酌不竭，曲尽万态之变，精索推言之要，使学者稍窥其一斑，略得其余光，若涤肠而换骨矣。由是孜孜求访，凡得五七言长短韵歌行杂言共五百八十二首。……鹿门先生唐彦谦慕玉溪，得其清峭感怆，盖圣人之一体也。……世俗见予爱慕二君诗什，夸传于书林文苑，浅拙之徒，相非者甚众。

葛立方《韵语阳秋》卷二载："杨文公在至道中得义山诗百余篇，至于爱慕而不能释手。公尝论义山诗，以谓包蕴密致，演绎平畅，味无穷而炙愈出，钻弥坚而酌不竭，使学者少窥其一斑，若涤肠浣胃。是知文公之诗，有得于义山者多矣。"宋人刘攽《中山诗话》载，刘筠曾经"画义山像，写其诗句列左右，贵重之如此"。

西昆体诗人虽然对于李义山诗心摹手追，其创作毕竟同义

---

① ［宋］石介：《徂徕集》，卷十八，台湾商务印书馆影印文渊阁《四库全书》本。

山诗有所不同，他们在本质上属于截然不同的两个艺术流派，不能相提并论。不少评论家已经指出这一点。比如朱弁《风月堂诗话》云："义山……别立门户，成一家；后人挹其余波，号西昆体，句律太严，无自然态度。"何焯《义门读书记》卷五七也说："冯定远（班）谓熟观义山诗，自见江西之病；余谓熟观义山诗，兼悟西昆之失。西昆只是雕饰字句，无论义山之高情远识，即文从字顺，犹有间也。"其实，刘攽在《中山诗话》中就已经对西昆体提出了批评："祥符、天禧中，杨大年、钱文僖、晏元献、刘子仪以文章立朝，为诗皆宗尚李义山，号西昆体。后进多窃义山语句。赐宴，优人有为义山者，衣服败敝，告人曰：'吾为诸馆职挦扯至此。'闻者欢笑。"

对诗歌的欣赏、推崇而引发对义山本人的崇拜是颇为自然的事，进而学习、模仿樊南四六也就更不奇怪了。樊南四六的流行，其实并非发端于西昆派，它早在唐末就已经风行于文人士子中间，造成很大的影响。李涪《刊误》卷下"释怪"条云：

> 近世尚绮靡，鄙稽古。商隐词藻绮丽为一时之最。所著尺题篇咏，少年师之如不及。无一言经国，无纤意奖善，惟逞章句。因以知夫为锦者，纤巧万状，光辉曜目，信其美矣；首出百工，惟是一端得其性也。至于君臣长幼之义，举四隅莫反其一也。彼商隐者，乃一锦工耳，岂妨其愚也哉！

李涪把李商隐比为一个"锦工"，意思是说他的创作仅仅以编织章句为能事，以华丽炫目为目的。虽然李商隐的文学创作确实存在唯美倾向，不过这样说仍然不免偏激。李涪乃是站在儒学礼教的立场，将文学向"君臣长幼之义"上比附，其观念当然是狭隘的。这段话当中尤其需要注意的，是明确指出了李商隐的作品在唐末就已经获得“一时之最”的评价，并且成为很多人追摹效法的对象。所谓“尺题篇咏”，包括诗歌和骈文两个方面，“尺题”即指应用性骈文，例如《新唐书》卷六〇《艺文志》四有署名武元衡西川从事所撰《临淮尺题》二卷（参见本文附录一《唐代行政公文文集简表》）。据刘学锴先生《李商隐传论》考证，李商隐卒于大中十二年(858)，[①]而李涪是唐末人，[②]李涪所谓“近世”，大抵是指唐亡之前四五十年的时间。五代文章之鄙陋最为北宋中期以后的学者所诟病，这段时间由于史料的缺乏，很难说李商隐的创作是否还像唐末这样受欢迎，不过此时文章水准的大大降低却是事实。所以真宗时期，才有西昆派文人再次扛起李商隐这面大旗的举动。实际上这又是对晚唐文学风气的接续和发扬。晚唐五代以来骈文趋于复兴、古文衰落不振的传统和北宋初年的重文风尚，促成了宗法李商隐的西昆派骈文的风行。石介在其《祥符诏书记》中就明确指出，杨亿等人“乃斥古文而不为，远袭唐李义山之体，作为新制”[③]。清人朱鹤龄在《新编李商隐文集序》中说：“义山四六，其源出于子山（庾信），故章摛造次之华，句挟惊人之艳，以礫裂为工，以纤妍为态。迄于宋初，杨（亿）、刘（筠）刀笔，犹沿习其制，诚厥体中之栴檀薝蔔也已。”瞿兑之先生在其《中国骈文概论》中论李商隐骈文之后说：“后来宋朝人的四六，都是承他的衣钵，而再参以变化的。”[④]他还在此书的另一处特别提到：“宋初文学，是以李商隐为圭臬的，杨亿、刘

① 参见刘学锴：《李商隐传论》，第465页、第466页。

② 参见［清］永瑢等：《四库全书总目》，卷一一八《刊误》提要。

③ ［宋］石介：《徂徕集》，卷一九。

④ 刘麟生主编：《中国文学八论》，第45页。

筠、钱惟演一班人，主持庙堂文学，步武唐贤，舂容大雅。”①

二、西昆派骈文的基本风貌和写作方法

西昆派的代表人物多是极富才气的作家，杨亿的创作成就和声誉尤其显著。杨亿“七岁能属文，对客谈论，有老成风。雍熙初，年十一，太宗闻其名，诏江南转运使张去华就试词艺，送阙下。连三日得对，试诗赋五篇，下笔立成”②，因此授秘书省正字，改奉礼郎，光禄寺丞，直集贤院，迁著作佐郎、左正言；咸平四年(1001)二十八岁时，以“望实素著”未经召试擢知制诰③；景德三年(1006)入为翰林学士，时年三十三岁；大中祥符初，加兵部员外郎、户部郎中。天禧四年(1020)再为翰林学士，同年十二月卒。可谓少年得意、平步青云的典型。宋庠《谈苑序》云：“故翰林杨文公大年，在真宗朝，掌内外制，有重名，为天下学者所服。”④杨亿著作宏富，有“《内外制》、《刀笔集》共一百九十四卷；又别出《西昆酬唱》、《虢郡文斋》、《颍阴联唱》、《南阳释苑》等集”；另外特别“手录时人所作，为《儒苑时文录》数千篇”。⑤ 这是现在所知北宋第一本骈文总集。在其政治生涯中写作了大量

① 刘麟生主编：《中国文学八论》，第46页。

② 《宋史》，卷三〇五《杨亿传》。

③ [宋]欧阳修《归田录》卷一：“国朝之制，知制诰必先试而后命，有国以来不试而命者才三人：陈尧佐、杨亿，及修忝与其一尔。”[宋]叶梦得《石林燕语》卷六：“国朝知制诰，必召试而后除，唐故事也。”

④ [宋]宋庠：《元宪集》，卷三五，台湾商务印书馆影印文渊阁《四库全书》本。

⑤ [宋]曾巩：《隆平集》，卷一三《侍从》，台湾商务印书馆影印文渊阁《四库全书》本。《宋史》卷三〇五《杨亿传》作“手集当世之述作，为《笔苑时文录》数十篇”。

的应用性骈文之外，还显示出对于“时文”的格外重视。

晚唐以后闽中文化、文学的发展可谓突飞猛进，这一点在前文中已有说明。晚唐五代的绮艳文风，闽中文人的创作是重要的体现。韩偓是李商隐的晚辈亲戚，交往甚深，韩偓的无题诗、咏物诗和艳体诗都可以看出李商隐的影响；黄滔、徐寅、陈贶、江文蔚、江为等人的诗歌都以近体为主，风格纤巧绮丽。杨亿生于闽中，很难想象他能够完全脱离晚唐五代以来闽中作家的影响。

再如与杨亿齐名的刘筠，“景德以来，居文翰之选，其文辞善对偶，尤工为诗。初为杨亿所识拔，后遂与齐名，时号‘杨、刘’。凡三入禁林，又三典贡部，以策论升降天下士，自筠始”①。所谓“为杨亿所识拔”事，见于《宋史》卷三〇五《刘筠传》：“刘筠字子仪，大名人。举进士，为馆陶尉。还，会诏知制诰杨亿试选人校太清楼书。擢筠第一，以大理评事为秘阁校理。”②以朝廷“大手笔”的身份执掌贡举，其影响力之大就不难想见了。

杨亿、刘筠、钱惟演等西昆派的代表人物，出身各不相同，但其文学渊源、清要的社会地位和“丰富藻丽，不作枯瘠语”③的文学美学追求等方面都是极其近似的。对唯美风格的追求溢于言表。西昆派作家以“雕章丽句，脍炙人口”（杨亿《西昆酬唱集序》）自我标榜。杨亿自称“余力为学，必摛锦而布绣”④，又称刘筠“词标典丽”⑤。真宗朝兴起一股进献赋颂之作以粉饰太平、

---

① 《宋史》，卷三〇五《刘筠传》。

② 参见［宋］李焘：《续资治通鉴长编》，卷五三咸平五年（1002）十二月。

③ ［宋］葛立方：《韵语阳秋》，卷二，中华书局1985年版。

④ ［宋］杨亿：《与史馆晁司谏启》，《武夷新集》，卷一九，台湾商务印书馆影印文渊阁《四库全书》本。

⑤ ［宋］杨亿：《与秘阁刘校理启》，《武夷新集》，卷二〇。

歌功颂德的风气。许洞有《三盛礼赋》，晏殊、刘筠有《大酺赋》，杨亿有《天禧观礼赋》。杨亿曾说“官曹所谓于清华，职业唯专于润色”①，“宣布王泽，激扬颂声”②，“争奇逞妍，更赋迭咏，铺锦列绣，刻羽引商，烂然成编”③，“盖风化之所系，岂徒缘情绮靡”④。追求刻镂典丽文风的目的是直接为润色鸿业服务，由此把骈文形式美推向时代的最高峰。苏轼《议学校贡举状》云：“近世士大夫文章华靡者，莫如杨亿。”这种美学追求正是他们选择形式上如同七宝楼台一般的樊南四六作为学习对象的重要原因。相反，相对来说比较质朴的古体诗和古文就为杨亿等人所不喜。金代王若虚《文辨》载：“旧说杨大年不爱老杜诗，谓之‘村夫子语’，而近见傅献简《嘉话》云：‘晏相（殊）常言，大年尤不喜韩、柳文，恐人之学，常横身以蔽之。’”

此外，沉浸浓郁，含英咀华的馆阁生活对于典雅博赡的文风的形成具有极其重要的推动作用。杨亿有诗云：“册府藏书在紫微，退朝稽古助论思。”⑤杨亿曾说自己早年供职秘书省时，“进德励行，修词聚学，又得册府秘书，夙夜研习”，知制诰时“励精夙夜，期有润色帝载，与三代同气”。⑥ 通过孜孜不倦的学习以积累深厚的学养，也是写作博雅典丽的时文所必须的基本功力。

---

① [宋]杨亿：《求解职领郡表》，曾枣庄、刘琳主编：《全宋文》，卷二八五。

② [宋]杨亿：《送人知宣州诗序》，曾枣庄、刘琳主编：《全宋文》，卷二九五。

③ [宋]杨亿：《广平公唱和集序》，曾枣庄、刘琳主编：《全宋文》，卷二九五。

④ [宋]杨亿：《广平公唱和集序》，曾枣庄、刘琳主编：《全宋文》，卷二九五。

⑤ [宋]杨亿：《龙图阁会宴应制》，《武夷新集》，卷一。

⑥ [宋]杨亿：《送倚序》，曾枣庄、刘琳主编：《全宋文》，卷二九四。

杨亿论文，主张“学海汪洋，辞锋颖脱”①；“博综文史，详练经术，词采奋发，学殖艰深”②。除了讲求词采是杨亿为文的自觉意识以外，他还追求以浩瀚渊博的经史知识积累作为写作后盾，甚至不避“艰深”。他借经史典籍以为写作资源，与唐宋古文家对待典籍的态度明显不同。古文家所要继承的是儒道，是儒家经典的内在精神，杨亿则重在驱驾典故。杨亿是当时地位最高的史家，修史注重“事有依据”，博学多闻是基本修养。杨亿在《与史馆检讨陈秘丞启》中说：“良史之任，历代为难。自非通倚相《邱》、《索》之书，专羊肹《春秋》之学，博物稽古，多识旧章，变例发凡，深穷微旨。……何以绣斧衮章，由一言而褒贬。……”③西昆派作家最突出的共同特点，是他们的深厚学养。他们的艺术趣味所以能够同李商隐的诗文作品达成默契，很大程度上要取决于这一点，因为非博学则很难深切体味精于用典、大量用典的玉谿诗和樊南四六；反过来讲，大量艰深的典故恰好有助于体现出渊涵博雅的艺术情趣。杨亿之外，如钱惟演、胡宿等人都以学殖深厚而著称。钱惟演乃吴越降王之后，雅好文辞，“名与杨亿、刘筠相上下。于书无所不读，家储文籍侔秘府。尤喜奖厉后进”④。《四库全书总目》卷一五二胡宿《文恭集》提要云：“（宿）立朝以廉直著，而学问亦极该博。当时文格未变，尚沿四六骈偶之习，而宿于是体尤工。所为朝廷大制作，典重赡丽，追踪六朝。”

骈文写作同类书编纂的关系，前文已揭。清代考据学兴盛

① ［宋］杨亿：《贺王著作启》，《武夷新集》，卷二〇。
② ［宋］杨亿：《送进士陈在中序》，《武夷新集》，卷七。
③ ［宋］杨亿：《武夷新集》，卷二〇。
④ 《宋史》，卷三一七《钱惟演传》。

起来以后，不少文人强调学有本原，以熟记典故为博雅，以整饰音辞为能事，骈文正好合乎他们的创作和欣赏口味，清代骈文的中兴即与此有直接关系。宋初西昆诸子也存在相似的情况。王应麟《玉海》卷五四载，景德二年九月丁卯，“命资政殿学士王钦若、知制诰杨亿修《历代君臣事迹》”。《宋史》卷三〇五《杨亿传》载：“会修《册府元龟》，亿与王钦若同总其事，其序次体制皆亿所定。”所谓“西昆”、“册府”云云，足以说明他们的创作同馆阁和书斋生活的密切联系。编纂类书对创作的影响当然并不只是包括作家从所编纂的类书中直接撷取典故用于骈文写作，同时也包括围绕编纂类书所形成的浓厚的文化氛围，特别是作家对博雅文学趣味的追求。另外还会影响到写作手法。他们在很大程度上不是批判继承前人的创作精神，将艺术营养有机融入当代创作，而是直接从前代作品中抽剥词句，根据不同的需要重新进行排列组合。这与我们在前文中所提到的晚唐李商隐等人的骈文写作方式有很大的相似之处。同一般的艺术创作相比，技术操作的成分更大。因此，西昆派骈文作家学习李商隐最突出的两点特征，一是辞藻典丽华赡，再就是写作方法上的“组织”。所谓组织，就是组织典故以成文。南宋末吴渊《鹤山集原序》云，宋初“文章亦无虑三变。始也，厌五季之萎苶，而昆体出，渐归雅驯，犹事织组，则杨、晏为之倡”①。卢文弨在《徐常侍文集跋》中称，徐铉“在昆体未兴之前，故无丰缛之习。其文俪体为多，亦雅淡

---

① ［宋］魏了翁：《鹤山集》，卷首，台湾商务印书馆影印文渊阁《四库全书》本。

有余，为组织之学者见之，或不尽喜。然冲融演迤，自能成家，不可得而废也”[1]。徐铉今存文章基本都属应用，“尤长于制诰”[2]。徐铉等人继承唐代燕、许等人的艺术风格，虽然用典，但数量不多，关键是不完全通过典故的组合来表情达意，这就是同西昆派作家最重要的一点区别。李商隐骈文有“獭祭鱼”之称，杨亿作文则有“衲被”之名。《五朝名臣言行录》卷四引《吕氏家塾记》云：“杨文公凡为文章，所用故事，常令子、侄、诸生检讨出处，每段用小片纸录之。文既成，则缀粘所录而蓄之，时人谓之衲被焉。”

就作者身份而言，李商隐、温庭筠是沉沦下僚、坎壈不遇的文士，而杨亿、刘筠、钱惟演却是地位清要、养尊处优的馆阁重臣。晚唐骈文在宋初接受过程中的一个重要表现，即晚唐时代幕府公文的典型艺术风格成为北宋前期朝廷大手笔的基本艺术风貌。前者处在乱世、末世，后者却身处盛世。李商隐及与其骈文艺术风格较为相近的温庭筠、段成式等人地位总起来说比较低，而且从实际情况来看，晚唐浮华的文风大抵只是在朝廷以外的地方政府和藩镇比较明显，《新唐书》卷一七七《高锴传》载，开成元年唐文宗曾对侍臣说：“诸镇表章太浮华，宜责掌书记，以诫流宕。”李石对曰：“古人因事为文，今人以文害事，惩弊抑末，诚如圣训。”[3]李德裕等人的朝廷公文与此风格并不相同。西昆派

---

① 曾枣庄、李凯、彭君华编：《宋文纪事》，卷一，四川大学出版社 1995 年版，第 11 页。

② ［宋］李昉：《大宋故静难军节度行军司马检校工部尚书东海徐公墓志铭》，曾枣庄、刘琳主编：《全宋文》，卷四六。

③ 《旧唐书》，卷一六八《高锴传》所载略同；参见《资治通鉴》，卷二四五文宗开成元年（836）。

骈文作家把晚唐时代流行于藩镇戎幕的文风引向北宋宫廷，扩大了这种文风的影响。此外还有一点需要特别指出，即西昆派骈文同樊南四六的相同之处主要在于词采秾艳和典故繁多，有时在意境塑造上也颇能得其仿佛，却很少有樊南四六中经常出现的身世之悲。西昆派作家多身居高位，在创作中有意无意之间回避了社会矛盾，而将注意力集中在身边琐事和日常生活，颇陶醉于宴饮酣歌和酬答唱和，文学成了单纯娱乐和排遣的工具。雍容典雅，优游涵咏，视野所及，不出宫廷、馆阁这样狭窄的圈子，很难去反映广泛的社会现实，也就不会具备批判精神，当然也不会有末世落魄文人的自哀自怜和流离之悲。两者的相同之处在于他们的学养和美学追求的近似；两者的不同，都是由于作者所处的时代及其社会地位决定的。

三、西昆派骈文的影响和双重意义

西昆派骈文在真宗景德至大中祥符年间乘势而起，流播蔓延至仁宗天圣初年，前后风行二十余年，其影响之大，即便不是垄断性的，也确实没有任何其他一种文体、文风超过它，更不用说取代它了。

石介《上赵先生书》云：

> 今……独斯文邈乎不可视于唐。居上者点化语言，组织章句。如彼画工，不知绘事后素以为质，但夸其藻火之明，丹漆之多。如彼追（鎚）师，不知良玉不琢以为美，但夸其雕刻之工，文理之缛。载毫辇笔，穷山刊木，模刻其文字，布于天下以为后进式。①

① ［宋］石介：《徂徕集》，卷一二。

这里特别指出提倡骈体者多拥有较高的社会地位，登高而呼，自然容易造成较大的社会影响，将他们自己喜好的文体和艺术风格推广开来，成为年轻人学习、效法的典范。

穆修《答乔适书》云：

今世士子习尚浅近，非章句声偶之辞，不置耳目，浮轨滥辙，相迹而奔，靡有异途焉。其间敢以古文语者，则与语怪者同也。众又排诟之，罪毁之，不目以为迂，则指以为惑，谓之背时远名，阔于富贵。前进则莫有誉之者，同侪则莫有附之者。其人苟失自知之明，守之不以固，持之不以坚，则莫不惧而疑悔而思忽焉，且复去此而即彼矣。①

文中所说，正是在西昆派骈文风行之际倡导古文者遭受排摈的孤立和寂寞状态。晏殊《与富监丞书》云：

某少时闻群进士盛称韩柳，茫然未测其端。洎入馆阁，则当时俊贤方习声律、饰歌颂，诮韩柳之迂滞，靡然向风，独立不暇。

这里所描写的乃是西昆体的代表人物领袖群伦的时期，由此可见“群进士”在“馆阁”中人影响之下“靡然向风”的状态。

欧阳修《与荆南乐秀才书》云：

仆少孤贫，贪禄仕以养亲，不暇就师穷经，以学圣人之遗业，而涉猎书史，姑随世俗作所谓时文者，皆穿蠹经传，移此俪彼，以为浮薄，惟恐不悦于时人，非有卓然自立之言如古人者。然有司过采，屡以先多士。及得第已来，自以前所为，不足以称有司之举，而当长者之知，始大改其为，庶几有

① [宋]穆修：《穆参军集》，卷二，台湾商务印书馆影印文渊阁《四库全书》本。

立。然言出而罪至，学成而身辱，为彼则获誉，为此则受祸，此明效也。……天圣中，天子下诏书，敕学者去浮华，其后风俗大变，今时之士大夫所为，彬彬有两汉之风矣。①

北宋初年，骈文与古文对立的形势又同中唐前期古文方兴之时大有相似之处。骈文势力明显居于优势，古文则远不能与之抗衡。除了科举仕进的需要以外，写作骈文显然是顺应、取悦世俗风气之举，染指古文则不仅不容易得到大众的认同，还面临着莫大的社会压力。旗帜鲜明地提倡古文而反对骈文，在当时的社会环境下就更非"明智"之举。

石介作《怪说》，有人对他提出忠告说："子之《怪说》，上篇言佛老，下(中)篇言杨亿，信怪矣。然今举中国而从佛老，举天下而学杨亿之徒，亦云众矣，虽子之说长，又岂能果胜乎？子不惟不能胜夫万亿千人之众，以万亿千人之众反攻子，予且恐子不得自脱，将走于蛮荒险僻深山中，而不知避也！子亦诚自取祸矣！"所谓"举天下而学杨亿之徒，亦云众矣"，反对这些人即是冒天下之大不韪，以杨亿为代表的西昆派骈文势力之大、影响之广于此即不难想象。

可以说，北宋初年的文化环境造就了杨亿及其骈文，杨亿和他的骈俪作品又在很大程度上以其独步当世的一流水平反过来影响和推动了文章领域的骈俪风气。其他骈文作家成就或大或

---

① 《欧阳修全集·居士集》，卷四七，第321页。据欧阳修所说，西昆派骈文大抵衰落于仁宗天圣末年。《与荆南乐秀才书》为欧阳修于仁宗景祐年间左迁夷陵时所作。按，文中"天圣诏书"可能指天圣五年(1027)正月诏："诏礼部贡院，比进士以诗赋定去留，学者或病声律，而不得骋其力，其以策论兼考之。"([宋]李焘：《续资治通鉴长编》，卷一〇五。)

小，影响似乎难有杨亿这么大，不过也在不同程度上起到了相同的作用。

对于西昆体骈文，后世论者多持批评态度，不过并不一概如此，很多批评家对于杨亿等人的文章也提出了倾向肯定甚至赞赏的评价。

吴处厚《青箱杂记》卷五云：

> 文章虽出于心术，而实有两等：有山林草野之文，有朝廷台阁之文。山林草野之文，则其气枯槁憔悴，乃道不得行、著书立言之所尚也。朝廷台阁之文，则其气温润丰缛，乃得位于时、演纶视草者之所尚也。故本朝杨大年（亿）、宋宣献（绶）、宋莒公（庠）、胡武平（宿）所撰制诏，皆婉美淳厚，过于前世燕（张说）、许（苏颋）、常（衮）、杨（炎）远甚。

把杨亿等人的骈文成就置于唐代燕、许等“大手笔”之上，这个评价相当高。衢本《郡斋读书志·附志》杨文公《武夷集》叙录云：“自唐大中后，文气衰滥，国朝稍革其弊，至亿乃振起风采，与古之作者方驾矣。”晁公武对于刘筠的文章也推崇备至，衢本《郡斋读书志》卷一九刘筠《刀笔》叙录云：“为人不苟合，学问宏博，文章以理为主，辞尚致密，尤工篇咏，能侔揣情状，音调凄丽。自景德以来，与杨亿以文章齐名，号为‘杨、刘’，天下宗之。”

元人刘埙将西昆派骈文的出现看作宋朝文章之“一变”，他在《魏鹤山（了翁）文集序》中说：

> 艺祖救百王之弊，以道理最大一语开国，以用读书人一念厚苍生，文治彬彬三百年，海内兴起未艾也。而文章亦无虑三变：始也厌五季之萎苶，而昆体出，渐归雅驯，犹事组织，则杨、晏为之伯；已而回澜障川，斲雕反朴，崇议论、尚风

节，要以关世教、达国体为急，则苏、欧擅其宗；已而濂溪周子出焉，其言曰："道德之不务，惟文之能，艺焉尔。"作《通书》、著《太极图》，大本立矣。余力所及，虽不多见，味其言，蔼如也。①

"渐归雅驯，犹事组织"一语颇具概括力，它大抵可以说明西昆体骈文的历史意义，即在文体上仍然保持了晚唐五代以来趋于恢复的骈俪文体，不过在文风层面上的确是一种积极的改变。

刘埙《隐居通议》卷一三《半山总评》云："我宋盛时，首以文章著者杨亿、刘筠，学者宗之，号'杨刘体'，然其承袭唐五代之染习，以雕镌偶俪为工，又号曰'西昆体'。"刘埙对所谓"唐五代之染习"未加区分。如果从文体上说，杨、刘的确承袭晚唐五代以来盛行的骈体，但从文风、格调上说，西昆体骈文同五代"衰敝"之文是有所不同的。即便是对于杨亿之文极力攻击的古文家，也不能不承认杨亿学问淹博、辞章功力深厚，石介说："杨亦学问通博，笔力宏壮，文字所出，后生莫不爱之。"②曾巩《隆平集》卷一三《杨亿传》载：

真宗常谓王旦："亿词学无比，后学多所法则。如刘筠、宋绶、晏殊而下，比比相继。文章有正(贞)元、元和风格，自亿始也。"旦曰："后进皆师慕亿，惟李宗谔久与之游，终不能得其鳞甲。盖李昉词体弱，不宗尚经典故也。"

杨亿以骈文为当时文章领域的翘楚，自然与唐代贞元、元和古文之盛没有直接的可比性。不过其骈文"宗尚经典"的特征较之晚

① [元]刘埙：《隐居通议》，卷一七，台湾商务印书馆影印文渊阁《四库全书》本。

② [宋]石介：《祥符诏书记》，《徂徕集》，卷一九。

唐五代以来“芜鄙”之文显然是一种进步和改良。田况《儒林公议》云：

> 杨亿在两禁变文章之体，刘筠、钱惟演辈皆从而敩之，时号“杨、刘”。二公以新诗更相属和，极一时之丽，亿复编叙之，题曰《西昆酬唱集》，当时佻薄者谓之西昆体。其他赋颂章奏虽颇伤于雕摘，然五代以来芜鄙之气，由兹尽矣。

《四库全书总目》卷一五二杨亿《武夷新集》提要评价说，杨亿骈文“大致宗法李商隐，而时际升平，舂容典赡，无唐末五代衰飒之气”。事实正如罗根泽先生所说：“五代矜重‘声病对偶’，晚唐矜重‘剽剥故事’，模仿晚唐的杨亿自然是已革五代芜鄙之气。”[①]清代史学家赵翼敏锐地察觉到“宋初制诰之臣已多博雅”，“仓猝一问，即能援引故事，可见熟于典故，腹笥中无不有也。”[②]赵翼尚未明白指出，西昆派作家的骈文正是这种博雅风气最鲜明的体现。后代倾向于肯定的评价，大抵能够立足于骈文、古文各执一端的偏见之外，从历史发展的角度着眼对西昆派骈文改良五代以来衰滥文风的意义给予充分的认定，在今天看来还是比较公允的。《宋史》卷三〇五本传论杨亿云：“盖其清忠鲠亮之气，卒未大施，悉发于言，宜乎雄伟而浩博也。……至于文体之今古，时习使然，遑暇议是哉！”推崇杨亿道德、人格的同时，又将杨亿的文体和文风归结为时代风气的影响，表现出理解和宽容。再说儒学复古高潮已过之后，古文在行政公文之外的地位已经

---

① 罗根泽：《中国文学批评史》，第三册第8页。

② ［清］赵翼撰，王树民校证：《廿二史札记》，卷二四“宋初考古之学”条，第523页。

确立，骈、散文体的激烈角逐已不再是文坛上的主题，自然不容易出现像石介《怪说》那样激烈抨击西昆派骈文的言论。

西昆派骈文具有两面性：相对于衰敝的五代文章来说，西昆体以精致缜密纠五代文之粗陋，以华丽富赡纠五代文之枯瘠，它的出现多少带来了一些新鲜的气息。西昆体的出现及盛行，无疑是对五代以来浅陋的文风和学风的一种改观和反拨，自然是有其进步意义的。不过从根本性质上说，这种改变，乃是局限于文风范围之内的改变，文体仍旧是晚唐五代以来趋于复兴的骈体。它主要宗法樊南四六，实际上成为晚唐骈文风气、特别是樊南四六的末流。樊南四六的艺术风格在很大程度上通过西昆派的作品"借尸还魂"，陈陈相因的浮辞滥调终究难免引起人们的反感。所谓"反者道之动"，一种文学风气不走向极端则不足以充分暴露其弊端和弱点，不足以引起根本性的变革。晚唐骈文风气向后代延伸，北宋的西昆派骈文即在一定程度上充当了它的"代理人"，晚唐骈文也就此走到了穷途末路。当北宋古文家上接中唐韩愈等人文体革新的传统，再次大力倡导古文的时候，西昆体骈文就成为批评和变革的直接对象了。

第三节　文体复古运动的再次兴起与骈散对峙新格局的确立

一、宋初文体改革的偏颇

北宋中期以前，倡导古文者并不少见，较之五代时期似乎已经颇成规模。《宋史》卷四三九《梁周翰传》云："五代以来文化卑弱,周翰与高锡、柳开、范杲习尚淳古,齐名友善,当时有‘高、梁、柳、范’之称。”此外还有“好为古文”①的郭昱;“学古文于柳开,与张景齐名”②的高弁;“嗜西汉书”、“辞采古雅”③的安德裕;“慕韩柳为文,与卢稹齐名”④的谢炎,而成就最突出的是柳开和王禹偁。总的来说,这些古文家的文学成就还不足以战胜宋初盛行的骈俪之风。在西昆派骈文产生、风靡之前,古文没能对骈文取得优势;西昆派骈文风行之后的二十年间,古文仍居劣势。究其原因,主要在于这个时期的古文总体上艺术成就不高,没能够提供成功的古文创作典范,难以同技巧圆熟的骈文抗衡。具体说来,造成这个时期古文成就偏低的原因大致有三个方面。

第一,中唐以后古文渐趋衰落甚至长期处于低迷状态,难以在短时期内取得可观的进步。

经过晚唐五代文体复古潮流的极度衰落,中唐古文运动的成就和创作经验还没有能够在短期之内得到充分的继承和发扬,当北宋初年某些作家再次力倡古文写作的时候,显然还难于自然接续中唐时代的古文传统,遂在古文的遣词造句方面显得稚拙生涩,成就不高。沈括《梦溪笔谈》卷一四云:

> 往岁士人多尚对偶为文,穆修、张景辈始为平文,当时谓之古文。穆、张尝同造朝,待旦于东华门外,方论文次,适见有奔马践死一犬,二人各记其事,以较工拙。穆修曰:“马逸,有黄犬遇蹄而毙。”张景曰:“有犬死奔马下。”时文体新

---

① 《宋史》,卷四三九《文苑传一》。

② 《宋史》,卷四三二《高弁传》。

③ 《宋史》,卷四四〇《文苑传二》。

④ 《宋史》,卷四四一《文苑传三》。

变，二人之语皆拙涩。

“拙涩”的古文同西昆派华丽圆熟的四六文相比，自然缺乏竞争力，很难赢得市场。

第二，宋初文人虽然将韩愈推尊为“道统”和“文统”集于一身的宗师，但当时重道轻文的倾向比较明显。

唐末五代长期战乱，政权更迭频繁，社会秩序崩溃，道德伦常解体。官僚士大夫中间不乏苟且偷生、投机取巧、寡廉鲜耻之徒。继此乱世而生的一批士人具有加强中央集权、重整纲常伦理的自觉意识，他们将晚唐五代以来文风的衰颓归咎于儒家之道的衰微和佛老思想的盛行，因此他们自然而然地将儒学的复兴看作改革文风、文体的基本前提。北宋中叶的诗文革新似乎在很大程度上又回复到中唐古文运动时期的情形。两者面临着同样的历史使命：重振儒学“道统”，同时革除浮华侈靡的文风，用古文取代骈俪文体。如前文所述，韩愈既致力于重振儒家之道，又全力倡导文体改革，在宋人看来，他是集“道统”与“文统”于一身的人物，于是韩愈很自然地在文学和思想两个层面上成为北宋革新运动的鲜明旗帜。柳开、王禹偁、孙复、石介、范仲淹等人汲汲于推尊韩愈精神，遂使韩愈的思想和文学在新的形势之下再次得到了阐释和弘扬，形成了欧阳修所谓的“学者非韩不学”[①]的盛况。柳开《答梁拾遗改名书》云：“年十六七时，得赵先生言，指以韩文，遂酷而学之，故慕其古而乃名肩矣。复以绍元字之，谓将绍其祖而肩其贤也。”[②]标明其以韩愈、柳宗元为文章

---

① [宋]欧阳修：《记旧本韩文后》，《欧阳修全集·居士外集》，卷二三，第536页。

② [宋]柳开：《河东集》，卷五。

楷模的志向和决心。他在《应责》一文中说:“吾之道,孔子、孟轲、扬雄、韩愈之道;吾之文,孔子、孟轲、扬雄、韩愈之文也。”①王禹偁《答张扶书》推崇韩愈古文说:“近世为古文之主者,韩吏部而已。……吏部之文,与六籍共尽。”②石介《尊韩》云:“孔子为圣人之至,韩吏部为贤文之至。不知更几千万亿年复有孔子,不知更几千百年复有吏部。孔子之《易》、《春秋》,圣人来未有也。吏部《原道》、《原人》、《原毁》、《佛骨表》、《诤臣论》,自诸子以来未有也。呜呼,至矣。”③

陈植锷先生认为:“古文是宋学传播与传承的主要工具,北宋古文运动是儒学复兴运动最亲密的伙伴。无论草创期还是繁荣期,站在儒学最重要位置上的学者,往往也是古文方面最有成就的作家……”④。儒学复兴的确是提倡古文的精神支柱和思想基础,但并非提倡儒学愈力,文学成就愈高。具体到创作实践上,作家还面临着如何把握“文”与“道”的分寸、也就是如何处理思想同艺术之间关系的重要问题。重文轻道,当然是古文家批判锋芒的一贯鹄的;重道轻文,却又是不少古文家难以避免的偏颇。唐代古文运动中存在这种偏向,它的衰落与此直接相关;北宋初年的古文家同样存在这个问题,它导致宋初古文长期不能压倒骈文的势力。

对西昆派文风批评最力者无过石介,恰恰是在这种过当的批评当中,暴露出他重道轻文的倾向。

---

① [宋]柳开:《河东集》,卷一。

② [宋]王禹偁:《小畜集》,卷一八。

③ [宋]石介:《徂徕集》,卷七。

④ 陈植锷:《北宋文化史述论》,中国社会科学出版社 1992 年版,第 397 页。

今杨亿穷妍极态，缀风月，弄花草，淫巧侈丽，浮华纂组，刓镂圣人之经，破碎圣人之言，离析圣人之意，蠹伤圣人之道；使天下不为《书》之典、谟、《禹贡》、《洪范》，《诗》之雅、颂，《春秋》之经，《易》之繇、爻、十翼，而为杨亿之穷妍极态，缀风月，弄花草，淫巧侈丽，浮华纂组，其为怪大矣。（《怪说中》）

介近得姚铉《唐文粹》及《昌黎集》，观其述作，……必本于教化仁义，根于礼乐刑政，而后为之辞。……今之为文，其主者不过句读妍巧，对偶的当而已；极美者不过事实繁多，声律调谐而已。雕锼篆刻伤其本，浮华缘饰丧其真，于教化仁义、礼乐刑政，则缺然无仿佛者。（《上赵先生书》）

自翰林杨公唱淫词哇声，变天下正音四十年，眩迷盲惑，天下瞆瞆晦晦，不闻有雅声。尝谓流俗益弊，斯文遂丧。（《与君贶学士书》）

今夫文者以风云为之体，雕缕为之饰，组绣为之美，浮浅为之容，华丹为之明，对偶为之纲，郑卫为之声，浮薄相扇，风流忘返。（《上蔡副枢密书》）

西昆派的诗歌和骈文确实存在脱离现实和政教、追求唯美的倾向，石介的批评在很多情况下无疑说中了西昆派创作的弊病。但西昆派的病根并不在于文采和修饰，而是脱离了现实生活内容之后，文采和修饰无所附丽。文学有其独立的价值，并非道学惟命是从的奴仆，石介的批评基本上都是从道学立场出发，却没有注意从文学的角度对西昆派创作的优长给予适当的肯定。另如柳开、穆修等人的一些评论，虽然也极言韩愈的“文”，那不过是因为它更有利于弘扬儒家的“道”和“理”，两者相较，前者不过是工具，达到目的之后，工具的任务也就完成了，它们之间轻重高低的区分是相当明显的：

文章为道之筌也，筌可妄作乎？筌之不良，获斯失矣。女恶容之原于德，不恶德之原于容也。文恶辞之华于理，不恶理之华于辞也。①

因此，在他们看来，李白、杜甫虽然极富文采，却不能同韩愈“制述如经”的境界比肩：

唐之文章，初未去周、隋五代之气。中间称得李、杜，其才始用为胜，而号专雄歌诗，道未极其浑备。至韩、柳氏起，然后能大吐古人之文，其言与仁义相华实而不杂。如韩《元和盛德》、《平淮西》，柳《雅章》之类，皆辞严义伟，制述如经。能崒然耸唐德于盛汉之表，蔑愧让者，非二先生之文则谁与？②

石介《祥符诏书记》乃是针对真宗祥符年间所颁《诫约属辞浮艳令欲雕印文集转运使选文士看详诏》而作，他在这篇文章中批评杨亿及其骈文说：

然以性识浮近，不能古道自立，好名争胜，独驱海内，谓古文之雄有仲途、黄州、汉公、谓之辈，度己终莫能出其右，乃斥古文而不为，远袭唐李义山之体，作为新制。杨亦学问通博，笔力宏壮，文字所出，后生莫不爱之，然破碎大道，雕刻元质，非化成之文，而古风遂变。③

石介对于杨亿等人“文化霸权”心理的攻击是否确有实据，恐怕

① ［宋］柳开：《上王学士第三书》，《河东集》，卷五。
② ［宋］穆修：《唐柳先生集后序》，《柳宗元集》，附录，第1444页。
③ ［宋］石介：《徂徕集》，卷十九。

今天已经难以断定，不过其言辞之激烈未免有些过当。就连苏轼也为杨亿抱不平，为其作出辩护："近世士大夫文章华靡者，莫如杨亿，使杨亿尚在，则忠清鲠亮之士也，岂得以华靡少之。通经学古者，莫如孙复、石介，使孙复、石介尚在，则迂阔矫诞之士也，又可施之于政事之间乎？"①清人王士禛《跋武夷新集》也说："石介作《怪说》三篇刺之（杨亿），张皇其词，亦过矣。"②

郭绍虞先生说，柳开所言为道学家文论之先声，而石介所言则为政治家文论之先声，"都不是纯粹文的运动"③。他们更偏重于各自实用的目的，而对古文的审美功能重视不够，甚至无视文学的独立价值，这就在实质上限制了古文艺术拓展的空间。

第三，刻意追求怪诞绝俗，妨碍了古文的健康发展。

柳开提倡古文，理论上主张"古其理，高其意，随言短长，应变作制"④，不过其创作实践与此颇有距离，论者称其古文"多拗拙"⑤，曾巩《隆平集》卷一五《尹洙传》云："宋兴，柳开始为古文，而辞语犹事隐奥。"陈振孙《直斋书录解题》卷一七《柳仲途集》提要称柳开之文"其体艰涩"，南宋陈造云："国初之文，五代萎茶之气未除也。士君子思革其弊，穆修、柳开倡为古文，天下仿之，往往用意过当，聱牙僻涩，至不可读。"⑥《四库全书总目》卷一五二

---

① ［宋］苏轼：《议学校贡举状》，［宋］苏轼撰，孔凡礼点校：《苏轼文集》，卷二五，第724页。

② ［清］王士禛：《居易录》，卷一一，台湾商务印书馆影印文渊阁《四库全书》本。

③ 郭绍虞：《中国文学批评史》，第279页。

④ ［宋］柳开：《应责》，《河东集》，卷一。

⑤ ［清］王士禛：《池北偶谈》，卷一七"柳仲涂集"条，中华书局1982年版。

⑥ ［宋］陈造：《吴门芹宫策问二十一首》，《江湖长翁集》，卷三三，台湾商务印书馆影印文渊阁《四库全书》本。

柳开《河东集》提要云:“宋朝变偶俪为古文,实自开始。惟体近艰涩,是其所短耳。”王士禛批评柳开古文说:“予读《河东集》,但觉苦涩,初无好处。岂能言之而不能行也。”①他又说柳开、穆修“文皆疏拙”②。章士钊谓柳开文“其文之不从,字之不顺,臃肿滞涩,几使人读之上口不得”③。

王运熙先生曾经指出,北宋初年“有一部分人认为古文必须‘辞涩言苦’,才算古雅”,虽然属于一种误解,却的确是一时风气。④ 叶适认为,宋初某些古文的拙涩风格乃是有意矫俗的创作心理所造成的,所谓“时以偶俪工巧为尚,而我以断散拙鄙为高”⑤,然而“志欲变古而力弗逮”⑥,遂造成了矫枉过正的后果。正因如此,柳开才特别强调“古文者,非在辞涩言苦,使人难读诵之。在于古其理,高其意,随言短长,应变作制,同古人之行事,是谓古文也”⑦。王禹偁《再答张扶书》批评张扶的古文说:“今子之文,……凡三十篇,语皆迂而艰也,义皆昧而奥也。……今子希慕高远,欲专以绝俗为主。”⑧当时因“习尚淳古”而与柳开齐名的范杲就曾写过“深僻难晓”的文章,不过这种文章在当时

---

① [清]王士禛:《池北偶谈》,卷一七“柳开论文”条。

② [清]王士禛:《〈河南集〉跋》,《渔洋书籍跋尾》,台湾新文丰出版公司《丛书集成续编》本。

③ 章士钊:《柳文指要》,下卷八“宋初古文”条,中华书局 1971 年版,第 1697 页。

④ 参见王运熙:《韩愈散文的风格特征和他的文学好尚》,《汉魏六朝唐代文学论丛(增补本)》,复旦大学出版社 2002 年版,第 237 页。

⑤ [宋]叶适:《习学记言》,卷四九,台湾商务印书馆影印文渊阁《四库全书》本。

⑥ 《宋史》,卷四三九《文苑传一》。

⑦ [宋]柳开:《应责》,《河东集》,卷一。

⑧ [宋]王禹偁:《小畜集》,卷七。

却受到了相当的欢迎,乃至“后生多慕效之”①。

释文莹《湘山野录》卷中载:“石守道介,庆历中主盟上庠,酷愤时文之弊,力振古道。”不过石介在文体改革方面矫枉过正,不惜以怪诞纠骈文俗滥之弊,又走向了极端,这一点同唐代樊宗师等人颇为相似;更有甚者,他以执教太学的地位和身份,将其好奇尚怪的文风在太学诸生中推延开来,造成不小的影响。张方平《乐全集》卷二〇《贡院请诫励天下举人文章》云:“尔来文格日失其旧,各出新意,相胜为奇。至太学之建,直讲石介课诸生试所业,因其好尚,而遂成风,以怪诞诋讪为高,以流荡猥琐为赡。”石介提倡古文的动机显然是积极的,不过实际上却把古文引向歧途,反倒成了古文发展道路上的障碍。后来欧阳修通过知贡举的机会力矫“太学体”之弊,才使北宋古文再次走上了康庄大道。

二、北宋中叶文体改革的成功和骈散对峙新格局的确立

文体革新运动到北宋中叶再次走向高潮,这首先得益于北宋中叶政治革新潮流的推动作用。文学革新思想趋于自觉,同仁宗庆历前后由范仲淹、欧阳修等人领导的政治革新运动的展开有着密切的关系。在具体的方法和策略上也比较科学,克服了唐代古文运动和北宋早期古文的局限。首先是对待骈文的态度不像石介等人那样极端,较好地处理了“文”和“质”之间的关系。其次,在古文领域内部,力矫太学体之弊,反对怪诞文风,提倡平易、朴实、流畅的文风。在对待骈文和古文的关系这个问题

① 《宋史》,卷二四九《范杲传》。

上，接受骈文不可能完全为古文取代的现实，在行政公文领域仍然保留了骈文，但并不采取晚唐四六和西昆派骈文的写法，而是对传统的写法加以改造，形成了具有鲜明特色的宋四六。无论是北宋古文还是宋四六，对后世都具有深远的影响。除此以外，随着古文运动的再次展开，古文在公文领域之外的正宗文体地位最终得以确立，晚唐以来骈文逐渐向公文领域隐退的进程至此完成，骈、散两种文体新的对峙格局由此形成，并一直延续到中国古代社会的终结。

这次古文运动对待西昆派骈文采取批评中有所肯定的平和态度，避免了重道轻文的极端倾向。北宋中叶的古文倡导者，对于西昆派骈文不像北宋初期的石介那样态度激烈，他们的基本态度是在批评中有所肯定。范仲淹在《尹师鲁河南集序》中称赞西昆体的代表人物杨亿“以应用之才，独步当世”①。他在《杨文公写真赞》中称杨亿“命世之才，其位不充，故天下知公之文，而未知其道”②。范仲淹本人对于骈、散文的态度是比较平和的。天圣三年(1025)，范仲淹在其《奏上时务书》中谈到文章的内容与形式关系问题时说：“文弊则救之以质，质弊则救之以文。质弊而不救，则晦而不彰；文弊而不救，则华而将落。”③范仲淹在这篇奏疏中提出文章的理想境界为“追三代之高而尚六朝之细”，“三代之高”是“质”的方面的要求，“六朝之细”则是对“文”的要求，可见范氏并不绝对否认六

---

① [宋]范仲淹：《范文正集》，卷六，台湾商务印书馆影印文渊阁《四库全书》本。

② [宋]范仲淹：《范文正集》，卷五。

③ [宋]范仲淹：《范文正集》，卷七。

朝文在艺术形式方面的成就，他所采取的是一种兼容并蓄的态度。

欧阳修对西昆派作家的代表人物杨亿为文才思敏捷的优点不乏赞辞，表现出钦佩之意。《归田录》卷上载："杨大年每欲作文，则与门人宾客饮博、投壶、弈棋，语笑喧哗，而不妨构思。以小方纸细书，挥翰如飞，文不加点，每盈依附，则命门人传录，门人疲于应命，顷刻之际，成数千言，真一代之文豪也。"欧阳修虽然一面说他自己在翰林六年，"凡朝廷之文，所以指麾号令，训戒约束"，"取便于宣读，常拘于世俗所谓四六之文"，①写作骈体文多半出于无奈。他甚至还说："世俗所谓四六之文，……果可谓之文章者欤?"又说自己所作骈文"拘牵常格，卑弱不振，宜可羞也"，对四六骈文显然表现出蔑视的态度。但是欧阳修并没有完全否定骈文，这不仅体现在他的写作实践当中，即使在理论上，他对骈文也不无肯定之处。他在《论尹师鲁墓志》中说："偶俪之文，苟合于理，未必为非，故不是此而非彼也。"②在《试笔》"苏氏四六"条中又说："往时作四六者，多用古人语及广引故事，以衒博学，而不思述事不畅。近时文章变体，如苏氏父子以四六述叙，委曲精尽，不减古人。"③表达的手段要服务于表达的目的，只要能够充分地达到表意的目的，对于所用的手段究竟为骈为散，并没有狭隘的要求。这同唐代古文运动全面且激烈地反对六朝以来盛行的骈体文已经有所不同了。历史地看，一方面，唐

① [宋]欧阳修:《内制集序》,《欧阳修全集·居士集》,卷四三,第 300 页。

② 《欧阳修全集·居士外集》,卷二三,第 534 页。

③ 《欧阳修全集》,第 1051 页。

代韩愈、柳宗元虽然抨击、否定骈文，但其古文创作中并没有完全拒绝吸收骈体文的艺术表现手法，这一点有时候还为他们的古文增色不少。其实北宋最杰出的古文家也未尝没有得到骈体的滋养。北宋时期成就最杰出的古文家，同时也是最杰出的骈文家。欧阳修《文忠集》中有《外制集》三卷、《内制集》八卷、《表奏书启四六集》七卷，合计骈体者十八卷，占到文章作品的五分之一强；苏轼《东坡七集》中文章八十一卷，骈体者二十卷，王安石《王文公集》中文章共五十六卷，骈体十五卷，各占四分之一左右。柳开、穆修、张景、尹洙等人作为北宋古文运动的前驱，却几乎没有骈体之作。再一点，如前文所指出，从唐代古文运动兴起以来，古文仍然不能在所有的领域全面取代骈文，骈文仍然有其应用的价值，特别是在行政公文领域中尤其如此，接受骈文的继续存在并对之进行学习、研究乃是一种比较现实和客观的态度。

王安石虽然也批评西昆派骈文，但对造成流弊的原因也有比较客观和辩证的分析。他说杨亿"以文辞染当世，学者迷其端源，靡靡然穷日力以摹之，粉墨青朱，颠错丛庞，无文章黼黻之序"。大抵以为所谓"西昆体"之滥，并非完全杨亿本人的责任，学者不加分辨、全盘接纳的态度也值得检讨。欧阳修指出石介"自许太高，诋时太过"，"不足以为来者法"，①苏轼也曾批评石介、孙复为"迂阔矫诞之士"②。

欧阳修等人对于西昆派的批评，不是纯粹从道学角度出发

---

① [宋]欧阳修：《与石推官第一书》，《欧阳修全集·居士外集》，卷一六，第482页、第483页。

② [宋]苏轼：《议学校贡举状》，[宋]苏轼撰，孔凡礼点校：《苏轼文集》，卷二五，第724页。

的，而是同时从社会生活和文学本身的角度出发所提出的批评。欧阳修虽然也说“圣人之文，虽不可及，然大抵道胜者，文不难而自至”[①]，但并非轻视“文”或仅仅将“文”作为传“道”的工具，而是把“文”本身也作为目的，所谓“君子之所学也，言以载事而文以饰言。事信言文，乃能表见于后世。……言之所载者大且文，则其传也章；言之所载者不文而又小，则其传也不章”[②]。这种批评，就其本质来说，乃是要求文学为社会生活服务，要求充分尊重文学的审美价值，而不是单纯为弘扬儒家之道服务，它要求思想内容同艺术技巧的和谐协调，而不是主张完全取消艺术技巧。这就是文学家同道学家对待文学遗产的根本不同之处。

其次，这次古文运动力矫古文内部的不良创作倾向，创造出以平易流畅见长的新型古文。

曾枣庄先生首先明确指出“太学体”乃是古文内部所出现的偏向[③]；葛晓音先生进而通过详尽充分的论证，指出“太学体”是仁宗庆历以后由石介、孙复、胡瑗等人的倡导之下而形成的不良文风[④]。前文引王运熙先生的论文，指出北宋初年已经形成追求艰涩的文风[⑤]，这种文风的出现，实际上尚在“太学体”产生之前。比如王禹偁《答张扶书》就批评张扶的古文“语皆迂而艰”、

① ［宋］欧阳修：《答吴充秀才书》，《欧阳修全集·居士集》，卷四七，第 222 页。

② ［宋］欧阳修：《代人上王枢密求先集序书》，《欧阳修全集·居士外集》，卷一七，第 487 页。

③ 参见曾枣庄：《北宋古文运动的曲折过程》，《文学评论》1982 年第 5 期。

④ 参见葛晓音：《欧阳修排抑‘太学体’新探》，《北京大学学报》1983 年第 5 期。

⑤ 参见王运熙：《韩愈散文的风格特征和他的文学好尚》，《汉魏六朝唐代文学论丛(增补本)》，第 237 页。

“义皆昧而奥”、“希慕高远，欲专以绝俗为主”。王禹偁卒于真宗咸平四年(1001)，此时下距“太学体”的出现尚有四十年之久。王禹偁在这篇书信中说：

近世为古文之主者，韩吏部而已。吾观吏部之文，未始句之难道也，未始义之难晓也。其间称樊宗师之文，必出于己，不蹈袭前人一言一句，又称薛蓬为文，以不同俗为主。然樊、薛之文不行于世，吏部之文与六籍共尽。此盖吏部诲人不倦，进二子以劝学者。故吏部曰：“吾不师今，不师古，不师难，不师易，不师多，不师少，惟师是尔。”①

通过比较，王禹偁认为，真正能够流传久远的古文，不是樊宗师、薛蓬等人所写的那些片面追求标新立异、超凡拔俗的作品，而是韩愈那些“句易道”、“义易晓”的古文；韩愈教导后学要不蹈袭前人一言一句，要不同流俗，自有其特别的用心所在，并非主张字句上的怪怪奇奇，难以索解；对于韩愈的论文主张，不应当片面理解甚至加以歪曲。王禹偁是较早强调古文要文从字顺、平易流畅的宋代古文家，但在北宋初年，这种论调相对于追求怪诞绝俗的风气来说，其影响似乎还比较微弱。直到仁宗嘉祐以后，经过欧阳修以及苏洵、苏轼、曾巩等欧阳氏后学的不断强调，才逐渐从根本上扭转了古文写作的风气。

欧阳修于仁宗嘉祐二年(1057)知贡举，排斥“太学体”，推动古文写作走入正轨，被许多文学史和文学批评史论著视为古文发展的关键事件。欧阳发作欧阳修《事迹》记载欧阳修排抑太学体的本末云：

---

① [宋]王禹偁：《小畜集》，卷一八。

> 嘉祐二年，先公知贡举。时学者为文，以新奇相尚，文体大坏（自注：僻涩如"狼子豹孙林林逐逐"之语，怪诞如"周公伻图，禹操畚锸，傅说负版筑来筑太平之基"之说）。公深革其弊，一时以怪僻知名在高等者，黜落几尽。二苏出于西川，人无知者，一旦拔在高等。榜出，士人纷然惊怒怨谤。其后，稍稍信服，而五六年间，文格遂变而复古，公之力也。[①]

《梦溪笔谈》卷九载："嘉祐中，士人刘几累为国学第一人，骤为怪险之语，学者翕然效之，遂成风俗。欧阳公深恶之。会公主文，决意痛惩，凡为新文者一切弃黜，时体为之一变，欧阳之功也。"沈括所指即是此次事件。

反对矫揉怪僻、文章"务求平澹典要"[②]、平易自然，是欧阳修选拔人才的明确标准。欧阳修说："孟、韩文虽高，不必似之也，取其自然耳。"[③]他所荐举提拔的三苏等人，无论创作上还是理论上无疑都同欧阳修的这种文章审美观念高度一致。苏洵认为作文应当"容与闲易，无艰难劳苦之态"（《上欧阳内翰第一书》），欧阳修散文之平易，即苏洵所谓"执事之文，纡余委备，往复百折，而条达疏畅，无所间断；气尽语极，急言竭论，而容与闲易，无艰难劳苦之态"[④]。苏轼《与谢民师推官书》所谓"大略如

---

① 《欧阳修全集》，附录卷五，第 1377 页。

② ［宋］吴充：《欧阳公行状》，《欧阳修全集》，附录卷二，第 1339 页。

③ ［宋］曾巩：《与王介甫第一书》引，《元丰类稿》，卷一六，商务印书馆《万有文库》本。

④ ［宋］苏洵：《上欧阳内翰第一书》，［宋］苏洵撰，曾枣庄、金成礼笺注：《嘉祐集笺注》，卷一二，上海古籍出版社 1993 年版，第 328 页、第 329 页。

行云流水，初无定质，但常行于所当行，常止于所不可不止，文理自然，姿态横生”[①]，即是东坡文章的最佳写照。平易流畅、反对矫揉造作，是宋代古文最鲜明的特征。北宋道学家徐积也主张“为文正如为人，若有辛苦态度，便不自然”[②]。朱熹总结北宋杰出古文家作品的优点说：“欧公文章及三苏文好，说只是平易说道理，初不曾使差异底字换却那寻常底字。”[③]这是从用字难易的角度来说明欧、苏的古文较之其他作家的作品以平易流畅见长。罗大经《鹤林玉露》甲编卷五“韩柳欧苏”条可以看作这种论点的旁证：

> 韩、柳犹用奇字重字，欧、苏唯用平常轻虚字，而妙丽古雅，自不可及，此韩、柳所无也。

刻意追求奇僻怪异的文风，从中唐古文家就多有此倾向，它的影响极为深远。唐代古文运动走向衰落的重要原因之一，即是艺术水准的下降以及审美走向的偏颇，这同韩愈、柳宗元后学的才力、学养有关，但即使就韩、柳本人的创作而言，已经显示了某些端倪。北宋时期，柳开、石介、宋祁等人都没有能够免受影响，甚至主动加以提倡，推动这种不良文风再次泛滥。西昆派骈文偏于华艳浮靡，而怪奇艰涩则是太学体的主要特点。欧阳修在反对西昆体浮华空疏之弊的同时，也同当时盛行一时的所谓“太学体”作了毫不妥协的斗争，这同唐代古文运动比较单纯地针对魏晋南朝以后骈俪文体的浮艳文风有所不同。鉴于唐代古文运动

---

① [宋]苏轼撰，孔凡礼点校：《苏轼文集》，卷四九，第 1418 页。

② [宋]江端礼：《节孝语录》引，台湾商务印书馆影印文渊阁《四库全书》本。

③ [宋]朱熹：《朱子语类》，卷一三九《论文上》，中华书局 1994 年版，第 3309 页。

的教训，欧阳修对待韩、柳等人古文奇崛、古怪的一面大抵比较谨慎，他在对抗西昆体和太学体的过程中，避免了两种极端，建设起一种全新的文风。看似较之唐代古文运动更为艰巨的革新任务，客观上却造成了积极的结果。通过欧阳修、三苏等人的努力，终于确立了平易流畅、质朴自然文风的主流地位，这也成为北宋古文区别于唐代古文的最鲜明特征。

这次古文运动开辟四六文写作的新途径，奠定骈、散文体对峙的新格局。北宋前期古文诸大家如欧阳修、苏轼、王安石等人不仅开辟了宋代古文的发展道路，同时还在继承唐代陆贽等人骈体奏议的基础上，创造了“宋四六”这种新型的骈文公文，成为后世骈体公文的典范。

宋吴子良在《林下偶谈》卷二中说：

> 本朝四六，以欧公为第一，苏、王(安石)次之。然欧公本工时文，早年所为四六，见别集，皆排比而绮靡。自为古文后，方一洗去，遂与初作迥然不同。他日见二苏四六，亦谓其不减古文。盖四六与古文，同一关键也。然二苏四六尚议论，有气焰，而荆公则以辞趣典雅为主，能兼之者，欧公耳。

典型宋四六的基本特征，刘麟生先生概括为六个方面：一曰散行气势，于骈句中见之；二曰用虚字以行气；三曰用典而仍重气势；四曰用成语以行气势，“经语对经语，史语对史语，诗语对诗语”[①]；五曰喜用长联；六曰多用议论以使气。[②] 其实这些艺术特

① [宋]谢伋：《四六谈麈》，台湾新文丰出版公司《丛书集成初编》本。

② 参见刘麟生：《中国骈文史》，商务印书馆 1998 年影印本，第 95 页、第 98 页。

征并不能说完全是宋人的独创，它们早在中唐时期陆贽、白居易和元稹等人的骈文或律赋当中已经部分地出现过了，只不过当时尚未形成规模和普遍的风气，这些特点，到了北宋欧阳修等作家手里，才真正演化为一股极具气势、影响深远的骈文创作潮流。这种潮流的形成，实际上同文坛上的复古风潮，特别是古文运动的再次蓬勃开展，以及古文在文章领域地位的巩固和确立有着直接的关系。

孙梅《四六丛话》云："古之四六句自为对语，简而笔劲，故与古文未远。其合两句为一联，谓之隔句对，古人慎用之，非以此见长也。故义山之文，隔句不过通篇一二句，若浮溪（汪藻）非隔句不能警矣，甚至长联至数句、长句至数十字者，以为裁对之巧，不知古意寖失，遂成习气，四六至此弊极矣。"孙梅所批评的这种"习气"其实并不始于汪藻，早在北宋欧阳修和苏轼，就已经如此了。在对偶方面突破拘谨的外形，是宋人骈文与前代骈文特别是晚唐时代以樊南四六为代表的高度格式化的骈文以及北宋时代以西昆派骈文为代表的所谓"时文"最大的不同之处。比如苏轼《乞常州居住表》："臣闻圣人之行法也，如雷霆之震草木，威怒虽盛而归于欲其生；人主之罪人也，如父母之谴子孙，鞭挞虽严而不忍致之死。"隔句对一般都由两个分句组成，这时已经拓展为三个分句，而且每个分句在字数上相对自由得多，这在所谓严格规整的隔句对基础上无疑又变本加厉了。然而其语气之连绵，气势之充沛，语句流转之间的浑然天成，的确打破了四六句对偶模式虽严谨整饬而难免刻削板滞的弊病。唐人、特别是晚唐诸四六大家在四六模式的对偶、声律的严整方面较之前人有重大突破，甚至已经有登峰造极的感觉，使后人难于在此基础上更进一步,他们所致力的重点在于骈文之工巧;而宋人则在此之外别辟一途,不仅大量增加使用隔句对,而且增加一组偶句之内的句数,增加每句之内的字数,反而在对偶的工稳上不像唐人那样苛刻,他们着意所在乃是骈文之自然。此类特点的形成,使北宋的骈文呈现出一种独特的风貌,后人称之为"宋四六"。

这种骈文到南宋时代已经相当普及,而且名家辈出。以这种写作作为衡量尺度,南宋时遂出现了对精工严整到极致的晚唐四六否定性的评价。陈振孙《直斋书录解题》卷一六《樊南甲乙集》解题谓:"商隐本为古文,令狐楚长于章奏,遂以授商隐。以近世四六观之,当时以为工,今未见其工也。"同书卷一八宋汪藻《浮溪集》解题又云:"四六偶俪之文,起于齐梁,历隋唐之世,表章诏诰多用之。然令狐楚、李商隐之流号为能者,殊不工也。本朝杨、刘诸名公,犹未变唐体,至欧、苏始以博学富文为大篇长句,叙事达意,无艰难牵强之态,而王荆公尤深厚尔雅,俪语之工,昔所未有。绍圣后,置词科,习者益众,格律精严,一字不苟措,若浮溪,尤其集大成者也。"工巧与自然,便是晚唐与宋人骈文最显著的区别所在。宋人在四六方面为什么推崇六朝而贬低晚唐,其根本原因就在这一点上。

通过陈振孙的话,已经约略可以看出宋人对这种新体四六的自信与自豪。这种变革的确是一个彻底的、具有重大意义的变革,无论是宋人还是宋代以后的文章评论家,对此都表现出高度的重视,虽然其评论既有肯定也有否定。

陈师道《后山诗话》云:"欧阳少师始以文体为对属,又善叙事,不用故事陈言,而文益高。"南宋谢伋《四六谈麈序》云:"本朝自欧阳文忠、王舒国,叙事之外,作为文章,制作浑成,一洗西昆磔裂烦碎之体，厥后学之者益以众多。”陈善《扪虱新语》卷一说：“以文体为诗，自退之始；以文体为四六，自欧公始。”陈师道、陈善所谓“文体”，即是古文之体，古文在行政公文领域之外已经成为正宗文体的形势之下，人们对于这种借助了古文表现手法改造过的四六文也普遍表现出乐于接受和赞赏的态度。阮元《〈四六丛话〉序》云：“欧、苏、王、宋，始脱恒蹊。以气行则机杼不变，驱成语则光景一新。”程杲《〈四六丛话〉序》云：“宋自庐陵、眉山以散行之气，运对偶之文，在骈体中另出机杼，而组织经传，陶冶成句，实足跨越前人。”李调元《赋话》卷五云：“宋初人之律赋最夥者，田、王、文、范、欧阳五公。……论宋朝律赋，当以表圣、宽夫为正则，元之、希文次之，永叔而降，皆横骛别趋，而偭唐人之规矩者矣。”高步瀛先生在《唐宋文举要》乙编中也说：“宋初杨、王诸子，尚缘唐体；欧、苏而后，气体又一变。”经过唐、宋两次古文运动，古文仍然不能完全取代骈文已经成为事实，尤其在行政公文领域，仍然近乎完全是四六文的天下。从骈、散两种文体斗争、消长的历史来看，重视格律、辞藻和密集用典的所谓律化骈文终究难免走到唯美的路上去，并因此受到激烈的批评；骈文吸取古文的表现手段以改造自身，往往能够扩大受众，拓展其流行的范围和时间，无论是唐代陆贽的奏议，还是宋四六，所得到的肯定性的评论总是相对比较多。吴兴华先生在《读〈国朝常州骈体文录〉》中说：“六朝和唐代骈体辞藻过于繁缛，只知向横的方向蔓衍，牺牲了直的发展，因此流于静止，缺少开阖变化（这只是论其大概，当然有例外）。宋人看到这个弊病，所以从欧阳修等作家开始，把散体的气势贯注到骈文里，侧重逻辑发展，摈弃辞藻，利用成片断的古书成语，以节省读者的想象力，使它不至旁溢。同时借助大量虚词取得勾连转移的功效。”[①]程千帆、吴新雷先生说：“宋四六乃是骈文中的散文，或在一定程度上散文化了的骈文。”[②]这或许正是骈文在同古文的对峙中所作出的妥协，尽管骈文在宋代以后已经在很大程度上失去了生机和活力，却仍然在公文领域之内固守上千年，除了既成的文体格局传统的影响以外，与这种妥协也有着直接的关系。

对于这种变化，当然也有否定的意见。孙梅《四六丛话》说宋代骈文“尽失骈俪真面目”，又说“宋初诸公骈体，精敏工切，不失唐人矩矱。至欧公倡为古文，而骈体亦一变体格，始以排奡古雅争雄古人，而枵腹空筒者，亦复以优孟之似，藉口学步，于是六朝三唐格调寖远，不可不辨”。孙梅是推崇律化骈文的评论家，他心目中的骈文典范就是樊南四六，他评价说：“循讽终篇，其声切无一字之聱屈，其抽对无一语之偏枯，才敛而不肆，体超而不空，学者舍是何从入手？”誉之为“今体之金绳，章奏之玉律”。[③]从讲求格律、规矩的角度出发，自然会对高度“散文化”的骈文不以为然。孙梅的观念未免保守了。到了晚唐骈文以及晚唐骈文影响下出现的西昆派骈文，高度唯美的律化骈文在形式上已经走到了极端，必然会失去实际应用的意义，宋四六之“一变体格”，乃是顺应文学发展潮流的通变。

王志坚《四六法海》卷三云：

---

① 《吴兴华诗文集·文卷》，世纪出版集团、上海人民出版社 2005 年版，第 166 页、第 167 页。

② 程千帆、吴新雷：《两宋文学史》，上海古籍出版社 1991 年版，第 521 页。

③ 以上引自[清]孙梅：《四六丛话》，卷三二。

> 宋兴且百年，文章体裁犹仍五季余习，锼刻骈偶，淟涊弗振。柳开、穆修、苏舜钦志欲复古，而力弗逮。自欧公出，以古文倡，而王介甫、苏子瞻、曾子固起而和之，宋文日趋于古。欧公之诗，力矫杨、刘西昆之弊，专重气格，不免失于率易。而四六一体，实自创为一家，至二苏而纵横曲折，尽四六之变，然皆本之欧公。

这段话从古文、诗歌和骈文三个方面总结了欧阳修的不朽功绩。除了对欧阳修的诗歌略有微词以外，对于欧阳修在继北宋古文先驱之后将古文运动再次推向高潮、并刷新古文艺术，以及另辟四六文写作途径的过程中所起到的关键作用作出了极为恰切的评价。其实这种贡献并不限制在每一种文体本身，晚唐以来骈文逐渐向公文隐退的趋势到了此时完全明朗化，骈文能够继续在行政公文领域保持权威，而古文则在其他领域成为正宗。晚唐时代某些幕府掌记将自己的表状笺启类作品称作“四六”，而“宋人习惯指一些制诰笺启中的骈偶作品为‘四六’”①，“四六”成为骈体公文的通称，始于北宋。从此以后骈、散两种文体划出了新的界限而并行不悖，由此形成一个全新的骈、散对峙的格局，古文的优势地位完全确立，此后再未出现实质性的变化，欧阳修等人的贡献与有力焉。

① 启功:《诗文声律论稿》，第159页、第160页。

结　语

在本书的最后，我们对书中所涉及的几个主要问题作一简要的梳理和总结，以此作为本书的结论。

其一，关于骈散消长同晚唐骈文复盛之间的关系，大抵可以从以下三个层面来理解：首先，唐代古文运动是骈、散两种文体的第一次较量，古文还不能说是对于骈文取得了完全的优势，骈文的影响不可小觑。骈文自身的历史惯性是晚唐骈文复盛的根本原因。其次，唐代古文运动是中唐政治革新和儒学复古实践在文章领域的反映，文学同政治及思想文化两个方面互为表里，因此古文的提倡具有极强的实践品格和功利色彩，并不完全像骈文的发展那样，基本上由文学自身的发展趋势所决定，伴随着中晚唐政治形势的变迁，古文运动逐渐失去外在动力和精神支柱，骈散力量的对比必然再次发生变化。再次，古文运动自身的局限给骈文的再次崛起留下了空间。

中晚唐之际，政治革新和文学复古的大潮均渐行渐远，随着以"明道"思想为核心的功利主义文章观念的淡化，反功利主义的文章观念代之而起。它的核心在于反对狭隘地将文章作为负载和阐明儒学思想的工具，甚至不满于文章依附儒学思想而存在的状况，张扬文章自身独立的审美品格和艺术价值，主张用文章抒发真情实感。李商隐主张"行道不系古今，直挥笔为文，不爱攘取经史，讳忌时世”[1]，就是对中唐古文家宗经复古理论的有力反拨；《旧唐书》史臣的文学观念也是新变主张的典型代表。在文章文体方面，《旧唐书》史臣从力主新变的角度出发，肯定文章形式上的种种进步，以骈体为文章正宗；重辞采、重声律，认为“是古非今，未为通论”[2]，同南朝时代倡导文学新变的理论遥相呼应，一脉相承。这是晚唐五代文坛上今体诗文再次占了绝对优势以及此时诗歌、骈文和赋格律化加深等情形在理论上的一种反映。

郭绍虞先生说：“时至晚唐、五代，复古潮流成为过去，而骈俪余波复有回旋振荡之势；律赋四六均于此时完成其体制，诗词亦趋于秾艳绮丽之习。因此，此期的文学批评，不重在原理的讨论，而重在方法的讲求。这个关系，也即由于承风气而不是变风气的缘故。”[3]晚唐时代既是中唐、北宋中叶两次文学复古思潮巅峰时期中间的低谷阶段，同时也是六朝到盛、中唐之前力主新变文学思潮的延续。此时复古风潮虽然走向低谷，却并非一去不返，表面上并不凸显，实际上却在积累、在酝酿，骈文向极端化发展的同时也更充分地暴露了自身的种种弱点和局限，这反过来也成了再次激起复古思潮的一个直接动因。

总起来看，唐代文章领域从反对齐梁骈体的绮艳文风开始，到中唐古文运动明确反对骈俪体制而主张散体写作，以此张扬

---

① [唐]李商隐：《上崔华州书》，[唐]李商隐撰，刘学锴、余恕诚编年校注：《李商隐文编年校注》，第 108 页。

② 《旧唐书》，卷一九○上《文苑传序》。

③ 郭绍虞：《中国文学批评史》，第五篇第三章《复古运动的消沉时期》，第 241 页。

明道说为中心的文章观念，最后到晚唐又在某种程度上复归到骈俪体制和绮艳文风的盛行。中唐（复古，古文兴盛）、晚唐五代（新变，骈文复盛）、北宋（复古，古文复盛）构成一个从否定到否定之否定的历史发展过程。从唐代古文运动到宋代古文运动，看似兜了一个大圈子，回到了原来的起点，实际上乃是经历了一个典型的螺旋上升的发展过程。

其二，晚唐时代不像魏晋南北朝时期那样，几乎各种体裁的骈文在思想内容和艺术形式方面都会出现或大或小的新变，当时出现了比较明显的发展变化的体裁，主要是幕府公文和律赋。

这两种骈文体裁发生种种变化，既有接受时代文学风气直接影响的原因，在某些情况下，制度和政治运作的现实需要也充当了促进的因素。比如以樊南四六为代表的所谓"獭祭鱼"，它的形成当然不能排除作家个人的才具和性情的作用，但晚唐幕府公文写作的特别需要仍然不能不说是一个重要的因素。另如晚唐科场律赋声律方面的细密化和严格化，确实也同防止作弊等客观要求有直接的关系。同时闽中律赋的发展、繁荣，可以说明在相同的时代政治大环境之下，也存在特殊的小环境，由此造成了特殊体裁在地域方面所表现出来的不平衡性。而造成这种地域特殊性的原因并非只是存在于共时的某一个历史横断面上，当然还有其历史原因。具体到晚唐闽中律赋创作的繁荣来说，扰攘政局之下的偏安固然是重要的促进因素，但中唐以后闽中文化突飞猛进的进步过程同样奠定了不可忽视的文化基础。文学史上的地域特色不乏其例，但晚唐闽中律赋无疑是其中一个特殊个案。

本书所着重揭示的晚唐政局的变化同晚唐幕府公文在文献

学方面所呈现出来的种种特点之间的关系，同幕府公文特殊写作方式、表现艺术之间的关系，以及晚唐五代时期闽中文化的成长对当地律赋创作的兴盛和当时律赋创作的整体特征的形成所产生的实质性的影响，都可以帮助说明骈文和古文的对峙、消长关系并不局限在文学领域内部，这实际上是一个并不局限于文学本身的社会文化问题。

其三，赋和骈文的诗化在六朝即已达到相当高的水准，但并未就此完结，晚唐仍然是赋和骈文的诗化进程中的重要阶段，在诗歌艺术形式进步的影响之下，律赋和一般骈文在声律等形式要素方面也达到了新的高度。

在诗歌表现技巧取得重大进步的推动之下，律体骈文沿着自身的发展轨迹，在格律上更趋严谨，句式上更加整饬，通过某些特殊体裁独特的抒情方式成为晚唐感伤主义文学的重要组成部分，并在意境的塑造方面较之前代骈体文学更加圆熟，从而整体上把传统骈文的形式要素推向极端。李商隐的创作则将骈文同诗歌之间的互动推进到当时的最高水平。阮元《四六丛话序》云：

> 唐初四杰并驾一时，式江、薛之靡音，追庾、徐之健笔。若夫燕、许之宏裁，常、杨之巨制，《会昌一品》之集，元白《长庆》之编，莫不并掞龙文，联登凤阁。至于宣公《翰苑》之集，笃挚曲畅，国事赖之，又加一等矣。义山、飞卿，以繁缛相高；柯古、昭谏，以新博领异。骈俪之文，于斯称极致焉。

晚唐骈文在艺术形式上的极端化倾向是骈文发展历史上尤其值得注意的现象。

附　　录

附录一　唐代行政公文文集简表

关于此表，有以下几点需说明：

一、制作简表的必要性，在于从史志中摘录出历代著录的唐代行政公文文集，有助于考察此类文集的基本风貌。《全唐文》等总集类文献必须同史志、目录书所著录的文集结合考察，否则难以窥见晚唐骈文多方面的特征。原因如下：

1.《全唐文》收录单篇文章，唐代或稍后某些特殊体裁已经编集单行的情况在书中不能得到明确的反映。

2.某些作家原来曾经有公文文集流传，后来因故失传，《全唐文》中所保留的这些作家的文章数量又较少，不足以全面反映他们的公文写作情形。在我们对晚唐时期的骈文作品进行总体考察的时候，必须将此类情况考虑在内，方能得到较符合历史实际的结论。比如，刘三复三次为李德裕浙西观察使僚佐。“长庆中，李德裕拜浙西观察使，三复以德裕禁密大臣，以所业文诣郡干谒。德裕阅其文，倒屣迎之，乃辟为从事，管记室。”①又，开成

① 《旧唐书》，卷一七七《刘邺传》。

元年(836)十一月，李德裕授浙西观察使，辟刘三复为从事。《刘禹锡集笺证》卷二八有《送从弟郎中(三复)赴浙西》诗，序云："从弟三复十余年间凡三为浙右从事。往年主公入相，荐歇登朝，中复从事镇南，未几而罢。昨以尚书外郎奉使至洛，旋承新命，改辕而东，三从公皆旧地。征诸故事，敻无其伦。"但《全唐文》所保存的刘三复的文章只有疏、记各一篇(卷七四六)，且均为古文，"记"体本非幕府公文体裁，一篇"疏"内容亦非关幕府，文体同当时幕府公文的通行格式不符。这些作品几乎不能同刘三复的履历对应起来。征诸史志，有《刘三复表状》五卷，《别纸集》五卷等作品著录，这类体裁大抵可以认定同幕府政治运作直接相关。

二、吴丽娱先生所著《唐礼摭遗——中古书仪研究》第四章《唐五代表状笺启书仪》有《史籍所载唐五代表状笺启类文集书目表》[①]，所录相关文集大略具备，结合本文需要，本表在吴《表》基础上有所修正，所作修正有如下数端：

1. 吴《表》没有收录中书制诰类文集。本表将此类文集收录其中，这样通过对比，可以更明显地看出晚唐幕府文书在所有唐代行政公文文集中的特殊之处。

2. 对著录情况作出补充。如李商隐《樊南甲集》、《樊南乙集》在晁公武《郡斋读书志》和陈振孙《直斋书录解题》中著录情况吴《表》失收，本表中予以补充。

3. 对某些不属于公文文集的作品或难以确定内容性质的文集予以删除。比如吴《表》所录王晋、李商隐两家《使范》，在史

---

① 参见吴丽娱:《唐礼摭遗——中古书仪研究》，第 94 页、第 101 页，以下简称"吴《表》"。

志、目录书中均归入史部仪注类,《崇文总目》卷二谓王晋《使范》乃是"记开元以后使者所用章奏文牒之式,凡十二篇",然则其性质同书仪相近,故而不列入此表。又,吴《表》附带列出刘三复《景台杂编》十卷、《别集》一卷(《宋史》卷二〇八《艺文志》七);《刘三复文》一卷(《崇文总目》卷五),其内容是否同公文相关难以确定,故不列入此表。

4. 史志中避讳的字一律改为本字。如殷文圭,史志中或作"商文圭"、"汤文圭",乃宋人避"胤"字之讳,表中作"殷文圭"。

诸如以上情况,表中不再一一注明。

制敕诏册类			
书名	卷数	作者	著录情况
《诏集》	60	常衮	《新唐书》卷六〇《艺文志》四。
《制集》	10	杨炎撰·苏弁编	《新唐书》卷六〇《艺文志》四。
《制集》	50	权德舆	同上。
《制集》	20	武儒衡	同上。
《制朴》	3	白居易	《宋史》卷二〇九《艺文志》八;《通志》卷七〇。宋王楙《野客丛书》卷三〇:"为卷上、中、下三。上卷,文武阶勋等;中卷,制头、制肩、制腹、制尾;下卷,将相、刺史、节度之类。此盖乐天取当时制文编类,以规后学者。"
《诏诰》	20	段文昌	《新唐书》卷六〇《艺文志》四。
《会昌一品集》	20	李德裕	同上。《郡斋读书志》卷一八:"《一品集》,郑亚为之序,皆会昌制诰、表状、外内册赞、碑序文也。"
《姑臧集》	5	李德裕撰·段全纬编	衢本《郡斋读书志》卷一八:"《姑臧集》题段全纬纂,上四卷亦制诰,第五乃黠戛斯朝贡传与八诗。"《崇文总目》卷五、《直斋书录解

续表

制　敕　诏　册　类			
书名	卷数	作者	著录情况
			题》作段令纬。《新唐书》卷六〇《艺文志》四有《段全纬集》二十卷，又《宋史》卷二〇八《艺文志》七《会昌一品集》之后有《段全纬集》五卷，或即《读书志》所称段全纬纂德裕《姑臧集》。
《制诰》	1	吴融	《新唐书》卷六〇《艺文志》四。
《制集》	10	王仲舒	同上。
《制集》	4	李虞仲	同上。
《制诰集》	10	崔嘏	同上。
《玉堂集》	20	独孤霖	同上。
《中和制集》	10	刘崇望	同上。
《李磎制集》	4	李磎	同上。

表　状　笺　启　类			
书名	卷数	作者	著录情况
《九谏书》	1	郭元震	《新唐书》卷六〇《艺文志》四。
《崔融表集》	4		《崇文总目》卷五。
《唐名臣奏》	10	吴兢编撰	《新唐书》卷六〇《艺文志》四；《崇文总目》卷五作七卷；《宋史》卷二〇九《艺文志》八亦作七卷，不著撰人。
《唐初表草》	1	题颜师古、张九龄等撰	《崇文总目》卷五；《宋史》卷二〇九《艺文志》八作《唐初表章》。《通志》卷七〇《艺文略》八："颜师古、张九龄等十人所作。"
《贺知章入道表》	1		《宋史》卷二〇八《艺文志》七；《崇文总目》卷五。
《代宗朝赠司空大辨正广智三藏和尚表制集》	6	释不空	《大正新修大藏经》第五十二册。

续表

表状笺启类			
书名	卷数	作者	著录情况
《郭子仪表奏》	5		《宋史》卷二〇八《艺文志》七;《秘书省续编到四库阙书目》卷一。
《书状》	1	戴叔伦	《郡斋读书志》卷一八。
《论议表疏集》	12	陆贽	《新唐书》卷六〇《艺文志》四;《郡斋读书志》卷一八作《陆贽奏议》;《文献通考·经籍考》作《陆宣公奏议》。
《翰苑集》	10	陆贽撰·韦处厚纂	《新唐书》卷六〇《艺文志》四。
《唐于公异奏记》	1		《宋史》卷二〇八《艺文志》七。
《临淮尺题》	2	题武元衡西川从事撰	《新唐书》卷六〇《艺文志》四;《宋史》卷二〇九《艺文志》八不著撰人。
《奏议集》	30	马揔	《旧唐书》卷一五七《马揔传》;《新唐书》卷六〇《艺文志》四;《玉海》;《宋史》卷二〇九《艺文志》八均作二十卷。
《李绛论事集》	3	蒋偕集	《新唐书》卷六〇《艺文志》四;《宋史》卷二〇八《艺文志》七有《李司空论事》十七卷,吴《表》疑为同人;《崇文总目》卷五作《李绛论》三卷。
《类表》,一名《表启集》	50		《新唐书》卷六〇《艺文志》四不著撰人;《崇文总目》卷五题曹恩撰;《宋史》卷二〇九《艺文志》八题李吉甫撰。
《白云孺子表奏集》	10	令狐楚	《新唐书》卷六〇《艺文志》四;《宋史》卷二〇八《艺文志》七作《令狐楚表奏》;《崇文总目》卷五作《章奏集》二十卷。袁本《郡斋读书志》卷一八载《令狐楚表奏》十卷自序云:"登科后,为桂、并四府从事,掌笺奏者十三年,始迁御史。缀其稿,得一百九十三篇。"

续表

表状笺启类			
书名	卷数	作者	著录情况
《令狐绹表疏》	1	令狐绹	《宋史》卷二〇八《艺文志》七。
《荐子集及谏疏》	1	令狐绹	《崇文总目》卷五。
《管记集》	10	崔嘏	《宋史》卷二〇八《艺文志》七。
《汉南真藁》	10	温庭筠	《新唐书》卷六〇《艺文志》四;《宋史》卷二〇八《艺文志》七。
《记室备要》	3	温庭筠	《宋史》卷二〇八《艺文志》七。景运按,敦煌文献有郁知言《记室备要》三卷,吴丽娱疑两者为同一书。
《樊南甲集》	20	李商隐	《新唐书》卷六〇《艺文志》四;四库全书本《郡斋读书志》卷四;《直斋书录解题》卷一六作《樊南甲乙集》四十卷;《宋史》卷二〇八《艺文志》七作《四六甲乙集》四十卷。
《樊南乙集》	20	李商隐	同上。
《大中年与凉州书》	1	夏侯韫	《新唐书》卷六〇《艺文志》四;《宋史》卷二〇八《艺文志》七作《与凉州书》。
《记室袖中备要》	3	郭洪	《宋史》卷二〇八《艺文志》七。
《李程表状》	1	李程	《新唐书》卷六〇《艺文志》四;《宋史》卷二〇八《艺文志》七。
《刘三复表状》	10	刘三复	《新唐书》卷六〇《艺文志》四。
《别纸集》	5	刘三复	《秘书省续编到四库阙书目》卷一。
《李磎表疏》	1	李磎	《新唐书》卷六〇《艺文志》四;《宋史》卷二〇八《艺文志》七作《李磎奏议》。
《张浚表状》	1	张浚	《新唐书》卷六〇《艺文志》四;《宋史》卷二〇八《艺文志》七。

续表

表状笺启类			
书名	卷数	作者	著录情况
《羽书》	3	臧家猷	《新唐书》卷六〇《艺文志》四;《崇文总目》卷五;《宋史》卷二〇九《艺文志》八作《羽书集》。
《总戎集》	30	沈常	《新唐书》卷六〇《艺文志》四;《崇文总目》卷五、《宋史》卷二〇八《艺文志》八作十卷。
《翰藁》	8	封敖	《新唐书》卷六〇《艺文志》四;《崇文总目》卷五;《宋史》卷二〇八《艺文志》八。
《凤池藁草》	30	郑畋	同上。
《续凤池藁草》	30	郑畋	同上。
《论事》	5	郑畋	《宋史》卷二〇八《艺文志》七。
《江西表状》	2	黄台	《新唐书》卷六〇《艺文志》四;《宋史》卷二〇八《艺文志》七。
《表集》	1	李善夷	《宋史》卷二〇八《艺文志》七。
《裴休状》	3		《秘书省续编到四库阙书目》卷一。
《张道古谏疏》	1		《秘书省续编到四库阙书目》卷一。
《表状集》	1	赵璘	《新唐书》卷六〇《艺文志》四;《宋史》卷二〇八《艺文志》七作《表状》。
《咸通初表奏集》	1		《宋史》卷二〇九《艺文志》八;《崇文总目》卷五。
《四六集》	1	郑昌士	《宋史》卷二〇八《艺文志》七。
《甘棠集》	3	刘邺	同上。
《凤池刀笔》	5	刘邺	《秘书省续编到四库阙书目》卷一。
《四六》	1	崔致远	《新唐书》卷六〇《艺文志》四;《崇文总目》卷五作《四六集》。

续表

表状笺启类			
书名	卷数	作者	著录情况
《桂苑笔耕集》	20	崔致远	《新唐书》卷六〇《艺文志》四;《崇文总目》卷五;《宋史》卷二〇八《艺文志》七作《笔耕集》。
《启事》	1	顾云	《新唐书》卷六〇《艺文志》四;《崇文总目》卷五;《宋史》卷二〇八《艺文志》七。
《凤阁书词》	10	薛廷珪	《新唐书》卷六〇《艺文志》四;《宋史》卷二〇八《艺文志》七。
《燕南笔藁》	10	王涣	见《唐故清海军节度掌书记太原王府君墓志铭》(岑仲勉《金石论丛》)。
《西府笔稿》	3	王涣	同上。
《从知笔稿》	5	王涣	同上。
《凤鸣集》	30	王超	《崇文总目》卷五、《宋史》卷二〇八《艺文志》七作三卷。《北梦琐言》卷七:"唐末凤翔判官王超,……笺奏文檄,恣意翱翔,……有《凤鸣集》三十卷行于世。"
《刘表军书》	3	郑准	《北梦琐言》卷七:"唐荥阳郑准,以文笔依荆州成中令(汭),常欲比肩陈、阮,自集其所作为三卷,号《刘表军书》。"
《杂表》	1	朱朴	《新唐书》卷六〇《艺文志》四;《宋史》卷二〇八《艺文志》七。
《别纸》	13	薛逢	《新唐书》卷六〇《艺文志》四;《崇文总目》卷五;《宋史》卷二〇八《艺文志》七作《别集》九卷。
《彭霁启状》	1	彭霁	《宋史》卷二〇八《艺文志》七;《崇文总目》卷五作《杂启状》。
《表奏集》	10	敬翔	《宋史》卷二〇八《艺文志》七"敬"讳作"恭"。
《记室定名集》	3	蒋文彧	《宋史》卷二〇八《艺文志》七。

续表

表状笺启类			
书名	卷数	作者	著录情况
《表状略》	3	郑嵎	《宋史》卷二〇八《艺文志》七。
《吴越掌书记集》	3	罗隐	《崇文总目》卷五作《吴越掌记集》,同书又有《吴越应用集》三卷,疑两者为一书;《宋史》卷二〇八《艺文志》七。
《湘南应用集》	3	罗隐	《崇文总目》卷五;《直斋书录解题》卷一六作《湘南集》;《宋史》卷二〇八《艺文志》七。
《启事》		罗隐	《崇文总目》卷五。
《掌记略》	15	李太华	《新唐书》卷六〇《艺文志》四;《宋史》卷二〇九《艺文志》八。《通志》卷七〇《艺文略》八:"唐李太华集笺奏表状书檄,自晋至唐。又集唐者为《新掌记》。"
《新掌记略》	9	李太华	《新唐书》卷六〇《艺文志》四;《宋史》卷二〇九《艺文志》八;《崇文总目》卷五作五卷。郑樵以此书专收唐代笺奏表状,与《掌记略》收录自晋至唐者不同,参本表《掌记略》条。
《续掌记略》	10	林逢	《新唐书》卷六〇《艺文志》四;《宋史》卷二〇九《艺文志》八作十五卷;《崇文总目》卷五作一卷。
《表奏集》	10	窦梦征	《宋史》卷二〇八《艺文志》七。
《管记苑》	10	张铏	《崇文总目》卷五;《宋史》卷二〇八《艺文志》七;《通志》卷七〇《艺文略》八。
《四六集》	2	李巨川	《新唐书》卷六〇《艺文志》四。
《表状》	5	严虔崧	《宋史》卷二〇八《艺文志》七。
《九笔杂编》	15	康骈	同上
《杂表疏》	1		同上。
《四六集》	5	樊景	《崇文总目》卷五;《宋史》卷二〇八《艺文志》七作《樊景表状集》五卷。

续表

表状笺启类			
书名	卷数	作者	著录情况
《记室集》	3	沈文昌	《崇文总目》卷五;《宋史》卷二〇八《艺文志》七。
《四六》		田霖	《宋史》卷二〇八《艺文志》七。
《四六集》	1	郑准	《崇文总目》卷五。
《应用集》	3	李琪	《崇文总目》卷五;《宋史》卷二〇八《艺文志》七。
《白岩四六》	5		同上。
《吴江应用集》	20	林鼎	同上。
《书启》	2	罗贯	《崇文总目》卷五;《宋史》卷二〇八《艺文志》七作《罗贯启状》。
《从军稿》	20	殷文圭	《宋史》卷二〇八《艺文志》七。
《笔耕词》	20	殷文圭	同上。
《笔耕》	1	殷文圭	《崇文总目》卷五。
《军书》	10	王绍颜	《宋史》卷二〇八《艺文志》七;《崇文总目》卷五。
《李洪皋表状》	1	马氏编	《崇文总目》卷五;《宋史》卷二〇八《艺文志》七不著撰人。
《续羽书》	6		《宋史》卷二〇九《艺文志》八。
《周慎辞表状》	5		《宋史》卷二〇八《艺文志》七。
《笔佣集》	10	孙光宪	同上。
《梁震表状》	1		同上。
《章表分门》	3		同上。
《拟状制集》	3		同上。

续表

表状笺启类			
书名	卷数	作者	著录情况
《谏疏笺表》	4	韦庄	《宋史》卷二〇八《艺文志》七。
《笺表》	30	张策	《旧五代史》卷一八《张策传》。
《曲台奏议集》	20	陈致雍	《崇文总目》卷五;《宋史》卷二〇八《艺文志》七。

附录二　晚唐主要律赋作家及其作品存佚情况简表

	作者简介	作品存佚
谢观	(?—865),字梦锡,寿春人。开成二年(837)进士。历曹州冤句尉、左神武兵曹参军、黔中招讨判官、洛阳丞、魏博节度判官。咸通三年(862)授慈州刺史,两年后去职。	《新唐书·艺文志》著录谢观赋八卷,已佚。今存律赋十八篇。《文苑英华》所收晚唐律赋,谢观作品最多。因为他的律赋题材的确多"冠冕正大",与中唐律赋比较接近。
卢肇	字子发,宜春人。武宗会昌三年(843)进士。先后为鄂岳、江陵、太原等节度幕僚,入为秘书省著作郎,迁仓部员外郎,充集贤院直学士。又为歙、宣、池、吉四州刺史。	《新唐书》卷六〇《艺文志》四有《海潮赋》一卷,《通屈赋》一卷。律赋今存《如石投水赋》、《天河赋》二篇。
宋言	字表文。初名嶽,屡试进士不第,改今名。宣宗大中十二年(858)进士。	《新唐书·艺文志》有宋言赋一卷。律赋今存《渔父辞剑赋》、《效鸡鸣度关赋》二篇。

续表

	作者简介	作品存佚
王棨	字辅文①，福清人，懿宗咸通三年(862)进士，辟福建团练判官，不就。九年(868)为江西团练判官。复以平判入等授大理司直，除太常博士，迁水部郎中。广明初依附高骈淮南幕，历任右司马、盐铁出使巡官、知丹阳监事。黄巢起义后，不知所终。	今存其《麟角集》，是现存最早的专收律赋的别集，收律赋四十五篇②。
吴融	(？—903)，字子华，越州山阴人。昭宗龙纪元年(889)进士。韦昭度辟为掌书记，随军讨蜀。后流寓荆南，依附节度使成汭。乾宁三年(896)召为左补阙，以礼部郎中为翰林学士，迁中书舍人。天复三年(903)又为翰林承旨学士。	《宋史·艺文志》有吴融赋集五卷。今存律赋三篇：《古瓦砚赋》、《戴逵破琴赋》、《沃焦山赋》。
徐寅③	字昭梦，莆田人，昭宗乾宁元年(894)进士，授秘书省正字，后依王审知幕府，为掌书记，后归老延寿溪。黄滔集中有《寄徐正字寅》、《酬徐正字寅》等诗，可见两人之间有所交往。	《崇文总目》卷一二有《徐寅赋》一卷，阙。今存其《钓矶文集》十卷，前五卷为赋，共五十篇，三篇有目无文，实有四十七篇。《全唐文》和《唐文拾遗》收录徐寅赋四十九篇，绝大多数注明限韵，其他赋作在体制上除未注明限韵之外无大不同，似也可作为律赋看待。

① 《全唐文》卷七六九小传、卷八一七黄璞《王郎中传》作“辅之”，卷七六七陈黯《送王棨序》作“辅文”。

② 《文苑英华》卷五九有《沛父老留汉高祖赋》，为《麟角集》所未收。

③ 寅，一作“夤”。

续表

	作者简介	作品存佚
黄滔	字文江,莆田人,昭宗乾宁二年(895)进士,光化中除四门博士,寻迁监察御史里行,充武威军节度推官。唐末军阀割据,依附于闽中王审知。	《新唐书·艺文志》有《黄滔集》十五卷。今存《黄御史集》八卷附录一卷,收其律赋二十篇。《四库全书》本有宋人杨万里、洪迈和谢谔的序。
陆龟蒙		《新唐书》卷六〇《艺文志》四有《赋》六卷。
李商隐		《新唐书》卷六〇《艺文志》四有《赋》一卷。
薛逢	薛逢,字陶臣,河东人。会昌初进士。释褐秘书省校书郎,崔铉镇河中,辟为从事。	《新唐书》卷六〇《艺文志》四有《赋集》十四卷。
高迈		《新唐书》卷六〇《艺文志》四有《高迈赋》一卷。
皇甫松		《新唐书》卷六〇《艺文志》四有《大隐赋》一卷。
崔葆		《新唐书》卷六〇《艺文志》四有《数赋》十卷。注云:"乾宁进士,王克昭注。"
陈汀		《新唐书》卷六〇《艺文志》四有《陈汀赋》一卷。注云:"字用济,大中进士第。"
乐朋龟		《新唐书》卷六〇《艺文志》四有《赋》一卷。注云:"字兆吉,僖宗翰林学士,太子少保致仕。"
蒋凝		《新唐书》卷六〇《艺文志》四有《蒋凝赋》三卷。注云:"字仲山,咸通进士第。"
公乘亿		《新唐书》卷六〇《艺文志》四有《赋集》十二卷。

续表

	作者简介	作品存佚
林嵩	字降臣（一作“神”），长溪（今霞浦）人。乾符进士。《唐摭言》卷八云嵩“以辞赋著名”。《唐才子传》谓其“工诗善赋，才誉与公乘亿相高，功名之士，翕然而慕之”。作品受功名之士推重，公乘亿为晚唐律赋名家，可见其所赖以闻名者，当是律诗律赋。	《新唐书》卷六〇《艺文志》四有《林嵩赋》一卷。注云：“字降臣，乾符进士第。”《粤闽巡视纪略》卷五“赤岸”条云：“唐林嵩居此，登干符中进士。词赋为一时之冠。”《大清一统志》卷三三四载，福鼎县有林嵩草堂，传为林嵩读书处；又言林嵩故宅在霞浦县东十五里赤岸。
王翃		《新唐书》卷六〇《艺文志》四有《王翃赋》一卷。注云：“字雄飞，大顺进士第。”
贾嵩		《新唐书》卷六〇《艺文志》四有《贾嵩赋》三卷。
李山甫		《新唐书》卷六〇《艺文志》四有《李山甫赋》二卷。
林滋	字后象，闽县人。会昌三年(843)进士。历金部郎中，后王铎辟为判官。《全唐诗》卷五五二小传云：“与同年詹雄郑諴齐名。时称雄诗、諴文、滋赋为闽中三绝。”	现存律赋四篇：《小雪赋》、《阳冰赋》、《文战赋》、《木人赋》（分别见《文苑英华》卷一六、卷三九、卷六二、卷八二）。

参考书目

《周易》,中华书局影印《十三经注疏》本。

《诗经》,中华书局影印《十三经注疏》本。

《尚书》,中华书局影印《十三经注疏》本。

《春秋左传》,中华书局影印《十三经注疏》本。

[汉]班固:《汉书》,中华书局 1962 年版。

[南朝宋]范晔:《后汉书》,中华书局 1965 年版。

[唐]房玄龄等:《晋书》,中华书局 1974 年版。

[南朝梁]沈约:《宋书》,中华书局 1974 年版。

[南朝梁]萧子显:《南齐书》,中华书局 1972 年版。

[唐]姚思廉:《陈书》,中华书局 1972 年版。

[唐]李百药:《北齐书》,中华书局 1972 年版。

[唐]令狐德棻:《周书》,中华书局 1971 年版。

[唐]魏徵等:《隋书》,中华书局 1973 年版。

[五代]刘昫等:《旧唐书》,中华书局 1975 年版。

[宋]欧阳修、宋祁:《新唐书》,中华书局 1975 年版。

[五代]薛居正等:《旧五代史》,中华书局 1976 年版。

[宋]欧阳修:《新五代史》,中华书局 1974 年版。

[宋]陶岳:《五代史补》,台湾商务印书馆影印文渊阁《四库全书》本。

[唐]杜佑:《通典》,中华书局 1984 年版。

[宋]宋敏求编,华东政法学院法律古籍整理研究所洪丕谟、张伯元、沈敖大点校:《唐大诏令集》,学林出版社 1992 年版。

[宋]王溥:《唐会要》,中华书局 1990 年版。

[宋]王溥:《五代会要》,中华书局 1998 年版。

[元]马端临:《文献通考》,中华书局 1986 年版。

[清]王夫之:《读通鉴论》,中华书局1975年版。
[清]钱大昕:《廿二史考异》,上海古籍出版社2003年版。
[清]赵翼撰,王树民校证:《廿二史札记校证》,中华书局1984年版。
孟二冬:《登科记考补正》,北京燕山出版社2003年版。
[清]永瑢等:《四库全书总目》,中华书局1965年版。
[清]邵懿辰撰,邵章续录:《增订四库简明目录标注》,上海古籍出版社1979年版。
[宋]晁公武撰,孙猛校证:《郡斋读书志校证》,上海古籍出版社1990年版。
[宋]陈振孙:《直斋书录解题》,上海古籍出版社1987年版。

[唐]欧阳询等:《艺文类聚》,上海古籍出版社1982年版。
[唐]虞世南:《北堂书钞》,中国书店1989年版。
[唐]徐坚:《初学记》,中华书局1962年版。
[宋]王钦若等:《册府元龟》,中华书局1960年版。
[宋]李昉等:《太平御览》,中华书局1960年版。
[唐]张鷟:《朝野佥载》,中华书局1979年版。
[唐]李肇:《唐国史补》,上海古籍出版社1983年版。
[五代]孙光宪:《北梦琐言》,中华书局2002年版。
[五代]王定保:《唐摭言》,上海古籍出版社1978年版。
[宋]王谠撰,周勋初校证:《唐语林校证》,中华书局1987年版。
[宋]钱易:《南部新书》,中华书局2002年版。
[宋]吴曾:《能改斋漫录》,上海古籍出版社1979年版。

[南朝梁]萧统等编,[唐]李善等注:《六臣注文选》,中华书局1987年版。
[南朝陈]徐陵编,[清]吴兆宜注:《玉台新咏》,中华书局1985年版。
[清]严可均:《全上古三代秦汉三国六朝文》,中华书局1958年版。
逯钦立:《先秦汉魏晋南北朝诗》,中华书局1983年版。
[清]董诰等:《全唐文》,中华书局1983年版。
[清]彭定求等:《全唐诗》,中华书局1960年版。
[宋]李昉等:《文苑英华》,中华书局1982年版。
[明]胡震亨:《唐音癸签》,上海古籍出版社1981年版。

[明]张溥:《汉魏六朝百三名家集》,江苏古籍出版社 2002 年版。
费振刚等:《全汉赋》,北京大学出版社 1993 年版。

[北周]庾信撰,倪璠注:《庾子山集注》,中华书局 1980 年版。
[唐]杨炯、卢照邻撰,徐明霞点校:《杨炯卢照邻集》,中华书局 1980 年版。
[唐]骆宾王撰,[清]陈熙晋笺注:《骆临海集笺注》,上海古籍出版社 1985 年版。
[唐]王勃撰,[清]蒋清翊注:《王子安集注》,上海古籍出版社 1995 年版。
[唐]张说:《张说之文集》,《四部丛刊初编》本。
[唐]元结撰,孙望校:《元次山集》,中华书局 1960 年版。
[唐]独孤及:《毗陵集》,台湾商务印书馆影印文渊阁《四库全书》本。
[唐]韩愈撰,马其昶校注:《韩昌黎文集校注》,上海古籍出版社 1986 年版。
[唐]柳宗元:《柳宗元集》,中华书局 1979 年版。
[唐]白居易撰,顾学颉校点:《白居易集》,中华书局 1979 年版。
[唐]白居易撰,朱金城笺校:《白居易集笺校》,上海古籍出版社 1988 年版。
[唐]元稹:《元氏长庆集》,台湾商务印书馆影印文渊阁《四库全书》本。
[唐]元稹撰,冀勤点校:《元稹集》,中华书局 1982 年版。
[唐]刘禹锡撰,《刘禹锡集》整理组点校,卞孝萱校订:《刘禹锡集》,中华书局 1990 年版。
[唐]陆贽:《陆宣公翰苑集》,台湾商务印书馆影印文渊阁《四库全书》本。
[唐]李德裕:《会昌一品集》,台湾商务印书馆影印文渊阁《四库全书》本。
[唐]杜牧:《樊川文集》,上海古籍出版社 1978 年版。
[唐]杜牧撰,[清]冯集梧集注:《樊川诗集注》,中华书局 1962 年版。
[唐]李商隐撰,[清]冯浩笺注:《玉谿生诗集笺注》,上海古籍出版社 1979 年版。
[唐]李商隐撰,刘学锴、余恕诚集解:《李商隐诗歌集解》,中华书局 1988 年版。
[唐]李商隐撰,[清]冯浩详注:《樊南文集》,上海古籍出版社 1988 年版。
[唐]李商隐撰,刘学锴、余恕诚编年校注:《李商隐文编年校注》,中华书局 2002 年版。

[唐]许浑:《丁卯诗集》,上海古籍出版社1994年版。
[唐]李群玉:《李群玉诗集》,《四部丛刊初编》本。
[唐]温庭筠撰,[清]曾益等笺注:《温飞卿诗集笺注》,上海古籍出版社1980年版。
[唐]孙樵:《孙可之集》,台湾商务印书馆影印文渊阁《四库全书》本。
[唐]罗隐撰,雍文华校辑:《罗隐集》,中华书局1983年版。
[唐]皮日休撰,萧涤非、郑庆笃整理:《皮子文薮》,上海古籍出版社1981年版。
[唐]司空图:《司空表圣诗集》,《四部丛刊初编》本。
[唐]韩偓撰,[清]吴汝纶评注:《韩翰林集》,《关中丛书》本。
[唐]黄滔:《黄御史集》,台湾商务印书馆影印文渊阁《四库全书》本。
[唐]韦庄撰,向迪琮校订:《韦庄集》,人民文学出版社1958年版。
[宋]欧阳修:《欧阳修全集》,中国书店1986年版。
[宋]苏洵撰,曾枣庄、金成礼笺注:《嘉祐集笺注》,上海古籍出版社1993年版。
[宋]苏轼撰,孔凡礼点校:《苏轼文集》,中华书局1986年版。
[宋]苏轼撰,[清]王文浩辑注,孔凡礼点校:《苏轼诗集》,中华书局1982年版。

[明]王志坚:《四六法海》,台湾商务印书馆1986年版。
[宋]姚铉:《唐文粹》,上海古籍出版社1994年版。
[宋]吕祖谦:《宋文鉴》,中华书局1992年版。
[唐]张鷟撰,田涛、郭成伟校注:《龙筋凤髓判校注》,中国政法大学出版社1996年版。
[宋]章樵注:《古文苑》,《四部丛刊初编》本。
[清]陈元龙等:《历代赋汇》,江苏古籍出版社1987年版。
[清]许梿:《六朝文絜》,文学古籍刊行社1955年版。
[明]王明嶅:《四六丛珠汇选》,《四库全书存目丛书》本。
[清]姚鼐:《古文辞类纂》,上海古籍出版社1998年版。
[清]李兆洛:《骈体文钞》,上海古籍出版社2001年版。
[清]王先谦:《骈文类纂》,浙江古籍出版社1998年版。
[清]陈均:《唐骈体文钞》,清嘉庆间家刻本。

谭家健:《历代骈文名篇注析》,黄山书社 1988 年版。
王洲明:《古文与骈文》,山东文艺出版社 1992 年版。
张仁青:《骈文观止》,台北文史哲出版社 1986 年版。
莫道才:《骈文观止》,文化艺术出版社 1997 年版。
高步瀛:《唐宋文举要》,上海古籍出版社 1982 年版。

[晋]陆机撰,张少康集释:《文赋集释》,人民文学出版社 2002 年版。
[南朝梁]刘勰撰,范文澜注:《文心雕龙注》,人民文学出版社 1958 年版。
[南朝梁]钟嵘撰,曹旭集注:《诗品集注》,上海古籍出版社 1994 年版。
[唐]皎然撰,李壮鹰校注:《诗式校注》,人民文学出版社 2003 年版。
〔日〕遍照金刚撰,卢盛江校考:《文镜秘府论汇校汇考(附)文笔眼心抄》,中华书局 2006 年版。
[明]吴讷:《文章辨体序说》,人民文学出版社 1962 年版。
[明]徐师曾:《文体明辨序说》,人民文学出版社 1962 年版。
[明]王世贞撰,罗仲鼎校注:《艺苑卮言校注》,齐鲁书社 1992 年版。
[明]张溥撰,殷孟伦注:《汉魏六朝百三名家集题辞注》,人民文学出版社 1960 年版。
[清]刘熙载:《艺概》,上海古籍出版社 1978 年版。
[清]孙德谦:《六朝丽指》,《学海类编》本。
[宋]王铚:《四六话》,台湾新文丰出版公司《丛书集成初编》本。
[宋]谢伋:《四六谈麈》,台湾新文丰出版公司《丛书集成初编》本。
[清]陈维崧:《四六金针》,台湾新文丰出版公司《丛书集成初编》本。
[清]孙梅:《四六丛话》,台湾新文丰出版公司《丛书集成初编》本。
[清]孙梅:《四六丛话叙论》,上海朴社出版经理部 1928 年版。
[清]李调元:《赋话》,台湾新文丰出版公司《丛书集成新编》本。

[清]张采田:《玉谿生年谱会笺》,上海古籍出版社 1983 年版。
岑仲勉:《岑仲勉史学论文集》,中华书局 1990 年版。
岑仲勉:《唐人行第录》,中华书局 1962 年版。
傅璇琮:《李德裕年谱》,河北教育出版社 2001 年版。
吴宗国:《唐代科举制度研究》,辽宁大学出版社 1997 年版。
赵和平:《敦煌表状笺启书仪辑校》,江苏古籍出版社 1997 年版。

赵和平:《敦煌写本书仪研究》,台湾新文丰出版公司1993年版。
赵和平:《敦煌本〈甘棠集〉研究》,台湾新文丰出版公司2000年版。
吴丽娱:《唐礼摭遗——中古书仪研究》,商务印书馆2002年版。
周一良、赵和平:《唐五代书仪研究》,中国社会科学出版社1995年版。
戴伟华:《唐方镇文职僚佐考》,天津古籍出版社1994年版。

金钜香:《骈文概论》,商务印书馆1918年版。
谢无量:《骈文指南》,中华书局1918年版。
钱基博:《骈文通义》,大华书局1934年版。
刘麟生:《骈文学》,商务印书馆1934年版。
张仁青:《骈文学》,台北文史哲出版社1984年版。
姜书阁:《骈文史论》,人民文学出版社1986年版。
刘麟生:《中国骈文史》,商务印书馆1998年影印本。
蒋伯潜、蒋祖怡:《骈文与散文》,上海书店出版社1997年版。
于景祥:《唐宋骈文史》,辽宁人民出版社1991年版。
于景祥:《中国骈文通史》,吉林人民出版社2002年版。
汪菊松:《宋四六文研究》,台北华正书局1977年版。
张仁青、李月启:《中国唯美文学之对偶艺术》,台北明文书局1991年版。
廖志强:《六朝骈文声律探微》,台北天工书局1991年版。
莫道才:《骈文通论》,广西教育出版社1994年版。
钟涛:《六朝骈文形式及其文化意蕴》,东方出版社1997年版。

陈玉堂:《中国文学史旧版书目提要》,上海社会科学院出版社1985年版。
陈玉堂:《中国文学史书目提要》,黄山书社1986年版。
刘大杰:《中国文学发展史》,百花文艺出版社1999年版。
袁行霈主编:《中国文学史》,高等教育出版社1999年版。
刘师培:《中国中古文学史》,人民文学出版社1959年版。
傅璇琮:《唐五代文学编年史》,辽海出版社1998年版。
郭绍虞:《中国文学批评史》,百花文艺出版社1999年版。
袁行霈、孟二冬、丁放:《中国诗学通论》,安徽教育出版社1994年版。
王运熙、杨明:《魏晋南北朝文学批评史》,上海古籍出版社1989年版。
王运熙、杨明:《隋唐五代文学批评史》,上海古籍出版社1994年版。

罗宗强:《魏晋南北朝文学思想史》,中华书局 1996 年版。
罗宗强:《隋唐五代文学思想史》,中华书局 2003 年版。
郭绍虞、王文生:《中国历代文论选》,上海古籍出版社 2001 年版。
王瑶:《中古文学史论》,北京大学出版社 1998 年版。
郭绍虞:《照隅室古典文学论集》,上海古籍出版社 1983 年版。
曹道衡:《中古文学史论文集》,中华书局 2002 年新一版。
王运熙:《汉魏六朝唐代文学论丛(增补本)》,复旦大学出版社 2002 年版。
孙昌武:《唐代古文运动通论》,百花文艺出版社 1984 年版。
葛晓音:《汉唐文学的嬗变》,北京大学出版社 1990 年版。
孟二冬:《中唐诗歌之开拓与新变》,北京大学出版社 1998 年版。
田耕宇:《晚唐余韵——晚唐诗研究》,巴蜀书社 2001 年版。
任海天:《晚唐诗风》,黑龙江教育出版社 1998 年版。
查屏球:《唐学与唐诗——中晚唐诗风的一种文化考察》,商务印书馆 2000 年版。
葛兆光、戴燕:《晚唐风韵》,中华书局 2004 年版。
马积高:《赋史》,上海古籍出版社 1998 年版。
马积高:《历代辞赋研究史料概述》,中华书局 2001 年版。
袁济喜:《赋》,人民文学出版社 1994 年版。
曹明纲:《赋学概论》,上海古籍出版社 1998 年版。
许结:《中国赋学——历史与批评》,江苏教育出版社 2001 年版。
邝健行:《诗赋与律调》,中华书局 1994 年版。
尹占华:《律赋论稿》,巴蜀书社 2001 年版。
詹杭伦:《清代律赋新论》,北京燕山出版社 2002 年版。
郭预衡:《中国散文史》,上海古籍出版社 2000 年版。
张伯伟:《全唐五代诗格校考》,陕西人民教育出版社 1996 年版。
张伯伟:《全唐五代诗格汇考》,江苏古籍出版社 2002 年版。
启功:《诗文声律论稿》,中华书局 1977 年版。
卞孝萱、张清华、阎琦:《韩愈评传》,南京大学出版社 1998 年版。
刘学锴:《李商隐传论》,安徽大学出版社 2002 年版。
王蒙、刘学锴主编:《李商隐研究论集 1949—1997》,广西师范大学出版社 1998 年版。
骆鸿凯:《文选学》,中华书局 1989 年版。

钱锺书:《管锥编》,中华书局 1979 年版。
李泽厚、刘纲纪:《中国美学史》,中国社会科学出版社 1984 年版。
程千帆:《唐代进士行卷与文学》,上海古籍出版社 1980 年版。
傅璇琮:《唐代科举与文学》,陕西人民出版社 2003 年版。
戴伟华:《唐代幕府与文学》,现代出版社 1990 年版。
戴伟华:《唐代使府与文学研究》,广西师范大学出版社 1998 年版。
王勋成:《唐代铨选与文学》,中华书局 2001 年版。
汪世荣:《中国古代判词研究》,中国政法大学出版社 1997 年版。
邝健行:《科举考试文体论稿》,台湾书店 1999 年版。

后　记

这本小书，是由我在北京大学国学研究院学习期间撰写的博士论文修改而成的。

在中国文学史上，唐宋古文的蓬勃发展自然大有其合理性，但骈文的成长与数度繁荣也决非毫无缘由。我在阅读众多唐宋古文研究论著的时候，感觉其中不无对骈文贬抑过度之处。古文运动如火如荼之时，骈文并非只是在被动“挨打”。如果骈文果然不堪一击，那古文运动的如火如荼又从何而来；而且又何必需要唐宋两次古文运动，方才彻底击垮骈文作为文体正宗的地位呢。论甘忌辛，好丹非素；抗之则在青云之上，抑之则在深泉之下。事既多有，文亦不免。当骈文、古文在今天均已脱离实用的情况下，对它们的优劣长短应该给予更加客观的评价，对它们得以发生、发展的文化和文学氛围应该更加平心静气地给予研究考索。本书的写作，并非为了给骈文“平反”或者唱赞歌，而是试图藉以看清唐宋两次古文运动之间骈文反弹的真实状况，以及骈文何以能够实现这样一种反弹。

骈文在古代文学研究中属于相对冷僻之地，我当初选择这个题目的时候，心里也没有把握把它写成合格的毕业论文，为此我要特别感谢恩师袁春澍先生，蒙先生首肯和热情鼓励，我才有了埋首钻研和写作的信心与勇气。写作期间，先生又时时给予点拨、指导，总能让我有醍醐灌顶、茅塞顿开之感。在论文即将出版之际，又承先生拨冗赐序，感激之心，言语不能尽其万一。

在论文考核过程中，楼宇烈、傅璇琮、吴相洲、邓小军、卢永璘、杜晓勤诸位先生及傅刚师均给予悉心指导和热情鼓励。已故孟二冬老师曾带病参加开题报告会，教我良多，感念之情，曷可胜言。如果这本小书略有所得，多半要归功于恩师与诸位先生的辛勤劳动和不吝赐教。先生们所提出的意见和建议，多已纳入本书，兹不复一一觍缕。

感谢家人的照顾、理解和支持，家庭的温暖永远是我最大的慰藉和动力。

最后还要特别感谢商务印书馆的厚爱。编辑田媛女士为本书的出版付出了辛勤劳动，她的深厚学养和严谨工作态度，让这本小书增色不少，谨表深挚谢意！

翟景运

2009 年 10 月记于青岛